Fröken Annas misstag

EN SÖT REGENCY-ROMANS MED SPIONER,
HEMLIGHETER OCH STULNA KYSSAR

Catherine Bilson

SHENANIGANS PRESS

Innehållsförteckning

Kapitel ett

SEPTEMBER, 1814

WIENS BAROCKARKITEKTUR RESTE SIG mot en grå himmel, och byggnadernas ordnade fasader och eleganta proportioner var en fröjd för Annas ögon när vagnen skramlade fram över kullerstensgatorna mot de exklusiva kvarteren. Palatset Hofburg stod majestätiskt i fjärran, dess storslagenhet ett vittnesbörd om den habsburgska dynastin. Från vagnfönstret sög hon in varje detalj av staden som skulle stå värd för den största sammankomsten av europeiska stormakter på en hel generation, medan Clara bredvid henne lutade sig tungt mot de sammetsklädda ryggstöden, blek efter resans ansträngningar.

”Vi är nästan framme”, försäkrade Anna sin syster och noterade hur byggnaderna blev alltmer överdådiga när de körde in i det distrikt där Claras make Matthew hade ordnat deras logi. Hon tryckte Claras handskbeklädda hand, oroad över skuggorna under systerns ögon. ”Du kommer att känna dig bättre så snart du har fått vila.”

Clara log svagt. ”Jag mår alldeles utmärkt, jag är bara trött efter resan. Och Matthew har svävat över mig som en orolig hönsmamma, vilket är både rörande och utmattande.”

”Han bryr sig om dig”, svarade Anna, även om hon höll med om att Matthews omsorg hade börjat gränsa till det kvävande under de sista skedena av deras resa från England. Inte för att hon kunde klandra honom, med tanke på Claras välsignade tillstånd, som Anna hade misstänkt redan före avresan men som Clara ännu inte hade bekräftat.

Deras vagn saktade in framför ett elegant stadshus, vars krämvita fasad pryddes av klassiska pilastrar och smidesbalkonger som flödade över av sent blommande blommor. Matthew hade ridit i förväg för att se till att allt var förberett, och mycket riktigt stod han och väntade på trappan, hans långa gestalt en lugnande syn efter resans ovisshet.

Inom en timme hade Anna övervakat livrébetjänterna som bar upp deras koffertar, dirigerat uppackningen av Claras viktigaste tillhörigheter och sett till att en lätt måltid bars upp till hennes syster, som nu vilade på en schäslong vid fönstret i deras sällskapsrum. Huset som Matthew hade hyrt var praktfullt, med höga tak prydda med delikata stuckaturer och höga fönster som fångade eftermiddagssolen.

Anna hällde upp te från silverservisen och rörde ner en generös sked honung i Claras kopp, precis som hon ville ha det. "Det här är verkligen ett imponerande hem", anmärkte hon och räckte koppen till sin syster. "Hälften av Belle Haven skulle få plats i de här rummen."

"Kongressen har gjort att logi är både sällsynt och dyrbart", svarade Clara och tog tacksamt emot teet. "Varje kunglighet, diplomat och aristokrat i Europa tycks ha sänkt sig ner över Wien. Matthew hade turen att få tag på de här rummen genom sin fars kontakter."

Anna slog sig ner i en stol mittemot Clara, med sin egen kopp balanserad på knät medan hon blickade ut över stadens spiror och kupoler. "Det är magnifikt. Alla de där böckerna i fars bibliotek om Wiens arkitektur och historia gör det knappast rättvisa."

Clara betraktade henne över kanten på sin tekopp, med ett välbekant milt uttryck som mjukade upp hennes ansiktsdrag. "Du kommer att få gott om tillfällen att utforska staden, det lovar jag."

"Och du då?" frågade Anna och studerade sin syster noga. "Kommer du att orka med alla baler och mottagningar som Matthew nämnde?"

Claras hand rörde sig nästan omärkligt mot magen, en gest så liten att någon som var mindre uppmärksam än Anna lätt hade kunnat missa den. "På tal om det", sa hon och sänkte rösten nästan till en viskning trots att de var ensamma. "Jag har nyheter som jag har väntat på att få dela med dig. Matthew vet förstås, men vi har hållit det för oss själva tills vi var säkra.”

Anna ställde ner sin kopp. ”Du väntar barn”, konstaterade hon kort.

Clara nickade, och en rodnad spred sig över hennes kinder medan hennes läppar formades till ett leende av oförställd glädje. ”Ja. Läkaren bekräftade det innan vi lämnade England. Barnet kommer nästa vår.”

”Åh, Clara”, flämtade Anna och ställde sig snabbt på knä vid schäslongen för att fatta tag i sin systers händer. ”Det är underbara nyheter.”

”Det är det”, instämde Clara, med gröna ögon glänsande av rörelse. ”Även om det komplicerar vår närvaro vid kongressen. Matthew föreslog att jag skulle stanna kvar i England, men jag insisterade på att följa med. När får vi ett sådant här tillfälle igen? Att få närvara vid denna historiska sammankomst, att se Spanska ridskolan som jag alltid har drömt om.”

”Och att se till att din make inte tynar bort av ensamhet utan dig”, tillade Anna med ett leende. ”Fast jag undrar om han inte kommer att tyna bort av oro i stället.”

Clara skrattade mjukt. ”Stackars Matthew. Han är fast besluten att skona mig från minsta besvär, som om graviditet vore en sjukdom snarare än ett naturligt tillstånd.” Hon kramade Annas händer. ”Att ha dig med oss är en enorm tröst. För oss båda.”

”Jag ska se till att du inte anstränger dig för mycket”, lovade Anna. ”Och att du inte missar de viktigaste händelserna. Vi ska vara selektiva med vilka inbjudningar vi tackar ja till.”

"Vi börjar med kvällens mottagning hos den österrikiske kanslern", sa Clara och rätade på ryggen. "Den får vi inte missa. Alla betydelsefulla personer som deltar i kongressen kommer att vara där."

Anna höjde på ögonbrynen. "Är du säker på att du orkar med det? Vi har precis kommit fram."

"Absolut", framhärdade Clara. "Jag har sett fram emot just den här bjudningen. Den österrikiska adeln sägs tillhöra de främsta hästmänniskorna i Europa, och jag tänker knyta kontakter som kan gynna avelsprogrammet på Belle Haven."

Till och med i sitt nuvarande tillstånd, tänkte Anna varmt, rörde systerns första tankar familjens stall. "Gott så", gav hon med sig. "Men du måste lova att dra dig tillbaka så snart du känner dig trött."

"Det lovar jag", gick Clara med på och reste sig från schäslongen med nyvunnen energi. "Låt oss nu bestämma vad vi ska ha på oss. Wienarna är kända för sin elegans, och vi måste göra England äran."

Några timmar senare stod Anna i utkanten av den mest magnifika balsal hon någonsin skådat. Hundratals ljus brann i kristallkronor, och deras sken mångfaldigades i förgyllda speglar som prydde väggarna. Musik från en mindre orkester svävade över sorlet av samtal, en delikat motpunkt till prasslet av sidenklänningar och klappret av finskor mot det polerade marmorgolvet. Diplomater i högtidsdräkt samtalade i klungor, med allvarliga miner trots den festliga inramningen, medan damer i högmidjade klänningar i alla tänkbara färger rörde sig mellan grupperna likt exotiska fjärilar.

Clara, strålande i en klänning av djupt smaragdgrönt siden som framhävde hennes ljusa drag, stod bredvid Matthew medan han presenterade henne för en rad allt viktigare personligheter. Anna hade placerat sig snett bakom dem, tillräckligt nära för att kunna hjälpa till om det behövdes men tillräckligt långt bort för att inte dra till sig uppmärksamhet. Hennes egen ljusblå klänning var visserligen vacker men medvetet mindre utstuderad än sin systers, vilket gjorde att hon kunde smälta in i bakgrunden och ändå se respektabel ut.

"Ursäkta mig", hördes en röst vid hennes sida, kultiverad och med tydlig tysk brytning. Anna vände sig om och mötte en medelålders kvinna i en konstfärdig klänning som granskade henne med otålig förväntan. "Du är lady Whitmores jungfru, eller hur? Säg till henne att grevinnan Esterhazy önskar tala med henne om hästarna från hennes familjegods. Hon vet vem jag menar."

Anna blinkade till, ett ögonblick förbluffad över att bli tilltalad som en tjänare. Hon öppnade munnen för att korrigera missförståndet, men tvekade sedan. Kvinnan antog uppenbarligen att Annas position bakom Clara och hennes asiatiska drag betydde att hon omöjligen kunde vara en medlem av den aristokratiska familjen Bell. I stället för att känna sig förolämpad upplevde Anna en plötslig och oväntad känsla av frihet.

"Javisst, ers nåd", svarade hon med en lätt nigning. "Jag ska framföra det omedelbart."

När hon gick för att framföra meddelandet till Clara, kände Anna hur hon blev nästan osynlig för den samlade adeln. Tjänare slank förbi henne med brickor fyllda med champagne och gav henne små igenkännande nickar som om hon vore en i gänget. Damer som diskuterade sina senaste inköp hos Wiens modister talade fritt i hennes närvaro, som om hon vore en del av möblemanget, och deras röster bar fram detaljer om band och spetsar som de aldrig skulle ha delat med en annan aristokrat. Herrar som var djupt engagerade i vad de trodde var privata samtal om politik och handel sänkte inte rösterna när hon passerade.

Det var lite som att vara ett spöke, tänkte Anna, där hon rörde sig osedd genom scener av stor betydelse. Det hela fascinerade henne mer än det borde ha gjort. Det fanns något märkligt befriande i att bli förbisedd, i att existera i sprickorna mellan de sociala strukturer som i vanliga fall begränsade ens beteende.

Efter att ha framfört grevinnan Esterhazys meddelande till Clara, som tog emot informationen med förståelse i blicken, sökte sig Anna återigen mot utkanterna av balsalen. Från denna utsiktspunkt kunde hon betrakta diplomatins invecklade dans som utspelade sig framför henne. Allianser formades och upplöstes med subtila skiftningar i kroppsspråket, maktbalansen visade sig genom vem som närmade sig vem först, och information utbyttes i tysta bisatser som utomstående inte var tänkta att höra.

"Fröken Bell!"

Rösten skar igenom hennes betraktelser, och Anna vände sig om för att se Matthew närma sig tillsammans med en lång herre som hon kände igen omedelbart, trots att hon verkligen hade försökt att låta bli. Lord Ashburton, en gammal skolkamrat till Matthew och en outhärdlig hästentusiast som hon träffat vid Claras bröllop, såg precis så självsäker och trygg ut som hon mindes honom. Hans aftonkläder var av uppenbar kvalitet men saknade de överdrivna utsmyckningar som många av de kontinentala adelsmännen föredrog.

"Ashburton, får jag presentera min svägerska, miss Anna Bell", sa Matthew, antingen omedveten om eller väljande att ignorera det faktum att de redan hade träffats.

"Vi har blivit presenterade tidigare, vid ditt bröllop", sa Ashburton, och hans ansikte sprack upp i vad som verkade vara uppriktig glädje. "Fröken Bell och jag hade en mycket upplysande diskussion om den rätta användningen av fullblodslinjer."

"Ah, just det", sa Matthew, tydligt lättad. "Det borde jag ha kommit ihåg. Anna är mycket kunnig om Belle Havens avelsprogram."

"Sannerligen", instämde Ashburton, och hans ögon glittrade av oförställt roat intresse. "Hon lyckades nästan övertyga mig om att jag slösade bort bra hästar på något så enkelt som kapplöpning."

Anna kände hur hettan steg i kinderna. "Jag tror att jag endast erbjöd ett annat perspektiv på de ekonomiska fördelarna med vårt avelsprogram, mylord."

"Ett annat perspektiv", upprepade han, och hans läppar ryckte lätt. "Är det så vi kallar det? Som jag minns det var ni bara sekunder från att lägga fram ett fullständigt bevis på min okunnighet.”

”Jag skulle inte drista mig till att undervisa någon som så uppenbart är hängiven kapplöpningsvärlden i hästkännedom.”

”Vilken tur för mig”, sa Ashburton, och hans ögon kisade i ögonvrån av ogenerat nöje över deras ordväxling. ”Fast jag måste tillstå, miss Bell, att ert intresse för hästavel fortsätter att fascinera mig. De flesta unga damer i min bekantskapskrets föredrar att diskutera färgen på band snarare än beräkningar för förbättring av hästbestånd.”

Anna lyfte hakan en aning. ”De flesta unga damer i er bekantskapskrets har nog inte haft ansvar för att föra avelsregister sedan fjorton års ålder, kan jag tänka mig.”

”Säkert inte”, höll han med om och studerade henne med förnyat intresse. ”Säg mig, har ni haft möjlighet att besöka Spanska ridskolan ännu? Deras lipizzanerhingstar representerar ett av de mest framgångsrika avelsprogrammen i Europa, även om syftet är helt annat än för varken kapplöpnings- eller kavallerihästar.”

Trots sig själv kände Anna en flämtning av äkta intresse. ”Inte ännu, fast det står överst på min lista över platser att besöka i Wien. Och jag måste invända mot er bedömning. Lipizzanernas träning är i högsta grad rotad i kavalleri-manövrer.”

Han såg road ut över hennes rättelse, men bockade och gav henne rätt i sak. ”Deras träning är ytterst krävande, milt uttryckt. Varje rörelse är beräknad in i minsta detalj, byggd på generationer av noggrant urval för specifika egenskaper.”

Anna smalnade av med ögonen en aning, osäker på om han gjorde narr av hennes intresse eller kom med en uppriktig iakttagelse. "Ni verkar förvånansvärt kunnig om klassisk dressyr för att vara någon som främst intresserar sig för kapplöpning."

"Jag rymmer många motsatser, miss Bell", svarade han med en lätt axelryckning och ett leende som antydde ett privat nöje. "Fast Spanska ridskolan är fängslande av såväl arkitektoniska som ridtekniska skäl. Vinterridskolan är ett magnifikt exempel på barockstil."

"Så behändigt att era arkitektoniska intressen stämmer så perfekt överens med hemvisten för Europas mest berömda hästar", anmärkte Anna torrt.

Ashburtons leende vidgades och hans ögon kisade djupt i ögonvrårna, ett tydligt tecken på att hennes skepticism snarare roade än förolämpade honom. "En märklig tillfällighet, eller hur? Nästan lika märklig som att finna er alla i Wien under vår livstids mest betydelsefulla diplomatiska sammankomst. Om ni inte också har kommit hit för hästauktionerna, förstås?"

"Whitmore är här som diplomatisk representant för Hans Kungliga Höghet Prinsregenten", flikade Clara smidigt in. "Fast jag måste tillstå att möjligheten att få se Spanska ridskolan var en avsevärd sporre för mig att följa med honom, och att övertala min syster att göra oss sällskap."

"Då delar vi trots allt ett gemensamt intresse", sade Ashburton, och hans blick återvände till Anna med samma oroande blandning av munterhet och intresse. "Kanske jag får erbjuda mina tjänster som guide? Jag har varit i Wien vid flera tillfällen tidigare och känner staden ganska väl."

Anna öppnade munnen för att tacka nej, men Clara hann före. "Vad vänligt av er, Lord Ashburton. Anna har varit särskilt ivrig att utforska Wiens kultur. Er sakkunnighet vore ytterst värdefull."

Anna sköt en förrådd blick mot sin syster, som Clara besvarade med ett oskyldigt leende som inte lurade någon.

"Då säger vi så", förklarade Ashburton, och såg alldeles för nöjd ut med denna vändning. "När det än passar er, naturligtvis. Jag skulle ogärna vilja inkräkta på era planer."

"Inte alls", försäkrade Matthew honom, till synes ovetande om Annas obehag. "Vi har ett ganska fullspäckat schema med diplomatiska tillställningar, men jag är säker på att Anna kan finna tid för en sådan lärorik utflykt."

Anna tvingade fram ett stelt leende. "Ert erbjudande är mycket omtänksamt, mylord. Fast jag skulle ogärna vilja distrahera er från det spelande och de kapplöpningar som förde er till Wien."

"Åh, jag försäkrar er, fröken Bell", svarade Ashburton, och hans ögon glittrade av denna irriterande munterhet, "att visa er Spanska ridskolan skulle inte vara någon distraktion alls. Faktum är att jag inte kan tänka mig en mer underhållande utsikt."

Sättet hans ögon kisade i vrårna när han fällde detta yttrande tydde på att han fann hennes avvisande attityd snarare förtjusande än avskräckande, vilket bara tjänade till att öka Annas irritation. Det var som om han betraktade henne som en rolig kuriositet snarare än en intellektuell jämlike värdig att tas på allvar.

”Ni är för vänlig”, svarade hon med precis den grad av hövlighet som den sociala etiketten krävde och inte ett uns mer.

Matthew och Clara utväxlade en blick, en tyst kommunikation som Anna tolkade alltför väl som ömsesidig munterhet på hennes bekostnad. Förrädare, båda två, tänkte hon och föresatte sig att tala med Clara senare om att hon anmält henne som frivillig till utflykter med odrägliga herrar, oavsett hur kunniga de än må vara om Wiens ridattraktioner.

När konversationen övergick till de kommande diplomatiska tillställningarna som Matthew och Clara skulle närvara vid, märkte Anna att hennes uppmärksamhet vandrade på ett högst okarakteristiskt sätt. Istället för att katalogisera de politiska konsekvenserna av de händelser som diskuterades, påkom hon sig själv med att lägga märke till hur Lord Ashburtons krås var knutet; de intrikata vecken av obefläckat vitt linne som bildade en perfekt symmetri mot hans mörkblå rock. Det var samma analytiska del av hennes sinne som uppskattade de balanserade proportionerna hos en välbyggd häst, sade hon till sig själv, ingenting annat.

Ändå fortsatte hennes ögon sin bedömning och noterade hur skenet från stearinljusen fångades i hans ögon när han log, och förvandlade dem från svalt grå till något varmare, likt morgondimma berörd av soluppgången. Hans axlar hade också en självsäker hållning under hans oklanderligt skräddarsydda aftonrock, vilket tydde på den sortens fysiska styrka som kom från faktisk aktivitet snarare än att bara posera i fashionabla salonger.

Anna blinkade och riktade om sin uppmärksamhet. Vad var detta för struntprat? Lord Ashburton var precis den sortens lättsinniga aristokrat som hon alltid hade funnit tröttsam: besatt av kapplöpningar och spel, avvisande mot praktisk tillämpning av goda härstamningar och alldeles för nöjd med sin egen charm. Att hon skulle kosta på sig ens ett ögonblicks uppmärksamhet åt den särskilda nyansen i hans ögon, den där sällsamma grå färgen som tycktes skifta med ljuset, var absurt. Hon tänkte inte låta sig distraheras av sådana ytliga egenskaper.

"Den spanska delegationen står värd för en musikafton i morgon", sade Matthew till Ashburton. "Inget alltför formellt. Du kanske finner det underhållande om du inte har några andra åtaganden."

"Ack, jag är uppbunden vid ett ganska lovande kortspel i greve Razumovskijs residens", svarade Ashburton. "Fast jag kanske dyker upp senare om korten vänder sig emot mig tidigt."

Anna observerade hur obesvärat han tog plats i rummet omkring sig, hans hållning var varken stel av formaliteter eller hopsjunken i tillgjord nonchalans. Det var den naturliga självsäkerheten hos en man som var helt till freds i sin omgivning, vare sig den bestod av en wiensk balsal eller, föreställde hon sig, en kapplöpningsbana på landsbygden eller en herrklubb i London. Det fanns en viss elegans i en sådan självbehärskning, en ekonomi i rörelser och uttryck som uppnådde maximal effekt med minimal ansträngning.

En förbipasserande diplomat hälsade på Ashburton med tydlig vördnad och talade till honom på snabb franska som Anna, med sina skolbokskunskaper i språket, endast delvis kunde följa. Vad som dock fångade hennes uppmärksamhet var den subtila förändringen i Ashburtons uppträdande, en kortvarig skärpning av uppmärksamheten och en aning rakare rygg, innan han svarade med sitt sedvanliga otvungna leende. Ordutbytet varade i mindre än en minut, men Anna lade iakttagelsen på minnet: Lord Ashburton var inte riktigt den han utgav sig för att vara.

Detta borde ha varit långt mer intressant än hur lampskenet förgyllde hans hår eller vinkeln på hans käklinje, ändå fann Anna sin uppmärksamhet delad mellan dessa ytliga observationer och det mer väsentliga pussel han utgjorde. Det var högst förargligt.

”Ni verkar djupt försjunken i tankar, fröken Bell”, anmärkte Ashburton plötsligt, och hans blick mötte hennes med oväntad direkthet. ”Har jag sagt något särskilt anstötligt?”

Anna kände en våg av hetta stiga till kinderna över att ha blivit påkommen med sin granskning. ”Inte alls”, svarade hon och strävade efter sval likgiltighet. ”Jag begrundade bara det märkliga fenomenet med herrar som odlar ett sken av lättsinnighet.”

Hans ögonbryn höjdes något. ”Ett teoretiskt övervägande, antar jag?”

"Naturligtvis", svarade hon och mötte hans blick med mer stadga än hon kände. "Fast exempel uppenbarar sig med anmärkningsvärd frekvens vid diplomatiska sammankomster."

Något hon inte riktigt kunde tyda fladdrade till i hans ansiktsuttryck innan han skrattade, ett ljud som var varmt och genuint. "Vad tursamt att ni har ett så fascinerande forskningsområde framför er i Wien. Jag föreställer mig att kongressen kommer att tillhandahålla rikligt med exemplar för era observationer."

"Visst är det så", instämde Anna, obehagligt medveten om att hon hade avslöjat mer av sina tankar än hon avsett. "Fast jag erkänner att mitt främsta intresse förblir stadens arkitektoniska och ridsportsliga attraktioner."

"Givetvis", sade han med en lätt böjning på huvudet som på något sätt lyckades förmedla både acceptans och skepticism. "Hästarna framför allt."

"Hästarna framför allt", ekade hon, tacksam över återgången till tryggare samtalsämnen.

En livréklädd tjänare närmade sig deras lilla grupp och bockade respektfullt för Ashburton. "Mylord, det ryska sändebudet frågar efter er i spelrummet."

"Plikten kallar", sade Ashburton med en teatralisk suck. "Eller rättare sagt, baccarat kallar, vilket går ut på nästan samma sak under kongressen." Han bockade elegant för Clara. "Lady Whitmore, ett nöje som alltid. Jag hoppas att vi kommer att ses mer under er vistelse i Wien."

Mot Matthew erbjöd han en vänskaplig klapp på axeln. "Whitmore, låt inte dessa diplomater tråka ut dig till döds.

Det finns utmärkt jakt i Wienerwald om du behöver en paus."

Slutligen vände han blicken mot Anna, och hon blev irriterad över att hon spände sig något under hans betraktande. "Fröken Bell", sade han, och hans röst mjuknade med vad som lät misstänkt likt uppriktig glädje, "jag ska se fram emot vår utflykt till Spanska ridskolan. Kanske ni kan beräkna vinkeln på en capriole åt mig? Jag har alltid undrat över matematiken bakom en sådan perfekt upphöjning."

Innan hon hann formulera ett passande måttfullt svar hade han vänt sig om och var på väg genom folkmassan, och stannade då och då för att utväxla hälsningar med bekanta. Anna kom på sig själv med att följa hans färd med blicken och noterade hur havet av diplomater och aristokrater tycktes dela sig naturligt framför honom, som vatten som flyter runt en klippa i en ström.

Den självsäkra hållningen, hans smidiga och graciösa rörelser, det enstaka lutandet på huvudet när han lyssnade på någon som talade; alla dessa detaljer registrerades med irriterande skärpa i Annas vanligtvis disciplinerade sinne. Hon såg hur han försvann in i ett angränsande rum, förmodligen för att ansluta sig till det kortspel som väntade på honom.

Det var först när han helt hade försvunnit ur sikte som Anna blev medveten om Claras blick på sig, varm och menande. Hon vände sig om och fann sin syster betrakta henne med ett ansiktsuttryck av knappt undertryckt munterhet, med ena ögonbrynet höjt i en tyst fråga.

"Vad är det?" frågade Anna, mer defensivt än hon hade tänkt.

"Jag har inte sagt något", svarade Clara milt, även om hennes ögon gnistrade av outtalade iakttagelser.

"Ditt ansiktsuttryck säger mer än ord", gav Anna svar på tal och rätade till sina redan fläckfria handskar. "Och vad du än tänker så har du fel. Jag katalogiserade bara tillställningens sociala dynamik."

"Naturligtvis gjorde du det", instämde Clara med misstänkt beredvillighet. "Och Lord Ashburton uppvisar en särskilt intressant social dynamik, tycker du inte?"

Matthew, barmhärtigt ovetande om underströmmarna i ordutbytet, gestikulerade mot en lång, uniformerad herre som långsamt rörde sig över balsalen. "Där är hertigen av Wellington. Jag borde framföra min vördnad." Han såg bekymrat på Clara. "Men du kanske föredrar att dra dig tillbaka snart? Du ser trött ut, min kära."

"Jag mår alldeles utmärkt", försäkrade Clara honom, även om Anna noterade den lätta anspänningen kring systerns ögon som tydde på tilltagande trötthet. "Men jag skulle uppskatta ett glas lemonad innan vi talar med hertigen."

"Jag hämtar det", sade Anna snabbt, tacksam för svepskälet att undkomma Claras alltför skarpsynta blick. "Och kanske ser om jag kan hitta en stol åt dig? Det tycks finnas en ledig borta vid den där palmen."

"Tack, Anna", sade Clara och lät Matthew leda henne mot den anvisade sittplatsen. När Anna vände sig om för att ordna den begärda förfriskningen, tillade Clara lågmält: "Jag tror vi får diskutera Lord Ashburton en annan gång."

”Det finns ingenting att diskutera”, svarade Anna bestämt och vägrade möta sin systers blick. ”Absolut ingenting alls.”

Medan hon tog sig fram genom den fyllda balsalen och navigerade mellan klungor av Europas elit, samlade Anna resolut sina tankar kring Claras välbefinnande och de praktiska arrangemangen inför hemfärden till deras logi. Hon tänkte inte slösa ytterligare ett ögonblicks eftertanke på Lord Ashburtons grå ögon, eller breda axlar, eller den intelligenta glimt som då och då lyste igenom hans noggrant odlade sken av lättsinnighet.

Det tänkte hon inte göra. Det var en enkel fråga om disciplin och prioriteringar. Anna Bell hade aldrig haft brist på någotdera.

Men när hon tog emot ett glas vatten från en förbipasserande tjänare, fann sig Anna med att automatiskt titta mot dörröppningen till spelrummet, en kortvarig, ofrivillig handling som hon omedelbart undertryckte. Löjligt, bannade hon sig själv. Fullkomligt löjligt. Mannen var odräglig, och hans fysiska uppenbarelse var helt irrelevant för varje rationell bedömning av hans karaktär eller värde.

Beslutsamt återvände Anna till Claras sida och koncentrerade sig helt på sin systers välbefinnande och de diplomatiska presentationer som upptog resten av kvällen. Om hennes blick då och då dröjde sig kvar vid dörren till spelrummet, om hon påkom sig själv med att lyssna efter hans skratt mitt i det allmänna sorlet, så var det bara en tillfällighet, försäkrade hon sig själv. Ingenting mer.

Kapitel två

Lord Ashburton lade ner sina kort med en beklagande suck och såg på när en korpulent österrikisk adelsman med förtjusning samlade ihop den anspråkslösa högen med floriner från bordets mitt. Herrklubben sjöd av den speciella energi som uppstår hos män som ägnar sig åt jakten på lyckan, och dess träpanelerade väggar absorberade det stadiga sorlet av vadslagningar och en och annan skrattsalva. En dis av tobaksrök hängde under det låga taket och virvlade i ljuset från mässingslamporna medan betjänter cirkulerade med brickor med brandy och whisky. Ashburton sträckte sig efter sitt glas, med ett beräknande halvleende på läpparna, medan han signalerade för en ny giv.

"Er tur tycks ha övergivit er i kväll, mylord", konstaterade Jakob Braun, klubbens bofasta bookmaker, en mager man med skarpa ögon och fingrar som var permanent fläckade av bläck från anteckningar om odds och skulder.

Ashburton småskrattade och lät en aning ångerfull charm färga sitt svar. "Lyckan är en nyckfull dam, herr Braun. Hon besöker den tålmodige mannen till slut." Han tog emot nya kort från givaren och ordnade dem nonchalant i handen. "På tal om nyckfulla varelser, har du hört något mer om den franska hingsten som markis de Carabas har fört till Wien? Jag hörde viskningar om att han kan vara till salu."

"Ack, skimmeln." Jakob lutade sig framåt och sänkte rösten konspiratoriskt. "Ett magnifikt djur, helt klart, men det råder tvivel om hans uthållighet. Fransmännen har hållit hans härstamning misstänkt hemlig."

"Har de verkligen det?" Ashburton höjde på ögonbrynen och sneglade på sina kort med skenbart ointresse medan hans sinne katalogiserade informationen. Markis de Carabas var känd för att ha nära kopplingar till den franska delegationen. Hans hästar tjänade ofta som lämpliga täckmantlar för möten mellan diplomater som officiellt inte borde rådgöra med varandra. En diskussion om en hingsts stamtavla kunde dölja betydligt känsligare utbyten. "Kanske är våra franska vänner försiktiga med att avslöja sina fördelar."

"Som de är i andra frågor", svarade Jakob med en menande blick. "Jag har hört att hästen ska tävla på Prater nästa vecka, även om fransmännen hävdar att han ännu inte har acklimatiserat sig. Kanske fruktar de en jämförelse med det österrikiska beståndet."

Ashburton nickade och lade ett blygsamt vad som varken skulle dra till sig uppmärksamhet eller avsluta hans deltagande för snabbt. "Jag kanske går dit, om så bara för att se om de franska hästarna lever upp till sitt rykte." Han gestikulerade ovårdslöst mot sin minskade hög med mynt. "Fast i den här takten kommer jag att ha väldigt lite kvar att satsa."

Den österrikiske adelsmannen på andra sidan bordet skrattade. "Ni engelsmän och era hästar. Man skulle kunna tro att det inte fanns några andra viktiga frågor i Wien nu för tiden."

"Vad kan vara viktigare än att hitta det perfekta tillskottet till sitt stall?" genmälde Ashburton med ett flin, och förkroppsligade perfekt den hästtokige aristokrat han utgav sig för att vara. "Politik och diplomati växlar med vinden, men en bra stamtavla består i generationer."

Ett sorl av uppskattande skratt spred sig runt bordet, och Ashburton unnade sig ett ögonblick av tillfredsställelse. Den personlighet han hade skapat under åren – den lättsamme, något tomhövdade hästentusiasten med en svaghet för spel – tjänade honom väl. Den gav honom tillträde till just de kretsar där män talade fritt, där informationen flödade lika lätt som vinet, och där ingen anade den skarpa intelligens som bedömde och kategoriserade varje uns av samtal för framtida bruk.

Hans tillfredsställelse dämpades något när han lade märke till en bekant gestalt som klev in i klubbens stora rum. Sir Edmund Wrexford stannade upp i dörröppningen, och hans skarpa blick svepte över det samlade sällskapet innan den kort stannade vid Ashburton. Trots att han var oklanderligt klädd i aftonklädsel som vittnade om stillsam rikedom, fanns det något i Wrexfords framtoning som skilde honom från de genuint sysslolösa rika. Kanske var det vaksamheten i hans blick eller sättet han rörde sig genom rummet med ett syfte, hälsade på bekanta men behöll en aura av distans.

Ashburton lät inte minsta tecken på igenkänning visa sig i ansiktet, utöver vad som kunde förväntas av en ytlig bekant. Han riktade åter uppmärksamheten mot sina kort och lade ytterligare ett litet vad medan han underhöll bordet med en anekdot om ett särskilt envist sto han hade stött på i Sussex. Först när Wrexford hade placerat sig nära kortbordet tittade Ashburton upp, som om han just lagt märke till hans närvaro.

"Sir Edmund! Vilken trevlig överraskning. Har ni kommit för att befria mig från det som återstår av mitt kvartalsunderhåll?" Han gestikulerade utladande mot bordet. "Dessa herrar har varit mycket grundliga, men jag är säker på att de välkomnar lite nytt blod."

Wrexford log blekt. "En annan gång, kanske. Jag undrar om jag fick be om ett ord, lord Ashburton? Jag har just hört nyheter om det där ärendet angående avelsdjur som vi diskuterade förra veckan."

"Har ni verkligen det?" Ashburton lät sitt ansiktsuttryck lysa upp av till synes äkta entusiasm. "Mina herrar, ni får ursäkta mig. Kallet från hästarna överträffar till och med lockelsen i att förlora mer pengar till er i kväll." Han samlade ihop sina återstående mynt och stoppade ner dem i en läderpung innan han reste sig. "Jag ska snart återvända för att utkräva min hämnd."

Han följde Wrexford till ett lugnt hörn av klubben, där läderfåtöljer var diskret utställda på avstånd från de livligare spelborden. En massiv målning av en jaktscen dominerade väggen, där de frusna hundarna och den skräckslagna räven utgjorde en ironisk bakgrund till deras samtal.

"Jag antar att det här inte egentligen handlar om avelsdjur", anmärkte Ashburton lågmält när de hade satt sig, även om hans uttryck förblev det hos en man som var ivrig att diskutera hästavel.

Wrexford signalerade till en väntande kypare efter två glas brandy innan han svarade. "Tvärtom. Det handlar precis om härstamning, fast inte av den hästliknande sorten." Han väntade tills deras drycker anlänt och kyparen hade dragit sig tillbaka utom hörhåll. "Comte de Frontenac anlände till Wien i går. Hans officiella syfte är att företräda franska jordbruksintressen."

"Och hans inofficiella syfte?" Ashburton smuttade på sin brandy, hans kroppshållning var avslappnad men hans sinnen var på helspänn.

"Vi tror att han samordnar informationsinsamling under hela kongressen. Våra källor tyder på att han håller på att bygga upp ett nätverk av informatörer inom olika delegationer." Wrexfords röst förblev samtalstonlig, även om hans ögon periodvis svepte över rummet. "Han har varit slug, han använder sociala tillställningar och gemensamma intressen. Inga direkta närmanden."

Ashburton nickade eftertänksamt. "Och min roll?"

"Du delar hans entusiasm för kapplöpning. Han har ett stall nära Paris som har frambringat flera kända vinnare. Det ger en naturlig kontaktpunkt." Wrexford lät sin brandy virvla i glaset innan han fortsatte. "Vi behöver veta vilka han rekryterar, vilken information han prioriterar och om möjligt få tillgång till hans korrespondens."

"Det låter enkelt nog", kommenterade Ashburton, fast de båda visste att det var allt annat än det. "Jag antar att han kommer att vara på den spanska delegationens mottagning i morgon kväll?"

"Precis. Tillsammans med halva det diplomatiska Wien." Wrexford tvekade, en händelse som var ovanlig nog för att Ashburton skulle känna ett styng av oro. "Det finns en annan sak. En komplikation."

"Gör det inte alltid det?" Ashburtons ton förblev lätt, men hans blick skärptes.

Wrexford lutade sig framåt en aning och sänkte rösten ytterligare. "Vi har anledning att tro att det finns en dubbelagent i Wien. Någon som matar både vår sida och fransmännen med information."

Ashburtons käke spändes nästan omärkligt, det enda yttre tecknet på hans oro. "En av våra?"

"Möjligen. Eller någon som vi har litat på som har bytt sida." Wrexfords ansiktsuttryck var dystert. "Mönstret är subtilt, men information som vi har delat har hittat vägen till franska diplomater tidigare än den borde ha gjort. Små detaljer, inget katastrofalt ännu, men tillräckligt för att antyda en läcka."

"Har vi några misstänkta?"

"Flera möjligheter, ingen bekräftad." Wrexford tog en kontrollerad klunk av sin brandy. "Det är därför vi behöver att du kommer nära Frontenac. Om vi kan identifiera vilka han träffar, vilka han odlar kontakter med, kanske vi kan spåra förbindelsen tillbaka till vår läcka."

Ashburton lutade sig tillbaka, och hans sinne bearbetade redan konsekvenserna. En dubbelagent inom det brittiska underrättelsenätverket skulle vara katastrofal, särskilt under kongressen när så många känsliga förhandlingar hängde på en skör tråd. Fel information i franska händer skulle kunna rasera månader av noggrann positionering och rubba hela den maktbalans som det förhandlades om i Wien. "Jag ska ta kontakt i morgon kväll. Rollen som hästentusiast bör fungera tillräckligt bra för ett första närmande."

"Var försiktig med den här mannen, Ashburton." Wrexfords röst bar en ovanlig ton av varning. "Frontenac är ingen duvunge. Han har drivit underrättelseverksamhet sedan tiden före Waterloo. Om han misstänker att du är mer än vad du utger dig för att vara ..."

"Det kommer han inte att göra." Ashburtons självsäkerhet var äkta. Han hade spelat den här rollen i åratal, fulländat den till den grad att även de som letade efter bedrägeri bara fann en lättsam engelsk lord med mer pengar än förstånd och en besatthet av hästar. "Jag kommer att vara precis vad han förväntar sig: förmögen, en smula uttråkad, ivrig att diskutera stamtavlor och kapplöpning."

Wrexford nickade långsamt, även om något i hans ansiktsuttryck antydde ett dröjande tvivel. "Kom bara ihåg att varje agent som har underskattat Frontenac har fått ångra det. I alla fall de som fortfarande är vid liv och kan ångra sig."

De avslutade sin diskussion med ytterligare några kommentarer om fiktiva hästar och bibehöll sin täckmantel även i detta relativt privata hörn. När de återvände till det stora rummet återtog Ashburton sin plats vid kortbordet, och hans skratt och livliga samtal om fördelarna med arabiskt jämfört med engelskt fullblod gav ingen antydan om tyngden i hans faktiska uppdrag.

Men medan han spelade ytterligare några givar, och förlorade och vann i noga beräknade mått för att varken ruinera sig eller väcka misstankar genom osannolika framgångar, förblev Ashburtons tankar upptagna av det problem Wrexford hade presenterat. En dubbelagent. Möjligheten förvandlade hans bedömning av alla han kände i Wien till ett pussel av potentiella svek. Tillit var en sällsynt vara i underrättelsearbete, men att misstänka till och med dem inom den egna tjänsten...

Han skakade av sig tanken och koncentrerade sig i stället på den omedelbara uppgiften framför sig. I morgon kväll skulle han träffa comte de Frontenac. I morgon kväll skulle han påbörja det känsliga arbetet med att infiltrera det franska underrättelsenätverket samtidigt som han bibehöll sin roll som harmlös dilettante.

Det var den sortens utmaning han var tränad för, den typ av operation som tog vara på alla hans färdigheter. Det fanns inget utrymme för distraktioner eller delad uppmärksamhet.

Varför vandrade då hans tankar ständigt till en viss ung dam med skarpa ögon och ännu skarpare tunga?

Den spanska delegationens mottagning var redan välbesökt när Ashburton anlände, moderiktigt sen och en smula ovårdad på ett sätt som antydde en man som kanske hade tillbringat för mycket tid i stallet och inte riktigt tillräckligt med tid på att förbereda sig för det fina sällskapet. Hans halsduk var knuten med avsiktlig ofullkomlighet, hans väst en nyans för färgstark för att vara i perfekt smak, hans sätt bara ett uns för entusiastiskt när han hälsade på bekanta och tog emot ett glas champagne från en förbipasserande tjänare.

Balsalen i den spanske ambassadörens residens var spektakulär, med höga tak dekorerade med invecklade gipsarbeten och enorma målningar föreställande olika spanska monarker som blickade ner på de församlade diplomaterna med varierande grader av välvilja. Kristallkronor kastade sitt ljus över sidenklänningar och militäruniformer, och färgerna och rörelserna skapade ett kalejdoskop som skulle ha varit vackert om man haft tid att uppskatta det snarare än att analysera det för användbar information.

Ashburtons blick svepte systematiskt över rummet och katalogiserade ansikten och positioner. Den franska delegationen flockades nära terrassdörrarna, djupt försjunkna i livliga samtal. Ryska diplomater dominerade området vid förfriskningsborden och deras röster bar genom rummet med en gladlynt brist på diskretion. Österrikarna, i egenskap av kongressens värdar, rörde sig smidigt mellan grupperna medan kanslerns personal arbetade för att säkerställa ett tillbörligt mingel mellan de olika fraktionerna.

Och där, nära en palm i kruka stod Anna Bell.

Hon bar en blekgrå klänning i kväll, en färg som gjorde henne nästan osynlig mot de krämvita väggarna och de vita marmorpelarna. Det var, insåg Ashburton med en plötslig känsla av igenkänning, ett medvetet val. Där hennes syster Lady Whitmore stod i närheten i en livfull safirblå färg, som drog till sig allas blickar och krävde uppmärksamhet, hade Anna klätt sig för att smälta in i bakgrunden. För att bli förbisedd. För att avfärdas som oviktig.

Det var en taktik han själv förstod på djupet, även om hans egen metod innebar att bli sedd men underskattad, snarare än att bli helt förbisedd. Skillnaden var fascinerande. Medan han iakttog henne passerade en livréklädd tjänare henne utan en nick, följd av två österrikiska diplomater som diskuterade handelsvägar på tyska som om hon inte stod bara några fot bort, väl inom hörhåll.

Och fröken Bell, å sin sida, upprätthöll ett uttryck av artig uttråkning även när hennes mörka ögon följde varje rörelse, varje gest och varje talande blick som utbyttes mellan talarna. När en diplomat lutade sig närmare den andre för att framföra en särskilt känslig poäng, lutade hon huvudet nästan omärkbart, vilket förde henne närmare deras samtal utan att hon verkade röra sig alls.

Precisionen i det hela var anmärkningsvärd. Det tålamod som krävdes var än mer imponerande. De flesta människor skulle ha förrått sig genom att skruva på sig eller genom uppenbar uppmärksamhet, men hon förblev helt stilla, med ansiktet samlat i ett uttryck av mild tomhet som antydde en ung dam som inte hade något mer angeläget i tankarna än att undra när middagen skulle serveras.

Ashburton kände något som obehagligt nog liknade beundran röra sig i bröstet. Här var någon som förstod den grundläggande principen för underrättelseinhämtning: att den bäste observatören är den som ingen kommer på tanken att bevaka. Där han använde sig av skenmanövrar och drog uppmärksamheten till sin förmenta dårskap när det gällde hästar medan hans sinne katalogiserade varje användbar detalj, använde hon sig av enkel osynlighet. Båda metoderna fungerade, även om han misstänkte att hennes krävde ännu större disciplin än hans egen. Att upprätthålla en sådan total stillhet, en sådan fullständig alldaglighet, krävde trots allt en enorm kontroll.

De österrikiska diplomaterna rörde sig bort, och Annas hållning slappnade av något, även om hon stannade kvar på sin post. Inom några ögonblick hade en grupp ryska och preussiska tjänstemän ersatt österrikarna, och deras livliga samtal på en blandning av franska och tyska antydde ämnen som var betydligt viktigare än vädret. Återigen ignorerade de henne fullständigt och fortsatte sina diskussioner som om hon bara vore ännu en möbel i palatset, inte mer värd diskretion än en krukväxt eller en dekorativ staty.

Det var fascinerande att se på, särskilt för någon som hade tillbringat åratal med att finslipa sina egna metoder för att samla information samtidigt som han såg ut att inte göra någonting alls. Där Ashburton använde animerat småprat om hästar och kapplöpningar för att avväpna sina mål – och skapade en persona av harmlös entusiasm som uppmuntrade andra att tala fritt – använde fröken Bell sin uppfattade obetydlighet. Båda tillvägagångssätten gav resultat, även om han misstänkte att hennes faktiskt kunde vara mer effektivt i vissa sammanhang. Folk vaktade trots allt sällan sina ord i närheten av dem som de ansåg vara under deras värdighet.

Medan han upprätthöll sin roll som den älskvärde kapplöpningsentusiasten och utbytte artigheter med en bayersk baron om fördelarna med olika träningsmetoder höll Ashburton Anna i ögonvrån. Hon hade placerat sig nära en grupp ryska och preussiska diplomater vars livliga samtal antydde ämnen med större tyngd än vädret eller orkesterns kvalitet. Trots att hon såg ut att bara vänta på sin syster, förrådde hennes hållning hennes uppmärksamhet: den lätta lutningen på huvudet, den perfekta stillheten, den tillfälliga glimten i hennes mörka ögon när hon bearbetade någon särskilt intressant kommentar.

Det var precis så han själv skulle ha placerat sig om han hade velat tjuvlyssna på just den gruppen. Igenkännandet sände en oväntad ilning av samhörighet genom honom. De flesta rörde sig genom sådana här tillställningar med rent sociala mål: att bli sedda, att göra intryck, att främja sin position genom rätt samtal med rätt personer. Väldigt få förstod värdet av att iaktta, att samla in de små detaljerna och de förbigående kommentarerna som, när de monterades ihop likt bitarna i ett pussel, bildade en fullständig bild av det politiska landskapet.

Fröken Bell tycktes vara en av dessa få.

Den mest intressanta frågan var varför.

Den bayerske baronen ursäktade sig för att gå och hälsa på en nyanländ dignitär, vilket lämnade Ashburton tillfälligt ensam med sina iakttagelser. Han såg hur Anna tog emot ett glas lemonad från en förbipasserande tjänare, hennes fingrar slanka och graciösa runt kristallglaset. Till skillnad från många av de närvarande damerna, som kramade sina glas och fladdrade med sina fjädrar med nervös energi, var hennes rörelser ekonomiska och kontrollerade. När hon förde glaset till läpparna lade han märke till det eftertänksamma uttrycket kring hennes mun, den lilla rynkan mellan hennes bryn medan hon fortsatte att lyssna på diplomaterna i närheten och bearbetade varje ord med uppenbar omsorg.

Det fanns något beräknande i hennes sätt att iaktta, som om hon bedömde variabler i en komplex ekvation. Med tanke på vad han visste om hennes fallenhet för siffror och stamtavlor var det kanske precis vad hon gjorde: bedömde sannolikheter, korrelerade information och drog slutsatser baserade på tillgängliga bevis. Det var anmärkningsvärt likt hans egen analytiska process, även om han hade utvecklat sin genom år av underrättelsearbete snarare än genom att förvalta avelsprogram för hästar.

En skymt av safirblått i ögonvrån signalerade att Lady Whitmore närmade sig sin syster. Hon rörde försiktigt vid Annas armbåge och mumlade något som fick systern att nicka och följa henne mot en sittgrupp där flera engelska damer hade samlats. När de rörde sig bort från de ryska diplomaterna fångade Ashburton ett flyktigt uttryck av frustration i Annas ansikte, men den doldes snabbt bakom ett artigt leende.

Hon hade samlat in information, det var han säker på nu. Hon fördrev inte bara tiden eller väntade på sin syster, utan lyssnade aktivt, iakttog och samlade intryck med samma systematiska tillvägagångssätt som han själv skulle använda. Frågan som gnagde i honom var: i vilket syfte? Hästavel, hur komplex och matematisk hennes inställning till den än var, skulle knappast tjäna på kunskap om ryska diplomatiska ståndpunkter gällande polska gränser eller preussisk oro för saxiska territorier.

Ashburton skakade på sig mentalt. Vad höll han på med som ägnade så mycket tid åt att analysera fröken Bells förehavanden när han hade sitt eget uppdrag att koncentrera sig på? Comte de Frontenac måste finnas någonstans i denna samling. Att finna honom, etablera en första kontakt och påbörja arbetet med att infiltrera det franska underrättelsenätverket; det var hans prioriteringar, inte att fundera över motiven hos en rapptungad ung dam med ovanliga gåvor som observatör.

Han tvingade sig själv att systematiskt skanna rummet, identifiera grupperna av franska diplomater och notera vilka andra nationaliteter de samarbetade mest villigt med. Där, nära terrassdörrarna, stod en grupp elegant klädda fransmän vars samtal punkterades av de emellanåt eftertryckliga gester som var typiska för societeten i Paris. Och bland dem, utmärkt av sitt något mer återhållsamma sätt och den subtila respekt de andra visade honom, måste comten finnas. Ashburton memorerade mannens utseende: medellång, slank kroppsbyggnad, med ett omsorgsfullt trimmat grått skägg och Légion d'Honneur-bandet synligt mot hans fläckfria aftonkläder. Hans ansikte bar ett uttryck av artigt intresse som Ashburton kände igen alltför väl – masken hos en man som lyssnar och samtidigt gör en bedömning.

En förnuftig agent skulle börja röra sig i den riktningen nu, iscensätta ett tillfälligt möte, kanske nämna kapplöpningarna i Longchamp eller fråga om comtens välkända stall i närheten av Paris. Det var det självklara handlingssättet, det som Wrexford förväntade sig av honom, det korrekta utförandet av hans uppdrag. Ändå fann Ashburton sin blick vandra ännu en gång över balsalen, sökande efter den blekgrå färgen på Annas klänning bland de mer livfulla färgerna runt henne.

Han hittade henne nära en ståtlig marmoreldstad, där hon återigen hade placerat sig något avsides från det huvudsakliga samtalet men inom perfekt hörhåll. Den här gången observerade hon en blandad grupp av österrikiska och engelska diplomater, vars diskussion var livlig nog för att antyda ärenden av viss vikt. Hennes uttryck förblev omsorgsfullt neutralt, även om Ashburton intalade sig att han kunde se beräkningarna ske bakom dessa intelligenta ögon, hur hon sorterade och arkiverade varje bit information för senare analys. När en av österrikarna framförde en viss poäng, lutade hon huvudet nästan omärkbart, och han kunde praktiskt taget se hur hon lade undan informationen för senare begrundan.

Likheten med hans egna metoder var kuslig, och Ashburton kände en oväntad våg av något som nästan kunde liknas vid frändskap. Här fanns någon annan som förstod värdet av noggrann observation, som insåg att sann underrättelseinhämtning inte skedde i dramatiska konfrontationer utan i ett tålmodigt, systematiskt insamlande av till synes obetydliga detaljer.

Som om hon kände av hans granskning, tittade Anna plötsligt i hans riktning. Deras blickar möttes tvärs över den fullsatta balsalen, hennes mörka blick skarp av igenkänning och något som kunde ha varit vaksamhet. För ett ögonblick kände sig Ashburton underligt blottad, som om hon kunde se förbi hans omsorgsfullt upprätthållna persona till den beräknande agenten därunder. Känslan var både oroväckande och märkligt uppiggande.

Han återfick snabbt fattningen och gav en lätt nick som bekräftelse innan han medvetet vände sin uppmärksamhet tillbaka till den franska delegationen. Ändå förblev han akut medveten om hennes närvaro i rummet och ertappade sig själv med att följa hennes rörelser även när han påbörjade sitt närmande till comte de Frontenac. Det var högst oregelbundet, denna uppdelning av hans uppmärksamhet, och potentiellt farligt med tanke på hans uppdrags känsliga natur. En spions koncentration borde vara odelad, hans medvetenhet omfattande men opersonlig.

Det fanns ingenting opersonligt i sättet hans blick ständigt fann Anna Bell mitt i den glittrande folkmassan.

När han slutligen manövrerade sig i position för att bli presenterad för comten, tog emot ett glas champagne från en förbipasserande tjänare och förberedde sin mest entusiastiska utläggning om franska kapplöpningstraditioner, tryckte Ashburton bestämt ner denna oförklarliga fascination. Vad fröken Bell än höll på med, vilket syfte som än drev hennes noggranna iakttagelser, så hade det förvisso ingenting med hans uppdrag eller hans ansvar att göra.

Hans intresse var endast professionell nyfikenhet, intalade han sig, en naturlig reaktion från en skicklig observatör som känner igen en annan.

Det faktum att han fann sig själv lägga märke till den exakta nyansen i hennes mörka ögon eller hennes nackes graciösa linje när hon vände sig för att lyssna på ett samtal i närheten var irrelevant, en tillfällig distraktion, inget mer. Och om dessa distraktioner dök upp med ökande frekvens under kvällen, ja, då var det bara ett bevis på hans grundlighet i att kartlägga sin omgivning.

Inget mer.

Kapitel tre

ANNA RÖRDE NER TVÅ skedar honung i tekoppen, precis som Clara föredrog. Morgonljuset silades genom de tunna gardinerna i systerns sängkammare och kastade ett mjukt sken över Claras bleka ansiktsdrag där hon vilade mot ett berg av kuddar. Anna hade arrangerat dem och beräknat den optimala vinkeln för bekvämlighet, samtidigt som hon försökte lindra det illamående som hade hållit Clara sängliggande för tredje morgonen i rad.

"Läkaren sa att ingefärste skulle kunna hjälpa", sa Anna och rörde försiktigt i den bärnstensfärgade vätskan. "Även om jag har tillsatt kamomill och honung för att göra det godare."

Clara försökte sig på ett leende som inte riktigt nådde ögonen. "Du är för god mot mig, Anna." Hon tog emot den sköra porslinskoppen med fingrar som darrade lätt. "Jag är så ledsen att jag är så dåligt sällskap. Du har rest ända till Wien, och här håller jag dig instängd inomhus som en sjuksköterska."

"Struntprat." Anna slog sig ner på sängkanten och slätade ut ett osynligt veck på överkastet. "Ditt tillstånd är helt naturligt, om än något olägligt i sin tidpunkt." Hon studerade sin systers ansikte och noterade skuggorna under ögonen och den svagt grönaktiga tonen i hyn. Hon var i fjärde månaden, med tanke på det beräknade datumet för barnets ankomst. Det värsta illamåendet borde snart gå över, enligt de böcker Anna hade rådfrågat.

Clara tog en försiktig klunk te. "Ändå känns det förfärligt. Matthew har sina diplomatiska plikter, och du borde utforska staden, inte se mig sitta och kvälja i ett tvättfat."

"Jag har haft gott om möjligheter att utforska", försäkrade Anna henne, fastän hennes utflykter i sanning hade begränsats till korta promenader nära deras logi medan Clara sov middag. "Wien är ganska fascinerande, vet du. Arkitekturen följer principer som skapar en extraordinär harmoni. Förhållandet mellan byggnadernas höjd och gatornas bredd i stadens centrum tyder på att arkitekterna förstod det gyllene snittet, även om de inte kallade det vid det namnet."

Clara skrattade mjukt. "Bara du skulle beräkna proportioner under en sightseeing, käraste." Hon lade handen skyddande över sin fortfarande platta mage. "Berätta mer om vad du har sett. Det hjälper att tänka på något annat än min upproriska mage.”

Anna gjorde henne till viljes och beskrev barockdetaljerna på palatset Hofburg, stadens rutnät och den eleganta symmetrin i de offentliga trädgårdarna. Medan hon talade såg hon hur Claras ansiktsdrag gradvis slappnade av.

”Kaffehusen är särskilt intressanta”, fortsatte Anna. ”De tycks fungera som en förlängning av folks vardagsrum, där gästerna dröjer sig kvar i timmar över en enda kopp medan de läser tidningar från hela Europa. Jag iakttog en herre igår som satt kvar vid sitt bord i exakt tre timmar och tjugosju minuter, och han förtärde inget annat än en kopp kaffe och ett litet bakverk.”

”Tog du tiden med ditt fickur?” frågade Clara, och roat ljus letade sig in i hennes trötta ögon.

”Det kan hända att jag gjorde.” Annas mungipa ryckte till en aning. ”Jag läste min bok hela tiden, förstås, men jag köpte betydligt mer förtäring. Det kändes mest hövligt så.”

En svag knackning på dörren avbröt deras samtal. Matthew steg in och hans blick sökte omedelbart efter hustrun. Anna noterade skuggorna under hans ögon som matchade Claras egna, ett bevis på hans vaksamhet under hennes sjukdomsperioder.

”Hur mår du i morse, min älskade?” frågade han, gick fram och satte sig bredvid Clara och tog hennes lediga hand i sin.

”Mycket bättre, tack vare Annas omvårdnad.” Clara kramade hans fingrar lugnande. ”Fast jag är rädd att jag är en förfärlig tråkmåns.”

Matthew strök bort en vilsekommen gyllene lock från hennes panna. "Du skulle aldrig kunna vara tråkig, inte ens i det här tillståndet." Han vände sig till Anna med ett leende av uppriktig tacksamhet. "Tack för att du ser efter henne så väl. Jag har varit till ganska liten nytta, är jag rädd."

"Inte alls", svarade Anna artigt, även om hon höll med. Män var i allmänhet ganska hjälplösa inför kvinnors krämpor, till och med sådana som var så belevade som hennes svåger. Matthew hade dock en rimlig ursäkt. Som hertigarvinge och en man med prinsregentens förtroende krävdes hans närvaro vid de officiella diplomatiska diskussionerna som ägde rum under kongressen.

"Jag har några nyheter som kan intressera dig, Anna." Matthew rätade på axlarna. "Jag har ordnat så att du får besöka Spanska ridskolan i eftermiddag. Lipizzanerna är magnifika, sannerligen utan like."

Anna kände ett pirr av uppriktig förväntan, även om hon behöll sitt samlade yttre. "Det var väldigt omtänksamt av dig, Matthew. Jag skulle vara mycket intresserad av att studera deras träningsmetoder, men jag borde kanske stanna hos Clara ..."

"Du måste gå", envisades Clara och satte sig rakare trots sin blekhet. "Spanska ridskolan har stått på vår lista sedan innan vi lämnade England. Någon ur familjen bör se den, även om jag är tillfälligt indisponerad."

Anna kunde se den besvikelse som systern ansträngde sig för att dölja. Clara hade velat se lipizzanerna ända sedan den dag hon först läste om dem. Det var faktiskt Claras intresse för klassisk dressyr, och hennes träning av en häst från Belle Haven som en gåva till prinsregenten, som först hade fångat Matthews uppmärksamhet. Matthew hade gett Clara en lipizzanerhingst i bröllopsgåva, en häst som var ovärderlig i England.

Men Claras prioriteringar var annorlunda nu. Hon bar på sitt första barn, möjligen sin makes arvinge, och Anna kunde se på hur Claras händer vilade över magen att hon inte skulle göra något för att äventyra den dyrbara bördan. Hon skulle vila för att läkarna hade sagt åt henne att göra det, även om det innebar att hon gick miste om det hon verkligen hade velat se i Wien.

Anna tvekade, slits mellan sin egen önskan att se de berömda vita hingstarna och sin ovilja att lämna Clara utan tillsyn. "Är du säker? Jag stannar mer än gärna här om du behöver mig."

"Jag insisterar absolut", förklarade Clara med oväntad bestämdhet. "Min kammarjungfru är precis här om jag behöver något, och läkaren kommer på besök igen i eftermiddag. Du måste berätta varenda detalj när du kommer tillbaka, så att jag får uppleva det genom dig."

"Det ska jag göra. Jag lovar." En tyst samförståndsblick utväxlades mellan systrarna. Clara var besviken, och Anna visste det; men att få se skolan genom sin systers ögon skulle vara det näst bästa. Anna skulle observera med dubbel omsorg och notera varenda detalj.

"Jag har ordnat så att en av de seniora ridlärarna guidar dig", tillade Matthew. "Herr Dietrich anses vara en auktoritet på lipizzanerhästarnas träningsmetoder. Han talar utmärkt engelska och vill gärna visa anläggningen."

Anna kände en våg av lättnad över att hennes sällskap skulle vara en österrikisk expert snarare än en viss engelsk lord, vars grå ögon och outgrundliga sätt hade sysselsatt hennes tankar mer än vad som var förnuftigt. "En österrikisk guide blir mycket lärorikt. Jag är säker på att hans expertis blir ovärderlig."

"Väntade du dig någon annan?" frågade Matthew och rynkade pannan lätt.

"Inte alls", svarade Anna snabbt. "Jag tänkte bara att lord Ashburton kanske hade trängt sig på, med tanke på hans uttalade intresse för att visa mig ridskolan."

"Ah, Ashburton." Matthews ansiktsuttryck klarnade. "Han nämnde faktiskt något sådant. Jag tyckte det var bäst att ordna med riktig expertis istället för att förlita sig på en herre som, hur entusiastisk han än är när det gäller hästar, saknar professionella meriter. Dessutom är Ashburton troligen upptagen med sina vanliga sysslor. Mannen tycks tillbringa hälften av sin tid på galoppbanan och den andra hälften med att förlora pengar på kortspel."

"Mycket förnuftigt", höll Anna med och ignorerade den lilla gnutta besvikelse som följde på lättnaden. Lord Ashburton var precis den sortens distraktion hon inte behövde, med sina vetande leenden och sin förmåga att få henne att glömma sitt vanliga lugn. En eftermiddag tillbringad med att lyssna på herr Dietrich som diskuterade blodslinjer skulle vara långt mer givande än att bli retad av en outhärdlig aristokrat som verkade tycka att hennes hängivenhet för hästavel var roande.

Matthew log. "Ack, nej. Drew skickade sina hälsningar i morse. Något om brådskande ärenden på annat håll. Herr

Dietrich har dock blivit varmt rekommenderad, och jag är säker på att han kommer att vara en mycket kunnig eskort för dig."

Anna nickade och undvek den menande blick som dök upp i Claras ansikte när Anna nämnde Ashburtons namn. Hon ignorerade den märkliga blandningen av lättnad och något obehagligt likt besvikelse som fladdrade till inom henne vid dessa nyheter. "Vilken tid?"

"Klockan två. Det borde ge dig gott om tid att förbereda dig; jag har beställt vagnen till halv två." Matthew reste sig och rättade till sin väst. "Jag måste gå på ett möte, men jag är tillbaka före middagen." Han böjde sig fram och kysste Claras panna. "Vila nu, min kära. Enligt läkarens order."

När Matthew hade gått gick Anna in i påklädningsrummet för att välja en lämplig utstyrsel. "Jag ska ta med min anteckningsbok", sa hon och tittade på Clara genom den öppna dörren. "Far kommer att vilja ha detaljer om deras exteriör och träningsupplägg. Det ska bli spännande att se hur dessa främsta exemplar står sig i jämförelse med Maestro."

"Du kommer att vara i ditt rätta element", konstaterade Clara kärleksfullt. "Alla dessa magnifika hästar att mäta och bedöma. Lova mig bara att du inte börjar beräkna avelskoefficienter mitt under uppvisningen."

Annas läppar formades till ett litet leende. "Jag ger inga sådana löften. Matematik är grunden för alla framgångsrika avelsprogram." Hon valde en diskret promenadklänning av marinblå ull. "Jag ska skriva ner allt i detalj åt dig, Clara. Höjden på deras levader, vinkeln på deras kaprioler."

"Jag vill ha det känslomässiga intrycket också", envisades Clara. "Inte bara siffrorna, utan hur det kändes att vara där. Det vackra i det hela."

Anna hejdade sig och begrundade önskemålet. Skönhet var inte en egenskap hon i vanliga fall mätte, hon föredrog de numeriska värdenas visshet. Men för Claras skull skulle hon försöka. "Jag ska göra mitt bästa, fastän du vet att jag känner mig tryggare med siffror än med känslor."

"Vilket är precis varför du borde öva på att observera båda delarna", sa Clara med mild auktoritet. "Gå och gör dig i ordning nu. Jag kommer att klara mig alldeles utmärkt och ser fram emot att höra din rapport när du kommer hem."

När Anna samlade ihop sin anteckningsbok och sina pennor kände hon en växande förväntan. Spanska ridskolan representerade den klassiska dressyrens höjdpunkt. Hon skulle ta sig an uppgiften med sin vanliga analytiska grundlighet.

Ändå undrade en liten del av henne vad lord Ashburtons "brådskande ärenden" kunde innebära, och varför tanken på honom tog upp mer plats i hennes huvud än vad som var helt rationellt. Det var en ekvation som vägrade gå jämnt ut, en sällsynthet i Anna Bells annars så ordningsamma inre värld.

Spanska ridskolans stora sal öppnade sig framför Anna
som ett teorem manifesterat i sten och ljus. Arton kritvi-
ta pelare bar upp det eleganta tunnvalvet, ljuskronor
hängde med behagliga mellanrum och deras prismor fån-
gade solljuset som strömmade in genom de höga fönstren
och skapade mönster över ridbanans fläckfria vita sand.
Rummet var en perfekt rektangel, vars proportioner följde
de klassiska principer som Anna omedelbart uppskattade.

”Den här vägen, Fräulein Bell”, gestikulerade herr Diet-
rich, hans engelska med brytning var distinkt och formell.
”Vi börjar övningarna inom kort.”

Anna följde efter och svepte med blicken längs väggarna,
där hon noterade porträtten av habsburgska kejsare och
deras främsta hingstar. Hon var tacksam för den relativa
tomheten på åskådarläktaren; endast ett fåtal besökare satt
på de utskurna träbänkarna, vilket gav henne fri sikt.

Ett svagt mummel från den lilla publiken drog hennes
uppmärksamhet till den bortre entrén, där den första av
lipizzanerhingstarna uppenbarade sig. Anna tappade an-
dan trots att hon försökte låta bli. Hästen rörde sig med
flytande precision, hans hårrem hade färgen av en polerad
pärla, och man och svans var klippta på det klassiska vis
som framhävde hans kraftfulla hals och eleganta hållning.
Hans ryttare, klädd i den traditionella bruna fracken, bi-
cornehatten och de vita skinnbyxorna, satt i perfekt balans.

Anna tog fram sin lilla anteckningsbok och penna ur sin retikül och slog upp en ny sida. Hon skissade hingstens konturer med snabba, ekonomiska drag och fångade ansiktets svaga inböjning, den välvda halsen och det kompakta, kraftfulla korset. I marginalerna noterade hon de proportionella sambanden.

"Han är ungefär 15,2 hands hög", mumlade hon för sig själv. "Skenbenen är kortare än vad som är optimalt för hoppning, men idealiska för samling och resning."

Fler hingstar kom in på arenan, och var och en uppvisade subtila variationer som Anna omedelbart katalogiserade. En bar huvudet en aning högre, en annan hade något kraftigare benstomme i frambenen, en tredje uppvisade marginellt större muskulatur över ländpartiet. Hon skissade dem alla och hennes sidor fylldes av anteckningar.

När hästarna påbörjade sina formella övningar blev Annas observationer mer koncentrerade. Hon iakttog en hingst utföra en perfekt levad, där han reste sig på bakbenen för att bilda en 45-gradig vinkel mot marken och bibehöll positionen med skenbar lätthet i flera sekunder innan han sänkte sig med kontrollerad elegans.

"Hölls i åtta sekunder", mumlade hon. Hon lade till en anteckning i marginalen: "Jämför med Maestro, liknande muskelutveckling men annan viktfördelning."

Piaff-demonstrationen fångade särskilt hennes uppmärksamhet. Hon såg på när en kompakt hingst utförde den upphöjda traven på stället, då han lyfte varje diagonalt benpar i perfekt rytm och bibehöll den framåtdrivande energin utan att röra sig ur fläcken.

”Sjuttiosju slag i minuten”, skrev hon. ”Optimalt för att bibehålla schvung utan framåtrörelse.”

Anna var så uppslukad av sina beräkningar att hon inte märkte att en äldre man närmade sig förrän hans skugga föll över hennes anteckningsbok. Hon tittade upp och fann en ståtlig herre med silvervitt hår och den raka hållningen hos en livslång ryttare, som studerade hennes skisser med tydligt intresse.

”Ni har ett mycket ovanligt sätt att betrakta våra hingstar på, unga dam”, anmärkte han på engelska färgad av en svag österrikisk brytning.

Anna stängde sin anteckningsbok till hälften. ”Jag tycker att matematiken snarare förstärker än minskar upplevelsen, herrn.”

”Jag är Oberst Neumann, skolans överinspektör”, presenterade han sig med en liten bugning. ”Får jag?” Han gestikulerade mot hennes anteckningsbok.

Efter ett ögonblicks tvekan räckte Anna över den till honom. Översten granskade hennes skisser och anteckningar med höjda ögonbryn.

”Ni förstår exteriör och form mycket väl”, konstaterade han. ”Och er känsla för proportioner är utmärkt. Men hästar är inte bara en samling vinklar och förhållanden, Fräulein.”

”Jag tillåter mig att vara av en annan åsikt”, svarade Anna och tog tillbaka sin bok. ”Det som utmärker dessa hingstar är deras korrekthet. Tidsavpassningen i till exempel en piaff är helt avgörande. Utan den exakta rytmen förlorar rörelsen sin kärna.”

Överstens väderbitna ansikte sprack upp i ett leende. "Matematik är väl och bra, fröken, men hästen måste känna det i sina ben. De främsta ryttarna räknar inte steg eller mäter vinklar; de känner när balans och energi hamnar i perfekt samklang."

Anna såg på när en av de ledda hingstarna utförde en kapriol; den hoppade upp i luften med bakbenen dragna under sig och frambenen uppdragna, för att sedan sparka ut kraftfullt i höjdled innan den landade med kontrollerad precision.

"Vinkeln i utsparken var ungefär hundra fyrtiotvå grader", noterade hon. "Höjden ungefär en och en halv meter. Detta är inte en fråga om känsla, utan om fysisk förmåga och träning."

"Ändå är ingen kapriol identisk med en annan", invände översten och pekade mot en annan hingst som förberedde sig för samma rörelse. "Titta noga."

Anna iakttog när den andra hästen utförde hoppet. Trots att det på ytan såg likadant ut, fanns det subtila skillnader i tidsavpassningen, bågen, kraftsamlingen och viktigast av allt, i hästens attityd. Den första hade sett något spänd ut med öronen strukna bakåt. Denna hingst såg avslappnad ut, med öronen framåt, uppmärksam på sin skötare.

"Ser ni?" sade översten. "Matematiken kan vara likartad, men varje häst uttrycker rörelsen enligt sin egen natur. Detta är konst, Fräulein, inte bara beräkningar. Relationen mellan häst och människa, sprungen ur århundraden av tradition." Han sneglade på hennes anteckningsbok.

"Era teckningar är utmärkta. Rider ni hästar hemma i England?"

"Min familj föder upp dem", svarade Anna, och en ton av stolthet hördes i hennes röst. "Belle Haven producerar kavallerihästar genom att korsa fullblodshingstar med utvalda arbetshästar för att få storlek, snabbhet och uthållighet."

Översten nickade intresserat. "Ett lovvärt företag. Även om vi inte längre tillåter våra hingstar att gå ut i krig, gjorde vi stora ansträngningar för att förhindra att Napoleon fick tag i dem. De föddes ursprungligen för det ändamålet, och de manövrar vi lär dem härstammar från strid. Idag tränar vi dem dock helt enkelt för glädjen hos dem som ser dem, och för stoltheten i att föra vidare en fyrahundraårig tradition."

"Och de sprider verkligen stor glädje", berömde Anna. "Det har varit ett nöje att få iaktta dem, herrn."

Han böjde sitt huvud mot henne, med små rynkor av leende i ögonvrån. "Och det har varit ett nöje att samtala med en dam som så väl förstår vad det är hon ser." Han pekade på en notering hon gjort bredvid en av sina teckningar. "Jag vill bara föreslå, Fräulein, att ni kommer ihåg att anteckna de känslor som hästarna väcker hos er, likväl som era faktiska observationer."

När översten ursäktade sig för att återgå till sina sysslor, vände sig Anna åter mot arenan, där en perfekt linje av vita hingstar nu utförde synkroniserade rörelser. Harmonin i deras rörelse skapade mönster som tillfredsställde hennes analytiska sinne, men hon märkte att hon blivit mer uppmärksam på detaljer som hon inte så lätt kunde kvantifiera:

hingstarnas vakna öron, den subtila kommunikationen mellan häst och ryttare.

Hon gjorde en ny anteckning i sin bok, skild från sina vinklar och mått: "Ljuset i deras hårrem är som månljus i fast form. Det finns en känsla av historia i varje rörelse."

Det var ingen beräkning eller ett mått. Det skulle inte hjälpa till att förbättra avelsprogrammet på Belle Haven. Ändå fortsatte Anna att lägga till dessa observationer för att skapa en mer fullständig skildring av upplevelsen.

För Claras skull, sade hon till sig själv. Dessa anteckningar var för Clara. Men när hon såg en hingst resa sig i en perfekt levad, svävande i ett ögonblick som tycktes trotsa tyngdlagen, erkände Anna för sig själv att det kanske fanns ett värde i båda sätten att se på saken: matematiken som förklarade miraklet, och förundran som överträffade alla beräkningar.

När demonstrationen var slut stoppade Anna ner anteckningsboken i sin retikül, medan hennes tankar fortfarande kretsade kring de näringsbehov som krävdes för att producera en sådan extraordinär muskelutveckling. Herr Dietrich hade nämnt att stallarna låg bortom den västra valvöppningen. Anna begav sig i den riktningen, medan hon i huvudet formulerade frågor om foderstater som skulle kunna ge insikter tillämpbara på Belle Haven.

Eftermiddagssolen föll in genom höga fönster när Anna följde korridoren mot stallarna, och doften av hö och häst växte sig starkare för varje steg. Ridhusets polerade storslagenhet gav vika för de mer funktionella utrymmena i arbetsstallarna, men även här genomsyrade kejserlig elegans stengolven och de välvda taken.

Anna stannade till vid en rumsförgrening, osäker på exakt var hon skulle vänta på herr Dietrich. Ett avlägset mummel av röster drog hennes uppmärksamhet till den vänstra passagen, som öppnade sig mot en liten innergård. Hon skulle precis gå vidare när lord Ashburtons omisskännliga profil framträdde ur skuggorna på andra sidan.

Instinktivt tog Anna ett steg tillbaka in i korridoren, men hon kunde inte låta bli att kika runt hörnet med nyfiket intresse. Varför var han här, när han borde ha varit vid galoppbanan? Lord Ashburton stod med ryggen delvis vänd mot henne, hans långa gestalt var spänd medan han var djupt försjunken i ett samtal med en man vars utseende omedelbart kändes malplacerat i dessa eleganta omgivningar.

Främlingen bar en bonjour som en gång hade varit fin men som nu visade tydliga tecken på hårt slitage, med damm som samlats längs sömmarna och ett litet hål vid ena armbågen. Hans handskar var nötta över knogarna, hans stövlar var praktiska snarare än moderiktiga och inte det minsta rena. Allt hos honom tydde på en man från de lägre klasserna, kanske en hästskötare, ordentligt skild från den sortens personer som Lord Ashburton vanligtvis umgicks med i societeten.

Ändå stod de här och var involverade i vad som verkade vara ett intensivt utbyte. Även på avstånd kunde Anna se hur stelt Ashburton höll sina axlar, hans spända käklinje och hans koncentrerade stillhet. Han talade i låga, tysta toner som inte nådde fram till henne, men hans uppträdande utstrålade en omisskännlig auktoritet. Hans huvud var lätt lutat mot den ovårdade mannen, hans bryn var sammanragna i koncentration och hans ena hand gestikulerade i en skarp, avgörande rörelse som inte alls liknade den loja elegans han visade upp i balsalarna.

Det var som om Anna iakttog en helt annan person än den lättsinnige aristokrat som hade avfärdat Belle Havens avelsprogram och retat henne för hennes matematiska inställning till hästar. Denne Lord Ashburton var koncentrerad, intensiv, befallande och, erkände Anna motvilligt för sig själv, betydligt mer fängslande.

Den ovårdade mannen nickade upprepade gånger, hans hållning var vördnadsfull men inte underdanig. Det verkade som om han rapporterade information snarare än tog emot instruktioner, och hans händer formade ibland figurer som antydde platser eller rörelser. Lord Ashburton lyssnade med full uppmärksamhet, och hans vanliga aura av förströdd roat intresse var helt borta.

Anna fann sig själv katalogisera skillnaderna mellan denna version av Lord Ashburton och den hon tidigare hade sett. Skillnaderna låg inte bara i ansiktsuttryck eller hållning, utan i den fundamentala energi han utstrålade. Sannolikheten att dessa två personligheter kunde existera hos en och samma individ verkade försvinnande liten, men beviset stod framför henne.

Hennes analys avbröts tvärt när Lord Ashburtons blick, skarp och vaksam, svepte över gården och landade direkt på hennes halvt dolda position. Under en bråkdel av en sekund möttes deras blickar, och Anna kände en oväntad stöt, som om en ström hade passerat mellan dem. Hans ansiktsuttryck visade en kortvarig överraskning, kanske till och med oro, innan det genomgick den mest märkvärdiga förvandling.

Mellan ett hjärtslag och nästa löstes den allvarliga, befallande gestalten upp och ersattes av den bekanta, vänliga aristokraten. Hans axlar slappnade av, hans hållning blev avslappnad, hans ansiktsuttryck öppnade sig i ett leende av förtjust överraskning. Till och med hans röst förändrades och steg från det låga, intensiva mumlet till ett dånande, fryntligt utrop.

"Tio mot ett är rena rånet!" förklarade han med teatralisk indignation, tillräckligt högt för att det skulle eka över gården. "De kan lika gärna begära mitt förstfödda barn i utbyte mot så usla odds! Nej, nej, bäste man, jag skulle inte överväga mindre än femton mot ett på en häst med den härstamningen."

Den ovårdade mannen tog sin replik med vad Anna noterade var en inövad lätthet; han nickade och rörde vid sin keps respektfullt innan han slank iväg genom en sidogång. Hans avfärd var så snabb och diskret att han tycktes försvinna in i själva stenväggarna.

Lord Ashburton fortsatte under tiden sitt skådespeleri och riktade några sista kommentarer om tävlingsutsikter till den tomma luften innan han vände sig om med spelad förvåning för att lägga märke till Anna på riktigt.

”Fröken Bell!” utbrast han och gick över gården, medan hela hans väsen nu utstrålade sorglös charm. ”Vilket förtjusande sammanträffande att du är här idag. Magnifika varelser, dessa lipizzaner, även om jag personligen tycker att de är lite väl disciplinerade för min smak, för att inte tala om för långsamma för kapplöpning. Ge mig ett temperamentsfullt fullblod vilken dag som helst.”

Anna blev för ett ögonblick mållös, medan hennes analytiska sinne kämpade för att få ihop sina sinnesintryck. Hon hade alltid varit stolt över sin iakttagelseförmåga, sin förmåga att bearbeta information korrekt och dra logiska slutsatser. Men Lord Ashburton trotsade all kategorisering på ett sätt som var både frustrerande och, som hon motvilligt erkände, märkligt fascinerande.

”Jag hoppades få veta mer om deras foderstat”, svarade hon till sist, med en röst som var stadigare än hon kände sig. ”Belle Haven skulle kunna dra nytta av vissa delar i deras metod. Jag är särskilt intresserad av vilka oljor de kan tänkas använda och i vilka proportioner.”

”Ah, utfodringsscheman och förhållanden!” svarade han med ett flin som verkade medvetet utformat för att antyda intellektuell tomhet. ”Vilka spännande ämnen, även om jag måste erkänna att jag överlåter sådant till min stallmästare. Mitt intresse rör mer den färdiga produkten på galoppbanan, du förstår.”

Ett artigt leende dröjde sig kvar på Annas läppar medan tankarna arbetade högtryck bakom masken. ”Ändå verkar ni vara ganska kunnig om härstamning”, noterade hon och studerade hans ansikte noga efter någon glimt bakom den vänliga fasaden. "Man skulle nästan kunna tro att ni har ett mer vetenskapligt intresse än ni vill medge."

Något fladdrade till i hans grå ögon, ett ögonblick av vaksamhet som snabbt döljdes bakom ett skrynklat, gott humör. "Härstamningar är hästavelns poesi, fröken Bell. Även den mest lättsinnige galoppentusiast kan uppskatta en välskapt stamtavla, även om jag lämnar matematiken i det hela till seriösa sinnen som dina."

Hans ord var lätta, till och med retsamma, men Anna kände sig säker på att det bakom dem fanns beräkningar lika exakta som några hon någonsin gjort. Motsägelsen vägrade att lösas upp i en sammanhängande ekvation. Antingen hade hennes första bedömning av Lord Ashburton som en ytlig aristokrat varit helt felaktig, eller så var hon nu vittne till ett invecklat skådespel utformat för att dölja hans sanna natur. Inget av alternativen stämde överens med hennes tidigare uppfattning, och Anna Bell ogillade få saker mer än olösta variabler.

"Jag bör återförenas med min guide", sade hon och nickade mot huvudkorridoren.

"Naturligtvis, naturligtvis. Det vore inte likt mig att uppehålla dig." Lord Ashburton tog ett steg åt sidan med en elegant bugning som lyckades antyda både respekt och milt hån. "Kanske möts vi vid spanska ambassadens reception imorgon kväll? Jag har förstått att hela diplomatkåren är inbjuden."

"Kanske det", svarade Anna undvikande och började gå förbi honom. "God dag, Lord Ashburton."

När hon gick därifrån motstod Anna impulsen att se sig om och höll istället en stadig takt tills hon hade rundat hörnet in till huvudkorridoren. Där stannade hon kort och rättade till sina handskar medan hon lyssnade efter ljud bakom sig. När hon inte hörde något fortsatte hon mot platsen där herr Dietrich väntade, medan hon återkallade sina frågor om foderblandningar.

Resten av hennes rundtur passerade i ett töcken av information som Anna antecknade med sin vanliga noggrannhet, även om en del av hennes sinne envist förblev fixerat vid pusslet Lord Ashburton. Sättet hans hela uppsyn hade förvandlats på ett ögonblick, den lätthet med vilken han hade antagit sin lättsinniga persona, tydde på åratal av övning i att dölja sin sanna natur. En sådan skicklighet i bedrägeri antydde ett syfte bortom jakten på nöjen.

Medan hon slutligen förberedde sig för att gå och tackade herr Dietrich för hans tålamod hade Anna redan börjat mentalt katalogisera varje interaktion hon sett mellan lord Ashburton och andra vid diplomatiska tillställningar, på jakt efter mönster hon tidigare kan ha missat.

Vad lord Ashburton än var inblandad i, var det tydligt mer komplext och potentiellt farligare än hästkapplöpning och hasardspel. Glimten av skärpt intelligens bakom hans fasad hade avslöjat en man kapabel till mycket mer än fåniga nöjen, en man med hemligheter värda att dölja.

Anna stängde sin anteckningsbok, beslutet var fattat. Hon skulle ta sig an detta pussel som hon gjorde med alla andra: med noggrann observation, systematisk datainsamling och logisk analys. Lord Ashburton hade oavsiktligt gett henne en ekvation som var mer intressant än någon hon tidigare stött på, och Anna Bell gav inte upp förrän hon hade löst ett problem fullständigt.

Kapitel fyra

ASHBURTON RYCKTE I SIN halsduk och drog loss det stärkta linnet med ovanlig kraft. Det fina tyget landade i en skrynklig hög ovanpå hans toalettbord. Han hällde upp ett generöst mått brandy åt sig, och den bärnstensfärgade vätskan skvalpade farligt nära kanten innan han svepte den i en enda, brännande klunk. Av alla besvärliga komplikationer var detta en av de mest förargliga: Fröken Anna Bell, med sina alltför iakttagande ögon och sitt analytiska sinne, som stått i skuggorna på Spanska ridskolans innergård och sett honom samtala med Jakob Braun.

"Milda tider", mumlade han och drog fingrarna genom sitt omsorgsfullt friserade hår tills det stod åt alla håll.

Eftermiddagens händelser spelades upp i hans inre med skoningslös tydlighet. Jakob hade levererat kritisk underrättelseinformation om Comte de Frontenacs rörelser och umgänge, information som tagit veckor att få fram, och så hade dessa mörka, granskande ögon dykt upp i kanten av hans synfält.

Ashburton hällde upp ännu ett mått brandy, men den här gången sörplade han i sig den långsammare medan han vankade av och an i sin hotellsvit. Den mjuka mattan dämpade hans fotsteg. Hade hon hört något av betydelse? Osannolikt, med tanke på avståndet. Men hon hade sannerligen sett tillräckligt för att ifrågasätta hans noggrant uppbyggda persona.

Förvandlingen hade varit instinktiv; år av fältarbete hade lärt honom att växla mellan identiteter med smidig lätthet. I ena stunden den koncentrerade agenten som tog emot information, i nästa den lättsinnige aristokraten som diskuterade oddsen på kapplöpningsbanan. Det var ett skådespel han hade förfinat till perfektion.

Fram till nu hade han aldrig tvivlat på dess effektivitet.

"Typiskt Whitmore och hans hjälpsamhet", mumlade han och stannade till för att stirra ut över Wiens silhuett. Matthew måste ha ordnat en annan eskort när Ashburton hade hävdat att han var upptagen.

Ashburton ställde ner sitt glas och fortsatte vanka. Jakob Braun var hans mest värdefulla kontakt i Wien, en man vars affärer på galoppbanorna och spelhusen gav honom tillgång till samtal bland franska sympatisörer. Efter veckor av tålmodigt nätverkande hade Jakob äntligen börjat förmedla betydelsefull information.

Och så hade fröken Anna Bell vandrat rakt in i alltihop, och hennes skarpa sinne katalogiserade utan tvekan varje detalj.

Ashburton lät sig tungt falla ner i en fåtölj och knäppte upp de översta knapparna i skjortan. De flesta unga damer han kände skulle inte ha märkt något ovanligt. De skulle bara ha sett det han avsåg: en gentleman med mycket fritid som skötte affärer med en något tvivelaktig karaktär, kanske satsade pengar eller diskuterade framtidsutsikter för hästar. Sådana möten var vanliga nog bland aristokratin för att inte dra till sig någon särskild uppmärksamhet.

Men Anna Bell var inte som de flesta unga damer.

Hon observerade världen med en obehaglig grundlighet, och de där mörka ögonen missade ingenting. Han hade lagt märke till hennes analytiska metod vid diplomatiska tillställningar, hur hon placerade sig för att tjuvlyssna på viktiga samtal samtidigt som hon såg helt oengagerad ut. Det var oroväckande bekant, en spegelbild av hans egna tekniker.

Ännu värre var att hon redan hade visat skepticism mot hans karaktär. Ända sedan deras första möte på hennes systers bröllop hade hon verkat tycka att hans roll som kapplöpningsentusiast var misstänkt. Om någon skulle kunna se igenom hans noga upprätthållna fasad, så var det den skarpsinniga fröken Bell.

Ashburton reste sig och gick fram till skrivbordet, drog fram ett ark papper, men ångrade sig sedan. Inga skriftliga spår. Det var grundläggande spioneri. I stället gick han mentalt igenom sina alternativ.

Han kunde undvika henne helt. Lägga om sitt schema för att minimera deras möten, skylla på tidigare åtaganden när Whitmore föreslog gemensamma utflykter. Men ett sådant uppenbart undvikande skulle bara kunna öka hennes misstankar. Dessutom, med kongressen i full gång, var det praktiskt taget omöjligt att undvika henne helt.

Han kunde försöka tjusa henne. Det tillvägagångssättet hade visat sig effektivt med otaliga kvinnor. Ändå var det något som sa honom att fröken Bell inte skulle låta sig påverkas av sådan taktik. Hennes analytiska sinne skar igenom artighetsfraser ända till substansen därunder.

Eller kanske...

Ashburtons läppar kröktes i ett eftertänksamt leende när ett tredje alternativ presenterade sig. Kanske var den mest effektiva reaktionen att gå ännu hårdare in i den personlighet hon redan tvivlade på. Att bli så eftertryckligt den lättsinnige entusiasten, så konsekvent ytlig och sorglös, att hennes första misstankar skulle framstå som absurda.

Det var en strategi med betydande fördelar. Ju mer uppenbart överdrivet hans skådespel var, desto mindre trovärdigt skulle alla påståenden om hans sanna natur framstå. Vem skulle tro att mannen som gjorde våghalsiga vad och diskuterade hästar med enspårig entusiasm i hemlighet samlade information åt den brittiska regeringen?

Ashburton återvände till sin brandy och lät den bärnstensfärgade vätskan virvla tankfullt i glaset. Ja, det här tillvägagångssättet hade en viss elegans. Vid morgondagens reception på den spanska ambassaden skulle han se till att hans rykte om lättsinnighet stod i centrum: högre skratt, mer extrema vadslagningar, kanske till och med en antydan till berusning. Han skulle presentera en så konsekvent bild av aristokratisk sysslolöshet att fröken Bells iakttagelser från ridskolan bara skulle verka som en tillfällig villfarelse.

Och om hon framhärdade i sin granskning? Tja, det skulle kunna visa sig intressant i sig självt.

Ashburton tömde sitt glas. Planen var sund. Han skulle påbörja genomförandet omedelbart, med start genom att snygga till sitt yttre innan han gav sig ut för att synas på alla fashionabla spelhus i kväll. Vid morgondagen skulle halva Wien diskutera hans senaste skandalösa vad.

När han gick fram till tvättfatet för att stänka kallt vatten i ansiktet, kände Ashburton sig märkligt stärkt av den utmaning som fröken Bell utgjorde. Det var ett tag sedan någon verkligen hade satt hans förmågor på prov. Insatserna var höga, men det fanns något uppiggande i att mäta sina krafter med en motståndare värdig hans talang.

Vattnet droppade från hans ansikte när han sträckte sig efter en handduk, och hans spegelbild förvandlades återigen till den sorglöse aristokrat som Wien hade lärt känna. Växlingen var sömlös; den seriöse agenten försvann bakom Lord Ashburtons lediga leende, hästentusiasten och spelaren.

Ingen iakttagare, hur skarpsynt han eller hon än var, skulle ha kunnat upptäcka ens ett spår av den beräknande intelligens som nyss hade vankat av och an i rummet. Ingen förutom, kanske, fröken Anna Bell.

Och det, tänkte Ashburton när han ropade på sin betjänt, var precis det som gjorde henne så farlig.

Kristallkronor spred ett splittrat ljus över den spanska ambassadens praktfulla balsal. Lord Ashburton tog emot ett glas fino-sherry från en förbipasserande betjänt, och hans skratt ljöd fyllt av entusiastisk munterhet åt ett ganska magert skämt från den ungerske baronen bredvid honom. Han hade placerat sig mitt i en klunga av galoppentusiaster, så långt som möjligt från ingången där Whitmores sällskap sannolikt skulle dyka upp. Hans ögon gjorde dock ett snabbt, granskande svep över rummet innan de återvände till sällskapets diskussion om ett kommande lopp på Prater.

"Jag säger er, mina herrar, jag skulle satsa hela mitt kvartalsunderhåll på den bruna unghästen", utbrast Ashburton och gestikulerade yvigt med sitt sherryglas. "Bara hans härstamning garanterar seger. Efter Thunderclap undan Moonlight Dancer; perfektion!"

Den lilla kretsen av aristokrater nickade uppskattande, även om den ryske greven bland dem såg skeptisk ut. "Ni engelsmän och er härstamning. Träningsprogrammet är långt mer betydelsefullt än anorna."

"Min käre greve", svarade Ashburton med överdriven tålmodighet, "ni skulle lika gärna kunna föreslå att en arbetshäst skulle kunna vinna Derbyt med rätt träning! Blodet talar, bäste herre. Blodet talar alltid."

Detta uttalande, framfört med teatralisk övertygelse, framkallade skratt från gruppen. Ashburton höjde sitt glas i en skål och använde rörelsen som täckmantel för att skanna av rummet ännu en gång. Hans tillfälliga blick stelnade till för ett ögonblick när han fick syn på henne: Fröken Anna Bell, som stod nära en marmorpelare i en klänning av djupt rosa siden som fick henne att framstå som mindre av en skugga än vid tidigare tillställningar. Hennes mörka ögon var fästa direkt på honom, och hennes uttryck var svalt granskande.

Sjutton också. Hon hade anlänt utan att han märkt det.

Ashburton återvände sömlöst till sina kamrater, men inombords räknade han om. Han skulle behöva förstärka sitt skådespel om fröken Bell redan iakttog honom med ett så intensivt intresse. Han tömde sin sherry med en onödigt stor gest, signalerade efter en ny och inledde en alltmer osannolik skildring av ett lopp han påstods ha bevittnat i Rom.

"Jockeyn kastades av vid första hindret, mina herrar, kastades rakt över häcken!" utbrast Ashburton, och hans röst bar precis tillräckligt långt för att locka till sig roade blickar från samtalscirklar i närheten. "Men hästen, det magnifika djuret, fortsatte banan helt felfritt, tog varje hinder och korsade mållinjen först, utan ryttare! Jag vann femhundra guineas på det märkvärdiga djuret."

"Säkert inte", protesterade en bayersk diplomat som gjort gruppen sällskap. "Domarna skulle ha diskvalificerat en häst utan ryttare."

"Under vanliga omständigheter, ja", höll Ashburton med och sänkte rösten konspiratoriskt. "Men förstår ni, överdomaren hade också satsat pengar på just den hästen. En märklig slump, skulle ni inte säga?"

Skrattet som följde var äkta, om än något tvivlande. Ashburton tog emot det med ett självbelåtet leende, samtidigt som han med diskreta blickar höll koll på var Anna befann sig. Hon hade förflyttat sig till utkanten av ett samtal mellan flera brittiska diplomater och en spansk grevinna, och hennes hållning antydde att hon lyssnade uppmärksamt medan hennes ögon då och då svepte i hans riktning.

Han noterade mönstret med motvillig beundran. Hon delade sin uppmärksamhet mellan att samla in den information som intresserade henne från det diplomatiska samtalet och att hålla koll på hans aktiviteter. Det var skickligt gjort. De flesta iakttagare skulle inte märka något ovanligt.

De flesta iakttagare var inte Lord Ashburton.

Han ursäktade sig från sin grupp med ett löfte om att komma tillbaka med färsk champagne, och valde medvetet en väg som skulle föra honom förbi flera franska diplomater som var upptagna i samtal med den österrikiske utrikesministern. När han passerade fångade han upp brottstycken av deras diskussion om gränsförhandlingar – värdefull information, men inte hans uppmärksamhet för tillfället. I stället bibehöll han sitt aningen för högljudda uppträdande och nickade hälsningar med överdriven entusiasm.

Vägen förde honom oundvikligen i närheten av Anna. Han hade beräknat detta möte, då han föredrog att kontrollera omständigheterna. Hon såg honom komma, och en kort glimt av oro syntes i hennes blick innan hon tittade bort, men han hade inte gett henne någon flyktväg. När deras vägar möttes nära en utställning av spanska gobelänger, låtsades Ashburton bli överraskad.

"Fröken Bell! Vad förtjusande att se er igen", utbrast han och utförde en bugning som balanserade på gränsen till att vara alltför blomsterrik. "Ni ser sannerligen strålande ut i kväll. Den där nyansen av rosa klär er utmärkt."

Annas uttryck förblev svalt och samlat när hon helt ignorerade hans komplimang. "Lord Ashburton. Jag är förvånad över att finna er här. Inga brådskande affärer som kräver er uppmärksamhet i kväll? Ni ska inte köpa någon ny galopphäst, eller kanske bara satsa lite pengar?"

Piken levererades med sådan delikat precision att Ashburton kände en motvillig strimma av uppskattning. Hon syftade direkt på hans ursäkt för att ha missat deras utflykt till Spanska ridskolan.

"Hästkapplöpning är aldrig långt från mina tankar, fröken Bell", svarade han med ett ledigt leende. "Men även den mest hängivne entusiast måste ibland offra sin passion för sociala förpliktelser. Den diplomatiska världen snurrar vidare oavsett vem som vinner vid Prater, tyvärr."

"Vad tursamt att era skiftande intressen tillåter er att röra er så smidigt mellan olika världar", anmärkte hon, och hennes mörka ögon lämnade aldrig hans ansikte.

Ashburton behöll sitt vänliga uttryck medan han inombords granskade henne på nytt. Kommentaren var för träffande för att vara en slump. Hon syftade tydligt på den förvandling hon bevittnat vid ridskolan och utmanade honom, om än i ordalag som skulle verka harmlösa för vem som helst som råkade höra dem.

"Man måste odla sin mångsidighet, fröken Bell", svarade han och matchade hennes skenbart vardagliga ton. "Även om jag finner vissa sysselsättningar mer givande än andra. På tal om det, jag har just ingått ett högst skandalöst vad med greve Orlov angående nästa veckas lopp. Skulle ni vilja höra detaljerna? Det handlar om en ganska imponerande summa och en fransk hingst med tveksam uthållighet."

"En annan gång, kanske", svarade Anna med en antydan till ett leende. "Jag tror att min syster letar efter mig."

Hon gick förbi honom med tyst grace, och Ashburton lät medvetet bli att se efter henne. I stället återförenade han sig med sina galoppentusiaster med förnyad iver och föreslog alltmer absurda vadslagningar. Han märkte att han gestikulerade yvigare, skrattade hjärtligare och förkroppsligade den sorglöse aristokraten med en sådan grundlighet att till och med de som kände honom väl skulle ha kunnat bli övertygade.

Genom alltihop förblev han medveten om Annas rörelser. Hon rörde sig smidigt från en konversationsgrupp till en annan, alltid placerad så att hon kunde observera både diplomatiska ordväxlingar och, noterade han med irritation, honom själv. När hon stannade till nära en grupp som inkluderade Comte de Frontenac, hans främsta måltavla, kände Ashburton ett styng av uppriktig oro.

Nästan en timme senare möttes deras blickar på nytt tvärsöver rummet medan Ashburton stod mitt i en grupp engelska diplomater och underhöll dem med en överdriven historia om hur han hade spelat bort skjortan på ett kasino i Paris. Han gjorde ett uppehåll mitt i anekdoten och höjde sitt champagneglas i en avsiktlig skål riktad mot Anna. Gesten var lekfull, nästan utmanande, ett erkännande av hennes iakttagelse samtidigt som han avfärdade dess betydelse.

Hennes svar var subtilt men omisskännligt: en lätt hopknipning av ögonen, en knappt märkbar nedåtpressning av läpparna. Hon trodde inte på hans föreställning för ett ögonblick.

Ashburton avslutade sin berättelse med emfas, vilket framkallade uppskattande skratt från hans sällskap, men hans tankar var vända inåt. Fröken Anna Bell visade sig vara mer ihärdig och skarpsynt än han hade förväntat sig. Hennes fortsatta granskning hotade inte bara hans täckmantel utan potentiellt hela den underrättelseoperation han hade ägnat månader åt att bygga upp. Han borde ha varit innerligt förargad över hennes inblandning.

Istället upptäckte han att han upplevde en obekant blandning av frustration och, mest oroväckande av allt, respekt. Det var något nästan uppiggande med att bli sedd på riktigt, att få mätta sitt förstånd med någon som var kapabel att genomskåda de noggrant konstruerade fasader som hade lurat monarker och ministrar över hela Europa.

Allteftersom kvällen led och han upprätthöll sin roll utan att tveka, kom Ashburton på sig själv med att emellanåt söka efter Anna i folkvimlet, nyfiken på om hon upprätthöll sin vaksamhet. Det gjorde hon, med en stadighet som vittnade om både intelligens och beslutsamhet. Egenskaper som förvisso gjorde henne farlig för hans uppdrag, men också alltmer intressant som person.

Det var en oväntad komplikation i ett redan komplext uppdrag. Och Lord Ashburton hade, trots sitt yttre sken av lättsinne, aldrig varit en man som underskattade en komplikation.

Den preussiske ambassadörens soaré erbjöd en mer intim miljö, med kanske sextio gäster samlade för att lyssna till en lovande ung violinist. Ashburton stod nära förfriskningsbordet med ett glas vitt vin i ena handen. Sanningen var att hans uppmärksamhet var delad mellan den franske kulturattachén som samtalade i närheten och fröken Anna Bells slanka gestalt, där hon satt i utkanten med fri sikt över både musikerna och, konstaterade han med uppgivenhet, honom själv.

En vecka hade gått sedan receptionen på spanska ambassaden. Varje gång han stötte på fröken Bell vid diplomatiska sammankomster upprätthöll han sin noga avvägda personlighet av aristokratisk lättsamhet, och varje gång kände han hur dessa mörka ögon följde honom med orubblig skepticism.

En söt ung grevinna trippade förbi, gav honom ett kokett leende och en viskad komplimang om hans väst, vilket han besvarade med en galant bugning. Så annorlunda mot hans samspel med fröken Bell, som bar på den spända förväntan av schackdrag mellan värdiga motståndare.

Ashburton nippade på sitt vin och observerade de församlade damerna med en ny vaksamhet. Baronessan von Kleiden skrattade med överdriven förtjusning åt en diplomats medelmåttiga kvickhet. Lady Fairholm rättade till sin dekolletage när en preussisk ärkehertig kastade en blick åt hennes håll. Den belgiske ambassadörens dotter lutade huvudet i en beräknad vinkel för att visa upp sin svanliknande hals. Varje rörelse var utformad för att dra till sig uppmärksamhet, ställa sig in och främja den sociala positionen genom den kvinnliga charmens urgamla konster.

Som kontrast verkade Anna Bell fast besluten att undvika uppmärksamhet helt och hållet. Hon hade placerat sig på en förgyld stol som delvis skymdes av ett enormt arrangemang av växthusblommor. Hennes klänning i dämpat salviagrönt var elegant men oprydd, utan de krusiduller och utsirningar som skulle kunna dra blicken till sig. Till och med hennes kroppshållning vittnade om en studerad diskrethet; hon varken sjönk ihop eller satt stelt upprätt, utan intog en vinkel som tillät henne att observera utan att själv bli iakttagen.

Utom, förstås, av honom.

Under de senaste dagarna hade Ashburton sammanställt en mental katalog över hennes observationsvanor. Hon föredrog hörn och arkitektoniska detaljer som gav både skydd och fri sikt. Hon upprätthöll ett svagt uttråkat ansiktsuttryck som avskräckte folk från att närma sig, samtidigt som det lät henne lyssna ostört. När hon var särskilt intresserad av ett samtal lutade hon huvudet en aning åt höger, och hennes blick blev mer koncentrerad även om hennes uttryck förblev neutralt.

Mest avslöjande var sättet som hennes blick följde rörelser: inte med flackande uppmärksamhet, utan med en medveten bedömning från ett sinne som registrerade och analyserade.

Violinisten avslutade sitt framträdande till artiga applåder, och gästerna började cirkulera. Ashburton engagerade medvetet en bayersk militärattaché i en livlig diskussion om jaktmarker, och lät sin röst bära precis tillräckligt för att bidra till sitt rykte om ytliga intressen. Hela tiden behöll han kontrollen över Annas rörelser i ögonvrån när hon reste sig och gick mot förfriskningsbordet.

Ashburton tajmade sitt närmande noga, bad om ursäkt och ställde sig bredvid henne precis när hon tog emot ett glas lemonad.

"Fröken Bell", hälsade han henne med en bugning. "Jag litar på att ni njuter av musiken? Fast jag måste erkänna att jag finner Haydn aningen för matematisk för min smak. Alla dessa perfekt balanserade fraser, man får huvudvärk av att försöka följa dem."

Hennes mörka ögon mönstrade honom svalt. "Jag skulle ha trott att matematik låg bortom er fattningsförmåga, Lord Ashburton. Så förvånande att ni känner igen det i Haydns kompositioner."

"Man behöver inte förstå något för att känna igen dess långrandiga egenskaper", kontrade han med ett lättsamt leende. "Lite som diplomatiska samtal om spannmålstullar. Fruktansvärt viktiga, det är jag säker på, men garanterade att få en att somna."

"Ändå tycks ni uteslutande röra er bland diplomater nuförtiden", anmärkte Anna och tog en liten klunk av sin lemonad. "För att vara någon som är så avog mot långtråkighet spenderar ni anmärkningsvärt mycket tid i potentiellt tråkigt sällskap."

Ashburton skrattade som om hon hade sagt något oerhört roligt. "Min kära fröken Bell, ni har väl ändå märkt att diplomater ingår de mest intressanta vaden? Den ryske ambassadören är ett rent geni på att välja vinnare med höga odds. Jag har tjänat en liten förmögenhet på att följa hans rekommendationer."

"Så praktiskt att era spelintressen sammanfaller så perfekt med närvaro vid varje betydelsefull diplomatisk sammankomst i Wien", svarade hon, med mild röst men med en omisskännlig innebörd.

"Lyckan står den ihärdige bi", instämde Ashburton glatt, även om hans ögon smalnade något. "På tal om ihärdighet har jag märkt att ni själv upprätthåller en ganska omfattande observation av dessa sammankomster. Man skulle nästan kunna tro att ni bedriver en studie av diplomatiskt beteende."

Något skymtade till, kanske vaksamhet eller ett erkännande av motstöten, i hennes blick innan hon svarade. "Jag finner mänskligt beteende fascinerande i alla sina former. Särskilt när det framstår som... inkonsekvent."

Violinisten intog sin position igen, vilket signalerade slutet på deras mellanspel. Ashburton bugade med medveten formalitet. "Då måste ni finna att Wien under kongressen är en absolut festmåltid för er observationslystnad. Så många människor som beter sig på så många inkonsekventa sätt."

”Vissa mer än andra”, svarade Anna med tillstymmelse till ett leende, innan hon vände sig om för att gå tillbaka till sin plats.

Ashburton såg henne gå, lika delar irriterad och fängslad av deras ordväxling. Flickan var alldeles för skarpsynt och allt dristigare i sina antydningar. Men istället för att känna sig hotad fann han sig märkligt stimulerad av deras verbala fäktning. Det var länge sedan någon hade utmanat hans rollprestationer. De flesta såg precis det han ville att de skulle se, inget mer.

Och av alla de människor i Wien som möjligen kunde vara agenter som arbetade mot Englands intressen fanns Anna Bell inte med på den listan. Hon var bara nitton år och nära släkt med familjer som var höjda över varje misstanke. Icke desto mindre var han tvungen att vara försiktig. Om hon sade något om honom till fel person, skulle hon kunna äventyra hans täckmantel.

Ett kort ögonblick övervägde han att säga något till Whitmore, men trots att han och Whitmore hade varit vänner sedan skoltiden, hade Whitmore inte den blekaste aning om att Ashburton inte var exakt den han utgav sig för att vara.

Inte än, bestämde han. Han kunde hantera Anna Bell. Det var han säker på.

Två kvällar senare, vid ännu en reception, fann Ashburton sig återigen medveten om Anna Bells vaksamma närvaro. Hon hade placerat sig nära en marmorpelare, till synes fördjupad i ett samtal med en äldre dam medan hennes uppmärksamhet förblev fäst vid en grupp ryska och preussiska diplomater i närheten. Ashburton noterade hur hon vinklade sin kropp för att verka engagerad samtidigt som hon höll diplomaterna inom sitt synfält, en teknik han själv hade använt oräkneliga gånger.

Det som fascinerade honom var inte bara att hon observerade, utan vad hon valde att observera. Till skillnad från den typiska unga damen som letade efter ett lämpligt parti, riktade fröken Bell uteslutande sin uppmärksamhet på konversationer av politisk betydelse. Hennes intressen sammanföll på ett kusligt sätt med hans egna, om än förmodligen av olika skäl.

Eller var de olika? Frågan hade börjat gnaga i honom. Hon kunde inte själv vara spion, men hade Whitmore satt henne att samla underrättelser? Tanken kändes obehaglig för Ashburton. Sådana aktiviteter skulle kunna utsätta Anna för fara.

Medan han rörde sig genom sällskapet och utförde sin roll med van vana, blev Ashburton alltmer medveten om Annas granskning. Snarare än irritation upplevde han nu något som liknade förväntan närhelst hennes mörka ögon följde hans rörelser. Känslan var ovanlig men inte obehaglig.

Det var under denna reception som det stora tillkännagivandet cirkulerade bland gästerna: en magnifik bal skulle hållas nästa vecka i Hofburg-palatset, och alla diplomatiska beskickningar förväntades närvara. Nyheten skapade omedelbar upphetsning; damerna diskuterade tänkbara klänningar och herrarna begrundade de politiska konsekvenserna av en sådan sammankomst.

"Det kommer att bli säsongens höjdpunkt", förklarade grevinnan von Liechtenstein för Ashburton. "Hans kejserliga majestät önskar visa österrikisk gästfrihet för alla kongressdelegater. Det sägs att till och med tsaren ska komma."

"Strålande", svarade Ashburton med passande entusiasm. "Man får hoppas att de har förstärkt golvet för att klara av all den dansen. Fast personligen är jag mer intresserad av om greve Razumovskij kommer att stå värd för sina beryktade kortspel efteråt."

Grevinnan fnittrade uppskattande åt hans ytliga svar, precis som väntat. När hon gick vidare gled Ashburtons blick över rummet till där Anna stod och nu samtalade med sin syster och svåger. Även på detta avstånd kunde han se den lilla rynkan mellan hennes ögonbryn som uppstod närhelst hon bearbetade ny information.

En storslagen bal. Tanken kristalliserades i Ashburtons sinne med plötslig tydlighet. Vilket bättre tillfälle att befästa sitt rykte om oförargligt lättsinne? Lokalen skulle vara tillräckligt stor för att rymma genomarbetade skådespel, med tillräckligt många vittnen för att sprida historier om hans löjliga vad och underliga beteende genom hela den diplomatiska världen i Wien. Det skulle vara den perfekta motvikten till alla misstankar fröken Bell kunde tänkas hysa om hans sanna natur.

Och kanske, erkände han för sig själv, kunde det också ge tillfälle till ännu en verbal duell med den mest fängslande unga kvinna han mött på åratal. Tanken framkallade ett oväntat leende på hans läppar: inte det falska, offentliga leendet han använde så effektivt i sin roll, utan något mer äkta, präglat av förväntan.

Det var något med att mätta sitt förstånd mot Anna Bells som fick honom att känna sig mer levande än han gjort på länge. Det var förvisso farligt, med tanke på hans uppdrags känsliga natur. Ändå fann Ashburton sig se fram emot deras nästa möte med en iver som inte hade något att göra med att upprätthålla hans täckmantel, och allt att göra med den sällsynta glädjen i att bli sedd på riktigt, om än bara som en motståndare.

Balen skulle innebära en risk, men också en möjlighet. Och Lord Ashburton hade alltid varit en man som uppskattade båda delarna i lika hög grad.

Kapitel fem

UNDER DE FÖLJANDE DAGARNA ägnade sig Anna åt en
enda strävan: den systematiska observationen av lord Ash-
burton. Hon skuggade honom genom Wiens glittrande
societetsvärld, en tyst vålnad i dämpade färger, stående i
hörn med en bortglömd kopp te medan hans bullrande
skratt ekade genom spelsalonger och mottagningsrum.
Varje gång han lade ett märkligt vad eller berättade en ty-
dligt överdriven historia om framgångar på kapplöpnings-
banan, lade hon till ännu en punkt i sin mentala katalog
över logiska luckor.

”Tjugo guinéer på det bruna stoet!” ropade Ashburton.
Genom den delvis öppna dörren kunde hon observera ko-

rtspelsrummet där Ashburton för tillfället höll hov. "Hon har sin mors uthållighet och sin fars snabbhet. En oslagbar kombination!"

Anna såg hur Ashburton dunkade en korpulent österrikisk baron i ryggen, med ett brett och sorglöst leende under lampornas gyllene sken. Ändå var det något med det där leendet som inte riktigt nådde ögonen, en tomhet i ansiktsuttrycket som påminde henne om skådespelare hon sett på scenen.

"Du kommer att förlora skjortan på den där, Ashburton", ropade en rysk adelsman. "Det franska bidraget har överlägsen härstamning."

"Härstamning!" hånskrattade Ashburton och gestikulerade yvigt med sitt glas. "Jag väljer hjärta framför avel vilken dag som helst! Det där stoet springer som om hon har något att bevisa. Kom ihåg mina ord, mina herrar, hon kommer att lämna de andra långt bakom sig."

Hans röst var perfekt inställd, tillräckligt hög för att höras, varm av entusiasm och en aning sluddrig, som om han hade druckit ett glas konjak för mycket. Men Anna lade märke till att glaset i hans hand förblev märkligt fullt, och när han ställde ner det för att ta upp korten han just fått, spillde han inte en droppe trots sitt skenbart berusade tillstånd.

Nästa kväll befann sig Anna på en mottagning hos den franska delegationen. Clara hade tackat nej, då hon hade en särskilt besvärlig dag med morgonillamående, och Matthew hade valt att stanna hos henne. De hade båda uppmuntrat Anna att gå när hon blev inbjuden att följa med lady Pemberton, som var förtjust över att ha ett stillsamt sällskap.

"Håll dig nära förfriskningsbordet, min kära", hade lady Pemberton instruerat. "Jag kan behöva lemonad om rummet blir för varmt."

Instruktionen passade Anna perfekt. Från sin plats bredvid ett magnifikt upplägg av frukt och bakverk hade hon en utmärkt utsikt över salongen där diplomater samlades i ständigt skiftande konstellationer. Och där var lord Ashburton, som rörde sig bland dem med en vana som tydde på lång erfarenhet, ständigt med ett champagneglas i handen.

Hon såg hur han närmade sig en grupp portugisiska tjänstemän, hans hållning blev mer avslappnad och hans leende bredare. "Mina herrar! Precis de människor jag hoppades få träffa. Är det sant att er ambassadör har tagit med sin Lusitano-hingst till Wien? Jag skulle ge en liten förmögenhet för att få se det djuret tävla."

De portugisiska diplomaterna utbytte blickar, vissa roade, andra en aning föraktfulla. Men de välkomnade honom ändå in i sin cirkel, och snart underhöll Ashburton dem med en historia om en katastrofal hinderlöpning i Sussex där han tydligen hade förlorat både sin värdighet och en ansenlig summa pengar.

Men trots att han spelade fåne, lade Anna märke till hur hans blick då och då fladdrade mot en lång man med grått skägg som stod lite för sig själv. När den mannen slutligen drev närmare för att lyssna, ändrades Ashburtons anekdot subtilt och inkluderade referenser till bekanta i Paris som tycktes fånga den gråskäggige mannens uppmärksamhet.

Anna smuttade på sin lemonad och iakttog den invecklade dansen. På ytan verkade inget annat hända än att en hästgalen engelsman trängde sig på i fint sällskap. Men det fanns ett mönster i hans rörelser genom rummet, en avsiktlig kvalitet i hans skenbara slumpmässighet som påminde henne om lipizzanerhingstarnas omsorgsfulla steg: skenbart ansträngningslösa, men planerade in i minsta detalj.

Vid det tredje tillfället, en musikafton vid den ryske ambassadörens residens, hade Anna sammanställt ett omfattande mentalt register över inkonsekvenser. Sättet han ibland tvekade en bråkdels sekund innan han svarade, som om han beräknade det mest lämpliga svaret. Skärpan som ibland dök upp i hans blick när han trodde att ingen såg på. Det märkliga faktumet att han, trots sitt rykte som en vårdslös spelare, aldrig verkade vara genuint berusad eller ha ekonomiska bekymmer.

Mest talande var mönstret i hans sociala interaktioner. Han rörde sig genom diplomatiska sammankomster likt ett bi i en blomsterträdgård; han snuddade flyktigt vid otaliga konversationer men dröjde sig kvar längst där frågor av politisk eller militär betydelse diskuterades. För en man som påstod sig bara bry sig om hästar och kapplöpning, tillbringade han anmärkningsvärt lite tid med likasinnade entusiaster och en stor del av tiden i utkanterna av diplomatiska kretsar.

Vad höll han på med? Frågan upptog Annas tankar där hon stod mot väggen och såg honom charma den ryske ambassadörens hustru med överdriven artighet, samtidigt som han höll ett öra vänt mot ett samtal i närheten om militära truppförflyttningar längs Rhen.

Uppgjorda lopp verkade vara det mest uppenbara svaret. Hans kontakter med bookmakers och ständiga närvaro vid lopp skulle kunna underlätta sådana planer. Men det förklarade inte hans intresse för diplomatiska angelägenheter.

Kanske smuggling? Wien under kongressen var ett näste för olaglig handel. Ashburtons täta referenser till resor genom Europa och hans nätverk av kontakter inom hästsporten skulle kunna utgöra ett utmärkt täckmantel.

Eller, och den tanken fick blodet att isa sig i Annas ådror, sålde han information? Situationen i Frankrike var fortfarande känslig trots att Napoleon tagits till fånga, och maktkampen fortsatte i diplomatiska gemak och privata möten över hela Wien. Information om en nations förhandlingsposition skulle vara ovärderlig för en annan.

"Beundrar ni inredningen, miss Bell? Eller kanske sällskapet?"

Anna ryckte till och spillde nästan ut sin lemonad när lord Ashburton plötsligt dök upp vid hennes sida. Hans grå ögon var varma av roat nöje, men hon missade inte den snabba, granskande blicken han gav henne innan hans ansiktsuttryck återgick till sin vanliga godmodiga mask.

"Båda är värda uppmärksamhet", svarade hon och kämpade för att hålla rösten stadig. Hade han märkt att hon iakttog honom? Hur länge hade han varit medveten om hennes granskning?

"Sannerligen", höll han med och hans leende blev bredare. "Även om jag finner vissa delar mer fascinerande än andra. Den där ryske greven till exempel; visste ni att han en gång förlorade ett helt gods på ett enda kort? En fascinerande karaktär."

Anna kände igen en avledningsmanöver när hon hörde en. Hon böjde lätt på huvudet och studerade honom med samma kyliga bedömning som hon skulle ge en häst med osäkert temperament. "Ni verkar finna många människor fascinerande, lord Ashburton. Man kan undra vilken gemensam egenskap som lockar ert intresse."

Något fladdrade till bakom hans ögon, vaksamhet kanske, eller uppskattning över hennes utspel. "En spelares nyfikenhet, inget annat", svarade han lättsamt. "Om ni ursäktar mig nu, tror jag att jag ser en man som är skyldig mig tjugo guinéer från vårt senaste vad."

När han försvann in i mängden igen, släppte Anna ut ett andetag hon inte insett att hon höll. Borde hon berätta för Matthew om sina misstankar? Han och Ashburton hade varit vänner sedan skoltiden; han kanske satt inne med insikter hon saknade. Men vad kunde hon egentligen säga? Att lord Ashburton skrattade för högt, gjorde misstänkta vad och verkade märkligt intresserad av diplomatiska samtal?

Nej, beslutade Anna, hon behövde mer. Fler observationer, fler mönster, fler konkreta bevis. Tills dess skulle lord Ashburton och vilket spel han än spelade förbli hennes privata pussel att lösa.

Morgonljuset silade in genom de tunna gardinerna i Claras sovrum. Anna balanserade en bricka med ingefärste och rostat bröd när hon puffade upp dörren, efter att genom försök och misstag ha lärt sig vad hennes syster kunde förmå sig att äta under dessa svåra timmar. Clara satt framåtlutad mot ett berg av kuddar, hennes gyllene hår föll fritt över axlarna, ansiktet var blekt men ögonen lyste av energi.

”Du ser anmärkningsvärt pigg ut för någon som varit illamående hela natten”, anmärkte Anna och ställde brickan i systerns knä. Hon hällde upp en kopp te och rörde ner två små skedar honung precis som Clara ville ha det.

”Jag har fått de mest underbara nyheter”, sa Clara och tog emot koppen med båda händerna. ”Matthew har tagit emot våra inbjudningar till den stora balen i Hofburgpalatset nästa vecka. Alla av betydelse kommer att vara där: den österrikiske kejsaren, den ryska tsaren, möjligen till och med kungen av Preussen.”

Anna drog på ena ögonbrynet där hon satt på sängkanten. ”Och detta gör dig glad för att...?”

”För att det är kongressens största sociala händelse”, förklarade Clara, hennes gröna ögon gnistrade trots skuggorna under dem. ”Spanska ridskolan uppträder för särskilda gäster innan, och sedan blir det dans i den stora balsalen. Det kommer att bli den mest magnifika tillställning Wien har sett på årtionden.”

”Jag förstår”, svarade Anna och såg på när Clara försiktigt tog en tugga av brödet. ”Och kommer du att vara tillräckligt frisk för att gå? Läkaren sa att du borde vila.”

Claras uttryck sviktade ett ögonblick innan det återgick till beslutsam glädje. ”Matthew har redan talat med doktorn. Han säger att jag får gå om jag vilar ordentligt innan och sitter ner under större delen av kvällen.” Hon ställde ner brödet och sträckte sig efter Annas hand. ”Men jag ville diskutera din närvaro, käraste.”

”Min närvaro?” Anna rynkade pannan. ”Jag antog att jag skulle hålla dig sällskap här om du inte kunde gå. Och om du går, följer jag med dig som vanligt.”

”Det är just det”, sa Clara och kramade hennes fingrar. ”Du har följt mig som en skugga ända sedan vi kom hit. Du har inte sett något av staden förutom genom fönstren i mottagningsrum där du står längs väggarna och låtsas vara osynlig.”

”Jag har sett Spanska ridskolan”, påpekade Anna. ”Och flera utmärkta exempel på barockarkitektur.”

”Knappast den fullständiga wienerska upplevelsen”, invände Clara. ”Och på den här balen vill jag att du gör mer än att stå i hörn och beräkna ljuskronornas vinklar eller räkna hur många gånger lord Ashburton lägger ett vad.”

Anna kände hur rodnaden steg på kinderna. Hade hennes observationer varit så uppenbara? ”Jag tycker bara att hans beteende är inkonsekvent”, mumlade hon. ”Det är som en ekvation som vägrar att gå jämnt ut.”

”Vad än ditt intresse för lord Ashburton beror på ...” började Clara med ett menande leende.

"Jag har inget intresse för lord Ashburton", avbröt Anna, kanske lite för snabbt.

"Som du vill", gick Clara med på, med glimten i ögat. "Oavsett vilket kan du inte gömma dig i våra lägenheter för evigt. På den här balen insisterar jag på att du ska bli sedd och uppskattad för den du verkligen är: inte som mitt sällskap, utan som min syster. Fröken Bell av Belle Haven i egen hög person."

Anna öppnade munnen för att protestera, men Clara hade redan sträckt sig efter ringklockan. Ett ögonblick senare dök hennes jungfru upp och neg nätt.

"Sophie", sa Clara och rätade på sig mot kuddarna med ny energi, "jag vill att du gör några ändringar på min systers bästa aftonklänning, den akvamarinblå sidenklänningen med den blygsamma urringningen. Den behöver pärlor längs livet, tror jag, och kanske elfenbensvit spets vid ärmarna."

"Clara", protesterade Anna, "det är helt onödigt. Min klänning är fullt tillräcklig."

"Tillräcklig är precis vad den inte är", förklarade Clara med den auktoritet som bara en äldre syster som skött Belle Havens sociala affärer i åratal kan ha. "Den är praktiskt enkel, medvetet diskret och får dig att se ut som om du hellre vill smälta in i tapeten än bli lagd märke till."

"Kanske för att det är exakt vad jag föredrar", mumlade Anna.

Clara ignorerade detta och vände sig åter till Sophie. "Det finns en ask med småpärlor på översta hyllan i klädskåpet; använd så många du anser lämpligt. Och se om du kan sänka urringningen något."

Sophie nickade, väl van vid Claras bestämda instruktioner. "Och hennes hår, ers nåd?"

"Det diskuterar vi närmare tillställningen", beslöt Clara och granskade Annas enkla knut med samma blick som en general som överblickar ett slagfält. "Koncentrera dig på klänningen tills vidare."

Anna väntade tills Sophie hade gått innan hon vände sig till sin syster med frustration i rösten. "Det här är löjligt, Clara. Du gör av med energi som du inte har på ett projekt som inte behövs. Ingen på balen kommer att bry sig om vad jag har på mig."

"Jag bryr mig", sa Clara enkelt och hennes uttryck mjuknade. "Jag vägrar låta dig representera Belle Haven genom att se ut som mitt sällskap snarare än min syster. Du har gömt dig bakom mig alldeles för mycket, Anna."

"Jag har inte gömt mig", invände Anna, även om protesten lät svag till och med i hennes egna öron.

"Har du inte?" Clara sträckte sig efter sitt te och tog en försiktig klunk. "Flera personer har förväxlat dig med min jungfru sedan vi kom hit, och det är bara vad jag har hört. Den österrikiska grevinnan frågade varför jag hade tagit med min "orientaliska tjänarinna" till en diplomatisk tillställning. Och du har inte gjort någonting för att rätta till dessa missuppfattningar."

Anna tittade bort, obekväm med sanningen. Det hade varit lättare att bli förbisedd, att observera utan att själv bli iakttagen. "Det spelar ingen roll vad de tycker om mig", sa hon tyst.

"Det spelar roll för mig", envisades Clara. "Och det skulle ha spelat roll för far. Vi i familjen Bell bär huvudet högt, kommer du ihåg det? Även när andra ser ner på oss för vår okonventionella familj."

Anna kände en välbekant värme vid omnämnandet av deras far. Sir Richard hade aldrig någonsin fått henne att känna sig som mindre av en dotter på grund av hennes halvkinesiska härkomst. Tekniskt sett var hon sir Richards halvsyster, hans fars dotter med en kinesisk älskarinna, men sir Richard hade aldrig behandlat henne, eller Clara – hans systers dotter med en betjänt som far – som något annat än sina egna barn. "Far skulle säga att det är vad vi åstadkommer som räknas, inte hur andra ser på oss."

"Och han skulle ha rätt", höll Clara med. "Men det finns ingen anledning till varför du inte kan uppskattas för både ditt extraordinära förnuft och ditt utseende. De två utesluter inte varandra."

Anna suckade när hon kände igen det beslutsamma draget kring systerns mun. När Clara såg ut så där var det ingen idé att argumentera. "Nåväl. Jag ska bära vilken klänning du än anser lämplig. Men jag drar gränsen vid avancerade frisyrer eller överdrivna smycken."

"Vi förhandlar om de detaljerna senare", sa Clara med ett segerrikt leende. Sedan blev hennes ansiktsuttryck allvarligt. "Men du måste lova mig en sak, Anna."

"Vad då?"

"Lova mig att du inte kommer att stå vid väggen hela kvällen. Du måste dansa minst en gång."

Det knöt sig i magen på Anna vid tanken. Dans krävde partners, konversation och att vara i centrum för uppmärksamheten – allt det som hon noggrant undvek. "Clara..."

"En dans", insisterade Clara. "Det är allt jag ber om. Bland de hundratals herrar som är där måste det väl finnas åtminstone en vars samtal inte kommer att tråka ut dig till döds."

Hoppet i Claras ögon var omöjligt att motstå. "En dans", medgav Anna motvilligt. "Men jag lovar inte att jag kommer att tycka om det."

Clara skrattade, och ljudet lyste upp rummet. "Det är allt jag ber om, käraste. Berätta nu för mig vad du har observerat på de mottagningar jag varit för sjuk för att gå på. Har den där ryska grevinnan fortsatt att bära de där befängda strutsfjädrarna? Och hur är det med lord Ashburtons senaste upprörande vad?"

När Anna slog sig ner för att dela med sig av det senaste skvallret, som hon noggrant redigerade för att undvika allt som skulle kunna oroa hennes syster, undrade hon i tysthet vad hon gett sig in på. En dans kunde verka som en liten eftergift, men i Annas noggrant ordnade värld representerade det en betydande avvikelse från hennes beräknade mönster. Men om det gjorde Clara lycklig, var det en ekvation som Anna inte tänkte invända mot.

I Claras sovrum fladdrade stearinljusens lågor och spred ett gyllene sken. Anna stod blickstilla medan Sophie gjorde de sista justeringarna på hennes förvandlade klänning och sydde fast en bit spets som hamnat snett vid ärmen.

Jungfrun hade arbetat outtröttligt och följt Claras detaljerade instruktioner för att lyfta det enkla akvamarinblå sidentyget till något betydligt stiligare. Nu, när det sista stygnet var på plats, steg Sophie tillbaka med en nöjd nick, och Clara pekade mot den höga spegeln i hörnet.

"Gå och se efter", skyndade hennes syster på, med ögonen glänsande av förväntan. "Jag vill se din reaktion."

Anna rörde sig tvekande mot spegeln, smärtsamt medveten om det ovana prasslet av siden mot golvet och den lätta tyngden av det ändrade livet. Hon hade burit den här klänningen ett halvdussin gånger förut, men nu kändes den helt främmande.

När hon till slut stod framför spegeln kände Anna en märklig overklighetskänsla, som om hon betraktade en främling. Klänningens tidigare så enkla liv pryddes nu av ett delikat mönster av småpärlor som fångade ljuset och spred det som stjärnor över det blå tyget. Urringningen hade sänkts, men tillägget av elfenbensvit spets gjorde att den inte kändes opassande. Midjan hade höjts något, vilket skapade en silhuett som var obestridligt elegant snarare än bara praktisk.

Men det var mer än bara klänningen. Sophie hade satt upp Annas glänsande svarta hår med pärlhårnålar som glimtade i de mörka lockarna, och effekten mot hennes ansiktsdrag var slående. För kanske första gången i sitt liv såg Anna otvetydigt ut som en ung dam av börd. Inte en tjänarinna, inte ett sällskap, utan dottern till sir Richard Bell, en gentleman med medel och ställning.

"Nå?" frågade Clara, som inte kunde hålla tillbaka sin nyfikenhet. "Vad tycker du?"

Anna rörde vid pärlorna på klänningslivet med tvekande fingrar. ”Jag känner knappt igen mig själv”, medgav hon. ”Det är ett vackert arbete, Sophie. Tack.”

Jungfrun neg, förtjust. ”Det var lady Whitmores design, fröken. Jag utförde bara hennes vision.”

”Och du utförde den perfekt”, förklarade Clara. ”Det räcker så, Sophie. Jag vill ha en stund ensam med min syster.”

När de var ensamma vinkade Clara till sig Anna och studerade henne med tydlig tillfredsställelse. ”Du är vacker, Anna. Precis så som jag visste att du skulle vara.” Hon sträckte sig efter en liten sammetsask på nattduksbordet. ”Det fattas bara en sista detalj.”

Anna såg på när Clara öppnade asken och tog fram en enda rad med perfekta pärlor. ”Clara, nej, det där är för mycket! Klänningen är redan mer än jag hade väntat mig.”

”Struntprat”, svarade Clara och knäppte upp halsbandet. ”De kommer att fullända din utstyrsel helt. Dessutom är de bara till låns. Se dem som en systers gåva för kvällen.” Hon höll fram dem förväntansfullt. ”Vänd dig om.”

Motvilligt lydde Anna och lyfte upp håret medan Clara fäste pärlorna runt hennes hals. Deras svala tyngd vilade mot huden, och när hon vände sig tillbaka mot spegeln var effekten obestridlig. Halsbandet drog blicken till hennes nacks graciösa linje och gav en sista touch av elegans som förvandlade henne från att bara vara söt till att vara genuint slående.

”Där”, sa Clara mjukt. ”Nu ser du ut som den du verkligen är: en Bell av Belle Haven, och en ung dam som vilken familj som helst skulle vara stolt över att räkna som sin egen.”

Anna svalde mot en plötslig klump i halsen. ”Tack”, fick hon fram. ”Fast jag är fortfarande inte övertygad om att all den här ståtligheten är nödvändig för en kväll där man står i hörn och iakttar diplomater.”

”En dans”, påminde Clara henne med ett leende. ”Du lovade. Och i den där klänningen kommer du inte ha brist på villiga kavaljerer.”

Tanken skickade en oväntad rysning av nervositet genom Anna. Att dansa innebar att bli sedd, att vara medelpunkt för uppmärksamheten snarare än en skugga mot väggen.

En plötslig, ovälkommen tanke for genom hennes huvud: skulle lord Ashburton lägga märke till henne i den här klänningen? Skulle de där grå ögonen, som vanligtvis var så fulla av beräknande roat nöje, spärras upp av förvåning? Skulle han se bortom den vaksamma observatören och se den unga kvinnan därunder?

Tanken gav upphov till ett oväntat fladdrande i bröstet. Anna slätade ut det akvamarinblå sidentyget med plötsligt nervösa händer, irriterad på sig själv för att hon brydde sig om vad den där irriterande mannen kunde tänkas tycka. Vad spelade det för roll om lord Ashburton märkte hennes förvandling? Mannen var sannolikt involverad i kriminell verksamhet, uppgjorda hästkapplöpningar eller smuggling eller ännu värre. Hans åsikt borde vara det sista hon tänkte på.

”Du blev väldigt tyst”, anmärkte Clara och studerade hennes ansikte. ”Har du börjat tveka inför balen?”

Anna skakade på huvudet och hennes uttryck hårdnade när hon i tysthet skällde på sig själv för en sådan dårskap. "Inte alls. Jag tänkte bara på alla observationer jag kan göra vid en så betydelsefull sammankomst. Bara de diplomatiska implikationerna kommer att vara fascinerande."

Clara skrattade lågt. "Bara du skulle se säsongens mest glamorösa bal som en möjlighet till forskning. Men jag hoppas att du tillåter dig själv en aning nöje också. Wien har mer att erbjuda än politiska ekvationer att lösa."

"Kanske det", medgav Anna, även om hennes tankar i sanning redan hade återvänt till pusslet lord Ashburton. Skulle hans omsorgsfulla rollspel brista i den intensiva atmosfären på den stora balen? Skulle hon äntligen få en glimt av hans verkliga syfte som kunde bekräfta hennes misstankar?

Det var den enda anledningen till att hans åsikt spelade roll, sade Anna bestämt till sig själv. Inte på grund av sättet hans leende ibland nådde hans ögon när de munhöggs, eller hur hans blick tycktes se förbi hennes noggrant uppbyggda barriärer. Absolut inte på grund av någon fånig reaktion på ett snyggt ansikte och en välsydd rock.

Nej, lord Ashburton var helt enkelt ett pussel att lösa. Inget annat. Och Anna Bell hade aldrig lämnat ett pussel olöst.

Kapitel sex

BALSALEN I PALATSET HOFBURG bredde ut sig framför Ashburton likt ett slagfält, även om vapnen här bestod av ord och blickar. Kristallkronor kastade ett gyllene sken över diplomater och aristokrater, var och en klädd i sin finaste skrud. Ashburton rättade till sin kravatt, lade ansiktet i det förväntade uttrycket av godmodig entusiasm och gav sig in i striden med den lätthet som kännetecknar en man som gjort en konstform av att bli underskattad.

"Mina herrar!" utbrast han och anslöt sig till en grupp österrikiska och preussiska ämbetsmän vars samtal avbröts abrupt vid hans ankomst. "Ni måste bara få höra om den extraordinära bedrift jag bevittnade på Newmarket förra säsongen. En jockey kastades av vid första hindret, men hästen fullföljde hela loppet på egen hand och kom i mål som trea! Jag vann femtio guineas på det magnifika djuret."

Diplomaterna utbytte blickar, och deras miner pendlade mellan roat överseende och knappt dold irritation. Precis den reaktion Ashburton hade eftersträvat. Ingenting fick seriösa män att tappa lusten att diskutera allvarliga angelägenheter så effektivt som avbrottet från en ytlig aristokrat med hästkapplöpning på hjärnan.

"Var detta före eller efter att den där franska hingsten påstods springa ifrån ett åskväder?" frågade en preussisk baron med ett tunt leende. "Dina kapplöpningshistorier blir alltmer fantastiska för varje gång de berättas, Lord Ashburton."

"Ack, men det är ju det som är skönheten med sporten", svarade Ashburton och gestikulerade yvigt med sitt champagneglas, samtidigt som han lät rösten bli aningen sluddrig. "Det extraordinära blir vardagsmat när man har rätt anlag och hjärta för det." Han vinkade med glaset mot en förbipasserande betjänt. "På tal om franska hästar, har ni sett Comte de Frontenacs nya förvärv? Det sägs att den kostade honom tio tusen franc."

Medan samtalet motvilligt gled över på hästar, behöll Ashburton sitt livliga yttre medan hans sinne registrerade nyckelpersoner. Den ryska ambassadören i intensivt samtal med en österrikisk general. Den spanska diplomaten som tog emot ett hopvikt meddelande. Den diskreta nick som utbyttes mellan den franske kulturattachén och en kvinna klädd i svenska kungliga färger.

Dessa detaljer, mer värdefulla än guld för utrikesministeriet, arkiverades bakom Ashburtons mask av lättsinne. Han skrattade för högt åt ett mediokert skämt, klappade den preussiske baronen lite väl förtroligt på axeln och lät blicken vandra som om han vore ständigt distraherad, allt medan han inte missade något av vikt.

Hans kalkylerade svep över rummet kom av sig när de stora dörrarna öppnades för att släppa in en ny grupp gäster. Whitmore steg in först, ståtlig i formell aftondräkt. Vid hans arm fanns Lady Whitmore; hennes safirblå klänning framhävde hennes ljusa drag, även om Ashburton genast noterade blekheten under det omsorgsfullt lagda sminket.

Det var dock den tredje medlemmen i sällskapet som fick Ashburtons noggrant upprätthållna ansiktsuttryck att för ett ögonblick övergå i uppriktig förvåning.

Anna Bell stod precis bakom sin syster, och för ett hjärtslag kände Ashburton inte igen henne. Borta var den medvetet alldagliga unga kvinna som brukade hålla sig i skuggorna. I hennes ställe stod en uppenbarelse i akvamarinblå silke som fångade ljuset vid varje rörelse. Små pärlor glittrade över livet likt morgondagg och drog blicken till hennes hals, där en enkel rad av större pärlor vilade mot huden. Hennes glänsande svarta hår, som vanligtvis var stramt uppsatt i en knut, hade arrangerats mjukare med pärlnålar som gnistrade i ljuset från stearinljusen.

Förvandlingen var anmärkningsvärd, inte bara för att den var så fullständig, utan för hur den avslöjade det som alltid funnits där under det medvetet oansenliga yttre. Hennes eleganta käklinje, de klara mörka ögonen, den gracila hållningen som vittnade om både intelligens och värdighet. Hon såg ut, insåg Ashburton plötsligt, som precis det hon var: dottern till en respekterad gentleman, en ung dam av börd och betydelse.

Han fann sig snabbt, men inte förrän den preussiske baronen hade lagt märke till vart han riktade blicken.

"En söt flicka", konstaterade baronen med ett menande leende. "Fast kanske inte riktigt vad man förväntar sig i den wienska societeten."

Ashburton tog illa vid sig av den antydda förolämpningen men behöll sitt älskvärda uttryck. "Skönhet finns i många former. Man skulle kunna säga detsamma om hästar. De mest värdefulla blodslinjerna dyker ofta upp i oväntade förpackningar."

Medan han talade såg han Lady Whitmore bli eskorterad till en sammetsklädd stol nära en av marmorpelarna. Hon sjönk ner på den med tydlig lättnad medan hennes make böjde sig omsorgsfullt över henne. Anna dröjde sig kvar i närheten på ett beskyddande sätt, och hennes blick svepte över folkmassan med samma analytiska skärpa som Ashburton hade noterat vid tidigare sammankomster. Trots förvandlingen med silke och pärlor förblev hennes innersta väsen oförändrat: vaket, kalkylerande, och ingenting undgick henne.

En plan tog form i Ashburtons sinne med den säkerhet som kännetecknade hans bästa beslut i fält. Att närma sig Anna Bell tjänade flera syften. Det skulle förstärka hans rykte som en ytlig aristokrat. Det skulle ge ett tillfälle att bedöma hur mycket hon kunde ha listat ut från sina senaste iakttagelser. Och, erkände han för sig själv med ovanlig uppriktighet, det skulle tillfredsställa hans växande nyfikenhet på denna ovanliga unga kvinna vars sinne fungerade i mönster som liknade hans egna.

Han ursäktade sig från diplomaterna med en kommentar om att han sett en gammal bekant från kapplöpningsbanan, och tog sig sedan tvärs över balsalen med en medveten nonchalans. Hans väg var något krokväg, som om han bara vandrade mållöst, även om varje steg förde honom närmare platsen där Anna stod vid sin systers stol.

När han närmade sig noterade han hur hon spände sig något; hennes hållning blev stelare trots att hennes ansiktsuttryck förblev neutralt. Hon hade alltså sett honom komma, trots att hon verkade helt upptagen av att rätta till en kudde bakom Lady Whitmores rygg.

”Lady Whitmore, ett nöje att se er i kväll”, sade han med en formell bugning mot Clara. ”Fast jag fruktar att den wienska luften inte bekommer er väl. Ni ser ganska blek ut.”

”Ett tillfälligt illamående, inget mer”, svarade Clara med ett leende som inte riktigt nådde de trötta ögonen. ”Musiken är väl underbar?”

”Förtjusande”, höll Ashburton med, även om han knappt hade lagt märke till orkestern. Hans uppmärksamhet flyttades till Anna, och hans leende breddades till det lätt retsamma uttryck han sparade till deras orddueller. ”Fröken Bell. Jag kände nästan inte igen er utan er anteckningsbok och era beräkningar. Så fascinerande att upptäcka att ni faktiskt är en ung dam under all den där matematiken.”

Kommentaren var medvetet provokativ, tänkt att tända den eld i hennes ögon som han fann så fängslande. Han blev inte besviken. Annas blick smalnade, även om hennes röst förblev oklanderligt hövlig.

"Lord Ashburton. Det förvånar mig att se er borta från kortspelsborden. Inga förmögenheter att spela bort i kväll?"

"Jag tycker att det finns andra spel som är värda att spela ibland", svarade han och behöll hennes blick ett ögonblick längre än vad som var helt passande. Sedan, med en gest som var medvetet teatralisk, sträckte han fram handen. "Orkestern börjar just en vals. Vill ni göra mig äran, fröken Bell?"

Annas ansikte flimrade förbi i uppriktig förvåning innan det lade sig i ett uttryck av beräkning. Ashburton kunde praktiskt taget se hur hennes sinne arbetade och vägde obehaget i att tacka ja mot den uppmärksamhet som ett nej skulle kunna dra till sig.

"Jag..." började hon och sneglade mot sin syster.

"Gå du, Anna", uppmanade Clara med oväntad livlighet. "Du lovade mig att du skulle dansa, minns du?"

Ashburton iakttog den tysta kommunikationen mellan systrarna och noterade hur Annas axlar spändes på ett sätt som tydde på uppgivenhet snarare än entusiasm.

"Nåväl", sade hon till sist och placerade sin handbeklädda hand i hans med uppenbar motvilja. "En dans, Lord Ashburton."

Hennes fingrar var slanka och starka i hans grepp, och när han ledde ut henne på dansgolvet kände sig Ashburton märkligt nöjd med denna lilla seger.

Den första beröringen av Ashburtons hand vid hennes midja sände en oväntad stöt genom Anna, likt den statiska elektricitet som ibland gnistrade när hon rörde vid metall efter att ha gått över Belle Havens mattor på vintern. Hans handflata vilade med ett tryggt tryck mot hennes silkeklänning, varken för bekant eller för tveksamt, medan hans andra hand omslöt hennes med precis rätt mängd fasthet. När orkestern slog an de första ackorden till valsen, tvingade Anna sig själv att koncentrera sig på dansen i stället för den oroande värmen från hans beröring. Tre taktslag i varje takt, ett-två-tre, ett-två-tre, ett perfekt numeriskt mönster att följa.

"Ni verkar förvånad, fröken Bell", anmärkte Ashburton medan han med smidig lätthet förde ut henne bland de andra dansande. "Väntade ni er inte att jag skulle kunna dansa vals ordentligt? Jag försäkrar er, även de av oss som föredrar kapplöpningsbanan framför balsalen måste behärska vissa sociala färdigheter."

"Jag försöker bara anpassa mig till stegen", svarade Anna och lyfte lite på hakan. Hon tänkte minsann inte erkänna att hans skicklighet hade överrumplat henne. "Den wienska valsen är snabbare än det vi vanligtvis dansar i England."

Hans läppar formades till det där irriterande halvleendet som hon hade lärt sig att känna igen. "Ack, tempot återigen. Säkert uppskattar väl även kavallerihästar lite fart, fröken Bell? Eller föder Belle Haven upp dem medvetet långsamma för att matcha takten i den militära byråkratin?"

Piken var tydligt avsedd att provocera henne, och Anna märkte att hon antog utmaningen trots sitt bättre omdöme. "Fart utan kontroll är värdelös, mylord. Belle Havens hästar besitter precis de egenskaper som krävs: uthållighet, god fysik, intelligens och ja, snabbhet när det krävs."

"Krävs av vem?" frågade han och utförde en perfekt vändning som för ett ögonblick förde dem närmare varandra. "En militärhäst måste väl lyda vilken ryttare som helst?"

Anna kände sin irritation stiga samtidigt som hon uppskattade att hans fråga var berättigad. "Vilket är precis varför vi väljer temperament lika noggrant som fysiska attribut", genmälde hon, och hennes fötter följde danssteg en automatiskt medan hennes sinne tog sig an problemet. "Vårt avelsprogram producerar hästar som kombinerar lyhördhet med eget initiativ. När en kavalleriofficers liv hänger på hästen behöver han en partner, inte bara en tjänare."

"En partner", upprepade Ashburton, och hans grå ögon blev plötsligt eftertänksamma. "Ett intressant ordval."

Dansen förde dem nära igen, och Anna blev smärtsamt medveten om doften av hans raktvål, något fräscht med inslag av ceder och bergamott.

"Det är den korrekta termen", framhärdade hon. "Relationen mellan häst och ryttare är när den är som bäst ett partnerskap baserat på ömsesidigt förtroende. Belle

Havens avelsprogram är utformat för att frambringa hästar som är kapabla till sådana relationer.”

Ashburton förde henne genom ännu en vändning, och hans rörelser var så mjuka att Anna knappt behövde tänka på stegen. ”Och ändå säljer ni dessa partner till högstbjudande och skickar iväg dem till krig med främlingar.”

”Det gör vi absolut inte”, rättade Anna honom. ”Vi levererar dem till Sandhurst med detaljerad information om varje djurs särskilda egenskaper, och vi hjälper till med att para ihop varje häst med den officersaspirant som är bäst lämpad för den. Det påminner om ett arrangerat äktenskap, antar jag. Vi kan inte garantera tycke, men vi kan skapa förutsättningarna för ett framgångsrikt partnerskap.”

Till hennes förvåning skrattade Ashburton, och ljudet var varmt och genuint snarare än det tillgjorda skratt han vanligtvis uppvisade. ”Ett arrangerat äktenskap mellan människa och häst. Vilket charmigt praktiskt perspektiv, fröken Bell.”

Trots sig själv kände Anna hur hennes läppar drogs upp i ett litet leende. ”Praktiskt sinne är underskattat hos både hästar och människor, Lord Ashburton.”

Valsen förde dem förbi en grupp aristokratiska damer, vars viskade kommentarer och sidoblickar inte undgick Anna. Hon snappade upp brottstycken av deras samtal när hon och Ashburton svepte förbi.

”Vem är den där flickan med Lord Ashburton? Jag har aldrig sett henne förut.”

”Lady Whitmores sällskapsdam, tror jag. Eller kanske hennes piga? Man vet aldrig med dessa engelska arrangemang.”

"Ganska dristigt av honom att dansa med en tjänare, men Ashburton har ju alltid varit excentrisk..."

Orden sved mer än Anna ville erkänna. Trots Claras ansträngningar med klänningen, trots pärlorna runt halsen, såg dessa kvinnor bara det de förväntade sig att se: en tjänare, en underordnad, någon vars närvaro på dansgolvet i bästa fall var en kuriositet.

"Ni har blivit tyst", konstaterade Ashburton och studerade hennes ansikte med oväntad lyhördhet. "Har min sprudlande konversation om hästavel slutligen tömt ert tålamod?"

Anna skakade lätt på huvudet, ovillig att erkänna den verkliga orsaken till sitt obehag. "Jag övervägde blott förhållandet mellan väsentliga diplomatiska samtal och trivialt socialt utbyte i det här rummet. Resultaten är inte uppmuntrande för Europas framtida fred."

Han såg ut att vilja gå vidare med saken, men musiken svällde och han tvingades koncentrera sig på det mer komplexa stegmönster som följde. Anna var tacksam för andrummet från hans granskning. Till sin förvåning insåg hon att hon, mitt i obehaget över att vara iakttagen och irritationen över Ashburtons pikar, faktiskt roade sig. Musiken flödade runt dem i perfekta matematiska mönster, deras kroppar rörde sig i harmoni, och utmaningen i att mäta sitt förstånd mot Ashburtons var stimulerande på ett sätt som få samtal någonsin varit.

Andra dansare virvlade runt dem i ett töcken av färger. Men till skillnad från tidigare tillställningar där hon stått längs väggen och katalogiserat diplomatiska kopplingar, var hon i kväll själv en del av mönstret.

"Er syster har gjort ett märkvärdigt arbete med er förvandling", kommenterade Ashburton när de fullbordat ännu ett varv. "Även om jag måste erkänna att jag kommer på mig själv med att sakna er anteckningsbok och era nedklottrade uträkningar. Det fanns något vinnande i er totala nonchalans för sociala etiketter till förmån för matematiken."

Anna kisade mot honom, osäker på om hon skulle ta kommentaren som en komplimang eller kritik. "Anteckningsboken ligger i min ridikyl, mylord. Man vet aldrig när man kan behöva skriva ner en viktig iakttagelse."

Hans skratt lät den här gången som om det överrumplat honom. "Jag tror er, fröken Bell. Det är det som gör er till ett så förtjusande mysterium."

"Jag var inte medveten om att det var meningen att jag skulle vara mystisk", svarade hon stelt.

"De bästa mysterierna är aldrig det med flit", svarade han, och något i hans tonfall skiftade subtilt. "De bara existerar och utmanar betraktaren att finna logik i det som vid första anblicken verkar vara en motsägelse."

Musiken började byggas upp mot sitt slut, och Anna fann sig märkligt ogärna vilja att dansen skulle ta slut. Trots sina misstankar om hans sanna natur, trots den irritation han så lätt framkallade, fanns det något med Lord Ashburtons sällskap som kändes som mental stimulans efter månader av intetsägande samtal.

"Och vilken motsägelse anser ni er se i mig?" frågade hon, oförmögen att motstå frågan.

"En ung dam som beräknar foderstater för hästar men ändå citerar klassisk filosofi med lätthet", svarade han, och hans ögon lämnade aldrig hennes när han vägledde henne genom de sista vändningarna. "En kvinna som står i hörnen och lyssnar på diplomatiska samtal medan hon låtsas vara osynlig, men ändå kan hålla stånd i vilken intellektuell debatt som helst. En person som talar om hästar som partners snarare än tjänare, men ändå accepterar att bli behandlad som mindre än hon är av de flesta i det här rummet."

Orden träffade obehagligt nära sanningen, och Anna kände hur hettan steg i kinderna. "Ni tar er stora friheter, Lord Ashburton."

"Jag observerar", rättade han henne, och hans röst sänktes något. "Precis som ni gör, fröken Bell. Det är det som gör oss båda farligare än vad folk omkring oss anar."

Innan hon hann svara på detta häpnadsväckande påstående nådde musiken sitt crescendo, och dansen nådde sitt oundvikliga slut.

Valsens sista takter förde Anna Bell så nära att Ashburton kunde känna värmen från hennes andedräkt, så nära att den subtila doften av jasmin i hennes hår plötsligt blev distraherande påtaglig. Orkesterns violiner steg mot höjderna medan paren virvlade runt dem i ett töcken av färger, men Ashburton fann sin uppmärksamhet helt riktad på kvinnan i sina armar.

När de rörde sig genom de sista turerna såg hon upp på honom, i färd med att förbereda vad som utan tvekan skulle bli ännu en vass replik. Stearinljusen från ljuskronorna fångades i hennes ögon i just det ögonblicket och avslöjade vad Ashburton aldrig tidigare lagt märke till: små stänk av guld mitt i det mörkbruna, som bärnsten fångad i polerad mahogny. Upptäckten sände en oväntad stöt genom honom, ett ögonblick av genuin förvåning som inte hade något att göra med hans noggrant upprätthållna fasad.

"Vad sa ni, mylord?" uppmanade Anna honom, och hennes ögonbryn drogs samman en aning i vad som kunde ha varit förvirring över hans plötsliga tystnad.

Ashburton blinkade, medveten om att han tappat takten i deras verbala fäktning. "Jag observerade blott, fröken Bell", återtog han smidigt. "Det verkar som om vi har det gemensamt, även om våra metoder kanske skiljer sig åt."

Musiken svällde runt dem, och när han förde henne genom ännu en vändning intensifierades den subtila doften av jasmin. Ingen dyrbar parfym, noterade han, utan något enklare, kanske hårolja eller en doftpåse gömd bland hennes tillhörigheter. Iakttagelsen var automatisk, den sortens detalj han vanemässigt katalogiserade, men den kändes märkligt påträngande i detta sammanhang, för personlig.

"Ni stirrar, Lord Ashburton", anmärkte Anna, och hennes ton var svalare än balsalens varma luft. "Har jag plötsligt fått ett extra huvud?"

”Inget så dramatiskt”, svarade han med ett leende som kändes ovanligt äkta. ”Jag lade bara märke till att era ögon har guldstänk i sig. Mycket slående mot det mörkbruna.”

En svag rodnad steg på hennes kinder, och Ashburton kände ett ögonblicks tillfredsställelse över att ha bringat henne ur fattningen, omedelbart följt av dåligt samvete. Denna dans, detta samtal, alltihop var bara ett skådespel utformat för att stärka hans täckmantel. Anna Bell var en rekvisita i det skådespelet, och det faktum att han fann hennes sällskap stimulerande var irrelevant för hans uppdrag.

Och ändå, när de sista tonerna dröjde kvar i luften och de stod stilla ett ögonblick, fann sig Ashburton ovillig att släppa hennes hand, att avsluta den märkliga förbindelse som hade formats mellan dem.

”Tack för dansen, fröken Bell”, sade han, och hans röst sänktes något trots honom själv. ”Den var oväntat upplysande.”

”På vilket sätt?” frågade hon, och vaksamheten var tydlig i hennes lätt på sned ställda huvud.

Som svar på vad jag kan vara kapabel att känna, tänkte han med plötslig skärpa, innan han bryskt tryckte undan den ovälkomna insikten. ”Genom att bekräfta att matematik och rörelse faktiskt kan samexistera harmoniskt”, sade han istället och lättade medvetet på tonfallet. ”Jag förväntade mig nästan att ni skulle räkna stegen högt.”

Hennes ansiktsuttryck slöts som en bok som slås igen. ”Vilken tur att jag överträffade era låga förväntningar.”

Det dåliga samvetet återvände, skarpare denna gång. Han hade onödigt nog sårat hennes stolthet när hon inte hade gjort något för att förtjäna det, bara för att skapa distans när hans egna tankar styrt in på farlig mark.

Det spelade ingen roll, sade han bestämt till sig själv när orkestern började ordna sina noter inför nästa dans. Hans uppdrag krävde att han upprätthöll sin täckmantel till varje pris. En ung kvinna sårade känslor var betydelselösa mot sådana insatser.

När dansarna omkring dem började skingras, utförde Ashburton en perfekt hovbugning över Annas hand. Istället för att släppa hennes fingrar omedelbart, höll han dem dock kvar ett ögonblick längre än vad anständigheten föreskrev, och kände den lätta darrning som gick genom dem innan hon drog sig ur hans grepp.

"Ni dansar vackert, fröken Bell", sade han och lät ett stråk av uppriktighet höras i rösten trots sitt bättre omdöme. "Jag hoppas att ni vill skänka mig ännu en dans senare i kväll."

Något flimrade till i hennes blick: förvåning, förvirring, kanske till och med en motvillig glädje som hon utan tvivel skulle förneka. "Jag tror att jag har uppfyllt min plikt mot min syster med denna enda dans", svarade hon med omsorgsfullt neutral röst. "Men jag tackar för komplimangen."

"En plikt, var det så?" frågade han, oförmögen att motstå öppningen. "Vilken märkvärdig tur för mig att Lady Whitmore lade en sådan börda på er. Jag kanske borde tacka henne personligen."

Innan Anna hann svara erbjöd han sin arm för att eskortera henne tillbaka till platsen där Clara satt och iakttog dem med dåligt dolt intresse. När de närmade sig kände Ashburton hur Annas hållning stramades åt en aning.

"Lady Whitmore", deklarerade han och utförde en överdriven bugning som var exakt beräknad för att förstärka hans rykte om teatralisk ridderlighet. "Jag måste uttrycka min djupaste tacksamhet för att ni insisterade på att er syster skulle pryda dansgolvet i kväll. Hon rör sig med ett fullblods elegans och argumenterar med en fäktmästares precision. Sannerligen en anmärkningsvärd kombination."

Claras ögon gnistrade av roat intresse och något som såg misstänkt likt tillfredsställelse ut. "Så vänligt av er att säga så, Lord Ashburton. Jag har alltid tyckt att min systers egenskaper alltför ofta förbises."

"Inte av någon med fungerande ögon och öron", svarade Ashburton, medveten om att han kanske spelade sitt kort för hårt men oförmögen att hejda sig själv. "Även om jag erkänner att hennes förvandling i kväll, från kalkylerande matematiker till elegant danserska, överraskade till och med mig."

Han snarare kände än såg Annas irritation stråla från henne. "Ni talar som om de två vore ömsesidigt uteslutande, mylord", sade hon med bedräglig sötma. "Som om en kvinna omöjligen skulle kunna besitta både en fungerande hjärna och en medvetenhet om socialt umgänge."

"Tyvärr har jag i min erfarenhet mött få män eller kvinnor som besitter båda", kontrade han och vände sig direkt mot henne. "Jag är förtjust över att få möjligheten att lära känna en sådan bättre i kväll, för jag finner kombinationen helt fascinerande. Långt mer intressant än de som enbart briljerar på det ena området."

Deras blickar möttes, och för ett ögonblick verkade den stimmiga balsalen sjunka undan. Ashburton var smärtsamt medveten om att ha sagt för mycket, om att ha låtit genuina känslor skymta fram bakom hans noggrant uppbyggda fasad. Det var ett farligt snedsteg, den sortens misstag som kunde äventyra år av noggrant arbete.

"Jag tror jag ser den ryske ambassadören signalera efter mig", sade han och tog ett steg tillbaka med medveten nonchalans. "Han vill utan tvekan diskutera sitt senaste förvärv. Om ni ursäktar mig, mina damer."

Med ännu en bugning, denna gång helt korrekt i sin grad av formalitet, drog han sig tillbaka och kände Annas blick följa honom när han tog sig fram över det välfyllda golvet. Han vågade inte se bakåt, rädd för vad hans ansiktsuttryck skulle kunna avslöja om han tillät sig en sista skymt av dessa mörka ögon med deras oväntade stänk av guld.

Hon var en komplikation, erkände Ashburton för sig själv när han närmade sig den ryske diplomaten. En potentiellt farlig sådan, givet hennes observationsförmåga och uppenbara misstänksamhet. Det förnuftiga vore att undvika vidare interaktion, att hålla avståndet och enbart koncentrera sig på sitt uppdrag.

Men även när han inledde en livlig diskussion om ryssens prisade hingstar, fann Ashburton sin uppmärksamhet glida tillbaka till där Anna stod bredvid sin syster, med sin akvamarinfärgade klänning som fångade ljuset. Hennes nackes graciösa linje, intelligensen i hennes hållning, den tysta värdighet hon bar sig själv med trots viskningarna och blickarna; allt registrerades med ovälkommen tydlighet i ett hörn av hans sinne som borde ha varit helt upptaget av den information han fortfarande inte erhållit, och den dubbelagent som Sir Edmund Wrexford fortfarande pressade honom att avslöja.

Senare, lovade han sig själv, skulle han reda ut dessa oväntade reaktioner och bringa dem under ordentlig kontroll. Just nu fanns det arbete att göra, information att samla, en roll att spela. Lord Ashburton, den ytliga hästkapplöpningsentusiasten, hade inte råd att distraheras av guldstänkta ögon eller doften av jasmin i mörkt hår.

Oavsett hur ihärdigt dessa detaljer dröjde sig kvar i hans tankar.

Kapitel sju

UNDER DE TVÅ VECKORNA som följde efter balen på slottet Hofburg spårade Anna Lord Ashburtons rörelser genom Wiens diplomatiska kretsar. Varje kväll återvände hon till sitt rum och satt ensam medan hon förde över sina iakttagelser till sin anteckningsbok. Tider, platser, intressanta personer. Mest betydelsefullt var sättet han skiftade från intensiv koncentration till tillgjord flärd i samma ögonblick som han märkte att hon iakttog honom.

"Tisdagen den 9 november, reception på ryska ambassaden", skrev hon. *"Lord A. i samtal med gråskäggig herre (17 minuter). Spänd kroppshållning, låga röster. Samtalet*

upphörde när greve Metternich närmade sig. Gråskägget gav sig av omedelbart därefter."

Anna hade först lagt märke till gråskägget tre dagar tidigare vid den brittiska ambassadörens residens. Till skillnad från de pompösa diplomater som dominerade dessa tillställningar, odlade denne man en medveten diskretion, vilket var precis det som fångade hennes uppmärksamhet. Oklanderliga men intetsägande kläder. Reserverad utan att vara ovänlig. Han rörde sig genom rummen och såg allt medan han själv sågs av få. Hon kände igen det eftersom hon gjorde detsamma.

Diskret efterforskning avslöjade hans identitet. Lady Pemberton snörpte på munnen när hon som i förbigående fick frågan om herrn i sällskap med Lord Ashburton.

"Sir Edmund Wrexford. Innehar någon position i Whitehall, även om ingen verkar helt säker på vilken. Man hör viskningar om underrättelsearbete, men sådana saker diskuteras aldrig öppet."

Underrättelsearbete.

Anna bläddrade tillbaka en sida och läste sina anteckningar från den spanska ambassadörens musikaliska sammankomst igen. Lord Ashburton hade placerat sig nära ryska och österrikiska diplomater, och hans hållning antydde ett förstrött intresse för stråkkvartetten. Ändå svepte hans blick ständigt över rummet med metodisk grundlighet snarare än social nyfikenhet.

När han fick syn på henne bredvid en palm i kruka skedde förvandlingen omedelbart. Axlarna slappnade av. Ansiktsuttrycket öppnades i det där alltför strålande leendet. Ett glas höjdes i en skämtsam hälsning. "Charmigt men långtråkigt jämfört med hovklappret på Newmarket!" förkunnade han för ingen särskild.

De förgyllda speglarna som prydde dessa receptionsrum visade sig vara användbara. Anna kunde iaktta Ashburton medan hon såg ut att titta åt ett annat håll. Mer än en gång skymtade hon honom i allvarligt samtal ögonblicken innan han förvandlades till den högljuda kapplöpningsentusiasten.

Vid den preussiska ministerns reception kastade kristallkronorna prismatiska mönster över juveler och polerade medaljer. Anna räknade till sju språk inom hörhåll medan hon låtsades undersöka en delikat vas i en glasmonter, men hennes uppmärksamhet var i själva verket riktad mot Lord Ashburton på andra sidan rummet.

Han stod tillsammans med Comte de Frontenac, en fransk diplomat som dök upp med ökande frekvens i hennes anteckningar. Deras samtal verkade avslappnat, men Ashburton använde sig inte av sina vanliga överdrivna gester eller sitt alltför höga skratt. De höll ett noga beräknat avstånd till varandra, och deras rörelser var koreograferade för att verka slumpmässiga.

När en annan gäst närmade sig, inledde Ashburton omedelbart en livfull skildring av hästkapplöpningarna i Ascot, komplett med teatraliska gester. Greven gled iväg. Men under kvällens lopp korsades deras vägar ytterligare tre gånger; varje möte var kortfattat men, misstänkte Anna, betydelsefullt.

"Comte de F. verkar vara den huvudsakliga måltavlan", skrev hon den kvällen. *"Potentiellt samarbete. Kräver ytterligare undersökning."*

Två kvällar senare såg Anna Ashburton tala med Sir Edmund Wrexford i en skuggig alkov. Sex minuter enligt Annas fickur. Ashburtons uttryck var allvarligt, gesterna minimala och kontrollerade, helt olikt hans offentliga teatraliskhet. När de skildes åt lämnade Sir Edmund genast platsen. Ashburton stannade till för att rätta till sin kravatt innan han återvände till själva receptionen med en bullrande hälsning och ett glas champagne som han tog från en förbipasserande kypare.

Det ständiga sorlet av flera språk gav ett utmärkt skydd för sådana utbyten. I fyllda rum där franska, tyska, ryska och engelska blandades till ett oavbrutet surr, kunde privata ord utväxlas med minimal risk för att bli tjuvlyssnad på.

Annas anteckningar växte. Vad Lord Ashburtons sanna syfte i Wien än var, involverade det både Sir Edmund Wrexford och Comte de Frontenac. Sannolikheten för kriminell verksamhet – smuggling, kanske, eller försäljning av underrättelser – ökade för varje misstänkt möte.

Vid den brittiska ambassadens reception för prinsregentens födelsedag placerade sig Anna nära vinterblommorna, vars doft var en lättnad från den parfymerade trängseln av människor. Hon höll på att beräkna sannolikheten för att Ashburtons mönster bara var en slump när han dök upp vid hennes sida med två kristallglas champagne.

”Fröken Bell.” En lätt bugning, ett glas räcktes fram. ”Jag har lagt märke till att ni föredrar detta.”

Anna blinkade. Damer, särskilt ogifta sådana, serverades ratafia eller limonad vid sådana tillställningar. Söta, svaga drycker som ansågs passande för kvinnliga smaklökar. Men de få gånger hon hade tackat ja till förfriskningar hade Anna valt champagne för dess torra klarhet.

"Så uppmärksamt, Lord Ashburton." Hon tog emot glaset. "Fast jag hade inte förväntat mig att mina dryckespreferenser skulle noteras mitt bland era mer... spännande sysselsättningar."

Hans grå ögon mötte hennes. Den där egendomliga dualiteten igen, en omsorgsfullt konstruerad mask som dolde något långt mer komplext.

"Jag observerar många saker, fröken Bell." Hans röst sänktes och skapade en privat sfär. "Precis som ni, tror jag."

Champagnen kändes sval mot hennes fingrar och kristallen fångade ljuset från takkronan. Denna lilla omtanke, att han kom ihåg hennes preferens när de flesta män vid dessa tillställningar knappt märkte hennes existens, skapade en obehaglig dissonans med hennes växande misstankar. Kriminell eller ej, mannen besatt en förunderlig förmåga att observera det andra förbisåg.

"Comte de Frontenac verkar vara ganska fängslad av era anekdoter om hästkapplöpning", anmärkte hon. "Jag har märkt att han söker ert sällskap ganska ofta."

Något fladdrade till i Ashburtons blick. Vaksamhet, kanske, eller uppskattning. "Fransmännen har alltid uppskattat fina hästar. Även om deras kapplöpningstraditioner skiljer sig avsevärt från våra. Greven är särskilt intresserad av avelslinjer som kan förbättra deras kavallerihästar."

Kavallerihästar. Det specifika omnämnandet sände en kåre genom henne. Britternas överlägsna kavalleri hade visat sig avgörande i flera drabbningar mot Napoleons styrkor. Om Ashburton arbetade tillsammans med en fransk diplomat för att skaffa fram avelsdjur...

"Så fascinerande." Hon tog en medveten klunk för att dölja sina rusande tankar. "Men visst är väl sådana frågor något känsliga, med tanke på de nyligen avslutade fientligheterna?"

Ashburtons leende blev bredare utan att nå hans ögon. "Fred har utlysts, fröken Bell. Vi är alla vänner nu, åtminstone i dessa förgyllda rum." Han höjde sitt glas. "För internationellt samarbete och fritt utbyte av idéer."

Skålen lät oskyldig. Ändå kunde Anna inte skaka av sig känslan av att Lord Ashburton under sitt älskvärda yttre spelade ett betydligt farligare spel än social klättring eller hasardspel. Frågan kvarstod: vad var det för spel, och vems intressen tjänade det?

Morgonsolen silar genom de tunga damastgardinerna och kastar dämpade mönster över Claras överkast. Anna satt bredvid sin systers säng med ångande ingefärste i händerna. Claras ansikte var fortfarande blekt, och skuggorna under hennes ögon var mörkare än igår. Hon var gravid i fjärde månaden, och morgonillamåendet visade inga tecken på att ge med sig.

"Små klunkar." Anna räckte över koppen. "Extra honung och mynta. Läkaren sa att kombinationen kan lugna magen."

Clara satte sig upp och tog emot den med darrande händer. "Du är för god mot mig. Experimenterar alltid för att hitta den perfekta formulan, till och med när det gäller te."

Anna log svagt. "Knappast komplicerat. Bara observation och justering." Hon sträckte sig efter silverklockan. "Ska jag ringa efter rostat bröd? Du borde äta något."

Clara skakade på huvudet och ryckte sedan till. "Inte än. Kanske om en timme." Hon tog ännu en försiktig klunk och ställde sedan ner koppen med en grimas. "Anna, vi måste diskutera den kommande jakten."

Annas fingrar hejdade sig mot överkastet. "Det finns ingenting att diskutera. Jag stannar här hos dig."

"Det kommer du sannerligen inte att göra." Oväntad bestämdhet. "Jakten är specifikt till för de diplomatiska gästerna och deras familjer. Österrikarna visar upp sina finaste jaktmarker och hästar. Belle Haven måste vara representerat."

"Matthew kan..."

"Matthew insisterar på att stanna hos mig." Clara lade en beskyddande hand över sin ännu platta mage. "Läkaren var tydlig igår. Mitt tillstånd är mer känsligt än vi hade hoppats. Fullständigt sängläge i minst en vecka, kanske längre."

Anna studerade sin systers ansikte och noterade den beslutsamma käken trots blekheten. "Du är viktigare än någon jakt. Far skulle hålla med om det."

"Far skulle förvänta sig att Belle Haven representeras." Claras ton blev skarpare. "Du vet lika väl som jag att det här inte bara är socialt. Det kommer militärattachéer från sex länder, och var och en har behov av kavallerihästar. Belle Havens rykte måste upprätthållas, särskilt nu."

Anna suckade och insåg logiken trots sin motvilja. "Jag antar att jag skulle kunna närvara en kort stund..."

"Du ska delta fullt ut. Lady Pemberton insisterar på att hon med glädje låter dig följa med henne." Clara sträckte sig efter hennes hand. "Du är ändå en bättre ryttare än jag, särskilt över hinder. Det har du alltid varit."

Sant, även om Anna sällan fick erkännande för det. Medan Clara glänste i dressyr, hade matematiken i hoppning alltid varit begriplig för Anna: att beräkna avstampspunkter, ta hänsyn till steglängd och hinderhöjd, och justera för vikt och rörelseenergi.

"De österrikiska jaktsällskapen är kända för sin utmanande terräng", fortsatte Clara. "Det är ett perfekt tillfälle att visa att Belle Havens hästar klarar av alla förhållanden. Nu när Napoleon är besegrad håller varje nation i Europa på att bygga upp sitt kavalleri igen. Dessa order skulle kunna försörja Belle Haven i åratal även om Sandhurst minskar sina krav på nya hästar."

Anna kände ett förrädiskt pirr av förväntan. Att flyga över häckar och murar. Det var veckor sedan hon ridit ordentligt; hennes tid i Wien hade begränsats till receptionsrum och konsertsalar. Frisk luft och dundrande hovar var onekligen lockande.

"Det är inte ridningen jag är orolig för." Hon rättade till filten över Claras ben. "Det är de sociala aspekterna. Du vet att jag inte är bra på att charma militärofficerare eller föra artiga konversationer."

Claras uttryck mjuknade. "Du behöver inte charma någon. Var bara dig själv: kunnig, precis, passionerad när det gäller hästar. Militärer respekterar expertis, Anna. Tala om exteriör och uthållighet som du skulle göra med far, så kommer de att lyssna."

"Och när de oundvikligen frågar varför en kinesisk flicka representerar en engelsk avelsverksamhet?"

Clara kramade hennes hand. "Då säger du till dem vad far skulle ha sagt: Belle Haven värdesätter stamtavlan hos hästar, inte hos folk. Sir Richard Bell dömer individer efter förtjänst, inte härkomst." Hennes röst blev starkare. "Den som ifrågasätter din närvaro kan göra sina affärer någon annanstans."

Anna kände en våg av tacksamhet, även om hon insåg de praktiska svårigheterna. "Far har råd med sådana principer. Vi ska locka kunder, inte stöta bort dem."

"Du underskattar dig själv. Dina kunskaper saknar motstycke. När de väl ser dig rida och hör dig tala om form och härstamning, kommer ditt ursprung att bli irrelevant."

Säkerheten i Claras röst fick Anna att sträcka på sig. Kanske hade hennes syster rätt. I stallbacken på Belle Haven hade både stallknektar och besökande köpare kommit att respektera hennes expertis, oavsett initiala fördomar.

"Den fuxfärgade valacken borde prestera väl i den österrikiska terrängen." Annas tankar övergick till beräkningar. "Säker på foten i nedförsbackar. God lungkapacitet för högre höjder."

"Ser du? Du planerar redan." Clara log, även om ansträngningen tydligt kostade på. "Din riddräkt behöver pressas. Sophie bör snygga till fjädern i din hatt. De österrikiska damerna är ganska noggranna med jaktklädseln."

Anna nickade och noterade de nödvändiga förberedelserna i huvudet. Trots en dröjande oro kunde hon inte förneka den ökade pulsen vid tanken på att få visa upp Belle Havens förträfflighet i ett så framstående sammanhang. Om det resulterade i militära kontrakt skulle far bli nöjd. Ännu viktigare var att det skulle bekräfta hans tro på hennes förmåga.

"Jag ska upprätthålla Belle Havens rykte." Hon tog den halvtomma tekoppen. "Men Matthew ska titta till dig varje timme, och jag förväntar mig rapporter varje timme."

"Jag förväntade mig inget annat av dig." Clara skrattade svagt. "Gå nu. Visa de där österrikiska kavalleriofficerarna vad en väluppfödd engelsk jakthäst kan göra, och vad en dotter av Belle Haven kan göra också."

Morgondimman dröjde sig kvar i dalarna och virvlade runt hovarna på Annas fux när hon styrde honom mot den bakre delen av jaktsällskapet. Frisk höstluft fyllde hennes lungor, en välkommen omväxling från de parfymerade balsalarna i Wien. Hon rättade till sin position i damsadeln, lade den mörkgröna riddräkten till rätta över benet och tillät sig ett kort ögonblick av tillfredsställelse. Efter veckor av att ha stått i hörn och iakttagit andra var hon äntligen i sitt rätta element.

Lady Pemberton hade, precis som Anna misstänkt, följt med Anna till det storslagna godset strax utanför Wien, njutit av middagen kvällen innan och sedan i morse hävdat att hon druckit lite för mycket vin och tänkte hoppa över själva jakten. Hon hade bara inte velat gå miste om festen, det var Anna helt säker på. Den äldre damen hade åtminstone inte insisterat på att Anna skulle stanna kvar hos henne, utan med ett roat leende sagt att hon var säker på att Anna behövde den friska luften.

Valacken, Perseus, rörde sig otåligt under henne, ivrig att få springa. Anna lugnade honom med ett lätt tryck på tyglarna och en något djupare sits i sadeln, och bibehöll den samlade trav som krävdes under processionen.

"Lugn", mumlade hon när Perseus kastade med huvudet som svar på de avlägsna jakthornen som ekade över dalen. "Du ska få din chans snart."

Runt omkring dem utgjorde jaktsällskapet en färgstark uppvisning mot höstlandskapet. Österrikiska adelsmän i traditionella gröna jaktrockar, diplomatiska gäster i olika nationella stilar, damer som satt elegant i sina damsadlar i riddräkter med rika juvelfärger. Anna placerade sig medvetet långt bak, där hon kunde observera utan att dra till sig uppmärksamhet.

Dimman lättade när de närmade sig det första viltstället, och solljuset bröt igenom och lyste upp daggdropparna och förvandlade spindelnäten till delikata silvernät. Ljudet av hovar mot fuktig jord skapade en rytm som Anna kände i hela kroppen, långt mer tillfredsställande än någon vals i en balsal.

När jägarens horn signalerade för den första jakten, spände Perseus musklerna, redo att kasta sig framåt. Anna höll honom tillbaka med stadiga händer på tyglarna och lät de andra ryttarna rusa före medan hon beräknade sin ansats. Det handlade inte om att vara först; det handlade om att demonstrera Belle Havens metodik: kontrollerad kraft, intelligent navigering och perfekt tajming.

När fältet av ryttare spred ut sig över de böljande kullarna, höll Anna uppmärksamheten delad mellan jakten framför sig och ryttarna runt omkring henne. Hennes blick återvände ständigt till en speciell gestalt: Lord Ashburton, sittande på ett praktfullt brunt fullblod, som rörde sig med obesvärad elegans. Till skillnad från sin vanliga position i händelsernas centrum höll han sig idag lite för sig själv och styrde målmedvetet sin häst mot det håll där Comte de Frontenac kämpade med att kontrollera en eldig jakthäst.

När det första betydande hindret dök upp, en stenmur med ett dike bakom, såg Anna hur Ashburton saktade ner och lät flera ryttare passera. Manövern placerade honom perfekt bakom greven när de närmade sig hoppet. Anna smalnade av blicken. Ashburtons livliga ansiktsuttryck var borta, ersatt av en intensiv koncentration när han såg fransmannen ta sig över hindret och därefter följde efter honom.

Hon manade på Perseus och vann mark när de närmade sig muren. Valacken samlade sig vackert, och de kraftfulla bakbenen sköt dem uppåt och över i en perfekt båge. Anna landade mjukt och justerade omedelbart sin vikt för att hjälpa Perseus att återfå balansen inför nästa galoppsprång.

Bakom sig hörde hon uppskattande kommentarer på tyska och franska och log för sig själv.

Under den närmaste halvtimmen förlorade hon sig i ridningen, beräknade anflyttningsvinklar för varje hopp medan Perseus svarade på hennes subtila hjälper med intelligent entusiasm. De tog sig över häckar och diken som fick andra ryttare att tveka, svävade över ett vattendrag som fick en österrikisk barons häst att vägra och rygga tillbaka, och navigerade en knepig skogsnedfart med sådan fotfast säkerhet att Anna inte kunde låta bli att le av stolthet. Detta var vad Belle Haven stod för: hästar med både den fysiska förmågan och intelligensen att hantera vilken terräng som helst. Perseus var inte ens andfådd medan andra hästar började bli trötta; hans överlägsna uthållighet var uppenbar för alla som hade ögon att se med.

Under en paus medan hundarna sökte efter spåret igen samlades ryttarna i en glänta för att låta djuren vila. Anna satt av en kort stund och strök Perseus över hans fuktiga, fuxfärgade hals medan hon mumlade beröm. Hon höll på att kontrollera hans ben efter tecken på ansträngning när en skugga föll över henne.

”Ni sitter utmärkt i sadeln, fröken Bell.”

Anna rätade på sig och vände sig mot Lord Ashburton. Hans bruna häst stod bakom honom och frustade mjukt genom vidgade näsborrar, pälsen var mörk av svett men blicken var fortfarande pigg och ivrig.

”Jag tror ni skämtar med mig, Lord Ashburton”, svarade hon stelt, då hon antog att han syftade på hennes strategiska position längst bak i fältet.

”Inte alls.” Uppriktigheten i hans röst gjorde att hon blev osäker. ”Det är inte många kvinnor som kan hoppa så väl i damsadel, men ni får det att se enkelt ut.” Hans grå ögon bar inget av deras vanliga beräknande roat uttryck; de visade istället genuin uppskattning när de svepte över Perseus. ”Belle Havens rykte är välförtjänt.”

Anna mönstrade honom, förundrad över denna glimt av vad som verkade vara äkthet. Den förvandling hon sett så många gånger förut, från allvarlig till lättsam, skedde nu i omvänd ordning. Masken hade halkat åt sidan och avslöjat något som kändes märkligt genuint därunder.

”Det är Perseus som gör arbetet. Jag håller mig bara ur vägen och ger honom den information han behöver.”

”Ni är alldeles för blygsam.” Ashburton lät en erfaren hand löpa längs valackens bog. ”Det här är en utmärkt exteriör. Er fars avelsprogram förstår uppenbarligen balansen mellan kraft och rörlighet.”

Hans bedömning var korrekt, kunnig och levererades utan minsta antydan till ytlig entusiasm. För ett kort ögonblick skymtade Anna den där andra personen under den lättsamma masken; någon som genuint förstod och uppskattade hästlig excellens.

”Vi avlar för intelligens såväl som fysiska egenskaper. En kavallerihäst måste kunna fatta självständiga beslut när ryttaren är upptagen med annat.”

Ashburton nickade tankfullt. ”Som att navigera i kaoset på ett slagfält eller bära en sårad soldat i säkerhet.” Hans fingrar följde valackens starka lår. ”Ni har uppnått en exceptionell muskulatur här utan att offra snabbhet. Anmärkningsvärt.”

Innan Anna hann svara ljöd jägarens horn. Ryttarna började skyndsamt sitta upp igen.

"Vi borde fortsätta det här samtalet en annan gång." Ashburton tog ett steg tillbaka mot sin häst. "Jag vore intresserad av att höra mer om Belle Havens metoder." Under en kort sekund passerade något oförställt över hans ansikte – ett genuint intresse, eller kanske ånger – innan hans uttryck återgick till den välbekanta, godmodiga masken.

"Kanske det." Anna samlade försiktigt ihop Perseus tyglar.

Hon gjorde sig redo att sitta upp och rättade till riddräktens tunga kjolar så att hon kunde lyfta foten mot stigbygeln, men innan hon hann sätta tån i järnet var Ashburton vid hennes sida.

"Tillåt mig."

Hans händer vilade mot hennes midja, starka och säkra genom riddräktens tyg. Anna tappade andan. Hon hade blivit upphjälpt i sadeln otaliga gånger av betjänter och stallknektar, men det här kändes helt annorlunda. Hans beröring var fast, och när han lyfte upp henne hamnade deras ansikten i jämnhöjd för ett ögonblick. Nära nog för att hon skulle se stänk av mörkare grått i hans ögon. Nära nog för att känna värmen som strålade från honom i den svala vinterluften.

Tiden verkade sakta ner. Anna fann att hon inte kunde se bort. Något fladdrade förbi i Ashburtons ansikte, ett uttryck hon inte kunde tyda. Det var inte den beräknande charm hon hade noterat vid ett dussin mottagningar. Inte den genuina uppskattningen för hästar från nyss. Det var något helt annat, rått och blottat, som dök upp och försvann så snabbt att hon kunde ha föreställt sig det.

Han hjälpte henne snabbt till rätta i sadeln, men hans händer dröjde kvar vid hennes midja bara en bråkdel längre än nödvändigt. Anna insåg att hon höll andan.

Sedan skingrades ögonblicket. Ashburton tog ett steg tillbaka och hans ansiktsuttryck slätades ut till en behaglig neutralitet. Han lyfte på hatten åt henne med ett leende som inte riktigt nådde ögonen.

"God jaktlycka, fröken Bell."

Han vände sig om och svingade sig obesvärat upp i sin egen sadel, för att sedan mana på sin häst för att återansluta till Comte de Frontenac när jakten drog vidare.

Anna satt orörlig ett ögonblick, med ett hjärta som bultade på ett sätt som inte hade något med nästa hopp att göra. Hennes midja kändes fortfarande varm där hans händer hade varit. Hon tog ett djupt, skakigt andetag, samlade sig och följde efter.

När Perseus galopperade framåt kände Anna hur hennes misstankar tävlade med en ny, obekväm medvetenhet. Vilken version av Lord Ashburton som än var den sanna – den lättsamma kapplöpningsentusiasten eller den kunnige hästkarlen som nyss hade rört vid henne med sådan oväntad ömhet – så var en sak nu säker: han odlade medvetet sin relation till den franske diplomaten, och han gjorde det med ett syfte som inte hade något med social framgång eller kontakter inom hästsporten att göra.

Frågan som oroade henne medan Perseus samlade sig inför nästa hinder var inte *om* Lord Ashburton var inblandad i hemliga aktiviteter, utan *vad* precis dessa ak-

tiviteter innebar, och om de hotade brittiska intressen un-
der denna känsliga tid av förhandlingar efter kriget.

Kvällsskuggorna blev allt längre över stallplanen medan
Anna arbetade med ryktskrapan i cirklar över Perseus fuk-
tiga hårrem. Medan de andra damerna hade gett sig av
omedelbart efter jakten och lämnat sina hästar åt stal-
lknektarna, hade Anna insisterat på att sköta valacken själv.
Delvis var det av vana, för på Belle Haven hade hennes
far alltid insisterat på att hans döttrar personligen skulle
övervaka skötseln av varje häst de red, men det var också ett
tillfälle för lugn eftertanke, borta från den livliga jaktsupén
som snart skulle börja i baronens hus. Lady Pemberton
skulle säkert leta efter henne, men Anna märkte att hon
inte brydde sig särskilt mycket om att den krävande aris-
tokraten skulle bli förargad över hennes frånvaro.

Stallet doftade av hö, läder och hästar som varvade ner
efter ansträngning. Lyktor hängde med jämna mellanrum
längs den breda mittgången, och det gyllene ljuset ska-
pade oaser av värme i den tilltagande skymningen. Runt
omkring henne rörde sig österrikiska stallknektar med tyst
effektivitet; de mumlade till hästarna, och de rytmiska lju-
den från borstningen och enstaka mjuka gnäggningar ska-
pade en fridfull motvikt till hennes rusande tankar.

”Du skötte dig utmärkt idag”, mumlade hon till Perseus
och lät handen löpa nerför hans framben för att kon-

trollera om han var varm eller svullen. När hon inte fann något flyttade hon sig till nästa ben, och hennes fingrar undersökte med sakkunnighet. Valacken hade klarat den krävande terrängen bra. Far skulle bli glad över att höra hur en häst från Belle Haven hade utmärkt sig bland de europeiska hästarna. Det fanns få hästar som hade sett så pigga och redo ut att fortsätta när jakten slutligen blåstes av, och Anna visste att det inte hade gått obemärkt förbi; hon hade fått flera berömmande kommentarer på vägen tillbaka till stallet.

Anna arbetade metodiskt, gick från ryktborste till mjuk borste, och kratsade sedan försiktigt varje hov för att få bort smuts. Perseus stod tålmodigt kvar och vände då och då sitt intelligenta öga mot henne eller flyttade på vikten.

Just som hon sträckte sig efter ett täcke för att skydda Perseus mot den nattkyla som var på väg, hörde hon röster som närmade sig. Den ena var omedelbart bekant: Lord Ashburtons kultiverade stämma, men utan den överdrivna livlighet han vanligtvis uppvisade. Den andre svarade på bruten engelska. En fransk brytning.

Driven av instinkt steg hon längre in i Perseus box och placerade sig bakom den halvöppna dörren. Genom springan mellan dörren och karmen kunde hon se en del av stallgången utan att själv bli upptäckt.

"...kan inte garantera avskildhet vid jaktstugan", sa Ashburton. "Det är för många nyfikna diplomater och officerare."

Comte de Frontenac kom först i sikte. Jaktrocken var utbytt mot en mer formell kavaj, och hans uttryck var vaksamt när han såg sig omkring i det dunkla utrymmet för att kontrollera att de var ensamma. "Ert meddelande sa att detta var brådskande."

"I sanning." Ashburton steg in i Annas begränsade synfält. Alla spår av den älskvärde kapplöpningsentusiasten var borta; hans hållning var alert och hans uttryck samlat med en intensitet som Anna bara sett glimtar av i oförsiktiga ögonblick. "Jag har äntligen säkrat det ni har sökt."

Grevens ögon vidgades. "Har ni den? Redan?"

"Hingsten kommer att vara redo för er inspektion vid midnatt." Ashburtons röst sänktes ytterligare. "Ni bör möta mig ensam; vi vill inte dra till oss uppmärksamhet vid en så värdefull transaktion."

Annas hjärta började bulta snabbare, och hennes fingrar kramade instinktivt om täcket. En *hingst*. Inte vilken häst som helst, utan en hingst, en bärare av avelspotential som skulle kunna förändra en hel nations hästbestånd. Och ett möte vid midnatt, medvetet hemligt, med en fransk diplomat.

"Platsen?" frågade Ashburton och sneglade mot stallingången när en stallknekt passerade utanför.

"Den gamla jaktpaviljongen vid godsets östra utkant", sa greven snabbt. "Jag har använt den för, ah, möten där jag inte önskar bli iakttagen. Den har varit övergiven sedan den förre baronens tid. Följ ridstigen förbi stenbron, sedan österut längs bäcken i en knapp kilometer. Ni kommer att se paviljongen en bit in bland träden.""

"Mycket bra. Jag kommer att vara där."

"Och dokumentationen?" Grevens röst lät angelägen. "Utan de fullständiga härstamningsbevisen..."

"Allt är i ordning." Ashburtons försäkran kom behärskat. "Allt ni behöver för att fastställa blodslinjens äkthet. Den här hingsten representerar generationer av noggrann avel, det försäkrar jag er."

Anna pressade sig mot den grova träväggen och vågade knappt andas. Hennes tankar for genom konsekvenserna. En värdefull hingst. Dokumentation av dess härstamning. En hemlig midnattstransaktion med en fransk diplomat, borta från vittnen.

Pusselbitarna föll på ett fasansfullt sätt på plats. Lord Ashburton sålde brittiskt avelsmaterial till fransmännen, och inte vilka hästar som helst, utan blodslinjer som hade bidragit till att göra det brittiska kavalleriet överlägset under krigen mot Napoleon. Även om fred formellt hade utropats, förblev förhandlingarna i Wien känsliga och maktbalansen osäker. En sådan handling skulle inte bara vara opatriotisk; den gränsade till högförräderi.

"Jag kommer att infinna mig ensam, som ni bad om", sa greven, "även om min regering skulle föredra..."

"Er regerings önskemål är irrelevanta." Ashburton avbröt honom med oväntad skärpa. "Detta är mina villkor. Midnatt. Ensam. Annars blir det ingen affär."

Greven nickade motvilligt. "Gott så. Midnatt, och jag kommer att överlämna de dokument som ni i gengäld har begärt, samt betalningen, naturligtvis."

När de båda männen vände sig för att gå hörde Anna ett sista meningsutbyte, där grevens röst knappt var hörbar.

"Om detta visar sig framgångsrikt, kommer det att finnas ytterligare intresse för liknande förvärv. Det avelsprogram vi ser framför oss kommer att kräva flera blod-slinjer."

"En transaktion i taget, greve." Ashburtons ton var återhållsam. "Låt oss avsluta de här affärerna innan vi diskuterar framtida arrangemang."

Deras fotsteg avlägsnade sig och lämnade Anna ensam med ett bultande hjärta och en fruktansvärd insikt. Lord Ashburton, med sitt omsorgsfullt odlade rykte om lättsamhet och sitt intresse för kapplöpning, använde sin kunskap om hästar för att förråda sitt lands intressen. Att förse en nyligen besegrad fiende med överlägset avelsmaterial skulle undergräva Storbritanniens militära fördelar för generationer framåt.

Hon smekte Perseus hals med darrande fingrar, medan hennes sinne redan planerade nästa drag. Matthew måste få veta detta omedelbart. Som en adelsman med kontakt med prinsregenten skulle han veta hur man hanterar ett sådant svek. Men anklagelser av den här storleksordningen krävde bevis utöver ett tjuvlyssnat samtal, särskilt eftersom Ashburton och Matthew var gamla vänner. Han skulle inte vilja tro på det.

Den övergivna jaktpaviljongen. *Midnatt.* Vetskapen slog rot i Annas sinne med oundviklig tyngd. Om hon kunde bevittna transaktionen, kanske till och med komma över någon del av de dokument Ashburton nämnde, skulle Matthew ha konkreta bevis för att kunna agera.

Snabbt gjorde hon sig klar med Perseus, hennes rörelser var automatiska medan tankarna rusade och planerade. Hon skulle återvända till huset, skylla på huvudvärk för att slippa middagen och sedan förbereda sig för sin egen midnattsutflykt. Den östra ridstigen, förbi stenbron, längs bäcken. Hon präntade in vägbeskrivningen i minnet medan hon plockade ihop sina borstar.

När Anna smög ut ur stallet i den tilltagande skymningen, var hennes ansikte stelnat av beslutsamhet. Hon hade aldrig lämnat ett problem olöst. Ekvationen var tydlig: Lord Ashburton plus franska intressen var lika med förräderi. Den enda variabeln som återstod var hur hon skulle bevisa det.

Kapitel åtta

Lady Pembertons andning hade äntligen lagt sig i sömnens djupa, jämna rytm. Anna räknade till sextio inuti huvudet, sedan sextio till. Den äldre kvinnan hade kommit upp till henne efter middagen och bittert beklagat sig över Annas frånvaro under måltiden, och krävt att hon skulle hålla sig i närheten under resten av kvällen. Anna hade fogat sig med passande, mumlande ursäkter, alltmedan hon räknade ut den mest effektiva tidpunkten för att fly och mjukt uppmuntrade Lady Pemberton till en tidig kväll genom att regelbundet fylla på hennes vinglas.

Nu, när Lady Pemberton snarkade lågmält, reste sig Anna från sängen och gick in i det angränsande påklädningsrummet. Hennes strumpbeklädda fötter var tysta mot det polerade golvet. Ingen jungfru sov där; Lady Pemberton hade beslutat att inte ta med sin egen och sagt att Anna kunde hjälpa henne att klä sig och att någon av husets pigor fick hämta och bära åt dem. Anna vågade därför tända ett ljus medan hon snabbt klädde sig i sin riddräkt, det mest praktiska plagg hon tagit med sig, sin tunga kappa och sina stövlar. Hon kontrollerade sitt fickur; halv elva. Utmärkt. Hon borde ha gott om tid på sig att ta sig till jaktstugan och undersöka den grundligt före den utsatta tiden för mötet.

Hon drog på sig ett par tunna läderhandskar, vars smidiga yta nötts av åratal av tygelhantering. För ett ögonblick tvekade Anna och lät tvivlet stiga till ytan. Det hon planerade att göra – att spionera på en vän till hennes svåger – stred mot varje social konvention. Ändå hade ekvationen framför henne ingen annan lösning. Om Lord Ashburton verkligen sålde värdefulla avelsdjur till fransmännen, kunde konsekvenserna ge eko genom generationer av det brittiska kavalleriet. Bevis måste införskaffas.

Dörrens spärr rörde sig ljudlöst under hennes försiktiga beröring, efter att ha smorts med några droppar från lampan tidigare under kvällen. Anna slank ut i korridoren och tryckte sig genast mot väggen medan hon lyssnade efter rörelser i huset. Hon kunde höra mansröster någonstans i fjärran, några av männen var fortfarande uppe och spelade och pratade, men hon hade ingen avsikt att gå nära den delen av huset.

Anna gick ner för tjänstefolkets trappa, efter att ha memorerat dess läge medan alla andra åt middag. Bakdörren gav efter för hennes beröring med bara ett svagt knarrande, och sedan var hon utomhus, omsluten av nattens friska mörker. Ovanför hängde månen till tre fjärdedelar full och gav tillräckligt med ljus för att hon skulle kunna ta sig fram utan att snubbla, men den bröts av tillräckligt med moln för att erbjuda periodvisa skuggor. Optimala förhållanden, beräknade Anna, för att röra sig osedd genom okänd terräng, även om hon inte ville vara ute för länge. Hon kunde se sin andedräkt i den kyliga luften.

Hon orienterade sig med hjälp av stallbyggnadens avlägsna silhuett och vände sig sedan österut, dit stigen borde börja. Frost hade börjat bildas på gräset, och varje strå utkristalliserades med en delikat geometri som knastrade mjukt under hennes fötter. Anna anpassade sitt tempo för att föredra fläckar av bar jord eller vissna löv, vilket gav ett tystare underlag.

Stenbron dök upp ur mörkret som utlovat, dess gamla valv spände över en smal bäck som porlade mjukt undertill. Anna stannade upp och lyssnade efter andra ljud som kunde tyda på att hon inte var ensam. Ingenting hördes utom det avlägsna ropet från en nattfågel och vinden som ven genom de kala grenarna. Hon gick snabbt över, och stövlarna gav ifrån sig det minsta skrapande ljud mot den nötta stenen.

Att följa bäcken österut krävde mer uppmärksamhet. Ridstigen smalnade av och blev på sina ställen föga mer än en djurstig. Björnbärssnår fastnade i hennes kjol trots hennes försiktighet, och lågt hängande grenar tvingade henne att ducka gång på gång. Hon beräknade mentalt avstånd och tid, och uppskattade sina framsteg mot den knappa kilometer som greven beskrivit. Hennes andedräkt bildade små moln i den kalla luften, hennes puls var förhöjd men stadig på ungefär nittio slag i minuten – högre än vanligt, men väl inom normala gränser givet omständigheterna.

Anna tillät sig att fundera på vad hon skulle kunna finna. Kanske fanns det en oskyldig förklaring. Kontakter inom galoppsporten, laglig hästhandel. Men hemlighetsmakeriet, mötet vid midnatt, betoningen på blodslinjer... dessa variabler pekade mot en oroande slutsats. Och om det var sant, vad händer då? Matthew skulle bli förkrossad. Hans vänskap med Ashburton sträckte sig tillbaka till skoltiden; ett svek skulle skära djupt. Såvida inte... Såvida inte Ashburton arbetade med officiellt godkännande. Tanken slog henne plötsligt. Sir Edmund Wrexfords bakgrund inom underrättelsearbete. De allvarliga samtal hon bevittnat. Kunde detta vara ett invecklat spel av spionage snarare än landsförräderi?

Det fanns bara ett sätt att ta reda på det. Hon skyndade vidare.

Den övergivna jaktpaviljongen framträdde ur mörkret, en låg konstruktion av väderbiten sten och timmer, placerad bland en dunge av urgamla ekar. Månljuset fångades i trasiga fönsterrutor och skapade taggiga silversilhuetter mot mörkret där inne. Inget ljus syntes, inga hästar stod tjudrade utanför. Hon hade kommit först, precis som planerat.

Anna cirklade försiktigt runt byggnaden och beräknade infallsvinklar och möjliga reträttvägar. Framdörren verkade solid, och när hon prövade den var den ordentligt låst. Bakre ingången visade tecken på nylig användning; fotspår i den mjuka jorden, en tydlig stig genom den i övrigt igenvuxna vegetationen, men även den dörren visade sig vara låst.

Hon önskade att hon hade kommit på tanken att studera hur man dyrkar upp lås, men nu beslöt hon sig för att gå runt stugan och se om hon kunde hitta något annat sätt att ta sig in. Stugans väggar var tjocka; hon misstänkte att det skulle vara fruktlöst att försöka lyssna utifrån.

Ett fönster på den östra sidan erbjöd den mest lovande ingången. Det satt lågt mot marken och karmen hade murknat där vintersnön legat kvar och trängt in i träet. Anna prövade det varsamt och lade ett försiktigt tryck med fingertopparna. Träkarmen gav efter något, och gav sedan vika med ett mjukt, splittrande ljud som verkade öronbedövande i den tysta natten. Hon stelnade till och räknade till sextio medan hon lyssnade efter någon reaktion. Ingenting.

Med en vighet hon förvärvat genom åratal av klättrande på höskulder vid Belle Haven, hävde Anna sig upp på fönsterbrädan och slank igenom öppningen, för att landa lätt på golvet där inne. Mörkret omslöt henne, tungt av en unken doft av övergivenhet; fuktigt trä och mögel. Hon förblev orörlig och lät ögonen vänja sig medan hennes andra sinnen katalogiserade omgivningen.

Paviljongen bestod av ett enda stort rum, vars tak stöddes av tunga träbjälkar. Månljuset silade in genom trasiga fönster och skapade oregelbundna mönster på golvet och lyste upp konturerna av enkla möbler: ett stort bord i mitten, flera stolar som skjutits mot väggarna, ett skåp med glasdörrar som fångade tillfälliga ljusglimtar. Och där, placerat under det största fönstret där månljuset gav det bästa naturliga ljuset, stod ett skrivbord med pappershögar på skivan.

Anna gick fram mot det och tog fram den lilla lykta hon haft gömd under kappan. Hennes händer darrade något när hon drog en tändsticka och tände veken, varpå hon ställde in lågan på dess lägsta inställning och höll för en hand för att skärma av skenet från fönstren. Ett gult ljus spred sig över skrivbordsytan och avslöjade flera travar dokument som låg slarvigt ordnade.

Besvikelsen sköljde över henne när hon upptäckte att alla papper var blanka. Oanvänt brevpapper. Irriterad böjde hon sig ner för att öppna lådan undertill, men fann att den var låst.

Vem skulle låsa lådan till ett skrivbord inuti en låst byggnad som ingen visste användes, om det inte fanns något dolt där i? Hon tänkte efter, sträckte sig tankspritt ut och lyfte upp bläckhornet ur dess fack i skrivbordsskivan, och tittade ner i hålet därunder. Det var där hennes far brukade förvara sin skrivbordsnyckel...

Hon log triumferande och ryckte åt sig nyckeln.

Män. De var verkligen alla likadana.

När hon låste upp lådan fann hon en stapel papper, och dessa var *inte* blanka. Efter en snabb koll på sitt fickur – klockan hade precis passerat elva – satte hon sig på golvet och började sortera dem i lyktans knappa sken.

Köpekontrakt för hästar. Avelsregister. Anteckningar i stamboken. Allt verkade fullkomligt ordinärt vid en första anblick. Anna bläddrade igenom dem noggrant och bedömde genast blodslinjer, datum och inköpspriser. Allt tycktes legitimt; standarddokumentation för överlåtelse av värdefulla hästar mellan galoppentusiaster. Namn på välkända hingstar, registrerad avkomma, köpekontrakt med aristokratiska namnteckningar.

Men... där. Något stämde inte.

Anna rynkade pannan och lät fingret följa ett avelsregister som listade ett föl fött i april 1810. Fadern angavs vara Ruler, en berömd hingst, men hon visste att Ruler hade dött 1806; hennes far och Rulers ägare, herr Bulmer, hade varit vänner och brevväxlat flitigt. Hon kontrollerade födelsedatumet igen och bekräftade sin första iakttagelse. *Omöjligt.*

Hon gick vidare och fann tre avelsnoteringar i snabb följd som alla visade samma sto som moder, men alla var daterade samma år, 1813. *Lika omöjligt.* Hennes hjärta började slå snabbare när vissheten tog fäste: detta var inga riktiga avelsregister.

Anna justerade lyktan så att dess gula sken föll mer direkt över papperen. Hon valde ut ett annat dokument, detta med detaljer om härstamningen för en påstådd mästartravare. Sex generationer var minutiöst kartlagda, men intervallet mellan dem var i genomsnitt bara tre år, vilket inte var rimligt. Även om det var möjligt att avla på ston och hingstar vid den åldern, var det vanligare att först låta dem tävla och visa vad de gick för, och säkerligen skulle ingen hästuppfödare genom sex generationer fortsätta utan att pröva *några* av djuren på banan.

Mönstret av omöjligheter kunde inte vara en tillfällighet. Dessa dokument hade avsiktligt konstruerats för att verka legitima vid en ytlig granskning, samtidigt som de innehöll information som trotsade biologisk verklighet. Vem som helst som visste det minsta om galopphästar skulle snabbt inse att de inte var äkta.

Så... vad var poängen? Dokumenten skulle inte lura den sortens person som sannolikt skulle titta ordentligt på dem. Så vem var de tänkta att lura?

Det är ett chiffer. Insikten sände en stöt genom henne. Avelsregistren var inte tänkta att tas bokstavligt; de var kodade meddelanden maskerade som dokumentation för hästhandel.

Hennes fingrar rörde sig snabbt nu, och hon spårade blodslinjer och födelsedatum med en nyvunnen beslutsamhet. Om hästarnas namn representerade personer eller platser, och om parningsdatumen betydde något helt annat – mötestider, kanske, eller leveransdatum – då kunde det som verkade vara oskyldiga hästtransaktioner i själva verket vara...

Annas hjärna rannsakade möjligheterna. Militär information? Diplomatiska hemligheter? Arrangemang för smuggling? Vad det än var, så var det säkerligen inte det rättframma förräderi hon hade misstänkt. Detta var något mycket mer komplext.

Hon granskade ett köpekontrakt mer noggrant och noterade hur priserna inte följde något logiskt mönster i förhållande till hästarnas påstådda kvalitet. Vissa medelmåttiga djur kostade oerhörda summor, medan påstådda mästare såldes för småpengar. Siffrorna bildade sitt eget mönster, oberoende av de hästar de antogs höra till.

"Fyratusen guineer för en startovad sexårig valack?" mumlade Anna och skakade på huvudet medan hon började räkna. Om hon bytte ut värdena, behandlade varje tusental som en enhet och ordnade dem efter transaktionsdatum snarare än pris... Hon bet sig i läppen, hennes skarpa hjärna arbetade med problemet. Det kunde vara ett substitutionschiffer, där siffror representerade bokstäver. Eller kanske ett geografiskt koordinatsystem? Hon skulle behöva mer tid och avskildhet för att lösa den ordentligt.

Vad innebar detta för Lord Ashburton? Frågan pressade sig på henne med plötslig brådska. Om dessa dokument verkligen var kodad underrättelseinformation, då var han inte den enkla förrädare hon hade misstänkt. Men vad var han då? En fransk spion som skickade information till Frontenac? Det verkade lika osannolikt givet deras mötes natur; Ashburton var säljaren och Frontenac tydligt köparen, och det var *Frontenac* som använde denna stuga som kontor, sannolikt var det hans papper hon hittat. En dubbelagent då, som låtsades samarbeta med fransmännen medan han i själva verket tjänade brittiska intressen?

Anna mindes ryktena om Sir Edmund Wrexfords kontakter inom underrättelsetjänsten och de allvarliga samtal hon sett mellan honom och Ashburton. Bevisen började falla på plats i hennes huvud och bildade ett nytt mönster med andra implikationer. Den lättsinnige galoppentusiasten var kanske inget annat än en väl genomarbetad täckmantel, en noggrant konstruerad personlighet skapad för att låta honom röra sig fritt i diplomatiska kretsar och samla information.

Men om det var sant, då lade hon sig i angelägenheter långt bortom hennes förstånd. Potentiellt farliga angelägenheter rörande nationell säkerhet.

En ny våg av panik sköljde över henne. Hon hade klampat in i en värld av skuggor och hemligheter, beväpnad med inget annat än sin beslutsamhet och en flickaktig tro på att Ashburton måste vara en skurk för att... för att han hade haft fräckheten att vänligt driva med henne? En rodnad av skam spred sig över hennes kinder vid tanken. Nu var hon ensam i en övergiven jaktstuga vid midnatt, med vad som kunde vara livsviktiga underrättelsedokument i sina händer, utan en aning om vem som egentligen ägde dem eller vad deras innehåll kunde betyda.

En sak var säker: hon behövde undersöka dessa dokument ordentligt, på säkert avstånd härifrån, med tid att dechiffrera chiffret på rätt sätt. Risken med att ta dem var avsevärd, men risken med att lämna kvar dem var större. Om Ashburton verkligen arbetade för den brittiska regeringen, kunde hon säkert överlämna dem till honom med en förklaring och en ursäkt. Om inte...

När beslutet väl var fattat samlade Anna snabbt ihop papperen. Hon vek dokumenten försiktigt och stoppade in dem i sin ridjacka. Hon ville inte hålla dem i handen och riskera att tappa något, eller riskera att papperens vita färg skulle avslöja henne i natten.

Ljudet kom utan varning; röster i fjärran som närmade sig längs stigen hon nyss följt. Anna satte andan i halsen. Hon hade tappat tidsuppfattningen när hon tittade på chiffret; klockan var nästan midnatt!

Hon släckte lyktan med en snabb utandning, vilket försänkte rummet i mörker bortsett från det periodvisa månljuset genom de trasiga fönstren. Hennes hjärta hamrade mot dokumenten som var gömda i hennes jacka, så högt att hon fruktade att det skulle höras tvärs över rummet. Paniken hotade att överväldiga hennes metodiska natur, men Anna tvingade sig själv att andas och tänka logiskt. Alternativ: gömma sig i stugan och hoppas på att inte bli upptäckt, eller försöka fly innan de hann fram.

Det första alternativet innebar en oacceptabel risk. Stugan bestod av ett enda rum med minimalt möblemang; det fanns ingenstans att gömma sig effektivt. Det andra alternativet var visserligen farligt, men erbjöd en större chans till framgång om det genomfördes omedelbart.

Fönstret som hon tagit sig in genom var fortfarande hennes bästa flyktväg. Anna rörde sig mot det, stövlarna var tysta mot det dammiga golvet och hon höll ut armarna framför sig för att inte krocka med osynliga hinder. Fönstret satt betydligt högre upp på insidan än på utsidan och hon tvekade ett kort ögonblick, men det var inte ett oöverstigligt hinder för en flicka som var väl van vid att sitta upp på hästar vars ryggar var högre än hennes eget huvud. Hon böjde på knäna och förberedde sig för att hoppa upp.

”... försäkrad om att dokumentationen är komplett? Mina överordnade accepterar inget mindre.” Ashburtons distinkta röst hördes tydligt genom nattluften.

”Naturligtvis har jag dem”, kom Frontenacs svar, närmare än Anna hade väntat sig. De måste gå snabbt. Steg knastrade på stigen utanför, inte mer än några meter bort nu. Anna hörde rassel av nycklar, och ett lågmält mumlande från fortsatt samtal, för lågt för att kunna urskiljas. Hennes tid var ute.

De stulna dokumenten tryckte mot hennes sida, deras kanter var skarpa genom särkens tyg, en påtaglig påminnelse om vad hon riskerade. Med en tyst bön hävde hon sig upp på fönsterbrädan och svängde runt för att låta benen glida ut genom öppningen först. En flisa fastnade i hennes kjol; hon drog loss den med darrande fingrar. Fotstegen nådde dörren precis när hon drog igenom överkroppen, och en spik skrapade längs hennes sida när hon vred sig för att komma loss ur fönstrets grepp.

Dörrhandtaget vreds om med ett rostigt, protesterande skri. Anna släppte sig ner till marken utanför och tryckte sig platt mot den råa stenväggen bredvid fönstret, med hjärtat bultande i öronen. Där inne svängde dörren upp.

”Någon har varit här! Min skrivbordslåda är öppen!” Frontenacs röst höjdes oroligt och ekade genom jaktstugans tunna väggar. Anna tryckte sig än hårdare mot den skrovliga stenfasaden och vågade knappt andas. Hon önskade att hon hade tagit sig tid att skjuta igen skrivbordslådan, eller till och med låsa den igen. Det skulle ha gett henne ännu en minut att fly in bland träden innan Frontenac upptäckte stölden.

”Sänk rösten.” Ashburtons svar kom skarpt och kontrollerat, även om Anna uppfattade ett stråk av spänning under hans behärskade ton. "Kontrollera om något saknas."

Tunga steg rörde sig över trägolvet där inne. "Dokumenten är borta! Detta är katastrofalt. Om de där dokumenten hamnar i orätta händer..."

"De var kodade", avbröt Ashburton, nu med lägre röst som tvingade Anna att anstränga sig för att höra. "Även om någon tog dem, skulle de inte kunna tyda innehållet utan nyckeln."

"Ni underskattar våra fiender", väste Frontenac. "Österrikarna har utmärkta kryptografer. Om de fattar misstankar..."

"Detta leder ingenstans", flikade Ashburton in. "Vi måste ta reda på vem som var här och hur nyligen det skedde. Se efter om det finns färska spår utanför."

Det var hennes tecken. Anna samlade ihop kjolarna med ena handen för att hindra dem från att fastna i undervegetationen, och smög sedan bort från väggen så tyst hon bara kunde. Den molnbeklädda månen gav precis tillräckligt med ljus för att hon skulle kunna navigera utan att snubbla, men inte tillräckligt för att avslöja hennes mörkklädda gestalt mot träden, och så snart hon fått några meter till mellan sig och stugan började hon springa. Hennes fötter fann ridstigen instinktivt och följde dess slingrande väg tillbaka mot bäcken. Grenar piskade henne i ansiktet; hon duckade under dem utan att sakta ner. De stulna dokumenten tryckte mot hennes sida vid varje stöt när stövlarna träffade den frusna marken, en ständig påminnelse om vad hon hade gjort och vad som kunde följa.

Inga rop hördes bakom henne, inga ljud av förföljelse. Kanske utgick de ifrån att tjuven inte kunde vara på väg tillbaka mot huset som de själva nyss kommit från. Förhoppningsvis hade de inte hittat hennes spår, fotavtryck som skulle kunna peka ut en kvinna som tjuven.

Medan hon sprang för allt vad hon var värd tillbaka mot huset, tillät Anna sig att begrunda vad hon gjort. Hon hade stulit dokument som kunde röra nationens säkerhet. Om Ashburton verkligen arbetade för den brittiska underrättelsetjänsten, kunde hennes handlingar tolkas som förrädiska. Men om han var en förrädare som lämnade information till fransmännen, kunde hon ha lagt beslag på livsviktig information. Ovissheten fick det att knyta sig i magen av oro. Hon var tvungen att få veta, omedelbart.

Herrgårdshuset avtecknade sig framför henne, de flesta fönster var nu mörka. Anna gick runt till tjänstefolkets ingång som hon använt tidigare, och en känsla av lättnad sköljde över henne när hon fann att den fortfarande var olåst. Inuti huset var det tyst, de enda ljuden var enstaka knäppningar från timret som rörde sig.

Hon gick uppför tjänstefolkets trappa med värkande ben och stannade vid varje avsats för att lyssna efter tecken på förföljelse eller att någon märkt hennes frånvaro. Allt förblev stilla. Anna tittade till Lady Pemberton först och gläntade på dörren precis tillräckligt mycket för att bekräfta att den äldre kvinnan fortfarande sov, hennes snarkningar var något högre nu.

Anna smög in i påklädningsrummet på tysta fötter och stängde dörren med fingrar som darrade av kyla och avtagande adrenalin. Hon lutade sig mot dörren ett ögonblick med slutna ögon och lät andningen lugna ner sig. Rummet var kyligt; elden hade brunnit ner till glöd under hennes frånvaro. Hon skulle behöva ljus för att kunna undersöka dokumenten ordentligt.

Anna tände ett par ljus från den falnande glöden och ställde dem på ett litet bord. Sedan, med fingrar som fortfarande var stela av kylan utomhus, drog hon försiktigt fram de vikta papperen inifrån sin jacka. Vissa hade blivit vikta i hörnen; ett hade en liten reva längs kanten. Hon slätade försiktigt ut dem innan hon lade ut dem över träytan.

I det varma skenet från ljusen såg dokumenten ännu mer övertygande ut än de gjort vid en första anblick. Handstilen var elegant, formatet standard för hästaffärer. Först vid en närmare granskning blev omöjligheterna uppenbara: den döda hingsten som fick föl flera år efter sin bortgång, de sammanpressade generationerna, de biologiskt omöjliga födelseintervallen.

Anna lät fingret löpa längs ett särskilt utarbetat släktträd och försökte identifiera mönster i namn, datum och relationer. Om hon behandlade faderslinjerna som en informationskategori och moderslinjerna som en annan, kanske... Hon sträckte sig efter ett extra pappersark och började föra över datan i kolumner, på jakt efter sifferrelationer som kunde antyda en nyckel till chiffret.

Medan hon arbetade sänkte sig ett märkligt vemod över henne. Hon hade hoppats, i någon hemlig vrå av sitt hjärta, att kunna bevisa Lord Ashburton oskyldig till förräderi. Att få bekräftat att de glimtar hon sett av en allvarlig, intelligent man under den lättsinniga fasaden utgjorde hans sanna natur. I stället hade hon funnit vad som verkade vara en bekräftelse på hemliga aktiviteter, även om det förblev oklart om det var för eller emot Storbritannien.

Varför skulle det spela någon roll för henne? Anna hejdade sig med pennan svävande över sina uträkningar. Lord Ashburton var ingenting för henne; en bekant till hennes svåger, en man som hade dansat med henne en gång och hjälpt henne upp på hästen. Hans åsikt om hennes matematiska inställning till hästar betydde knappast något. Den oväntade värme hon såg i hans grå ögon när hon vägrade att dölja sin intelligens eller göra sig till, betydde ingenting alls.

Ändå var besvikelsen hon kände ohjälpligt personlig. Hon hade dragits till den komplexitet hon anat under hans noggrant konstruerade mask, fascinerad av det dubbla i hans natur på ett sätt som trotsade logisk förklaring. Nu höll hon bevis i sina händer som kunde fälla honom, och tyngden av det ansvaret vilade på henne med en oväntad tyngd.

Anna skakade häftigt på huvudet och tvingade sin uppmärksamhet tillbaka till dokumenten. Personliga känslor hade ingen plats i matematisk analys. Chiffret skulle ge vika för en systematisk granskning och avslöja de sanningar dessa dokument än innehöll. Hon skulle ta sig an problemet som hon gjorde med alla andra: med noggrann observation, logiskt resonemang och ihärdighet.

Och om svaren hon fann ledde till Lord Ashburtons undergång? Då var det helt enkelt det oundvikliga resultatet av den ekvation han själv hade satt i gång.

Men medan ljusen brann ner och mönster började framträda ur hennes noggranna avskrifter, kunde Anna inte helt undertrycka ett förrädiskt hopp om att lösningen skulle visa sig vara mer komplex än enkelt förräderi. Att de glimtar hon fått av en man värd att lära känna på något sätt skulle visa sig vara sanna, trots alla bevis på motsatsen.

Kapitel nio

Lord Ashburtons andedräkt bildade moln i den iskalla midnattsluften när han närmade sig jaktstugan, och varje steg var stadigt trots hans rusande tankar. Comte de Frontenac gick bredvid honom, och deras axlar nuddade då och då vid varandra på den smala stigen. Månljuset silades genom de nakna grenarna och målade silvermönster på den frostnypna marken. För en betraktare skulle Ashburton framstå som sinnebilden av aristokratisk nonchalans, med ytterrocken öppen trots den kalla natten och en avslappnad, ledig gång. Inombords övervägde han möjligheter och oförutsedda händelser; tyngden av vad som kunde ske under den närmaste timmen vilade tungt efter veckor av förberedelser.

”En ganska romantisk plats för en transaktion, tycker ni inte?” anmärkte han i hopp om att dämpa den spänning som strålade ut från fransmannen. ”Det påminner mig om den där midnattsförsäljningen på Tattersalls när Lord Pembrokes änka auktionerade ut hela hans stall i skenet av levande ljus. En extraordinär tillställning! Champagnen flödade, damer i balklänningar rörde sig i stallen, och den mest magnifika fuxhingst ni någonsin sett såldes för dubbelt så mycket som den var värd.”

Greven gav en kort nick, uppenbarligen helt ointresserad av anekdoter om hästkapplöpning. ”Vi bör skynda oss. Jag ogillar att vara så här exponerad.”

Nåväl, du står i begrepp att sälja ut ditt land för guld. Jag skulle troligen känna likadant.

”Alldeles riktigt”, instämde Ashburton högt och klappade på sin innerficka där en liten läderpung innehöll betalningen för den utlovade informationen: franska truppförflyttningar i hela landet, och kanske mer därtill, något hemligt som greven hade antytt men inte velat avslöja. Även om det inte fanns något annat, kunde informationen om truppförflyttningarna visa sig vara avgörande om den bräckliga freden som upprättats i Wien skulle rämna.

Greven tog fram en tung järnnyckel och satte den i låset. Mekanismen vreds om med ett motvilligt gnissel och dörren svängde inåt för att avslöja mörkret därinne. Frontenac tände en tändsticka, och den plötsliga lågan lyste upp hans skarpa ansiktsdrag innan han tände lyktan han bar på.

”Efter er”, gestikulerade Ashburton.

Lyktan kastade fladdrande skuggor över de grovhuggna väggarna när de steg in. Omedelbart anade Ashburton att något var på tok. Luften kändes störd, som om den nyligen virvlat upp av rörelse. Mörkret hade en annan kvalitet på något sätt. Hans hand sökte sig mot pistolen som var dold under rocken innan han hejdade sig och återgick till hållningen hos en ivrig kapplöpningsentusiast snarare än en tränad agent.

Frontenac gick direkt till skrivbordet under fönstret och ställde lyktan på det. Hans kropp stelnade till.

"Någon har varit här! Min skrivbordslåda är öppen!" Fransmannens röst höjdes i skräck och ekade genom rummet.

"Sänk rösten", svarade Ashburton skarpt, med behärskad ton trots det plötsliga adrenalinet. Han kastade en snabb blick mot fönstren och noterade att ett stod på glänt och att karmen var splittrad. "Se efter om något saknas."

Tunga fotsteg rörde sig över trägolvet när Frontenac febrilt krafsade genom lådans innehåll. "Dokumenten är borta! Detta är en katastrof. Om dessa dokument hamnar i fel händer..."

"De var kodade", avbröt Ashburton och sänkte rösten för att inte bli hörd av någon som eventuellt dröjde sig kvar utanför. Hans tankar for genom olika möjligheter: österrikiska underrättelsetjänsten, kanske, eller ryssarna. Hade någon fått nys om deras möte? Han behövde ta sig härifrån innan hans täckmantel röjdes helt. "Även om någon tog dem, skulle de inte kunna tyda innehållet utan nyckeln."

”Ni underskattar våra fiender”, väste Frontenac, och hans ansikte var förvridet av rädsla i lyktans sken. ”Österrikarna har utmärkta kryptografer. Om de misstänker...”

”Det här leder ingen vart.” Ashburton tog bestämt kommandot. ”Vi måste ta reda på vem som var här och hur nyligen det skedde. Se efter om det finns färska spår utanför.”

Frontenac rörde sig inte, hans blick hårdnade när han stirrade på Ashburton. ”Vad lägligt att dessa dokument försvinner precis när ni anländer för att köpa dem.” Hans hand rörde sig mot rockfickan. ”Kanske arrangerade ni stölden själv för att slippa betala men ändå få tillgång till informationen.”

Ashburton tvingade fram ett ihåligt skratt. ”Min käre greve, om jag ville stjäla era dokument, varför skulle jag då dyka upp vid den avtalade tiden med betalningen i handen?” Han drog fram läderpungen och lät fransmannen skymta innehållet. ”Guldsovereigner, enligt överenskommelse.”

”Kanske för att ge sken av ärliga avsikter.” Frontenac tog ett steg bort från skrivbordet, även om han tog ner handen från fickan. ”Kanske håller era brittiska kollegor redan på att dechiffrera mina papper medan ni uppehåller mig här.”

Anklagelsen sved just på grund av dess absurditet. Efter att i veckor ha fjäskat för Frontenac, lyssnat på tråkiga kapplöpningsanekdoter och låtsas vara intresserad av mannens spelvanor, var det nästan kränkande att bli anklagad för så simpla metoder.

”Ni är löjlig”, sade Ashburton och lät sitt aristokratiska uttal bli tydligare. ”Om jag hade velat stjäla era dyrbara dokument skulle jag sannerligen inte ha lämnat så tydliga spår efter mig." Han gestikulerade mot den öppna lådan och de röriga papperen. "Detta är uppenbarligen ett verk av en vanlig tjuv som råkat snubbla över ert gömställe. Ren otur, inget annat."

"En vanlig tjuv som ignorerar silverljusstakar men tar tillsynes värdelösa register över hästuppfödning?" Frontenacs röst drypte av sarkasm. "Tror ni att jag är en dåre, Lord Ashburton?"

Situationen förvärrades snabbt. Ashburton kände hur hans operation föll samman under tyngden av Frontenacs misstänksamhet. Han behövde rädda vad som räddas kunde.

"Jag försäkrar er att jag inte hade något med detta att göra." Han lade för ett ögonblick ifrån sig den aristokratiska tillgjordheten och lät en uppriktig ton färga rösten. "Jag kom hit i god tro för att slutföra vår affär. Om ni önskar skjuta upp det tills ni kan ordna fram nya dokument, är jag beredd att vänta."

Frontenacs skratt var sprött. "Det blir inget uppskov. Vår överenskommelse är avslutad." Han rörde sig mot dörren med rörelser som andades ilska. "Jag lämnar Wien i natt. Ni kan hälsa era herrar att de har misslyckats. Jag tänker inte låta mig göras till åtlöje."

"Frontenac, var nu rimlig." Ashburton följde efter honom, och en uppriktig oro bröt igenom hans samlade yttre. "Detta bakslag behöver inte betyda slutet för vår överenskommelse. Informationen ni besitter är fortfarande värdefull även utan bekräftelse..."

"För vem? Britterna? Österrikarna? Ryssarna?" Frontenac vände sig om i dörröppningen, med ansiktet till hälften i skugga. "Någon har svikit mig, Lord Ashburton. Jag vet inte längre vem jag kan lita på, men jag vet bättre än att stanna kvar där jag har blivit röjd." Han steg ut i natten och hans röst svävade tillbaka genom mörkret. "Adjö, mylord. Jag föreslår att ni ser över ert yrkesval. Ni saknar de egenskaper som krävs för det här arbetet."

Ljudet av stövlar mot den frusna marken bleknade snabbt bort i natten och lämnade Ashburton ensam kvar i jaktstugan, där lyktan fladdrade till i det plötsliga draget från det trasiga fönstret. Han stod orörlig och lyssnade på hur tystnaden la sig omkring honom som en fysisk tyngd.

Först när han var säker på sin ensamhet lät han masken falla. Hans axlar sjönk och hållningen kollapsade som om trådarna hade klippts av. Hans knytnäve träffade skrivbordet med en dov duns som sände smärta uppför armen, en välkommen distraktion från misslyckandets bittra smak.

"Må allt detta gå åt skogen", viskade han till det tomma rummet. Veckor av arbete, otaliga timmar på att utforma sitt närmande till Frontenac, allt bortkastat på grund av en oväntad inkräktare. Den information som kunde ha kastat ljus över de franska avsikterna vid kongressen var borta. Hans källa var på flykt från Wien. Uppdraget var en total katastrof.

Under ett kort ögonblick tillät sig Ashburton att bara finnas till utan föreställningar, varken som den lättsinnige kapplöpningsentusiasten eller den behärskade agenten, utan helt enkelt som en man inför en djup besvikelse. Han drog händerna genom håret, rörde till den omsorgsfulla frisyren och andades ut långsamt genom sammanbitna tänder.

Svaghetsperioden varade i exakt trettio sekunder. Sedan, med den disciplin som hade hjälpt honom genom betydligt värre situationer, rätade Ashburton på ryggen, rätade till sina manschetter och lät ansiktsuttrycket återgå till aristokratisk behärskning. Det fanns tid för förebråelser senare. Nu behövde han rapportera denna katastrof till Wrexford.

Han släckte lyktan och sänkte stugan i mörker innan han steg ut. Månen hade försvunnit bakom molnen och lämnade bara stjärnljuset att vägleda honom tillbaka till huset, men han gick inte in. I stället rundade han byggnaden till stallen, letade reda på en pigg häst och sadlade den. Hans sinne övergick i analytiska mönster, sorterade konsekvenser och förberedde rapporten med sval precision.

Medan han drev på hästen mot Wien beräknade Ashburton timmarna till gryningen. Wrexford skulle fortfarande vara vaken, oavsett vad klockan var. Mannen verkade inte behöva någon sömn, en egenskap Ashburton alltid hade funnit svagt omänsklig men som han i natt var tacksam för. Det var bättre att framföra dåliga nyheter omedelbart än att låta dem ligga och gnaga till morgonen.

Hästens hovar slog mot den frusna marken i en stadig rytm när han red genom mörkret, och varje slag markerade ännu ett steg mot vad som lovade att bli ett djupt obehagligt samtal med hans uppdragsgivare. Ashburton bet ihop, beredd att möta konsekvenserna av nattens missly-

ckande med samma fattning som han uppvisade i varje del
av sitt dubbelliv.

Sir Edmund Wrexfords våning låg på översta våningen i
en oansenlig byggnad nära den brittiska ambassaden; dess
enkelhet var ett medvetet val för en man vars arbete krävde
att han förblev diskret. Ashburton gick trött uppför den
smala trappan och varje steg kändes som en ansträngning
efter den hårda ritten tillbaka till Wien. Trots den sena
timmen – klockan i hallen visade på nästan tre på mor-
gonen – sken en strimma ljus under Wrexfords dörr. Själv-
fallet var mannen vaken. Ashburton kunde inte minnas
att han någonsin sett sin uppdragsgivare i vila; Wrexford
befann sig i ett ständigt tillstånd av vaksamhet, som om
sömn vore en lyx förunnad endast lägre stående män.

Han knackade en gång, sedan tre gånger och sedan
en gång till enligt deras bestämda mönster, och väntade.
Dörren öppnades omedelbart och avslöjade Wrexford fullt
påklädd i en sober svart kostym, utan ett synligt veck
trots den sena timmen. Hans gråskäggiga ansikte förblev
uttryckslöst när han steg åt sidan för att låta Ashburton
komma in.

”Ashburton. Jag väntade mig er inte förrän i morgon”,
anmärkte Wrexford med neutral ton som ändå förmedlade
ogillande. ”Jag antar att er tidiga ankomst innebär komp-
likationer.”

Ashburton steg in i det sparsamt möblerade sällskapsrummet och noterade papperen som var utspridda på skrivbordet vid fönstret, den ensamma lampan som brann svagt och ett orört glas brandy. Det fanns inga tecken på att Wrexford ens hade övervägt att vila under kvällen.

"Mötet med Frontenac misslyckades", konstaterade Ashburton krasst och lade åt sidan sin vanliga charm. I Wrexfords närvaro upprätthöll han inget av rollen som kapplöpningsentusiast; här var han helt enkelt en agent som rapporterade till sin överordnade. "Någon bröt sig in i jaktstugan före vår ankomst och stal de kodade dokumenten."

Wrexfords ansikte förblev orörligt, men att han drog ihop ögonen en aning avslöjade hans missnöje. "Förklara."

"Vi anlände vid den utsatta tiden. Vid ankomsten upptäckte Frontenac att hans skrivbordslåda hade brutits upp och att papperen hade avlägsnats. Inget annat var taget. Inte silverljusstakarna, inte den värdefulla pennan eller bläckhornet. Bara dokumenten."

"Och Frontenacs reaktion?" Wrexford ställde sig framför den lilla elden i öppna spisen med ryggen mot Ashburton.

"Han anklagade mig för att ha iscensatt stölden. Vägrade att överväga någon annan förklaring. Han lämnar Wien i natt, förmodligen är han redan borta."

"Så vi har förlorat både informationen och källan." Wrexfords röst förblev samlad, vilket Ashburton av erfarenhet visste var farligare än öppen vrede. "Månader av arbete, betydande utgifter och potentiellt livsviktig information om franska ståndpunkter i den polska frågan, allt förlorat för att någon visste exakt vad som skulle tas och precis när det skulle tas."

Elden sprakade i den tystnad som följde och kastade Wrexfords långa skugga över trägolvet. När han vände sig om var hans ansikte stramt av behärskat raseri.

"Hur kunde någon känna till detta möte och veta var Frontenac förvarade papperen?" frågade han och började gå fram och tillbaka framför elden med händerna knäppta bakom ryggen. "Tidpunkten tyder på exakt kännedom om arrangemangen."

"Jag kan inte förklara det." Ashburton stod i givakt med stel hållning. "Tiden och mötesplatsen var Frontenacs val, vilket meddelades mig först i går under jakten."

"Ändå visste någon." Wrexfords vankande blev intensivare, och varje vändning var tvär. "Någon fångade upp era meddelanden, övervakade era rörelser, eller..." Han hejdade sig och fäste blicken på Ashburton med en genomträngande blick. "Eller blev informerad direkt."

Insinuationen hängde i luften mellan dem, tung som bly.

"Jag har inte sagt det till någon", svarade Ashburton bestämt. "Inte en levande själ."

"Kanske inte avsiktligt." Wrexfords ton tydde på att han var långt ifrån övertygad. "Men våra fiender använder sig av individer med betydande skicklighet när det gäller att locka ur folk information. En ogenomtänkt kommentar som någon råkat höra, en skymt av en anteckning, ett observerat beteendemönster; vad som helst av detta kan ha röjt er operation."

Ashburton kände en gnutta irritation över antydan att han skulle vara så vårdslös, men undertryckte den under sitt professionella yttre. "Jag följde protokollet till punkt och pricka. Min kommunikation med Frontenac skedde enligt fastställda rutiner. Inga anteckningar fördes, inga mönster etablerades som skulle kunna antyda vår överenskommelse. Som jag sa bestämde vi mötet först i går, och fram till dess visste jag inte var Frontenac förvarade dokumenten."

"Ändå *visste* någon", upprepade Wrexford och rösten hårdnade. "Detta utgör en betydande säkerhetsbrist, Lord Ashburton. En som kan få omfattande konsekvenser för hela vårt nätverk i Wien."

Att han använde titeln var medvetet, det visste Ashburton; en subtil påminnelse om den roll han spelade och kanske en antydan om att han låtit sin aristokratiska person styra över sina plikter.

"Det måste finnas en annan förklaring än en läcka i vår operation", envisades Ashburton och var noga med att hålla tonen respektfull trots sin växande frustration. "Kanske hade den österrikiska underrättelsetjänsten Frontenac under uppsikt. Själva jaktstugan kan ha varit bevakad."

"Möjligt, men osannolikt. Österrikarna skulle ha gripit er båda om de hade upptäckt syftet med ert möte." Wrexford gick fram till sitt skrivbord och bläddrade bland papperen med korta, rastlösa rörelser. "Nej, detta bär alla tecken på riktat ingripande. Någon ville ha just de dokumenten och visste precis när de skulle lägga beslag på dem."

Han vände sig plötsligt om och fäste en intensiv blick på Ashburton. "Vem har du berättat för?"

Frågans direkthet kändes som ett fysiskt slag. Efter år i tjänst, efter oräkneliga framgångsrika operationer över hela kontinenten, sved det djupare än Ashburton ville erkänna att bli misstänkt för ett så grundläggande säkerhetsbrott.

"Ingen", upprepade han och mötte Wrexfords blick utan att rygga. "Jag har tjänat Hans Majestäts regering med absolut diskretion och exemplariska resultat i nästan ett decennium. Jag begår inte sådana elementära misstag."

"Alla begår misstag, Ashburton." Wrexfords röst mjuknade något, även om hans ögon förblev kalla. "Till och med de mest erfarna agenter. Om du har delat information, även omedvetet, är det bättre att erkänna det nu så att vi kan begränsa skadan."

"Det finns inget att erkänna." Ashburtons käkar spändes trots hans ansträngningar att behålla fattningen fullständigt. "Jag berättade inte för någon om mötet eller dess syfte. Jag skrev inte ner någonting. Jag diskuterade inte saken med någon utom dig själv och Frontenac."

Wrexford granskade honom under en lång tystnad och letade efter minsta tecken på bedrägeri. "Era sociala cirklar i Wien är vidsträckta. Ni har setts vid varje betydande sammankomst och samtalat med diplomater från alla nationer. Är ni säker på att inget av dessa samtal gled in på farlig mark?"

"Jag upprätthåller min täckmantel till punkt och pricka." Ashburton kunde inte helt dölja skärpan i rösten. "Personan som galoppentusiast ser till att ingen tar mina samtal på tillräckligt stort allvar för att vara uppmärksam. Det är den perfekta skölden för att samla underrättelser, inte en belastning. Frontenac själv behövde lång tid på sig för att tro att jag verkligen arbetade för regeringen, sådant är mitt rykte."

"Ändå var det någon som var mycket uppmärksam", konstaterade Wrexford. "Tillräckligt uppmärksam för att veta exakt vilka dokument som skulle stjälas och exakt när de skulle tas."

Han återvände till eldstaden och stirrade in i flammorna som om de kunde ge svar. "Det här misslyckandet tyder på att vi kan ha blivit komprometterade på ett grundläggande plan. Dubbelagenten inom våra egna led kan sitta högre upp än jag misstänkte. Konsekvenserna är... oroande."

Ashburton kände en kåre som inte hade något att göra med den vintriga nattluften utanför. Om förrädaren satt så högt upp kunde det vara omöjligt att demaskera honom överhuvudtaget. Vem skulle tro dem, även om de kunde bevisa det?

"Vad vill ni att jag ska göra?" frågade han och sköt undan sina personliga känslor för att koncentrera sig på uppgiften.

Wrexfords uttryck hårdnade av beslutsamhet. "Återvänd till jaktstugan vid första dagsljuset. Undersök allt. Hitta minsta spår efter vem som än gjorde detta. Vi måste identifiera tjuven innan de kan orsaka ytterligare skada eller överlämna dokumenten till våra fiender."

"Och om jag inte hittar något?"

"Då är vår situation ännu mer prekär än jag fruktar." Wrexfords blick fixerade honom med en oroande intensitet. "Eftersom det skulle betyda att vår motståndare är skicklig nog att inte lämna några spår, och det är de farligaste motståndarna av alla."

Ashburton nickade kort och kände igen avvisandet i Wrexfords ton. När han vände sig för att gå, tillade Wrexford, nästan som i förbigående:

"Om ni identifierar den skyldige, agera inte utan att rådfråga mig först. Det kan fortfarande finnas ett sätt att vända denna situation till vår fördel."

"Uppfattat", svarade Ashburton, även om han i sitt stilla sinne undrade vilken fördel man möjligtvis kunde krama ur ett så totalt misslyckande. Han gav sig av med en formell bugning, och hans sinne planerade redan morgonens undersökning trots att utmattningen drog i hans lemmar.

När han gick nerför trappan kunde Ashburton inte skaka av sig känslan av att Wrexfords misstänksamma blick följde honom. För första gången i sin karriär kände han hur osäker hans position var: betrodd, men ändå inte; värdefull, men utbytbar.

Han steg ut i Wiens kyla före gryningen, och hans andedräkt bildade moln i den frostiga luften. Någon hade siktat in sig på hans operation, och han skulle ta reda på vem, om så bara för att rentvå sitt namn i Wrexfords ögon.

Dödstrött efter en lång dag och vad som kändes som en ännu längre natt, rätade han ändå på axlarna och stegade raskt i väg. Natten var inte över än, och han hade fortfarande en uppgift att slutföra.

Himlen i öster hade just börjat ljusna när Ashburton återvände till jaktstugan, och bleka strimmor av gryning bröt igenom trädgränsen. Han hade inte bemödat sig med att sova; efter att ha lämnat Wrexfords lägenhet hade han bara återvänt till sitt eget logi tillräckligt länge för att byta till mer praktiska kläder och styrka sig med starkt kaffe. Sedan satt han upp på sin häst och red direkt tillbaka till baronens egendom. Hans kropp värkte av trötthet, men hans sinne förblev skarpt och samlat när han satt av och band hästen vid en trädgren. Det frostiga gräset knastrade under hans stövlar när han närmade sig byggnaden, vars väderbitna stenar och sjunkande tak såg betydligt mindre olycksbådande ut i det växande ljuset än de gjort i månskenet några timmar tidigare.

Ashburton gick ett varv runt byggnaden och noterade detaljer han missat i mörkret: en stig upptrampad genom undervegetationen som ledde till baksidans ingång, färska hovavtryck i den mjuka jorden nära en bindbom, en bortkastad cigarrfimp som verkade vara av franskt fabrikat, troligen Frontenacs. Han katalogiserade varje iakttagelse och byggde upp en mental bild av den senaste aktiviteten kring stugan. Frontenac som kom och gick, troligtvis, även om det var möjligt att han hade träffat andra här.

Ytterdörren var fortfarande olåst efter deras besök vid midnatt. Ashburton tryckte upp den och lät det svaga gryningsljuset filtreras in i den spöklika interiören. Han stod orörlig i dörröppningen och lät sina sinnen ta in scenen. Stugan var kusligt tyst, endast störd av den mjuka rörelsen hos spindelväv som drev i ljusstrålarna från de trasiga fönstren. Dammkorn svävade lojt genom luften, deras dans tillfälligt avbruten när hans närvaro skapade subtila luftströmmar.

Där Frontenac bara hade sett kaos kvällen innan, observerade Ashburton nu en scen rik på information. Två stolar låg omkullvända nära skrivbordet, inte på grund av inkräktaren, utan efter Frontenacs panikslagna sökande. Blankt papper låg utspritt över golvet. Och där, på golvet bredvid skrivbordet, fanns en tydlig cirkel i dammet. Där en lykta nyligen hade stått, kanske? Medan någon hukat på golvet och tittat igenom papper?

Skrivbordslådan stod öppen och nyckeln dinglade från nyckelhålet. Inuti fanns några få utspridda föremål kvar: en penna med sprucken spets, ett läskpapper i läder med fläckar efter användning.

Ashburtons blick flyttades till skrivbordsskivan, där bläckhornet satt en aning snett bredvid sin avsedda fördjupning i skrivytan. Han lyfte upp det, vände det i händerna och tittade sedan på den tomma gropen där det hörde hemma. Ett svagt leende av förståelse passerade hans läppar när han satte det på plats igen. Nyckeln till den låsta lådan hade förvarats under bläckhornet; ett enkelt gömställe som varje erfaren agent skulle kontrollera först.

”Amatörmässig säkerhet från en man som säljer stathemligheter”, mumlade han mot det tomma rummet, och en skymt av avsmak syntes i hans ansikte. En sådan vårdslöshet hade komprometterat veckor av arbete, även om tjuven kanske ändå bara hade brutit upp skrivbordet eller dyrkat låset. Att överhuvudtaget förvara dokumenten i skrivbordet hade varit dåraktigt av Frontenac. Ashburton skulle ha valt ett långt mindre uppenbart gömställe; under en golvplanka eller en eldstadssten, eller invirat i oljat papper och gömt i den oanvända skorstenen.

Han riktade åter sin uppmärksamhet mot skrivbordslådan och lät fingertopparna löpa längs dess inre ytor. Inga dolda fack, inga gömda dokument som kunde ha förbisetts. Tjuven hade varit noggrann med att avlägsna allt av värde.

Undersökningen gav föga resultat. Ashburton rätade på sig och gned nacken där spänningen samlats. Då fastnade hans blick på fönstret, det som han noterat inte var riktigt ordentligt stängt kvällen innan. Han rörde sig mot det och undersökte karmen mer noggrant. Splittrat trä vid den nedre kanten tydde på att det hade tvingats upp utifrån, inte med våld utan med ett försiktigt, ihållande tryck. Regeln, som redan var försvagad av ålder och röta, hade lätt gett vika.

Detta var deras ingångsväg.

Ashburton tittade genom öppningen och tänkte att den var för liten för att han skulle kunna ta sig igenom utan besvär. Tjuven var alltså liten och troligen smidig. Han tog sig ut genom dörren igen, gick runt till fönstret och föll på knä för att undersöka marken ingående. Jorden här var mjukare än på andra ställen runt stugan, fuktig från ett droppande stuprör som skapat en liten lerig fläck under fönsterbrädan, som nu frusit till is.

Och där, intryckt i leran, fanns det han letat efter: ett enda, tydligt stövelavtryck.

Inte det tunga avtrycket från en ridstövel för män eller en soldats känga. Det här avtrycket var mindre, smalare, med ett distinkt klack- och sulmönster. En damstövel. Och inte vilken damstövel som helst; en ridstövel designad för en särskilt liten fot.

Ashburton knäböjde för att undersöka det, och hans fingertoppar svävade precis ovanför avtrycket utan att röra det. Stöveln som gjort detta avtryck var elegant, dyrbar, en sådan som bärs av en förnäm dam som rider ofta. En sådan som bärs av en ung kvinna som sitter till häst med exceptionell skicklighet, som beräknar hoppbanor med matematisk precision, som betraktar diplomatiska sammankomster från hörn med iakttagande ögon.

Fröken Anna Bell.

Insikten landade hos honom med fullständig klarhet. Naturligtvis hade det varit Anna. Vem annars hade iakttagit honom med en så envis misstänksamhet? Vem annars hade intelligensen att känna igen mönster i hans beteende, att misstänka honom för dubbelspel? Vem annars besatt både modet att följa efter honom och förmågan att röra sig genom natten oupptäckt?

Han borde ha insett hotet hon utgjorde tidigare. Hennes analytiska sinne, hennes uppmärksamhet på detaljer, hennes tysta uthållighet; allt egenskaper han skulle värdera hos en agent, men som han misslyckats med att ta med i beräkningen när de riktades mot honom.

Ashburtons käkar spändes när han rätade på sig och borstade bort lera från knäna. Bitarna föll på plats med oundviklig logik. Anna hade varit närvarande vid jakten när han och Frontenac hade diskuterat mötesplatsen, även om han inte hade märkt att hon var inom hörhåll. Hennes övade osynlighet vid sociala tillställningar hade gjort det möjligt för henne att observera deras interaktioner utan att dra till sig uppmärksamhet. Hon hade följt efter dem, brutit sig in i stugan och stulit dokumenten.

Frågan var förstås varför. Han kunde fortfarande inte förmå sig att tro att Anna själv var spion, så det måste finnas en annan anledning. Han hade en obehaglig känsla av att han visste vad det var.

Anna trodde att *han* var spion. Vilket han var, naturligtvis, men om hon hade råkat höra hans samtal med Frontenac kunde hon mycket väl ha tolkat det helt fel. Trott att Ashburton var den som sålde statshemligheter till fransmännen och att hon hade stulit dokumenten för att försöka bevisa det.

Men oavsett vad hon trodde, hade stölden spårat ur en livsviktig underrättelseoperation och potentiellt komprometterat hans täckmantel. Wrexford skulle förvänta sig att han återfick dokumenten och neutraliserade hotet Anna utgjorde, med vilka medel som än krävdes.

Samtidigt som han omedelbart avfärdade tanken på att berätta för Wrexford, åtminstone inte än, kände han en märklig motvilja mot framtidsutsikten att konfrontera henne. Det hade funnits stunder under deras verbala dueller då han skymtat ett intellekt som, under andra omständigheter, skulle ha förstått och till och med uppskattat det arbete han utförde. Ett intellekt som, precis som hans eget, fann mönster där andra bara såg kaos.

Men sådana överväganden var irrelevanta nu. Anna Bell hade lagt sig i statens säkerhetsangelägenheter, och han måste få tillbaka de dokumenten innan hon hann dechiffrera dem eller, ännu värre, överlämna dem till någon som kunde göra det.

När han satt upp på sin häst för att återvända till Wien, skiftade Ashburtons sinne från förargelse till planering. De vanliga metoderna skulle inte fungera med Anna. Charm skulle mötas av skepticism, auktoritet av motstånd. Hon var för intelligent för enkel manipulation, för uppmärksam för vilseledning.

Nej, den här situationen krävde uppriktighet, något som kändes främmande för hans natur efter år av lögner och undanflykter. Han skulle behöva vara ärlig mot henne, så mycket han vågade. Att låta masken av lättsinne falla och möta henne som den man han verkligen var, inte den rollfigur han spelade för resten av världen.

Tanken var märkligt befriande. I veckor hade han upprätthållit sin persona inför Anna samtidigt som han anat att hon såg igenom den. Nu tvingade nödvändigheten honom att överge förställningen, att närma sig henne som en jämlike snarare än som ett mål eller ett hinder.

Hon skulle återvända till Wien i morgon bitti, kanske hade hon redan gett sig av. Han vågade inte konfrontera henne här, med för många nyfikna ögon som han absolut inte ville skulle känna till hans sanna roll, men han måste tala med henne innan Anna kunde få tillfälle att dela sin upptäckt med någon, särskilt hennes svåger, vars vänskap Ashburton värdesatte utöver dess nytta för hans täckmantel. Om hon redan hade dechiffrerat delar av dokumenten eller dragit farliga slutsatser av dem, kunde situationen snabbt eskalera bortom hans kontroll.

Han skulle genskjuta henne i Wien, innan hon hann vidta ytterligare åtgärder. Inga fler masker, inga fler undanflykter. För första gången på flera år skulle Lord Ashburton tillåta någon att skymta mannen bakom fasaden, inte av val, utan av nödvändighet.

Vilket personligt intresse han än kände för fröken Bell, vilken motvillig beundran hennes intellekt än väckte, kunde han inte låta det stå i vägen för sin plikt. Dokumenten måste återfås, läckan täppas till, hans uppdrag räddas om möjligt.

Allt annat, inklusive den oväntade förväntan han kände inför utsikterna att äntligen få möta Anna Bell som sitt sanna jag, var underordnat det imperativet.

Ashburton var halvvägs tillbaka till sin häst när han hejdade sig, vände om och gick tillbaka för att stirra ner på det lilla stövelavtrycket under fönstret. Och så böjde han sig ner igen och plockade upp en sten, som han använde för att bryta upp den frusna jorden och utplåna avtrycket Anna lämnat efter sig. Han ville inte att någon annan, särskilt inte Frontenac, skulle hitta det och dra slutsatsen att Anna var tjuven.

För oavsett hur rasande han var på henne just nu – och han var verkligen mycket rasande – och hur besluten han än var att få tillbaka dokumenten och slutföra sitt uppdrag, fick tanken på att Frontenac eller något annat omoraliskt kräk som skulle sälja ut sina egna landsmän för guld skulle få tag på Anna Ashburton att kallsvettas.

Kapitel tio

LADY PEMBERTONS VAGN STANNADE framför familjen Whitmores hyrda stadshus i Wien med ett rassel från hjulen och ett skramlande från seldonen som matchade den äldre kvinnans irriterade humör. Anna steg ur utan att vänta på hjälp, ivrig att undkomma det slutna utrymmet. Den äldre kvinnan lutade sig framåt med hopknipna läppar under sin resbonett.

”Kom ihåg att tacka lord och lady Whitmore för att du fick följa med oss”, sade hon i en ton som antydde att Anna var ett välgörenhetsobjekt snarare än familj. ”Sådan generositet förtjänar ett ordentligt erkännande, särskilt från någon med din... bakgrund.”

”Självklart, lady Pemberton”, svarade Anna och höll ansiktsuttrycket omsorgsfullt neutralt medan hon samlade ihop sin lilla reseväska. ”Tack för vänligheten att jag fick åka med i er vagn.”

Kvinnan snörvlade, inte helt blidkad. ”Jag ska hälsa på lady Whitmore i morgon eftermiddag. Vänligen informera henne om det.”

Anna nigade lätt och kände sig lättad när vagnsdörren äntligen stängdes. Hon väntade tills fordonet hade försvunnit runt hörnet innan hon lät axlarna sjunka från sin stela hållning. Hennes tankar rörde sig redan kring dokumenten som låg gömda under den falska botten i hennes reseväska, det chiffer hon hade arbetat med ända till gryningen innan hon försiktigt gömde allt, kröp ner i sängen och låtsades sova när lady Pembertons piga knackade på dörren.

Dörren till stadshuset öppnades och en piga nickade. ”Fröken Bell, välkommen tillbaka. Lord och lady Whitmore har gått till affärerna. De hälsade att de borde vara tillbaka till teet.”

Clara måste må bättre. Och det var bra; det skulle ge henne lite tid ensam, utan att behöva gå igenom allt som hänt på jaktfesten för sin systers skull. Anna dolde sin lättnad och nickade bara medan hon ställde ner sin väska och lämnade ifrån sig kappa och handskar.

”Jag kommer att vara på mitt rum och arbeta med korrespondens då. Tack, Hanna. Be Sophie packa upp mina saker.”

Anna gick uppför trappan med mätta steg tills hon nådde avsatsen på andra våningen, sedan ökade hon tempot. Hennes rum, ett litet men elegant inrett rum på baksidan av huset, erbjöd både avskildhet och utmärkt ljus. Hon stängde dörren ordentligt efter sig och drog sedan stolen från sitt toalettbord för att kila fast den under handtaget – en onödig försiktighetsåtgärd, kanske, men en som lugnade hennes nerver.

Hon öppnade sin ridikyl och tog fram det hopvikta paketet med papper som hon hade stulit kvällen innan. Hon spred ut dem över sitt skrivbord och förankrade hörnen med ett bläckhorn, en liten läderinbunden volym av Shakespeares sonetter, sitt fickur och en brevpress i mässing formad som en häst.

Anna tog ett steg tillbaka och granskade sitt material med en generals blick som bedömer ett slagfält. Hon hade redan skrivit av viktiga delar under sitt arbete före gryningen på jaktstugan: namn på hästar som dök upp i omöjliga härstamningar, datum som trotsade kronologin, priser som inte hade någon relation till djurens förmodade värde. Mönstret hade börjat ta form i hennes sinne, likt stjärnor som radar upp sig i en stjärnbild, men hon behövde mer tid för att se dess fullständiga form.

Hon satte sig ner och drog fram sin anteckningsbok ur fickan. Hon öppnade den på sidorna där hon hade påbörjat sina beräkningar, doppade pennan i bläckhornet och återupptog sitt arbete. Det skrapande ljudet från pennudden mot pappret var det enda ljudet i det tysta rummet.

”Om vi ersätter varje förekomst av ’Ruler’ med ’R’”, mumlade hon och markerade mönstret över tre dokument, ”och ’Wizard’ med ’W’...” Hennes fingrar, som redan var fläckade av bläck från nattens tidigare arbete, följde linjer mellan upprepade element och lämnade svaga fläckar på sidorna.

En slinga mörkt hår föll ner över hennes ansikte; hon drog den frånvarande bakom örat och lämnade ännu ett bläckmärke på kinden. Handlingen upprepades så ofta att flera bläckfläckar inom en timme prydde hennes ansikte, obemärkta medan hon böjde sig närmare pappret.

Matematiken började avslöja sina hemligheter. Hästnamn bildade ett mönster som stämde anmärkningsvärt väl överens med militära formationer när de omvandlades till begynnelsebokstäver och fördes in mot sina förmodade födelseår. De omöjliga avelsdatumen visade sig motsvara vad som verkade vara trupplaceringar när de behandlades som koordinater snarare än kalenderanteckningar.

"Tjugo tusen här", viskade Anna och knackade med pennan mot en särskilt komplicerad avelsjournal som listade flera föl från samma sto under ett och samma år. "Ytterligare femton tusen här."

Priserna som listades i försäljningsdokumenten gav ytterligare avslöjanden. När de ordnades i följd och behandlades som ett enkelt substitutionschiffer, där varje tusen guineas representerade en bokstav, stavade de fram fragment av text. Annas penna flög över pappret medan hon arbetade sig igenom ersättningarna.

Det hon inte kunde lista ut var platserna. Koder på tre eller fyra bokstäver stämde inte överens med någon brittisk militärposition hon någonsin hade hört talas om, vare sig i England eller utomlands. Hon rynkade pannan och drog ännu en lös hårslinga bakom örat, vilket lämnade ytterligare en bläckfläck.

"Dessa platser är inte logiska", mumlade hon och flyttade runt pappren. "Om inte..."

Om inte de också var kodade. Eller om de representerade planerade snarare än faktiska utplaceringar. Framtida rörelser snarare än nuvarande positioner.

Innebörden lade sig över henne som en kall skugga. Lord Ashburton sålde inte bara avelsdjur för att förbättra det franska kavalleriet; han sålde detaljerad underrättelseinformation om militära positioner, information som kunde användas mot Storbritannien om fientligheterna återupptogs. Det utstuderade spelet med galoppentusiasm, det omsorgsfulla odlandet av ett rykte om lättsamhet – allt tjänade till att dölja hans sanna syfte: att förråda sitt land för franskt guld.

Han hade levererat denna information till Frontenac, som hade granskat den, funnit att det var vad han sökte, och gått med på att betala för den, under täckmantel av att köpa en "hingst". Det var det enda sättet hon kunde tolka vad hon hade sett och hört av deras samtal.

Anna satte sig rakryggad av beslutsamhet. Bevisen var indicier men övertygande. Midnattsmötet med Frontenac. De noggrant kodade dokumenten maskerade som avelsjournaler. Det utstuderade låtsandet med Ashburtons besatthet av galopp. Allt pekade mot landsförräderi av högsta graden.

Hennes hjärta slog snabbare vid tanken på att konfrontera en så farlig man, men vägen framåt var klar. Hon måste presentera dessa bevis för Matthew omedelbart. Som markis av Whitmore och vän till självaste prinsregenten skulle han veta hur man går till väga mot en förrädare i deras mitt.

Hon började samla papperen i en ordnad hög, redo att visa dem när Clara och Matthew kom tillbaka. Rättvisan skulle skipas snabbt så snart de rätta myndigheterna förstod vad lord Ashburton hade gjort.

Ändå dröjde ett litet, gnagande tvivel kvar i bakhuvudet. Om platserna inte stämde överens med någon känd karta, kunde då hela hennes teori vara felaktig? Hade hon byggt ett fall på falska grunder?

Anna sköt tvivlet åt sidan. Matematik ljög inte, och dessa dokument, med sina omöjliga avelsjournaler och kodade meddelanden, talade en sanning hon inte kunde ignorera. Lord Ashburton sålde hemligheter till fransmännen, och hon skulle se till att han fick stå till svars för det.

En skarp knackning på sovrumsdörren ryckte Anna ur hennes beräkningar. Hon täckte hastigt dokumenten med ett ark blankt papper, strök bak håret och torkade sina bläckfläckade fingrar på en näsduk innan hon svarade. "Ja?"

"Ursäkta mig, fröken Bell", ropade pigan genom dörren, "men det är en herre här som frågar efter er, En lord Ashburton."

Anna tappade andan. Ashburton? Här? Hur hade han vetat att hon var tillbaka? Och ännu viktigare, varför var han här för att träffa henne, snarare än Matthew?

"Säg till honom..." började hon, men stoppade sig själv. Kanske var detta möjligheten hon behövde. Hon skulle ge honom en chans att förklara sig, innan hon lämnade över allt till Matthew. "Säg till honom att jag kommer ner strax."

"Ja, fröken." Pigans fotsteg avlägsnade sig nerför korridoren.

Annas fingrar darrade lätt när hon samlade pappren i en prydlig hög och låste in dem i sin skrivbordslåda. Hon kontrollerade sin spegelbild i den lilla spegeln ovanför tvättstället och ryggade tillbaka vid bläckfläckarna på kinden. Hon skrubbade bort dem så gott hon kunde med en fuktig trasa, nålade upp några lösa hårslingor i sin enkla knut och rätade till sin vardagsklänning, en anspråkslös blå ylleklänning som sett bättre dagar men som fick duga.

"Han är bara en man", viskade hon för sig själv och rätade på axlarna. "Och om han är en förrädare, är han en man som inte förtjänar min fruktan."

Det sista hon behövde göra var att slinka in i sovrummet som Clara delade med sin make och öppna den översta lådan i byrån bredvid sängen på den sida där Whitmore sov.

Anna visste inte hur man laddade pistolen, men den var en betryggande tyngd i hennes ficka när hon gick nerför trappan.

Sällskapsrummet låg på framsidan av huset och dess höga fönster vette mot den lugna gatan i Wien. När Anna närmade sig den halvöppna dörren kunde hon höra de mätta stegen av stövlar mot trägolvet – inte den lediga, nästan kaxiga gångstil hon förknippade med Ashburton i sociala sammanhang, utan något mer målmedvetet. Mer kontrollerat.

Hon sköt upp dörren och steg in. Lord Ashburton stod med ryggen mot henne och granskade en liten porslinsfigur på spiselkransen. Vid ljudet av hennes entré vände han sig om, och Anna kände ett styng av igenkänning som inte hade något med hans bekanta ansikte att göra.

Det här var inte den jovialiske galoppentusiasten som hade dansat med henne på balen i Hofburg. Borta var den omsorgsfullt odlade auran av lättsamhet, de överdrivna gesterna, det alltför breda leendet. I stället mötte hon en man vars grå ögon bar den koncentrerade intensitet hon bara hade anat i sällsynta, obevakade ögonblick – under deras vals, när han granskade Perseus kroppsbyggnad, när han hade lyft upp henne i sadeln med sådan oväntad varsamhet.

Hans ridrock var oklanderligt skräddarsydd men visade tecken på hårt slitage. Lera stänkte på nederkanten av hans stövlar, och en svag skugga av skäggstubb mörknade hans käklinje, vilket tydde på att han hade ridit hårt och inte tagit sig tid att fräscha upp sig innan han kom hit.

”Fröken Bell”, sade han, och hans röst var befriad från sin vanliga konstlade livfullhet. ”Jag tror att ni har något som tillhör mig.”

Inga artigheter. Inget förställande. Hans direkta sätt bekräftade hennes misstankar samtidigt som det sände en kall kåre längs hennes ryggrad. Han visste vad hon hade gjort. Ändå fanns det inget hot i hans hållning, bara en

samlad vaksamhet som påminde henne om en kavalleri-
häst som väntar på order att gå till anfall.

"Jag har ingenting som är ert, lord Ashburton", svarade
hon och lyfte hakan trots att hennes hjärta plötsligt rusade.
"Om något, har jag i min ägo dokument som rättmätigt
tillhör ers majestäts regering – dokument som ni hade för
avsikt att sälja till våra fiender."

Hans ögonbryn höjdes något, men ansiktsuttrycket för-
blev kontrollerat. "Är det vad ni tror?"

"Det är vad jag vet." Anna gick helt in i rummet och lät
dörren förbli öppen bakom sig. Inte för anständighetens
skull – det brydde hon sig inte om nu, inte med en förrä-
dare framför sig – utan för att säkra en reträttväg om det
skulle bli nödvändigt. "Jag hörde ert samtal med comte de
Frontenac vid jaktstugan. Jag hittade dokumenten ni gav
honom."

Hon tog ännu ett steg framåt och överraskade sig själv
med sin egen djärvhet. "Jag trodde först att det handlade
om hästar, om att sälja överlägsna avelsdjur för att förbättra
det franska kavalleriet. Det hade varit illa nog. Men det är
värre, eller hur?"

Ashburtons blick vek aldrig från hennes ansikte, hans
uttryck var outgrundligt. Intensiteten i hans koncentra-
tion skulle ha kunnat göra henne nervös om hon inte hade
varit så säker på sina slutsatser.

"Ni har använt ert rykte som galoppentusiast för att
dölja ert sanna syfte." Annas röst stärktes för varje ord,
hennes indignation övervann hennes fruktan. "Ni rör er i
diplomatiska kretsar, samlar in information och säljer den

sedan till fransmännen. Ni är en förrädare mot ert land, lord Ashburton."

Ashburton hade inte rört sig under hennes utläggning, men något i hans ögon hade förändrats, en ny medveten-het som fick Anna att plötsligt känna sig blottad, som om han såg förbi hennes noggrant konstruerade argument till något hon själv ännu inte insett.

"Ni är exceptionellt iakttagande, fröken Bell", sade han slutligen, med en röst som var mjukare än tidigare. "Men jag är rädd att era slutsatser, även om ni kan tro att de är logiska givet de bevis som finns tillgängliga för er, är helt felaktiga."

"Bevisa det", utmanade Anna, med händerna hårt knäppta framför sig för att dölja deras darrning. "Bevisa att ni inte gav de där dokumenten till Frontenac, och att ni inte tänkte följa med honom i går kväll för att få era trettio silverpenningar, eller vad ett sådant förräderi nu är värt nuförtiden. Bevisa att ni inte förråder England."

Under ett ögonblick stirrade lord Ashburton bara på henne, och hans uttryck skiftade från sträng beslutsamhet till genuin förvåning. Anna såg hur något märkligt hände med hans ansikte: den omsorgsfulla kontrollen släppte helt och avslöjade en kaskad av obevakade känslor – över-raskning, klentro och sedan, mest förvirrande av allt, vad som verkade vara roat intresse.

"Tror ni verkligen att jag arbetar för fransmännen?" frågade han, med en röst som pendlade mellan tvivel och en motvillig beundran som Anna inte riktigt kunde förstå. Han drog en hand genom håret, så att den noggranna frisyren rufades till, och gav sedan ifrån sig ett kort, klentroget skratt. "Av alla..." Han hejdade sig och granskade henne med grå ögon med en nyfunnen intensitet. "Fröken Bell, er slutsats är så precis, så fullständigt felaktig att jag knappt vet var jag ska börja."

Anna rynkade pannan och osäkerhet smög sig in i hennes övertygelse för första gången. Om han spelade, var det en mästerlig prestation. Men vilken annan förklaring kunde det finnas?

"Ni träffade en fransk diplomat vid midnatt för att få betalt för en hingst som jag är rätt säker på inte existerar", framhärdade hon, om än med mindre kraft än tidigare. "Jag hörde er båda tydligt."

"Det gjorde ni verkligen", höll Ashburton med, och hans uttryck lade sig i något mer kontrollerat men fortfarande påfallande annorlunda än både hans vanliga aristokratiska mask och stundens tidigare intensitet. "Men er tolkning av det ni hörde är precis tvärtom." Han gestikulerade mot en stol. "Sätt er ner, är ni snäll. Jag skulle vilja att ni förklarar hela ert resonemang, om ni vill. Hur kom ni fram till slutsatsen att jag är en förrädare mot England?"

Anna förblev stående och granskade honom noga. Han uppförde sig inte som en man som ertappats med förräderi – ingen desperation, inga hot, inga försök att tysta henne. I stället verkade han genuint intresserad av hennes tankegångar, som om hon hade förelagt honom ett fängslande matematiskt problem snarare än en anklagelse som kunde leda till att han blev hängd.

"Varför skulle jag förklara någonting för er?" frågade hon, fast hennes ton hade förlorat en del av sin skärpa.

"Därför att jag misstänker att ert resonemang faktiskt är ganska solitt, även om er slutsats är helt felaktig." Han satte sig själv, till synes oberörd av att hon förblev stående. "Och för att jag inte kan korrigera er missuppfattning förrän jag förstår exakt vad ni tror er veta."

Anna tvekade, slits mellan misstänksamhet och ett växande tvivel på sina egna slutsatser. Något stämde inte, och få saker störde henne mer än en ekvation som vägrade att gå jämnt ut.

"Nåväl", sade hon till slut och satte sig på kanten av en stol mittemot honom, beredd att resa sig vid minsta tecken på hot. "Jag ska förklara mitt resonemang."

Hon började metodiskt, som hon skulle angripa vilket matematiskt problem som helst: först fastställde hon sina observationer, sedan mönstren som härletts från dem, och slutligen slutsatserna som dragits av dessa mönster.

"Ni upprätthåller ett rykte som en lättsinnig aristokrat besatt av galopp, men jag har observerat inkonsekvenser i denna personlighet. Ni satsar pengar men verkar aldrig förlora betydande summor. Ni pratar om inget annat än galopp och hasardspel offentligt, men visar ett annat, mer allvarligt beteende när ni tror att ingen ser er."

Ashburtons uttryck förblev uppmärksamt och gav ingen fingervisning om hans tankar medan hon fortsatte.

”Vid diplomatiska sammankomster placerar ni er så att ni kan ta del av samtal av politisk betydelse samtidigt som ni låtsas vara intresserad av trivialiteter. Ni träffar regelbundet sir Edmund Wrexford, som det ryktas vara involverad i underrättelsearbete. Och mest fällande av allt, ni arrangerade ett hemligt midnattsmöte med comte de Frontenac för att utväxla dokument och betalning.”

Hon lutade sig lätt framåt, varm i kläderna trots sin dröjande osäkerhet. ”Dokumenten i sig bekräftade mina misstankar. Vad som verkade vara avelsjournaler var i själva verket kodad underrättelseinformation om militär styrka och positionering. De omöjliga blodlinjerna, de kronologiska avvikelserna, den orimliga prissättningen; allt var en del av ett chiffer som vid en korrekt analys avslöjar information om trupplaceringar.”

Medan hon talade iakttog Anna Ashburtons ansikte noga. Han visade inga tecken på oro, men hans ögon hade lyst upp med vad som verkade vara genuint intresse och – mest förvirrande av allt – växande respekt.

”Den rimliga slutsatsen”, avslutade hon, ”är att ni använder era galoppkontakter och ert aristokratiska privilegium för att samla in och sälja militär underrättelseinformation till fransmännen. Fast jag måste medge”, lade hon till med en liten rynkning i pannan, ”att jag inte lyckats få grepp om de platser som anges i dokumenten. De stämmer inte överens med någon karta över brittiska truppplaceringar som jag kan föreställa mig.”

Ashburton var tyst en lång stund efter att hon slutat och granskade henne med en intensitet som gjorde Anna påtagligt obekväm. Den var inte hotfull, utan snarare som om han såg henne tydligt för första gången och fann något oväntat i processen.

"Märkligt", sade han till slut, så tyst att hon nästan inte hörde. Sedan tydligare: "Era observationer är till stor del korrekta, fröken Bell. Er förmåga att känna igen mönster är utmärkt. Era färdigheter i kodknäckning är imponerande, särskilt med tanke på den begränsade tid ni hade med dokumenten. Det finns bara ett grundläggande fel i ert resonemang, vilket har lett er till en slutsats som är precis motsatsen till sanningen."

Han lutade sig framåt och hans ögon lämnade aldrig hennes. "Jag samlar faktiskt in underrättelser, men inte för fransmännen. Jag arbetar för den brittiska regeringen, närmare bestämt inrikesministeriet. Det är comte de Frontenac som säljer hemligheter, fransk militär underrättelseinformation som jag har fått i uppdrag att förvärva."

Uttalandet hängde i luften mellan dem, enkelt men ändå omvälvande. Anna kände det som om golvet hade förskjutits under hennes fötter.

"Ni är... en spion? För *Storbritannien*?"

"Jag föredrar 'underrättelseoperatör'", svarade han med en skymt av sitt vanliga leende, "men ja. Det är jag."

Annas tankar rusade och prövade veckor av observationer genom denna nya lins. Om det han sade var sant – och på något sätt, när hon såg in i hans ögon nu, fann hon att hon trodde honom – då fick varje interaktion, varje samtal hon bevittnat en helt annan innebörd.

"Dokumenten..." började hon och försökte förena denna nya information med sin analys.

"Är kodad *fransk* militär underrättelseinformation", bekräftade han. "Vilket är anledningen till att platserna inte stämde överens med någon karta över Storbritannien eller brittiska positioner ni kände till. Det är franska sådana."

Han gnuggade sig trött i pannan och såg plötsligt utmatad ut på ett sätt som Anna aldrig sett förut. "Jag har arbetat i månader för att få tag i den här informationen, för att få Frontenac att lita på mig tillräckligt för att lämna över den. Vi tror att det *finns* en dubbelagent i Wien som säljer faktiska brittiska planer till fransmännen, och jag hade hoppats att Frontenac skulle leda mig till dem. Han har spelat på båda sidor i månader, om inte år."

Anna lutade sig tillbaka och kände hur blodet försvann från ansiktet när innebörden blev tydlig. "Och jag har förstört er operation."

"Ganska grundligt, ja." Men det fanns ingen ilska i hans röst, bara en märklig sorts beundran. "Frontenac flydde från Wien i går kväll, övertygad om att jag hade iscensatt stölden för att slippa betala. Vi har informationen – eller vi kommer att ha den, om ni vill lämna över den till mig – men vi har förlorat chansen att avslöja dubbelagenten. Månader av arbete, borta på ett ögonblick."

Anna väntade sig förebråelser, kanske till och med hot med tanke på hur allvarligt hon hade ingripit. I stället såg Ashburton på henne med ett uttryck hon inte riktigt kunde tyda; hälften frustration, hälften respekt, och något annat som hon inte vågade sätta namn på.

"Jag måste säga, fröken Bell, under alla mina år i fält har jag aldrig blivit så grundligt motarbetad av någon som inte ens försökte störa mig." Hans ena mungipa drogs upp i ett snett leende. "Er förmåga att observera mönster, att lägga pussel av osammanhängande information, att knäcka ett komplext chiffer med minimal tid och resurser; det är precis de egenskaper vi värdesätter hos våra bästa operatörer."

Hans blick verkade mjukna när han studerade hennes ansikte och noterade bläckfläckarna hon missat, intensiteten i hennes blick, den skarpa intelligensen bakom hennes tvekande uttryck. "Ni har ett märkligt sinne, fröken Bell. Det är bara en fruktansvärd skam att ni utgick från en falsk premiss."

Anna kände hur hon rodnade under hans blick, generad men också med en oväntad glädje över hans beröm av hennes intellekt. "Jag har gjort ett förfärligt misstag", medgav hon tyst.

"Ja", höll Ashburton med och hans röst var förvånansvärt mild. "Men ett förståeligt sådant, givet den information ni hade tillgång till. Och nu, fröken Bell, befinner vi oss i en ganska ömtålig situation."

Kapitel elva

ASHBURTON SÅG FÄRGEN VIKA från Annas ansikte i takt med att innebörden av hans avslöjande sjönk in hos henne. Hennes ögon, som nyss varit så fyllda av anklagelser, vidgades nu av fasa när hon insåg vidden av sitt misstag. Han fann sig själv i den märkliga positionen att han tyckte synd om henne, samtidigt som han kämpade med frustrationen över att månader av omsorgsfullt arbete hade ödelagts av hennes välmenande inblandning. Operationen var komprometterad, Frontenac var borta, dubbelagenten dolde sig fortfarande osedd i skuggorna av Wiens diplomatiska kretsar – och ändå kunde han inte förmå sig att känna den vrede han borde känna mot den unga kvinnan

som satt framför honom, vars briljanta sinne hade visat sig
vara både ett formidabelt hinder och nu, möjligen, hans
främsta tillgång.

"Men snälla nån", viskade hon och vred sina hän-
der i knät. "Jag har... jag har lagt mig i frågor rörande
statens säkerhet. Jag har förstört er operation." Hennes
röst brast en aning. "Jag trodde att jag skyddade England,
inte skadade det."

Den genuina förtvivlan i hennes röst fick något i honom
att mjukna. Hennes axlar sjönk ihop när hon vände sig
bort, tydligt överväldigad av skam. Utan något medvetet
beslut kom Ashburton på sig med att resa sig från sin plats
och gå bort till där hon satt. Han satte sig på huk bredvid
hennes stol, tillräckligt nära för att känna den svaga doften
av jasmin som hade distraherat honom under deras vals.

"Fröken Bell", började han, men hejdade sig. For-
maliteten kändes plötsligt fel mellan två personer
som hade upptäckt varandras hemligheter så grundligt.
"Anna", sade han istället och sträckte ut handen för att
försiktigt vända henne tillbaka mot honom.

Hennes blick mötte hans när han använde hennes för-
namn, och förvåningen överskuggade för ett ögonblick
den skam som hade förvridit hennes ansiktsdrag. Ashbur-
ton blev oväntat rörd av sårbarheten i hennes uttryck, så
annorlunda från hennes vanliga samlade uppsyn.

"Anna", upprepade han, och hans röst mjuknade på ett
sätt som den inte hade gjort sedan han påbörjat sitt liv av
kalkylerade bedrägerier. "Du är briljant. Du knäckte ett
chiffer som skulle ta tränade män veckor att lösa. Nu när

Frontenac är borta har vi ingen nyckel till det. Vi kommer att behöva din hjälp."

Hon blinkade snabbt och kämpade uppenbarligen med att få ihop hans beröm med sin nyligen genomlidna förödmjukelse. "Min hjälp? Efter att jag har förstört allt?"

"Du har inte förstört allt", sade han, även om det inte var helt sant. "Du har... komplicerat saken, visst. Men informationen är fortfarande värdefull, om vi kan tyda den helt."

Utsikten att kunna rädda något ur denna katastrof lyfte hans humör något. Han reste sig och återvände till sin plats för att hålla ett passande avstånd mellan dem. Nu var inte rätt tid för oanständigt beteende, inte när han redan övervägde att inviga henne i statshemligheter – ett brott mot protokollet som som minst skulle ge honom en allvarlig reprimand från Wrexford. Men han såg verkligen inget annat alternativ. De hade inte nyckeln till chiffret, och även om den enda åtgärd Wrexford sannolikt skulle godta var att skicka tillbaka dokumenten till de sakkunniga kodknäckarna i London, skulle de kanske kunna avslöja dubbelagenten i Wien om Anna kunde göra jobbet här och nu.

Anna rätade på ryggen och hennes sinne började synbart arbeta med problemet istället för att dröja kvar vid sitt misstag. "Jag har arbetat med chiffret", sade hon och stack handen i fickan för att ta fram en liten anteckningsbok, vars läderpärm var nött och slät efter flitig användning. "Jag har gjort vissa framsteg, även om det finns delar jag inte kunde tyda utan ytterligare sammanhang."

Hon räckte över anteckningsboken till honom och deras fingrar nuddade vid varandra ett kort ögonblick. Ashburton öppnade den och fann sida efter sida med noggranna uträkningar, diagram och delvisa översättningar. Den precision och insikt som framgick av hennes prydliga handstil gjorde honom genuint förstummad.

"Det här är..." började han och vände blad med växande förvåning. "Gjorde du detta på en enda natt?"

Hon nickade, och ett stråk av stolthet lyste igenom hennes skam. "Matematik bygger på mönster. Chiffer är helt enkelt en specifik tillämpning av dessa mönster."

Ashburton fann sig själv stirra på henne med ny uppskattning. Han hade förstås insett hennes intelligens tidigare, men detta var något helt annat – ett sällsynt analytiskt sinne som kunde uppfatta strukturer som var osynliga för andra. Under andra omständigheter, med andra möjligheter...

"De franska truppsiffrorna finns här", fortsatte hon och lutade sig fram för att peka på ett specifikt diagram. Rörelsen förde henne närmare, och Ashburton blev smärtsamt medveten om hennes närhet, den svaga rodnad som återvänt till hennes kinder och intensiteten i hennes mörka ögon när hon förklarade sin metodik.

"Ser du hur de orimliga avelsdatumen skapar det här mönstret när de behandlas som koordinater? Fyrtusen soldater placerade här, ytterligare femtontusen här. Nyckeln var att inse att varje hingsts namn representerade en specifik militär enhet, medan stonas stamtavlor angav truppernas art – kavalleri, infanteri, artilleri."

Ashburton följde hennes resonemang, imponerad trots sig själv. "Detta är ett exceptionellt arbete", sade han lågmält. "Verkligen. Men det finns mer att tyda, och Frontenac är utom räckhåll nu, tack vare..." Han hejdade sig innan han lade skulden direkt på henne.

"Tack vare min inblandning", avslutade Anna åt honom och rätade på sig igen. "Jag förstår vad jag har gjort, Lord Ashburton. Jag har stört ditt arbete med att rekrytera Frontenac som informatör. Jag har potentiellt komprometterat din ställning. Jag har hindrat ditt uppdrag att identifiera en dubbelagent som arbetar mot brittiska intressen."

Den kliniska precision med vilken hon radade upp sina försyndelser berörde honom märkligt. Det fanns ingen självömkan, bara en klarsynt bedömning. Han nickade, då han inte såg någon mening med att förneka skadan.

"Frontenac var vårt bästa spår till dubbelagenten", förklarade han. "Någon i hög ställning säljer brittiska underrättelser till fransmännen. Frontenac skulle ha kunnat leda oss till dem."

"Och nu har han flytt från Wien." Tyngden av ansvaret vilade synbart på hennes smala axlar.

"Ja. Vilket betyder att vi måste utvinna varenda möjlig bit information ur dessa dokument." Ashburton knackade på anteckningsboken. "Ditt arbete med chiffret är imponerande, men ofullständigt. Vi behöver hela bilden: truppförflyttningar, diplomatisk korrespondens och, viktigast av allt, varje antydan om vem på vår sida som kan tänkas samarbeta med Frontenac."

Anna sträckte på sig och lyfte hakan med oväntad beslutsamhet. "Jag ska hjälpa dig att tyda dem. Det är det minsta jag kan göra för att ställa allt till rätta."

Erbjudandet var precis vad han hade hoppats på, men Ashburton kände ändå att han måste varna henne. "Det här är ingen matematisk övning, Anna. Det här är spionage. Det är ett farligt arbete, särskilt om dubbelagenten inser vad vi håller på med. Är du säker på att du vill involvera dig ytterligare?"

"Jag är redan involverad", svarade hon enkelt. "Jag ställde till det här; jag bör hjälpa till att reda ut det. Och nu när jag vet att jag letar efter franska platser och inte brittiska, är jag säker på att jag kan knäcka den delen av chiffret också."

Hennes rättframhet var uppfriskande efter år av diplomatiska undanflykter och omsorgsfullt konstruerade osanningar. Ashburton fann sig själv nicka.

"Jag måste hämta dokumenten", sade hon och reste sig upp. "Och sedan bör vi bege oss till din bostad för att arbeta. Jag vill helst att Clara och Matthew inte får veta något om detta. Clara är fortfarande krasslig, och Matthew..." Hon tvekade. "Han värdesätter din vänskap. Jag vill inte vara orsaken till någon spänning mellan er."

Förslaget gjorde honom förvånad. En respektabel ung dam som föreslog att besöka en ungkarls bostad, ensam, för vad som troligen skulle bli timmar av arbete. Men hennes resonemang var sunt, och det brådskande behovet av att tyda dokumenten vägde tyngre än oron för anständigheten.

"Gott så", gick han med på efter en snabb kalkyl.

Anna nickade en gång, beslutet var fattat, och Ashburton insåg med en märklig blandning av beundran och obehag att han anförtrodde statshemligheter åt någon som han för bara en timme sedan hade betraktat som ett hot mot sitt uppdrag. Men när han såg henne lämna rummet, med rak rygg och målmedvetna steg trots hennes nyligen genomlidna förödmjukelse, fann han att han inte ifrågasatte sitt omdöme.

Han hade trots allt alltid lita på sin instinkt, och något sade honom att Anna kanske inte bara var lösningen på hans omedelbara problem, utan en oväntad allierad i de mer komplexa utmaningar som säkerligen väntade.

Levande ljus kastade rörliga skuggor över papperen som var utspridda över varje tillgänglig yta i Ashburtons lilla privata kontor. Rummet, som vanligtvis var en fristad av ordning där han förberedde sina rapporter till Wrexford, såg nu ut som ett slagfält av dokument, med numrerade sidor, nedklottrade anteckningar och Annas noggranna avskrifter som skapade en märklig topografi över hans skrivbord. Ashburton flyttade ett ljus närmare där de arbetade, smärtsamt medveten om det oanständiga i deras situation – Anna Bell, ogift dotter till en gentleman, ensam med honom i hans bostad medan midnattstimmen närmade sig. Hon hade avböjt hans erbjudande att följa henne hem vid middagstid och istället skickat ett meddelande till sin syster där hon påstod att hon skulle stanna kvar hos Lady Pemberton ytterligare en natt, en lögn som hon uppenbarligen inte kände sig bekväm med då hon ett kort ögonblick tuggat på sin penna över formuleringen av brevet. Ändå hade hon inte tvekat, utan sagt lågmält att deras nuvarande uppgift var viktigare när han tog emot pappret från henne och gick för att beordra en av sina tjänare att springa med det till familjen Whitmores residens.

"Jag har sorterat dokumenten i ordningsföljd", sade han och pekade på de numrerade sidorna. "Baserat på ditt inledande arbete kan vi dela upp dem i fyra kategorier: truppförflyttningar, diplomatisk korrespondens, vad som verkar vara en lista över agenter eller sympatisörer, och de här andra sidorna som verkar vara skrivna i ett helt annat chiffer."

Anna nickade och hennes fingrar sträckte sig redan efter ett nytt ark papper. "Om vi fastställer ett grundmönster med hjälp av de delar jag redan har tytt, kan vi tillämpa samma principer på de återstående dokumenten i de tre första kategorierna, åtminstone."

"Precis." Ashburton unnade sig ett litet leende av uppskattning. Många av hans kollegor på utrikesdepartementet skulle ha haft svårt att förstå tillvägagångssättet så snabbt, men Anna hade kommit fram till det självständigt.

De kom in i en rytm där Ashburton arbetade med en del medan Anna tog sig an en annan, och då och då jämförde de anteckningar eller testade en teori. Deras naturliga arbetsfördelning växte fram utan diskussion; Anna var bäst på att identifiera siffermönster och substitutionssekvenser, medan Ashburtons erfarenhet av fransk militär terminologi och diplomatisk jargong hjälpte till att sätta de tydda fragmenten i ett sammanhang.

"Den här sekvensen", sade Anna och pekade på en serie siffror härledda från försäljningspriserna i ett dokument, "använder en annan bas än de andra. Det är inte ett direkt substitutionschiffer."

Ashburton lutade sig närmare för att granska hennes arbete. "Du har rätt. Det är en transposition med en förskjutning." Han sträckte sig förbi henne för att följa mönstret med fingret och blev plötsligt medveten om hur nära de satt, med axlarna nästan vid varandra. Doften av jasmin från hennes hår drev mot honom, distraherande i kontorets intima tystnad.

"Om vi flyttar varje värde med tre steg..." mumlade Anna, redan i färd med att göra om uträkningarna, till synes omedveten om deras närhet.

Ashburton tvingade sin uppmärksamhet tillbaka till chiffret, även om han fann sin blick ständigt dragen till hennes händer medan hon arbetade; smala, bläckfläckade fingrar som rörde sig med exakt säkerhet över sidan, och som ibland stannade upp för att lätt trumma mot hennes underläpp när hon begrundade ett problem. Gesten var så omedveten, i bjärt kontrast till hennes i övrigt kontrollerade uppsyn.

Timmar passerade, endast markerade av att ljusen gradvis blev kortare och enstaka ljud från gatan nedanför. Natten tätnade runt dem, och temperaturen i rummet sjönk i takt med att den lilla elden i kaminen falnade. Ashburton märkte att Anna undertryckte en rysning när hon sträckte sig efter ännu ett dokument, men hennes koncentration vacklade aldrig. Hennes hår, som varit så prydligt uppsatt när de började, hade gradvis lossnat från sin strama frisyr. Flera mörka slingor föll nu kring hennes ansikte och lockade sig lätt i den fuktiga värmen i det ljusfyllda rummet.

”Jag tror att det här avsnittet syftar på artilleriställningar längs Rhen”, sade Ashburton och sköt en färdig översättning över skrivbordet. ”Vilket stämmer överens med vad vi misstänkte om de franska grupperingarna, även om siffrorna är högre än vad våra tidigare underrättelser antytt.”

Anna såg upp och strök en hårslinga ur ögonen, vilket efterlämnade ännu en svag fläck av bläck på hennes kind. ”Och det korresponderar med den här referensen”, svarade hon och pekade på ett annat dokument, ”om förstärkningar i Toulon. De stärker sin position i Medelhavet.”

Ashburton nickade, imponerad på nytt av hur snabbt hon fattade de strategiska innebörderna. Han reste sig för att kasta in ytterligare ett vedträ i den döende elden och märkte då hur Anna drog sin sjal tätare om axlarna. Utan att tänka efter gick han fram till en kista under fönstret och tog fram en yllefilt, mjuk och väl använd.

”Här”, sade han lågmält och gick bakom hennes stol. ”Det börjar bli kallt i rummet.”

Innan hon hann invända lade han filten om hennes axlar, och hans händer dröjde sig kvar kanske ett ögonblick längre än nödvändigt. Anna såg upp, och hennes förvåning var tydlig, som om en så enkel omtanke var helt oväntad.

Deras blickar möttes i det fladdrande skenet från stearinljusen, och under ett andetag förblev båda tysta. Ashburton slogs av klarheten i hennes blick – intelligensen bakom de mörka ögonen hade nu mjuknat och blivit mindre vaksam än vad han hittills sett hos henne.

"Tack", sade hon slutligen, och orden bar mer tyngd än vad den enkla artigheten krävde.

Ashburton nickade och återvände till sin plats med en märklig motvilja. "Vi bör fortsätta. Det finns mycket kvar att dechiffrera."

Anna vände sig tillbaka till sina papper och rättade till filten om axlarna. "Här, om vi ordnar siffrorna på det här sättet", sade hon och lutade sig fram för att visa honom sin senaste insikt. Deras axlar rörde vid varandra när hon sköt fram ett papper mellan dem. "Ser du hur mönstret framträder? Det är ett datumchiffer, inte en platshänvisning."

Ashburton svarade inte omedelbart, tillfälligt distraherad av värmen från hennes axel mot hans och det koncentrerade uttrycket i hennes ansikte när hon förklarade sitt resonemang. Han var smärtsamt medveten om kontakten, och om hur det olämpliga i deras situation växte för varje timme de tillbringade ensamma, men ändå kunde han inte förmå sig att dra sig undan eller föreslå ett lämpligare avstånd.

"Ja, jag ser det", sade han till sist och tvingade sin uppmärksamhet tillbaka till koden. "Vilket betyder att det här stycket kan avslöja tidpunkten för deras planerade förflyttning snarare än målet."

De arbetade vidare, båda till synes nöjda med att behålla den lätta kontakten medan de böjde sig över de gemensamma dokumenten. Natten djupnade mot sina mörkaste timmar, och tystnaden i Wien utanför fönstren bröts endast av nattväktarens enstaka steg.

När genombrottet slutligen kom var det tack vare Annas skarpsinnighet. "Platserna!" utbrast hon plötsligt och satte sig rakryggad upp. "Vi har tolkat dem som faktiska platser, men det är kodnamn för *människor*. Se på mönstret av bokstäver som följer efter varje plats. Det är initialer, kanske, eller titlar."

Ashburton studerade stycket hon pekade på, och hans entusiasm steg när mönstret blev tydligt. "Du har rätt. Och det betyder…" Han drog snabbt till sig ett annat dokument och skummade igenom den kodade texten med ny förståelse. "Här. Detta måste vara en del av det nätverk som Frontenac antydde."

"Låt mig se", sade Anna och reste sig från stolen i sin iver. Ashburton reste sig i samma ögonblick, och båda vände sig mot varandra med samma dokument i tankarna. De krockade nästan i sin iver och stod plötsligt ansikte mot ansikte, betydligt närmare än vad anständigheten tillät.

Tiden tycktes stå stilla där de stod, och triumfen över koden blandades med en plötslig medvetenhet om deras närhet. Ashburton kunde se varje enskild ögonfrans, de svaga fräknarna över hennes näsrygg som vanligtvis doldes av hennes samlade uttryck, och hur hennes läppar särades en aning när hon drog in andan av överraskning. En bläckfläck prydde hennes kind, det djupa svarta bildade en skarp kontrast mot hennes bleka hud.

Utan att tänka sträckte Ashburton ut handen och lät tummen varsamt borsta bort bläckfläcken från hennes kind. Den enkla beröringen sände en oväntad stöt genom honom, och han kände hennes tillfälliga orörlighet under sin hand. Hans tumme dröjde sig kvar mot hennes hud; beröringen överskred varje gräns för passande beteende, men ändå kunde han inte förmå sig att dra tillbaka handen.

Anna drog sig inte undan. Hennes ögon mötte hans med en förvånad medvetenhet som speglade hans egen oväntade reaktion. Under ett hjärtslag, sedan två, förblev de frusna i ögonblicket, och något outtalat passerade mellan dem som inte hade någonting med chiffer eller spionage att göra.

Sedan, med en motvilja som överraskade honom, sänkte Ashburton handen och bröt den sköra kontakten. "Vi bör fortsätta", sade han med en röst som var strävare än han avsett. "Koden knäcker inte sig själv."

Anna nickade och tog ett steg tillbaka till sin stol, även om hennes blick dröjde kvar vid hans ett ögonblick till. "Nej, det gör den inte", instämde hon mjukt och återvände till pappren framför dem. Hennes ansikte var upplyst av ljusskenet, och det spöklika avtrycket av hans tumme syntes fortfarande i den svaga utsmetningen av bläck på hennes kind.

Gryningens första bleka strålar smög sig in genom gardinerna och förvandlade Ashburtons kontor från en intim, ljusbelyst tillflyktsort till ett rum som bar alla spår av nattens slit. Ljuset flödade över skrivbordet och lyste upp sidor av dechiffrerad fransk underrättelseinformation, travar med beräkningar i Annas exakta handstil och resterna av ljusen som brunnit ner till stumpar under deras slit. Ashburton blinkade mot det tilltagande ljuset, plötsligt medveten om hur ovårdad han måste se ut – halsduken var sedan länge avlagd, skjortärmarna upprullade till armbågarna och håret föll ner i pannan där han upprepade gånger föst undan det i koncentration. Anna verkade lika förändrad av nattens arbete; den strama knut hon burit vid ankomsten hade nu lossnat, mörka slingor ramade in hennes ansikte och hennes ögon lyste av utmattning och triumf trots skuggorna under dem.

”Vi har klarat det”, sade Ashburton tyst och betraktade de dechiffrerade dokumenten som låg utspridda över skrivbordet. ”Inte helt och hållet, men tillräckligt för att förstå Frontenacs information.”

Anna nickade och kvävde en gäspning bakom handen. ”Truppförflyttningarna är tydliga nu. Tjugotretusen man är placerade längs Rhen, med artilleribatterier här och här.” Hon pekade på de relevanta avsnitten. ”Och förstärkningar vid Toulon, vilket tyder på att de förväntar sig en potentiell konflikt i Medelhavet."

"Ännu viktigare", tillade Ashburton och lyfte ett ark täckt av bådas handstil, "är att vi har avslöjat det här nätverket av franska sympatisörer som verkar i Wien under kongressen. Diplomater, köpmän, till och med några adelsmän som har blivit komprometterade."

Han studerade den ofullständiga listan över namn och kodbeteckningar som de lyckats få fram. Vissa var inte överraskande; mindre aktörer som redan misstänktes för underrättelsearbete. Andra var mer oroande, däribland en österrikisk bankir med tillgång till betydande brittiska finansiella transaktioner. Men den mest avgörande sidan, som Anna trodde innehöll en lista över de högst uppsatta agenterna, envist motstod deras dechiffreringsförsök.

"Det här stycket är fortfarande obegripligt", sade Anna och rynkade pannan åt sidan i fråga. "Chiffret ändras här. Det är som om Frontenac medvetet använde en annan nyckel för den mest känsliga informationen."

"Vilket tyder på att det är här vi kan hitta vår dubbelagent", funderade Ashburton och trummade med fingrarna mot skrivbordet. "De mest värdefulla hemligheterna skyddas av den mest komplexa krypteringen."

Flera andra sidor förblev också odechiffrerade, deras innehåll ett mysterium trots timmar av ansträngning. Ashburton samlade ihop dem försiktigt och lade dem åt sidan för vidare studier. Morgonljuset, som blev starkare för varje minut, avslöjade vidden av nattens slit: tomma koppar med sedan länge kallnat te och kaffe stod vingligt ovanpå travar av källmaterial, kasserade fjäderpennor med spruckna spetsar, bläckfläckar på skrivbordet och, noterade han med en blandning av roat intresse och oro, även på Annas tidigare fläckfria klänning samt på hennes fingrar och kind.

Han iakttog henne när hon sträckte på sig och rullade på axlarna för att mjuka upp stelheten efter timmar av hopkrupen koncentration. Trots hennes uppenbara utmattning fanns det en tyst tillfredsställelse i hennes ansiktsuttryck som matchade hans egen känsla av framgång. De hade utvunnit värdefull information ur vad som hade verkat vara en katastrofal operation. Wrexford skulle bli nöjd, även om Ashburton fortfarande ryggade tillbaka inombords vid tanken på den förklaring han skulle behöva ge om hur han hade "återfått" dokumenten efter Frontenacs avresa.

Det växande dagsljuset förde också med sig en plötslig medvetenhet om deras situation. De hade tillbringat hela natten ensamma tillsammans, en otillbörlighet som skulle orsaka skandal om den upptäcktes. Annas rykte skulle bli förstört, oavsett det patriotiska syftet med deras arbete. Whitmore skulle bli rasande, och det med rätta. Ändå fann Ashburton att han inte kunde ångra de timmar de delat, böjda över det mystiska chiffret, med sina sinnen arbetande i samklang mot ett gemensamt mål.

Han reste sig från stolen och samlade de dechiffrerade sidorna i en prydlig trave. "Jag måste lämna över dessa till Sir Edmund idag", sade han och ordnade dokumenten efter ämne och betydelse. "Truppförflyttningarna kommer att vara av omedelbart intresse för utrikesdepartementet, och den här listan över sympatisörer kommer att hjälpa oss att identifiera potentiella hot här i Wien."

Anna betraktade honom med ett eftertänksamt uttryck. "Tänker du berätta för Sir Edmund hur du fick tag på informationen?"

Frågan fick honom att hejda sig. Hans självbevarelsedrift manade honom att ta åt sig hela äran för dechiffreringen och undvika att nämna Annas inblandning. Men det fanns också en beskyddarinstinkt som överraskade honom med sin styrka, en önskan att skona henne från Wrexfords beräknande blick och de potentiella farorna med att dras längre in i deras dunkla värld.

"Jag kommer att säga att jag återfick dokumenten", beslöt Ashburton medan han fortsatte att organisera pappren. "Detaljerna kring hur de dechiffrerades är.. . oväsentliga."

"Du skyddar mig", konstaterade Anna, vars skarpsynthet inte hade grumlats av tröttheten.

Ashburton mötte hennes blick direkt. "Ja", medgav han. "Wrexford är... inte en person jag vill ska vara medveten om din förmåga. Han tenderar att se på människor som verktyg som ska utnyttjas, utan att ta särskilt stor hänsyn till vad som händer med dem han finner användbara."

Ärligheten i hans svar tycktes överraska henne. Under ett ögonblick var båda tysta, medan det tilltagande solljuset kastade långa skuggor över rummet när morgonen nu verkligen var här.

"Vi är ett bra team", sade Ashburton slutligen, och orden slank ur honom innan han hann överväga deras innebörd. De var sanna, förstås – deras kompletterande färdigheter hade åstadkommit mer på en natt än han skulle ha lyckats med på flera veckor – men han visste när han talade att han menade mer än bara deras yrkesmässiga samstämmighet.

Anna såg upp, och för första gången sedan de träffats gav hon honom ett uppriktigt leende. Inte den där artiga kurvan på läpparna som sällskapslivet krävde, utan något äkta som förvandlade hennes allvarliga ansikte och nådde ända till ögonen. "Ja", instämde hon enkelt. "Det är vi."

Ögonblicket dröjde sig kvar mellan dem, fyllt av ett outtalat erkännande. I det klara morgonljuset såg Ashburton inte Anna som den tvära, matematikbesatta unga kvinna han först mött, inte heller som den oväntade motståndare som stört hans operation, utan som något han sällan stött på under sina år av spionage och svek – en sann partner.

"Jag ska göra en kopia av de här odechiffrerade delarna", sade han och pekade på de motsträviga sidorna. "Om du vill, kanske vi kan fortsätta arbeta med dem."

"Det skulle jag gärna göra", svarade Anna, och hennes röst var stadig trots den svaga rodnad som steg på hennes kinder vid förslaget om fortsatt samarbete.

Ashburton nickade och planerade redan hur de skulle kunna träffas utan att väcka uppmärksamhet. "Jag måste skapa en anledning att besöka familjen Whitmore regelbundet för att rådgöra med dig. Kanske Matthew och jag skulle kunna återuppta våra schackpartier."

"Jag är säker på att Matthew skulle välkomna det", instämde Anna.

Det praktiska i deras samtal, där de planerade hemligt arbete med klassificerad information som om de arrangerade ett vanligt sällskapsbesök, föll Ashburton in som både absurt och fullständigt passande. Under loppet av en enda natt hade de etablerat en sammansvärjning för två, sammanbundna av delade hemligheter och ömsesidig tillit.

När han började kopiera de odechiffrerade delarna på nya papper, fann Ashburton att han såg fram emot deras fortsatta samarbete med en förväntan som sträckte sig bortom det professionella intresset. Det fanns mysterier kvar att lösa, både i Frontenacs chiffer och, erkände han för sig själv, i den oväntade förbindelse som hade uppstått mellan honom själv och Anna Bell.

Solen hade nu gått upp helt och förvandlat rummet från den intima atmosfären från nattens arbete till ett ljust, vanligt kontor. Om några timmar skulle han möta Wrexford, presentera sin noggrant redigerade information och återgå till rollen som den lättsinnige kapplöpningsentusiasten som fungerade som hans täckmantel. Men just nu, i detta ögonblick av övergång mellan natt och dag, mellan avslöjade hemligheter och de som fortfarande var dolda, tillät sig Ashburton att uppskatta den extraordinära unga kvinnan som satt mittemot honom och det lika extraordinära partnerskap de hade börjat smida.

Kapitel tolv

Balsalen i det österrikiska utrikesministeriet strålade under hundra kristallkronor. Levande ljus reflekterades i smyckade halsar och polerade medaljer när Wiens elit samlades under målade tak. Anna Bell höll blicken sänkt när hon gjorde sin entré med Clara vid armen, och registrerade detaljer med snabba sidoblickar. Tre utgångar var synliga från hennes position. Militära uniformer som representerade minst åtta nationer. Och där borta, nära pelaren längst bort, höll lord Ashburton hov mitt i en cirkel av skrattande gentlemän, med sin persona som hängiven galoppentusiast fast på plats. Hon tittade bort innan hennes blick hann dröja kvar och rättade till ärmen på sin enkla mörkgröna klänning medan hon ledde Clara mot en grupp tomma stolar nära ett magnifikt blomsterarrangemang – och lyckosamt nog nära en samling österrikiska tjänstemän.

”Du ser piggare ut i kväll”, mumlade Anna till sin syster och noterade med tillfredsställelse att Clara hade fått lite färg på kinderna igen efter veckor av morgonillamående som hade sträckt sig över hela dagarna.

”Jag känner mig nästan som en människa igen”, svarade Clara och lät handen vila ett ögonblick på sin fortfarande platta mage under sidenklänningens veck. ”Trots att Matthew insisterade på att jag skulle lova att återvända till vårt logi så fort jag känner mig trött.”

Anna nickade och ordnade en stol åt Clara och en intilliggande åt sig själv medan hon diskret skannade av rummet. Orkestern stämde upp i en vals, vars medryckande melodi vävde sig igenom de hundratals samtal som fyllde det enorma utrymmet. Damer i färgstarka sidentyger svävade över det polerade golvet likt exotiska fåglar, och deras juveler fångade ljuset vid varje vändning. Anna var smärtsamt medveten om sin egen anspråkslösa klädsel. Den mörkgröna klänningen var vald för sin praktiska funktion snarare än för att visas upp, och dess enkla skärning lät henne smälta in i skuggorna när det behövdes.

”Jag träffade lady Pemberton i eftermiddags. Hon nämnde att hon gick ut på middag och en sen spelkväll den kvällen då du förmodades bo hos henne”, sa Clara tyst medan hennes fingrar slätade ut obefintliga rynkor på klänningen. ”Jag täckte upp för dig inför Matthew, men Anna... var var du någonstans?”

Anna antog ett ansiktsuttryck av lätt förvirring. ”Det måste ha skett något missförstånd. Hon har helt klart blandat ihop kvällarna.” Lögnen kom lättare än den borde ha gjort och efterlämnade en svag smak av bitterhet.

Innan Clara hann pressa henne ytterligare reste sig Anna upp. ”Blommorna här börjar sloka. Låt mig se om jag inte kan förbättra deras arrangemang medan du vilar.” Hon rörde sig mot den massiva kristallvasen på sidobordet och placerade sig med avsiktlig omsorg bredvid den, med ryggen mot rummet, medan hon varsamt rättade till stjälkar som inte behövde rättas till.

Tre österrikiska diplomater stod precis på andra sidan blommorna med huvudena böjda mot varandra i samtal. Anna höll blicken på blommorna och behöll ett lugnt ansiktsuttryck, som en ung dam som inte hade något annat i huvudet än blommor och mode.

”...der Zar besteht darauf, dass Polen...”

Anna ansträngde sig för att uppfatta orden, men hennes begränsade kunskaper i tyska visade sig vara frustrerande otillräckliga. Något om att tsaren insisterade på Polen? Hon flyttade sig en aning och låtsades sträcka sig efter ett fallet kronblad medan hon rörde sig närmare.

”...Metternich kan inte fortsätta att försöka blidka både Alexander och britterna i den här frågan”, fortsatte den äldste diplomaten och gick över till bruten engelska till förmån för en nyanländ kamrat. ”Territorierna måste delas upp enligt den överenskommelse som nåddes förra månaden.”

"Vilken vi inte har sett", svarade en yngre man med vaxad mustasch med sänkt röst. "Von Hastner påstår sig ha en kopia, men jag misstänker att han bluffar."

Annas fingrar rörde sig långsammare över stjälkarna. *Von Hastner.* Fanns det namnet med i de dokument som hon och Ashburton hade dechiffrerat? Det fanns så många, men det väckte ett svagt minne i hennes huvud. Hon lade informationen på minnet för att kontrollera den senare och fortsatte att låtsas pyssla med blommorna.

Tvärs över den enorma salen hördes Ashburtons skratt över musiken, för högt och för bullrigt. Annas ögon fann honom automatiskt. Han stod med flera gentlemän som hon kände igen från spelborden vid tidigare evenemang, och hans händer gestikulerade yvigt medan han återberättade vad som säkerligen var en överdriven historia om framgångar på galoppbanan. Hans kravatt var knuten med avsiktlig asymmetri och hans väst hade en nyans som var lite för färgstark för att anses vara i god smak. Varje detalj i hans utseende var beräknad för att antyda en man som ingen seriös person skulle anförtro sig åt.

Och ändå, under den noggrant uppbyggda fasaden, visste Anna att en annan man fanns. Den koncentrerade underrättelseagenten som hade arbetat vid hennes sida natten igenom, med ett sinne skarpt som en kniv. Mannen vars fingrar hade torkat bort bläcket från hennes kind med oväntad ömhet.

Hon fortsatte att tjuvlyssna subtilt och samlade in fragment av information från förbipasserande samtal. En attaché nämnde ovanliga franska trupprörelser nära den schweiziska gränsen. En spansk diplomat klagade på brittisk marin inblandning gällande handelsfartyg. Hon hade hört brottstycken av sådan underrättelseinformation i veckor, men fram till nu hade hon inte haft någon att diskutera den med, någon som kunde hjälpa henne att förstå dess innebörd.

Hon kunde knappt bärga sig till nästa tillfälle att få prata ostört med Ashburton.

"Fräulein Bell", sa en röst vid hennes armbåge och fick henne att hoppa till. "Kan jag få övertala er att göra oss sällskap vid vårt bord? Lady Whitmore har bett om förfriskningar."

En av Matthews diplomatiska bekanta stod bredvid henne, en ung österrikisk adelsman vars namn hon hade glömt. Anna antog ett artigt uttryck och lät honom eskortera henne till Clara, som nu satt med flera andra damer nära borden med förfriskningar. Medan de rörde sig genom det folkfyllda rummet noterade Anna nyckelpersonernas positioner och kartlade den komplexa sociala geografin av allianser och rivaliteter som visades genom vem som umgicks med vem.

Deras väg tog dem direkt bakom Ashburtons grupp. När de närmade sig gestikulerade han dramatiskt och tog ett steg bakåt som om han blivit medryckt av sin lilla historia. Rörelsen placerade honom precis i Annas väg. Hon saktade ner och förväntade sig kollisionen.

"Jag ber så hemskt mycket om ursäkt, miss Bell", utropade Ashburton, med en röst som bar väl för de kringståendes skull. Hans hand rörde vid hennes arm som för att stödja henne, och rörelsen dolde det lilla vikta papperet som han pressade in i hennes handflata. Hans fingrar nuddade vid hennes i utbytet, varma även genom hennes handskar, vilket sände en våg av medvetenhet uppför hennes arm som inte hade något att göra med deras hemliga kommunikation.

”Ingen skada skedd, lord Ashburton”, svarade hon med en röst som var helt behärskad trots hennes rusande puls.

”Ni är alltför nådig”, förklarade han och bockade med överdriven artighet innan han vände sig tillbaka till sina följeslagare med ännu ett dånande skratt.

Anna fortsatte sin väg med papperet säkert i handen, och hennes tankar rusade redan framåt mot kvällens verkliga arbete som skulle börja så fort det sociala skådespelet var över. Meddelandet skulle innehålla en tid och en mötesplats – och kanske ny information. Trots allvaret i deras företag kände hon en obestridlig spänning inför utsikten.

Hon hade funnit sitt syfte i denna glittrande, bedrägliga diplomatvärld. Inte som den osynliga ogifta systern i hörnet, utan som den osedda iakttagaren vars skarpa sinne kunde reda ut de invecklade nät som vävdes runt dem.

Och hon hade funnit en partner som såg henne, som verkligen såg henne, inte trots hennes matematiska sinne och omoderna rättframhet, utan på grund av dem. När Anna satte sig bredvid Clara, med lappen väl förvarad i sin handske, tillät hon sig ett litet, privat leende. Trots alla sina yttre olikheter hade hon och lord Ashburton blivit något extraordinärt tillsammans: en perfekt ekvation av komplementära variabler.

Anna gick uppför den smala trappan till Ashburtons logi, och hennes fotsteg var tysta mot de nötta trästegen. Själva byggnaden var anspråkslös, en respektabel men inte prålig bostad på en lugn gata som låg bekvämt nära både diplomatkvarteren och Wiens kommersiella hjärta. Hon hade anlänt precis vid den överenskomna tiden, precis när klockan slog midnatt. Lappen som Ashburton hade gett henne innehöll inget annat än adressen och tiden. Papperet var nu tryggt uppeldat i hennes sovrumsspis. Hennes hjärta slog snabbare när hon nådde avsatsen på tredje våningen, inte av klättringen utan av den märkliga spänningen i detta hemliga möte, så långt ifrån det liv som en anständig ung dam som hon uppfostrats till att leva.

Ashburton svarade omedelbart på hennes mjuka knackning och öppnade dörren precis tillräckligt för att hon skulle kunna slinka in innan han låste den efter henne. En blygsam eld brann i spisen och kastade ett varmt ljus över den sparsamma möbleringen.

”Blev du inte förföljd?” frågade han med låg röst.

”Nej. Clara var trött och gick och lade sig tidigt, och Whitmore följde efter henne.” Anna lindade av sig sin sjal och lade den över en stol, och hennes blick drogs redan till skrivbordet och dess löfte om gåtor att lösa. ”Jag smet ut genom trädgårdsdörren och gick – det är bara tre kvarter. Det var ingen ute.”

Ashburton nickade och hans uttryck skiftade från oro till tillfredsställelse. Borta var varje spår av den bullrige galoppentusiasten från mottagningen; här stod den koncentrerade underrättelseagenten, och hans rörelser var effektiva när han gick fram till ett litet sidobord.

”Jag har gjort i ordning te. Slå dig ner, är du snäll. Du måste frysa; det snöar inte än, men jag tror att det kommer att göra det innan gryningen.”

Anna satte sig vid skrivbordet och började omedelbart gå igenom de papper som låg framlagda där. Chifferanteckningar i Ashburtons exakta handstil. Kartor med markeringar som hon ännu inte förstod. En lista med namn, vissa överstrukna, andra inringade; hon följde den med ett finger tills hon fann det hon sökte.

”Von Hastner”, sa hon. ”Jag tyckte att jag kände igen det namnet. Jag hörde honom nämnas i kväll. De österrikiska diplomaterna tror att han har tillgång till någon överenskommelse gällande polska territorier, även om de misstänker att han kan bluffa.”

Ashburton kom tillbaka med två rykande koppar och ställde den ena bredvid hennes hand. ”Intressant. Von Hastner har kopplingar till både ryska och preussiska diplomatkretsar. Om han påstår sig ha speciell kännedom är det värt att undersöka.”

Anna lyfte koppen och andades in den väldoftande ångan innan hon tog en klunk. Teet var tillagat precis som hon ville ha det; starkt, med precis lagom mycket honung för att runda av den bittra kanten utan att överrösta smaken. Hon tittade upp förvånat.

”Du kom ihåg.”

Ett svagt leende rörde vid Ashburtons läppar. "Jag lägger märke till saker. Det är trots allt mitt yrke."

Det enkla konstaterandet påminde henne återigen om dualiteten hos denne man. Hans offentliga lättsinne dolde ett sinne som registrerade de minsta detaljer med precision. Anna kom på sig själv med att undra vad han mer hade lagt märke till hos henne, men sköt sedan tanken åt sidan och riktade återigen sin uppmärksamhet mot arbetet framför dem.

En ensam lampa brann på skrivbordet och kastade en varm gyllene cirkel runt deras papper. Utanför lade sig Wiens natt i en tystnad som bara då och då bröts av en passerande droska eller en avlägsen kyrkklocka. Inom detta lugna utrymme, avskild från världen och dess begränsningar, kände Anna en märklig frihet växa inom sig.

"Jag har skrivit ut det du samlade in vid den ungerska ambassadörens mottagning förra veckan", sa Ashburton och drog en bunt papper mot dem. "När man kombinerar det med kvällens information om von Hastner tror jag att vi ser ett mönster träda fram."

Anna lutade sig framåt och hennes axel nuddade vid hans när de böjde sig över samma dokument. Den lätta kontakten sände en rysning längs hennes hud, men hon tvingade sig att behålla uppmärksamheten på papperen framför dem. Kolumner med siffror och kodade fraser fyllde sidan, till synes meningslösa för vem som helst utom för dem som hade den nyckel de hade konstruerat tillsammans.

"Här", sa hon och följde en siffersekvens med fingret. "Mönstret upprepar sig med små variationer. Varje sekvens börjar med samma tre siffror, följt av vad som verkar vara ett datumchiffer.”

Ashburton nickade med ansiktet nära hennes medan de studerade sidan tillsammans. ”Och om vi ersätter dem med nyckeln från de franska dokumenten...”

”...så får vi en mötesplats”, avslutade Anna hans tanke, redan i färd med att räkna. ”Detta bekräftar vad vi misstänkte om nätverkets struktur. Se här, samma mönster som vi hittade i Frontenacs papper, men med österrikiska platser istället för franska.”

Hon arbetade snabbt med de utbytta tecknen, och hennes sinne fann vägar genom den numeriska labyrinten. Chiffret gav vika för hennes metodiska angrepp och förvandlade röriga siffror till användbar information.

”Du ser kopplingar som jag helt skulle ha missat”, mumlade Ashburton medan han såg hur hennes penna flög över papperet och skapade ordning ur kaos. ”Det skulle ha tagit mig dagar att reda ut det du har åstadkommit på en timme.”

Berömmet värmde henne, inte för att det var smickrande utan för att det var genuint, ett erkännande av verklig skicklighet från en expert. I hennes liv före Wien hade Annas matematiska förmågor behandlats som en märklig vana, användbar för Belle Havens räkenskaper men knappast den sorts prestation som en ung dam borde vara stolt över. Här, i det här rummet, med den här mannen, var hennes sinne inte bara accepterat utan värdesatt.

När natten blev djupare utvecklade de en rytm som kändes lika naturlig som att andas. Ashburton presenterade ett fragment av information; Anna analyserade dess matematiska struktur; tillsammans utvann de dess innebörd och placerade den i det större mönster de höll på att bygga upp. De började avsluta varandras meningar, där den ena påbörjade en tanke som den andra fullföljde med perfekt samspel.

"Om vi utgår från att den tredje siffran representerar rang snarare än plats..." började Ashburton.

"... då förskjuts hela sekvensen och avslöjar kommandokedjan", avslutade Anna, som redan höll på att justera deras arbetskarta. "Vilket skulle placera Von Hastner här, rapporterande direkt till..."

"Militärattachén vid den ryska ambassaden", sade de i mun på varandra, och deras blickar möttes över skrivbordet.

Skrapandet från fjäderpennan mot pappret, det lågmälda tickandet från klockan på spiselkransen; dessa ljud bildade fonden för deras gemensamma arbete och skapade en intim atmosfär som gradvis löste upp de formella gränserna mellan dem. Anna kom på sig själv med att tala friare och gestikulera med en ovanlig livlighet när hon förklarade sina beräkningar.

När hon tittade upp från en särskilt komplex serie substitutioner, fann hon Ashburton i färd med att iaktta henne med ett blottat ansiktsuttryck. Det fanns något i hans blick som inte hade något med chiffer eller underrättelsearbete att göra – en värme, en beundran som fick en rodnad att sprida sig över hennes kinder. Han tittade snabbt bort och vände åter sin uppmärksamhet mot papperen framför dem, men ögonblicket dröjde kvar mellan dem som ett återhållet andetag.

”Jag måste följa dig hem”, sade han. ”Klockan är fyra, du måste vara utmattad.”

Anna ville protestera, ville säga att hon aldrig hade känt sig mer vaken, mer levande. Som om hon äntligen hade funnit sin sanna mening i livet och aldrig ville sluta.

Men han hade rätt. Det var en sak att låta Clara tro att hon tillbringat natten hos Lady Pemberton, men en helt annan sak att saknas i sin säng på morgonen när Clara mycket väl visste att hon borde ligga i den. Så Anna reste sig och lät Ashburton lägga hennes kappa över hennes axlar.

”Jag promenerar med dig”, sade han lågmält. ”Jag trodde att du skulle ta en droska hit; nästa gång möter jag dig. Jag tycker inte om att du går ensam, särskilt inte i mörkret.”

Anna fnyste. ”Wien är förmodligen den säkraste platsen i världen just nu, fullt av diplomater och officerare!”

”Och spioner och dubbelagenter”, sade han, oemotsägligt korrekt.

Utomhus hade snön mycket riktigt börjat falla precis som han förutspått; stora, fluffiga flingor som virvlade ner i snabb takt och redan bildade ett tjockt lager på gatan. Anna lät Ashburton ta hennes arm, och de gick tillsammans genom de tysta gatorna till den hyrda bostaden där familjen Whitmore bodde.

”God natt”, sade Anna mjukt och drog tillbaka sin hand från Ashburtons arm. Under ett kort ögonblick tyckte hon nästan att han försökte hålla kvar den, men han lät henne gå.

”God natt, Anna. Sov gott. Jag väntar tills du är välbehållen inne på ditt rum: tänd ett ljus och håll det mot fönstret så att jag vet.”

Det var gentlemannamässigt av honom. Med ett litet leende slank hon i väg nerför gränden till grinden i den breda muren som ledde in till trädgården, och sedan genom trädgårdsdörren in i salongen. Där stannade hon för att ta av sig sina blöta kängor för att inte lämna fotspår – och så att hon kunde smyga genom huset på tysta, strumpbeklädda fötter.

Tröttheten sköljde över henne när hon tog sig uppför trappan, och hon skulle nästan ha fallit framstupa på sängen med kläderna på, men hon kom ihåg sitt löfte och letade fram ett ljus som hon tände på de sista glödande kolen i eldstaden och bar fram till fönstret.

På andra sidan gatan lösgjorde sig en mörk skugga från en byggnads portik och gick därifrån.

Det gyllene sidentyget prasslade när Anna rörde sig, och tyget fångade ljuset på ett sätt som hennes vanliga, anspråkslösa klänningar aldrig gjorde. Clara hade framhärdat i sitt val av klänning och kört över Annas protester med en ovanlig bestämdhet. ”Du har burit den där trista gröna klänningen vid tre evenemang i rad”, hade hon förkunnat, innan hon instruerade Sophie att pryda ännu en av sina klänningar åt henne. Nu var Anna medveten om den lägre urringningen och hur livet framhävde hennes figur, och kände sig blottad på ett sätt som undergrävde hennes sorgfälligt odlade osynlighet. Hur skulle man kunna smälta in i bakgrunden när man var draperad i siden som glittrade likt solen?

Den praktfulla balsalen i Palais Schwarzenberg överträffade till och med det österrikiska utrikesministeriet i prakt. Freskmålade tak välvde sig ovanför dem och avbildade mytologiska scener i klara färger. Förgyllda pelare bar upp balkonger där musiker spelade, och deras melodier svävade ner till de dansande nedanför. Kristallkronor som hängde i gyllene kedjor kastade sitt briljanta ljus över Europas samlade adel och diplomati, och förvandlade juveler till stjärnor och polerade mässingsknappar till miniatyrsolar.

Anna placerade sig nära en marmorpelare i ett försök att återfå något av sin vanliga diskrethet trots den iögonfallande klänningen. Hon betraktade de dansandes virvlande mönster och katalogiserade allianser och fientligheter utifrån vem som dansade med vem. Den ryska ambassadörens hustru dansade med den preussiske militärattachén; en intressant utveckling med tanke på de spänningar hon och Ashburton hade upptäckt under sitt dechiffreringsarbete i går kväll.

"Anna, kom bort från den där pelaren. Du kan inte gömma dig." Matthew dök upp vid hennes sida med det där särskilda uttrycket av en blandning av tillgivenhet och irritation som han sparade till sina svägerskor. "Jag har några herrar som önskar bli presenterade."

Innan hon hann formulera en invändning fann Anna sig ledd mot en grupp unga män i diplomatuniformer. Hon kände igen dem som biträdande attachér från olika legationer, precis den sortens ambitiösa unga män som skulle kunna sitta inne med användbar information, antog hon, och justerade sin inställning därefter.

"Fröken Bell, får jag presentera baron Kinsky från det österrikiska utrikesministeriet och herr Ellsworth från den brittiska delegationen? Mina herrar, min svägerska, miss Anna Bell."

Anna neg enligt etiketten och iakttog deras reaktioner. Österrikarens ögon fladdrade till i ögonblicklig förvåning över hennes asiatiska drag innan hans diplomatiska skolning åter tog överhanden. Engelsmannen såg bara uttråkad ut, uppenbarligen i färd med att uppfylla en social plikt mot en herre han betraktade som sin överordnade.

"Fräulein Bell, får jag be om äran att få denna dans?" frågade baron Kinsky på utmärkt men brytande engelska.

Anna tackade ja med ett vänligt leende och lät sig ledas ut på dansgolvet. När de anslöt sig till de dansande noterade hon baronens korrekta men oinspirerade steg, det omsorgsfulla avståndet han höll mellan dem och hur hans blick ideligen gled över hennes axel mot en grupp unga damer i pastellfärgat siden. Hans konversation visade sig vara lika pliktskyldig; hövliga frågor om hennes intryck av Wien, kommentarer om musiken, iakttagelser om vädret.

När dansen var slut återförde han henne skyndsamt till Matthews sida och bockade innan han gjorde sin reträtt. Mönstret upprepade sig med herr Ellsworth, vars dans var snäppet bättre men vars konversation helt bestod av klagomål på det wienska kaffet i jämförelse med Londons.

"Se där, var inte det trevligt?" frågade Matthew när den andre unge mannen gått. "Clara kommer att bli glad över att se att du deltar."

Anna fick fram ett undvikande leende medan hon redan svepte med blicken över rummet efter sin syster. I stället fastnade hennes blick vid en bekant gestalt på andra sidan balsalen. Lord Ashburton stod tillsammans med en grupp herrar, hans guldblonda hår lyste klart under kristallkronorna och hans skratt hördes över hela salen. Han spelade sin vanliga roll fläckfritt, den bekymmerslöse aristokraten vars enda intressen var hästar och vadslagning. Medan hon iakttog honom gjorde han en svepande gest, så att han nästan spillde ut sin champagne, till sina följeslagares uppenbara förnöjelse.

Sedan, som om han kände av hennes blick, vände han sig om. Över det välfyllda golvet, genom virveln av dansande och trängseln av människor, möttes deras blickar. Anna förväntade sig att han snabbt skulle titta bort för att upprätthålla det avstånd som deras offentliga roller krävde. I stället höll han kvar hennes blick, stadigt och intensivt på ett sätt som motsa hans lättsinniga pose. Masken föll för ett ögonblick och blottade den man hon lärt känna genom deras gemensamma arbete – skärpt, intelligent och något mer, något som fick henne att tappa andan.

Kontakten varade bara i sekunder, men Anna kände det som en fysisk beröring. Värme kröp uppför hennes hals och ut i hennes kinder. Hon undrade, med ett plötsligt kast i sitt analytiska sinne in i ett obekant känslomässigt territorium, om han kunde vara avundsjuk på de unga diplomaterna hon dansat med. Tanken var både absurd och märkligt spännande. Lord Ashburton hade ingen anledning till svartsjuka; de där danserna hade bara varit sociala plikter, och männen hade tydligt räknat minuterna tills de hövligt kunde undkomma.

Och ändå... intensiteten i hans blick antydde någonting utöver deras professionella kompanjonskap. Någonting som hon omsorgsfullt hade undvikit att granska alltför noga.

Anna tittade bort först, besvärad av sina tankars riktning. Hon hade alltid varit stolt över sin logiska klarhet, över sitt matematiska sinnes precision. Dessa obekanta känslor införde variabler som hon inte enkelt kunde kvantifiera eller förutse.

När hon vågade titta igen rörde sig Ashburton genom folkmassan mot dem. Han närmade sig med den lätt överdrivna gången hos en man som kanske hade njutit av lite för mycket champagne, även om Anna visste att hans glas troligen fortfarande var kvällens första.

"Whitmore, gamle vän!" ropade han och dunkade Matthew i ryggen. "Vilken strålande tillställning, eller hur? Österrikarna vet verkligen hur man ställer till med fest." Han vände sig mot Anna och bockade med en gestik. "Och miss Bell, ni ser sannerligen förvandlad ut i kväll. Den där klänningen är förtrollande."

Matthew skrattade. "Har du faktiskt planer på att dansa i kväll, Ashburton? Det vore sannerligen en sällsynt syn."

"Jag tänkte att jag kunde göra min plikt mot din svägerska, gamle vän!" förklarade Ashburton med en blinkning.

”Vi kan väl inte låta den österrikiska diplomatkåren tro att britterna försummar de sina?”

Innan Anna hann svara hade han sträckt fram handen. ”Fröken Bell, skulle ni vilja visa mig äran?”

Hon placerade sina fingrar i hans, och kontakten skickade den nu bekanta strömmen av medvetenhet uppför hennes arm. ”Om ni insisterar, lord Ashburton.”

”Åh, jag insisterar absolut”, svarade han, och hans röst sänktes något; orden var avsedda endast för henne trots folkhavet runtomkring dem.

Han ledde ut henne på dansgolvet när orkestern stämde upp i en ny vals. Anna hade dansat med Ashburton en gång tidigare, under balen på slottet Hofburg, men det här kändes helt annorlunda. Hans hand vilade vid hennes midja med en självsäker förtrolighet, och trycket från hans fingrar var mjukt men stadigt genom klänningens siden.

”Jag tror att halva diplomatkåren iakttar oss”, mumlade han, med ansiktet perfekt behärskat i det uttryck av artig förnöjsamhet som förväntades under en sådan dans. Endast hans ögon förrådde något djupare och höll kvar hennes blick med orubblig uppmärksamhet. ”Den hästtokige adelsmannen och den matematiska ungmön. Vilket omaka par vi utgör.”

”Ungmö?” Anna höjde på ögonbrynen, även om hon inte kunde uppbringa någon verklig förolämpning. ”Jag är bara nitton år.”

”Förlåt mig”, svarade han, och hans läppar formades till ett leende som nådde ända upp till ögonen. ”I diplomatins värld riskerar varje ogift dam som passerat sin första säsong en sådan klassificering. Särskilt en med ett sinne som är skarpare än de flesta män som försöker uppvakta henne.”

Komplimangen, framförd med en sådan självklar saklighet, värmde henne mer än den borde ha gjort. De rörde sig genom valsens steg i perfekt synkronisering, trots att de bara hade dansat tillsammans en gång förut. Anna fann sig själv slappna av i hans ledning, och deras kroppar fann en naturlig harmoni som speglade den intellektuella kontakt de hade etablerat över chifferpapper och kodade meddelanden.

”Det där guldgula klär dig”, sade Ashburton lågmält. ”Även om jag måste erkänna att jag har blivit ganska förtjust i din vanliga gröna färg. Den påminner mig om den engelska landsbygden på sommaren.”

Iakttagelsens personliga natur överrumplade henne. Det här var inte en societetsgentlemans inövade smicker eller en hästentusiasts beräknande charm när han spelade en roll. Det här var något autentiskt, en uppriktig tanke som delades utan förställning.

Medan de rörde sig i valsen med blickarna låsta vid varandra, kände Anna en märklig spänning byggas upp mellan dem, inte som främlingars stelhet utan som den förhöjda medvetenheten hos två människor som upptäcker något oväntat hos varandra. Musiken tilltog kring dem, de andra dansarna blev till ett suddigt töcken av färg och rörelse, och Anna fann sig själv dras mot en insikt som hon inte längre kunde undvika.

Hon hade påbörjat det här märkliga samarbetet med att beundra Ashburtons hängivelse, hans intelligens och hans engagemang för att tjäna sitt land under den lättsinniga mask han bar. Hon hade respekterat hans skarpsinne, hans skicklighet i att upprätthålla sin täckmantel och hans förmåga att se värdet i hennes okonventionella begåvning.

Men nu, när hans hand styrde henne genom ännu en vändning och hans blick aldrig vek från hennes, insåg Anna sanningen med samma klarhet som hon angrep matematiska problem. Hon var inte bara attraherad av lord Ashburtons sinne och hängivenhet. Hon höll på att förälska sig i mannen själv, den verkliga personen bakom masken, som kom ihåg exakt hur hon ville ha sitt te, som inte såg hennes matematiska förhållningssätt som en märklighet utan som en gåva, och som såg på henne nu som om hon vore den enda människan i ett rum fyllt av hundratals.

Insikten var lika skrämmande som den var uppiggande. Anna Bell, som alltid hade varit stolt över sitt rationella tänkande, fann sig nu ansikte mot ansikte med en ekvation utan logisk lösning – bara ett obestridligt bevis i form av hennes bultande hjärta och vissheten om att vad som än hände härnäst i deras farliga spel med chiffer och hemligheter, skulle ingenting någonsin bli sig likt igen.

Kapitel tretton

LORD ASHBURTON SMUTTADE NONCHALANT på sin champagne, hans ansikte fixerat i den välbekanta masken av älskvärd likgiltighet som hade tjänat honom så väl medan han blickade ut över spanska ambassadens mottagningssal. Bakom denna omsorgsfullt odlade fasad förblev hans uppmärksamhet fäst vid en gestalt på andra sidan det välfyllda rummet; Anna Bell, som rörde sig mellan klungor av diplomater så diskret att de flesta knappt noterade hennes närvaro alls.

Tre veckor hade gått sedan deras vals på Palais Schwarzenberg, tre veckor av hemliga möten och gemensamma upptäckter medan de arbetade för att nysta upp nätverket av franska sympatisörer. Tre veckor under vilka Ashburton hade funnit sig alltmer dragen till den skarpa intelligensen bakom Annas mörka ögon, till precisionen i hennes sinne som skar genom komplexitet med matematisk elegans.

Han iakttog henne när hon navigerade i utkanterna av ett samtal mellan den österrikiske finansministern och en pudrad dignitär från den preussiska delegationen. Hon bar på en liten porslinskopp, vars syfte som rekvisita var uppenbart för Ashburtons tränade öga. Ingen ifrågasatte hennes närvaro; den mörkgröna klänningen hon föredrog smälte in i skuggorna, och hennes asiatiska drag fick många att missta henne för en tjänare snarare än svägerska till markisen av Whitmore. Det var deras förlust och hans vinst. Deras blindhet lät henne röra sig genom dessa diplomatiska sammankomster som en vålnad och samla in fragment av information som, när de lades samman, bildade en mosaik av förbluffande tydlighet.

"Napoleons sympatisörer blir allt dristigare", anmärkte en äldre diplomat vid Ashburtons armbåge och ryckte honom ur hans observationer. "Tre arresteringar i Bayern bara den här veckan."

"Verkligen?" svarade Ashburton och gav rösten precis rätt mått av vagt intresse. "En förfärlig historia."

Den äldre mannen fortsatte att prata, bara oviktiga ting som Ashburton hade känt till i flera dagar eller veckor. Ashburton lyssnade med ett halvt öra utan att någonsin ta ögonen från Anna.

Hon hade nu placerat sig bredvid en marmorpelare och verkade helt uppslukad av att undersöka en liten reva i sin handske. En rysk diplomat stod precis intill i djupt samtal med en fransk attaché. Deras röster bar precis tillräckligt långt för att hon skulle höra, visste Ashburton, som själv hade använt liknande taktiker. Den lätta lutningen på hennes huvud, sättet hennes fingrar pausade över den föregivna defekten i handsken – hon lyssnade intensivt och katalogiserade varje ord.

Ashburton förundrades över hennes fattning. Var hade hon lärt sig en sådan samlad hållning? Sannerligen inte på den hästgård på landet där hon vuxit upp. Det fanns en naturlig talang där, en instinktiv förståelse för hur man blir osynlig genom stillhet snarare än rörelse. Hennes matematiska sinne tjänade henne väl i detta arbete; hon kom ihåg namn, kopplingar och datum med perfekt minne och konstruerade mönster ur spridda bitar av information som till och med hans tränade agenter skulle kunna missa. Hon hade visat sig ovärderlig på sätt han aldrig kunnat ana när detta märkliga partnerskap tog sin början, genom att förmedla otaliga små informationsbitar och hjälpa honom att sammanfoga dem till en sammanhängande del av det komplexa pussel som utgjorde de internationella relationerna vid kongressen.

Som om hon kände av hans blick såg hon upp, och hennes ögon fann ofelbart hans genom det fyllda rummet. Inget synligt uttryck passerade hennes ansikte, men något i hennes blick förändrades, en tillfällig uppmjukning innan hennes uppmärksamhet återvände till samtalet bredvid henne. Den korta kontakten sände en oväntad värme genom Ashburtons bröst, en känsla som han snabbt undertryckte. Han hade inte råd med sådana distraktioner, inte när så mycket stod på spel.

Han ställde sitt tomma glas på en förbipasserande tjänares bricka och började ta sig fram mot henne med planen att iscensätta någon trivial social interaktion som skulle låta dem utbyta några kodade ord. Tre steg från att nå henne lades en fast hand på hans axel.

”Ashburton, ett ögonblick.”

Sir Edmund Wrexfords röst bar på en omisskännlig ton av auktoritet under den sociala ytan. Ashburton vände sig om och hans ansiktsuttryck skiftade omedelbart till ett av förtjust igenkännande.

”Sir Edmund! En strålande kväll, eller hur? Den spanske ambassadören vet sannerligen hur man fyller en källare; den där champagnen är rent gudomlig.”

Wrexfords tunna läppar kröktes i vad som liknade ett leende men som aldrig nådde hans kalla ögon. ”Gå med mig. Det finns saker vi bör diskutera.”

Förmaket intill den spanske ambassadörens arbetsrum erbjöd en skarp kontrast till den glittrande mottagningen utanför den tunga ekdörren. Inga kristallkronor hängde här; endast ett par silverkandelabrar kastade ett fladdrande sken över mörka paneler och vinröda draperier som dragits för mot natten. Ashburton stängde dörren bakom sig med ett mjukt klick, vilket stängde ute musiken och sorlet och lämnade honom ensam med Wrexfords förväntansfulla tystnad. Övergången kändes symbolisk, från de ytliga diplomatiska artigheternas ljus till den skuggade verkligheten av deras sanna syfte.

Wrexford satte sig i en skinnfåtölj med hög rygg och gestikulerade åt Ashburton att ta den mittemot. Mellan dem stod ett litet mahognybord med en karaff med bärnstensfärgad vätska och två kristallglas. Rummet luktade av gamla böcker, bivaxpolish och den svaga doft av tobak som dröjde sig kvar i Wrexfords kläder.

"Rapport", sade Wrexford kort och hällde upp två fingrar brandy i varje glas.

Ashburton tog emot det erbjudna glaset men drack inte genast. Hans tankar rusade medan han kalkylerade exakt hur mycket han skulle avslöja och hur han skulle presentera deras framsteg utan att blottlägga Annas avgörande roll. "Nätverket av franska sympatisörer är mer omfattande än vi först trodde", började han med sänkt röst trots deras avskilda läge. "Vi har identifierat tolv nyckelpersoner som opererar inom diplomatiska kretsar här i Wien."

"Vi?" Wrexfords ögonbryn höjdes lätt.

"Ett talesätt", korrigerade Ashburton smidigt. "Jag har identifierat tolv personer. Tre inom det österrikiska utrikesministeriet, två knutna till den preussiska delegationen och flera andra i positioner med mindre inflytande men potentiellt större tillgång."

Han sträckte sig in i rocken och tog fram ett hopvikt pappersark som han försiktigt öppnade på bordet mellan dem. Kartan över nätverket visade kodade namn och positioner, med kopplingar dragna i precisa linjer som skapade en intrikat väv av relationer. Vad han inte nämnde var att dessa linjer hade dragits av Annas hand och att mönstren hade identifierats genom hennes matematiska metod snarare än hans mer traditionella metoder för underrättelseinhämtning.

Wrexford granskade dokumentet med kisande ögon. "Detta är anmärkningsvärt detaljerat. Era vanliga metoder brukar inte ge sådana... strukturerade resultat."

"Jag har experimenterat med ett mer systematiskt tillvägagångssätt", svarade Ashburton, och halvsanningen föll sig naturlig. "Jag letar efter matematiska mönster i mötestider, platser och kommunikationsmetoder. Det visar sig vara mycket effektivt."

"Jaså." Wrexfords finger följde en viss koppling på pappret. "Och den här centralfiguren, tror ni fortfarande att det är någon högt uppsatt inom vår egen delegation?"

"Bevisen tyder på det. Informationen som förmedlas är för specifik, för känslig för att komma från någon utan direkt tillgång till vår diplomatiska kommunikation." Ashburton lutade sig fram en aning. "Jag är nära att identifiera personen, Sir Edmund. En vecka till, kanske två."

Wrexford nickade långsamt med ett outgrundligt ansiktsuttryck. Han smuttade på sin brandy, och den bärnstensfärgade vätskan fångade skenet från ljusen. "Och fröken Bell? Vilken roll spelar hon i allt det här?"

Frågan var väntad men sände ändå en stöt av oro genom Ashburton. Han behöll fattningen med den skicklighet som år av övning gett honom och tog en eftertänksam klunk av sin dryck innan han svarade. "Fröken Bell? Jag är inte säker på att jag förstår vad ni menar."

”Kom nu, Ashburton. Jag har sett hur ni iakttar henne. Det här är inte det första tillfället.” Wrexfords röst förblev konversationell, men hans ögon hade antagit den kalla, granskande kvalitet som gjort honom till en så formidabel underrättelseofficer. ”Ni har utvecklat ett intresse för flickan. Jag undrar bara om det är rent personligt eller om det finns... yrkesmässiga överväganden.”

Ashburton lät ett väl avvägt mått av förlägenhet synas i sitt ansikte. ”Ack. Ni har visst genomskådat mig.” Han gav ett blygsamt leende. ”Ja, jag tycker att hon är ganska fascinerande. Inte alls den vanliga sorten man möter i societeten. Uppfriskande rakt på sak.”

”Och hennes matematiska förmågor? Jag minns att jag hört talas om dem.” Wrexfords ton var mild, men frågan var spetsig.

Ashburton skrattade lätt. ”Åh, hon är ganska duktig med siffror, har jag förstått. Sköter räkenskaperna för sin fars hästuppfödning eller något liknande.” Han gjorde en avfärdande gest med handen. ”Inget som skulle intressera oss, jag försäkrar er. Mitt intresse är... av mer konventionell natur.”

”En uppvaktning, alltså?” pressade Wrexford med blicken stadigt fäst på Ashburtons ansikte.

”Jag skulle inte gå så långt. En attraktion, kanske.” Ashburton smuttade på sin brandy igen och lät en aning äkta värme höras i rösten. ”Hon är olik alla jag mött tidigare. Det finns en klarhet i hennes tänkande som jag finner... tilltalande.”

Åtminstone det var sant. Resten – avfärdandet av hennes förmågor och antydan om att hans intresse bara var romantiskt – smakade bittert i hans mun. Han förrådde Anna samtidigt som han försökte skydda henne genom att reducera hennes briljanta sinne till inget annat än en ovanlig egenhet som fångat en uttråkad aristokrats intresse.

"Var försiktig, Ashburton", varnade Wrexford och ställde ner sitt glas. "Känslomässiga band är farliga i vårt yrke. De skapar sårbarheter som kan utnyttjas. Och just denna unga kvinna, hennes bakgrund är... komplex. Hennes lojalitet är inte nödvändigtvis säkerställd."

Antydan sände en kall kåre nedför Ashburtons ryggrad. Det var naturligtvis nonsens. Annas familjekopplingar var oklanderliga, och vid knappt nitton års ålder var det löjligt att tro att hon skulle ha blivit värvad av en främmande makt. Wrexfords fula pik baserades på inget annat än Annas härkomst. Ashburton höll sitt ansiktsuttryck neutralt, även om hans fingrar slöt sig omärkligt hårdare kring glaset.

"Ni oroar er i onödan, Sir Edmund", svarade han med en ton som var noggrant avvägd för att förmedla ett roat självförtroende. "Hon är bara en familjemedlem till en vän, inget mer." Lögnen lade sig som bly i hans mage. "Min koncentration förblir orubblig. Uppdraget kommer först, alltid."

Wrexford studerade honom ett ögonblick till och nickade sedan, till synes nöjd. "Gott så. Fortsätt ert arbete med nätverket. Jag vill ha dagliga rapporter från och med nu. Vi är för nära för att tillåta några misstag."

"Självklart." Ashburton vek ihop nätverkskartan och stoppade tillbaka den i fickan. "Om det inte var något annat?"

”Inte för tillfället.” Wrexford reste sig och rättade till sin oklanderliga rock. ”Fast jag vill råda till diskretion i alla era förehavanden, Ashburton. Wien har ögon överallt, och alla tillhör inte vänner.”

Varningen var tydlig. Wrexford gav sig av med en lätt bugning och lämnade Ashburton ensam i det dunkla förmaket. Han satt kvar och lyssnade på hur den andre mannens fotsteg tonade bort innan han lät sitt omsorgsfullt upprätthållna ansiktsuttryck falla samman.

Han tog fram nätverkskartan igen och bredde ut den på bordet framför sig. Annas arbete stirrade tillbaka på honom; hennes precisa anteckningar och eleganta beräkningar förvandlade rå information till ett sammanhängande mönster. Utan hennes matematiska metod skulle de fortfarande treva i mörkret och jaga lösryckta fragment i stället för att se strukturen i hela operationen.

Wrexfords kryptografer hade arbetat i månader med andra uppfångade dokument utan att nå sådana resultat. Anna hade på några veckor åstadkommit vad de misslyckats med under ett halvår. Och ändå, om Wrexford fick veta sanningen, skulle hon sväva i stor fara, inte bara från deras fiender utan potentiellt även från deras egen sida. Wrexfords nonchalanta avfärdande av henne baserat på hennes härkomst hade avslöjat vidden av hans fördomar, och Ashburton gjorde sig inga illusioner om hur spionmästaren skulle reagera på att få veta att känsligt underrättelsearbete hade anförtrotts en utomstående, en kvinna, och en vars lojalitet han redan ifrågasatte.

Han förde fingret längs en specifik koppling på kartan, en som Anna hade identifierat genom ett mönster som ingen annan lagt märke till. Hennes sinnes matematiska precision hade revolutionerat deras förståelse av nätverkets struktur och avslöjat hierarkier och relationer som traditionella metoder helt hade missat.

Ashburton vek ihop kartan försiktigt medan hans tankar vändes mot en ny oro. Om Wrexford misstänkte hans intresse för Anna, kunde han då ha placerat dem under bevakning? Tanken sände en stöt av larm genom honom. Deras möten i hans logi verkade plötsligt vårdslöst farliga. Om Wrexford lät bevaka hans kvarter och såg Anna anlända...

Konsekvenserna skulle bli förödande – för uppdraget, för Annas rykte och för Ashburton själv. Risken var för stor. De skulle behöva finna ett annat sätt att fortsätta sitt arbete, någonstans där de inte kunde bli iakttagna.

För trots faran, trots Wrexfords varningar, visste Ashburton med absolut säkerhet att han inte kunde slutföra detta uppdrag utan henne. Och vad som var ännu mer oroande var att han började undra om han ens ville det.

Fackelskenet fladdrade mot galleriets välvda tak och kastade utdragna skuggor över marmorbyster och guldinramade porträtt av stränga Habsburgare. Ashburton rörde sig tyst genom den dämpade salen, hans fotsteg dämpades av den tjocka mattlöparen. Han hade sett Anna slinka iväg från mottagningen en halvtimme tidigare med en min som antydde att hon sökte ensamhet snarare än ännu ett samtal att utvinna information ur. Efter att ha försäkrat sig om att Wrexford var djupt engagerad med den ryska delegationen hade han följt efter Anna och hållit ett diskret avstånd. Inte för uppdragets skull denna gång, utan för sin egen skull, för det alltmer sällsynta tillfället att få tala med henne utan förställning eller masker.

Han fann henne i den östra flygeln, stående framför ett pastoralt landskap, hennes slanka gestalt avtecknad mot målningens dämpade gröna och guldiga toner. Hon bar den mörkgröna klänning som han lärt sig förknippa med henne, dess enkelhet en skarp kontrast till det utsmyckade galleriet omkring dem. I det fladdrande fackelskenet, med ansiktet vänt uppåt mot konstverket, såg hon nästan ut som en gestalt från ett annat århundrade; tankfull, stilla, oberörd av de kalkylerade ränkspel som pågick i mottagningssalarna utanför.

"Hästarna är anatomiskt felaktiga", sade hon utan att vända sig om, då hon känt hans närvaro. "Proportionerna är alldeles galna. Ingen häst har en så lång hals eller ben i så onaturliga ställningar."

Ashburton log mot sin vilja medan han ställde sig bredvid henne. "Jag antar att konstnären offrade korrekthet för estetisk effekt."

"Ett dåligt byte", svarade Anna och vände sig slutligen mot honom. "Sann skönhet ligger i den rätta avbildningen av form och funktion. En häst med rätt proportioner är långt vackrare än den här orimligheten."

Hennes rättframhet misslyckades aldrig med att ge honom ny energi efter timmar av diplomatiska undanflykter och omsorgsfullt konstruerade osanningar. I en värld av masker förblev Anna Bell envist och underbart sig själv; precis, rättfram och briljant på sätt som de flesta aldrig skulle förstå sig på.

"Vill du gå med mig?" frågade han och gestikulerade längs galleriet. "Jag tror att vi är ensamma, men det är säkrare att hålla sig i rörelse."

Hon nickade, tog emot hans utsträckta arm och föll in i steg bredvid honom. De rörde sig förbi porträtt av kejsare och slagfältsscener, och ingen av dem talade på en stund; den bekväma tystnaden mellan dem var en lyx de sällan förunnades i deras hemliga samarbete.

"Vad ska du göra?" frågade Ashburton till slut med mjuk röst i det tysta galleriet. "Efter det här. När kongressen tar slut och Wien återgår till sin vanliga enformighet."

Frågan hade snurrat i hans huvud i flera dagar. Deras arbete tillsammans hade en bestämd slutpunkt; kongressen skulle avslutas, nätverket av franska sympatisörer skulle monteras ned eller lämnas över till Wrexfords andra agenter, och Ashburton skulle få sitt nästa uppdrag. Och Anna skulle återvända till England, till ett liv helt skilt från den skuggvärld han levde i.

"Jag ska åka hem till Belle Haven", svarade hon utan tvekan, och rösten blev varm vid omnämnandet av familjens gods. "Far har gett mig ansvaret för att utveckla vårt avelsprogram. Jag har arbetat med beräkningar av blodslinjer i åratal, spårat egenskaper genom generationer och identifierat mönster i exteriör och temperament."

Hon pausade framför ett porträtt av en adelskvinna med handen vilande på en vinthunds eleganta huvud. "Jag vill skapa något bestående. Hästar som förenar skönhet med ett syfte; inte bara vackra varelser som aristokrater kan visa upp, utan djur med hjärta, intelligens och uthållighet."

När hon talade smälte hennes vanliga återhållsamhet bort och ersattes av en livfullhet som han sällan såg. Hennes händer rörde sig i små, precisa gester när hon beskrev bågen på en hals, sluttningen på en bog, matematiken bakom ett perfekt steg. Hennes mörka ögon lyste av passion, och Ashburton fann sig fängslad – inte av detaljerna i hästaveln, som han förstod tillräckligt väl som en del av sin täckmantel, utan av glimten av den framtid hon skapat åt sig själv, en framtid definierad av skapande snarare än bedrägeri.

"Clara säger att jag borde söka efter ett lämpligt parti, precis som hon gjorde", fortsatte hon, och hennes läppar kröktes i ett svagt leende. "Men jag hade min säsong i London och jag var dödligt uttråkad, kunde inte tänka på annat än att återvända till mitt arbete. Far förstår. Han ser värdet i det jag försöker åstadkomma, och han och mor har alltid lovat att Belle Haven ska vara vårt hem för alltid, om vi vill det."

Ashburton studerade hennes profil i fackelskenet, träffad av en plötslig, överväldigande klarhet. Han ville vara en del av den framtid hon beskrev med en sådan stilla visshet. Han ville se hästarna hon skulle föda upp, få bevittna frukterna av hennes precisa sinne och tålmodiga kalkylering. Han ville, med en intensitet som skrämde honom, stå vid hennes sida på Belle Haven och se hennes vision utvecklas under åratal snarare än i de stulna ögonblick de för närvarande delade.

Insikten borde ha gjort honom orolig. Känslomässiga band var en belastning i hans yrke, personliga önskningar underordnade plikten. Men medan de gick tillsammans genom det tysta galleriet föll sanningen på plats med matematikens oundviklighet: han höll på att bli förälskad i Anna Bell. Inte trots hennes egenheter och omoderna rättframhet, utan *på grund av* dem, för att hon representerade allt som var ärligt och äkta i en värld där han levt för länge bland skuggor och lögner.

De fortsatte sin runda i galleriet under tystnad, och deras fotsteg föll i perfekt takt mot marmorgolvet. Månljuset strömmade in genom de höga fönstren och växlade med facklornas gyllene sken för att skapa ett mönster av ljus och skugga längs deras väg.

I detta ögonblick av perfekt tystnad, med Annas hand vilande lätt på hans arm och den diplomatiska intrigvärlden tillfälligt avlägsen, lät Ashburton sig själv erkänna det han undvikit i veckor: den matematiska precisionen i hennes sinne hade på något sätt kalkylerat sig förbi alla hans omsorgsfullt uppbyggda försvar och funnit mannen bakom de masker han burit så länge att han ibland glömde vad som fanns därunder.

Vetskapen borde ha skrämt honom. En spion med känslomässiga bindningar var en sårbar spion; en man som var kär, en kompromitterad agent. Ändå kände han ingen rädsla, bara en märklig känsla av oundviklighet, som om deras möte hade varit lösningen på en ekvation han inte vetat att han höll på att lösa.

De nådde slutet av galleriet, där en liten nisch rymde en marmorstaty av jägarinnan Diana, med bågen spänd mot ett osynligt byte. Ashburton vände sig mot Anna och bröt motvilligt deras kontakt.

"Det är något jag måste säga dig", sade han med låg röst trots deras ensamhet. "Du kan inte komma till mitt rum igen. Jag tror att Wrexford kan ha satt mig under bevakning."

Annas ansiktsuttryck förändrades och värmen drog sig tillbaka när situationens realiteter åter gjorde sig påminda. "Varför skulle han göra det? Tror du att han misstänker min inblandning?"

"Han misstänker något. Han nämnde dig specifikt i kväll och ifrågasatte mitt intresse för dig." Ashburton höll rösten stadig, även om minnet av Wrexfords avfärdande kommentarer fortfarande väckte ilska. "Det är för farligt nu. Om han skulle upptäcka din roll i det här..."

Han lät konsekvenserna vara outsagda, även om de båda förstod allvaret i deras situation. Anna nickade och accepterade verkligheten utan protester.

"Clara har också ställt frågor", medgav hon med en röst som knappt var mer än en viskning. "Hon vet att det funnits stunder då jag inte varit där jag påstått mig vara. Hon är orolig, även om hon inte har pressat mig ännu."

Bekräftelsen om att väggarna slöt sig omkring dem hängde i luften mellan dem, tung av outtalad sorg. Deras samarbete hade alltid varit tillfälligt och existerat i en osäker rymd mellan plikt och avslöjande, men Ashburton hade inte varit beredd på hur djupt han skulle känna dess oundvikliga slut.

"Vi ska finna ett annat sätt", lovade han, osäker på om han menade deras arbete tillsammans eller något mer djupgående. "Någonstans där de inte kommer på tanken att leta."

Anna nickade igen, hennes ansikte åter samlat i sin vanliga noggranna återhållsamhet, även om hennes ögon mötte hans med en intensitet som sade mer än ord. "Jag borde gå tillbaka innan jag saknas", sade hon mjukt.

Ashburton ville sträcka sig efter hennes hand igen, för att förlänga deras stund av gemenskap, men anständighet och försiktighet tog överhanden. Istället bugade han lätt, en gest som skulle framstå som helt korrekt för en tillfällig iakttagare, och såg henne gå bort, hennes slanka gestalt gradvis försvinna nerför det långa galleriet mot de avlägsna ljuden från mottagningen. Något sved i hans bröst när skuggorna slukade henne, en fysisk värk som ingen yrkesmässig kyla kunde avfärda.

För första gången i sin karriär fann sig Ashburton splittrad mellan uppdraget han svurit att slutföra och kvinnan som, mot alla odds och hans eget omdöme, blivit oumbärlig för honom på sätt som inte hade något med koder eller sympatisörsnätverk att göra. Mannen som alltid satt plikten främst stod nu ensam i ett månbelyst galleri och undrade om den största risk han stod inför inte kom från främmande agenter eller dubbelspelande diplomater, utan från hans eget hjärta.

Kapitel fjorton

SILVER OCH KRISTALL PRYDDE varje yta, kvistar av gran och järnek hängde från förgyllda kornischer, och överallt kastade det varma skenet från bivaxljus ett honungsfärgat ljus över de församlade diplomaterna och adelsmännen som närvarade vid julaftonsreceptionen i den österrikiske kanslerns residens. Anna rättade till sina handskar, tacksam över att juldekorationerna erbjöd extra skuggor att röra sig i osedd. Hon hade lärt sig att festligheter gjorde män oförsiktiga med tungan; julstämning och champagne lossade på hemligheter som mogen frukt som faller från ett träd.

Hon nipsade på sin champagne och upprätthöll skenet av maklig njutning medan hennes blick följde nyckelpersonernas rörelser genom den fullsatta receptionssalen. Den italienske ambassadörens medhjälpare, en mager man med nervösa händer och en alltför trång krage, hade cirkulerat kring den franske handelsattachén under den senaste halvtimmen. Att de gradvis närmade sig en alkov framstod för Anna som avsiktligt snarare än som en tillfällighet.

När båda männen slutligen försvann in i alkoven, ställde Anna sitt glas åt sidan och började närma sig. Hon rörde sig makligt, stannade för att utbyta artighetsfraser med en äldre grevinna och lät en passerande betjänt skymma hennes riktningsändring. De sociala rörelsernas matematik hade blivit hennes andra natur; hon beräknade vinklar och timing, banor för tjänare och dansare, allt för att nå sin destination utan att dra till sig uppmärksamhet.

I alkoven fanns ett arrangemang av vita vinterrosor och järneksbär på ett litet bord med marmorskiva. Anna placerade sig bredvid det och tog bort en vissnad blomma med försiktiga fingrar medan hon lutade huvudet något för att fånga männens dämpade röster.

”Arrangemangen är klara”, sade italienaren, vars accent var förstärkt av vad Anna misstänkte var hans tredje glas punsch. ”Sex handelsfartyg, ombyggda enligt överenskommelse. De kommer att förflyttas till sina positioner så snart jag ger ordern.”

Fransmannens svar var knappt mer än en viskning. ”Bra. Medlen kommer att överföras via bankiren i Wien. Er diskretion har noterats och kommer att belönas när saken är avgjord."

Annas fingrar stannade i blommorna medan hennes sinne omedelbart beräknade konsekvenserna. Sex fartyg, ingen massiv flotta, men betydande om de var ordentligt beväpnade och strategiskt placerade.

"Är kaptenerna pålitliga?" frågade fransmannen.

"Helt och hållet. Tidigare marinofficerare, alla med agg mot de brittiska blockaderna. De förstår vikten av rätt timing."

"Och modifieringarna?"

"Kanonportar kamouflerade som lastluckor, förstärkta däck. De ser ut som vanliga handelsfartyg men kan byggas om för militärt bruk inom några timmar."

Anna arrangerade försiktigt om en annan blomma, hennes puls var stadig trots betydelsen av det hon hörde. De italienska sjöfartsstaterna var skenbart neutrala i de nuvarande diplomatiska arrangemangen, och deras samarbete med Frankrike var uttryckligen förbjudet enligt de fördrag som höll på att färdigställas vid kongressen. Om franska styrkor säkrade ombyggda handelsfartyg från italienska sympatisörer, tydde det på förberedelser för förnyade stridigheter, kanske en plan för att snabbt flytta trupper över Medelhavet ifall förhandlingarna skulle kollapsa.

"Den österrikiske delegaten kommer att bli mycket missnöjd om han upptäcker detta arrangemang", kommenterade fransmannen med ett spår av roat tonfall.

Italienarens svar innehöll ingen humor. "Då får han inte upptäcka det. Fartygen är registrerade på privata handelsbolag utan uppenbar koppling till endera regeringen. Pappersarbetet är oklanderligt."

Annas hjärta började slå snabbare när betydelsen av denna underrättelse kristalliserades i hennes huvud. Detta var precis den typ av information Ashburton behövde, konkreta bevis på franska förberedelser som stred mot andan, om än inte ännu mot bokstaven, i de avtal som förhandlades fram.

Hon nöp försiktigt i ett järneksblad och använde den kortvariga smärtan för att samla sina tankar. Hon behövde hitta Ashburton omedelbart. Hennes sinne katalogiserade snabbt var Ashburton kunde tänkas vara. Spelrummet? Rökrummet? Eller var han kanske själv upptagen med att noggrant tjuvlyssna någon annanstans? Hon gled bort från alkoven innan de båda männen hann komma ut och finna henne där, och navigerade genom den fullsatta receptionssalen. Hennes mörkgröna klänning smälte samman med skuggorna mellan de starkt upplysta konversationscirklarna. En berusad preussisk officer höll på att krocka med henne; hon justerade sin bana utan att sakta ner takten och blev bara ännu en skugga i hans periferi.

I den stora balsalen dansade par i ett pulserande tempo, och deras fina kläder fångade ljuset när de snurrade runt. Hundratals ljus som reflekterades i de spegelklädda väggarna skapade en illusion av en oändlig rymd fylld av oändliga dansare.

Anna sökte igenom rummets utkanter, där de som inte dansade samlades i små grupper för att samtala. Hennes blick svepte över diplomatfruar som jämförde smycken, yngre attachér som armbågade sig fram för att komma nära sina överordnade, och tjänare som fyllde på glas. Inget tecken på Ashburtons gyllene hår eller hans karakteristiska hållning, den där noggrant beräknade slappa stilen som antydde aristokratisk lättja men dolde en absolut vaksamhet.

Hon rörde sig genom det angränsande spelrummet, där allvarsamma män flyttade förmögenheter över bord klädda med grönt kläde. Biblioteket bortom det rymde en mindre samling som diskuterade litteratur och filosofi. Rökrummet erbjöd bara en blå dimma och samtal om jakt.

En känsla av brådska började växa i hennes bröst. Underrättelsen om fartygen behövde nå Ashburton i natt, innan betalningen gjordes och ordern gavs att förflytta fartygen. Varje fördröjning skulle göra informationen mindre användbar.

Anna stannade till vid ett fönster, vars glas var frostigt i kanterna, och blickade ut över den snötäckta trädgården. Kanske hade han gått ut? Tanken hade knappt formats när hon skymtade en välbekant figur genom en dörröppning som ledde till den östra terrassen; Lord Ashburton, stående med ett glas champagne i handen, till synes försjunken i samtal med en österrikisk baronessa.

Lättnad sköljde genom henne, men dämpades snabbt av praktiska skäl. Hon kunde inte bara avbryta hans samtal; en sådan uppenbar brådska skulle dra till sig precis den sorts uppmärksamhet som de båda arbetade för att undvika. I stället placerade hon sig inom hans synfält, rättade till ett ljus på ett bord i närheten och lät skenet fånga hennes ansikte bara för ett ögonblick innan hon steg tillbaka in i skuggan.

Den subtila signalen fyllde sitt syfte. Hon såg Ashburtons blick skifta kortvarigt i hennes riktning, en snabb glimt av igenkänning i hans ögon innan han åter vände sin uppmärksamhet mot baronessan. Han pickade två gånger med fingrarna mot glaset som bekräftelse. Han hade sett henne, förstått hennes brådska och skulle dra sig ur så snart som möjligt.

Anna drog sig tillbaka till kanten av rummet och väntade, medan hon såg Ashburton smidigt avsluta sitt samtal med en bock som antydde både respekt och beklagande över att det behövde ta slut. Den livsviktiga underrättelsen om franska marina förberedelser brände i hennes huvud och krävde att få bli delad. När Ashburton började röra sig i hennes riktning, med en skenbart likgiltig väg, kände Anna den välbekanta pulsökning som följde med deras hemliga arbete. Men nu blandades det med något annat, något varmare och farligare än spänningen i spioneriet.

Anna kände Ashburtons lätta beröring vid sin armbåge när han styrde henne mot terrassdörrarna, med en röst som var anpassad för andras öron. "Fröken Bell, ni måste helt enkelt se isskulpturerna i trädgården. Kanslern har överträffat sig själv i år." Hans ord var för dem som råkade höra, men hans ögon bar på ett allvar när de mötte hennes. Utan att vänta på hennes svar hämtade han en sjal från en stol i närheten och lade den försiktigt om hennes axlar.

Hans fingrar dröjde kvar ett ögonblick längre än nödvändigt, varma även genom lagren av tyg och hennes klänning.

De steg ut i den bittra decembernatten, och kontrasten
mellan den överhettade balsalen och vinterluften fick
Anna att tappa andan. Trädgården bredde ut sig framför dem, förvandlad av snön till ett utomvärldsligt landskap. Stenstigar hade röjts och skar mörka band genom de
obefläckade vita drivorna som glödde i silverblått under
fullmånen. Frost täckte varje kvist och gren i de tuktade
häckarna, medan isskulpturer av svanar och hoppande
delfiner fångade månskenet i sina kristallina former.

Deras andetag bildade moln i den stilla luften när Ashburton ledde henne djupare in i trädgården, bort från de
gyllene ljusrektanglarna som strömmade ut från palatsets
fönster. Först när de nådde en avskild alkov, skyddad av en
stenbalustrad och vilande rosenbuskar, vände han sig helt
mot henne.

"Vad har du upptäckt?" frågade han med låg men intensiv röst, och lade bort alla försök till vardagligt samtal.

"Italienska handelsfartyg byggs om för fransk militär
användning", svarade Anna rakt på sak, och orden kom i
en ström av behärskad brådska. "Sex fartyg, modifierade
med dolda kanonportar och förstärkta däck. De väntar på
order och är bemannade av tidigare marinofficerare med
antibritiska sympatier."

Ashburtons ansiktsuttryck skärptes och hans hållning
blev rakare när han tog in informationen. "Var hörde du
detta?"

”Den italienske ambassadörens medhjälpare talade med den franske handelsattachén, gömda i en alkov. Fartygen är registrerade på privata handelsbolag för att kunna förnekas.”

”Gav de någon antydan om var de ska sättas in?”

”Inte uttryckligen, men de nämnde att timingen var kritisk. Med tanke på de nuvarande förhandlingarna om Neapel och de italienska staterna...”

”Tyder det på förberedelser för militära åtgärder”, avslutade Ashburton hennes tanke, och drog redan slutsatser om konsekvenserna. ”*Hemliga* militära åtgärder.”

Anna nickade och såg på när han bearbetade informationen. Hans sinne beräknade tydligt följder, kopplingar och nödvändiga motåtgärder. I dessa stunder, med den aristokratiska masken lagd åt sidan, fann hon honom som mest fängslande; hans intelligens var tydlig och hans koncentration absolut.

”Detta bekräftar vad vi misstänkte om franska ambitioner i Medelhavet”, sade han efter ett ögonblick och såg sedan upp och mötte hennes blick med en oväntad värme. ”Anna, du är enastående. Den här underrättelsen är precis vad vi behövde; konkreta bevis på förberedelser som motsäger deras diplomatiska försäkringar.”

Berömmet värmde henne trots den kalla nattluften. Snöflingor hade börjat falla igen, små kristaller som fastnade i hennes hår och på hennes ögonfransar. En landade på hennes kind och smälte omedelbart mot huden.

Ashburton sträckte tanklöst upp handen och hans handskbeklädda fingrar borstade varsamt bort fukten från hennes kind innan han förde en lös hårslinga bakom hennes öra. Gesten, så naturlig men ändå intim, fick henne att tappa andan. Hans fingrar strök längs hennes käklinje, nuddade knappt men lämnade ett spår av värme efter sig.

"Du darrar", sade han, med en röst som var strävare än tidigare.

"Inte av kylan", medgav Anna, och orden slapp ur henne innan hon hann tänka efter om det var klokt.

Ögonblicket dröjde kvar mellan dem, spänt av möjligheter. Runt omkring dem fortsatte snöflingorna sitt tysta fall och isolerade dem från världen utanför. De avlägsna ljuden från orkestern och skratten från palatset verkade tillhöra en helt annan verklighet, en som inte hade någon betydelse i denna månbelysta trädgård där sanningen hängde svävande mellan dem.

"Jag hade aldrig väntat mig detta", sade Anna mjukt, förvånad över sitt plötsliga behov av att uttala det som förblivit outsagt mellan dem. "När vi kom till Wien trodde jag att jag bara skulle vara Claras sällskapsdam, osynlig som alltid. Jag har aldrig riktigt passat in någonstans, förstår du. Inte ens på Belle Haven, där jag är älskad och har en roll, är jag som de andra; för matematisk för att vara passande, för reserverad för att vara charmig."

Bekännelsen kom från en djup källa av ensamhet som hon inte hade insett fanns inom henne. Ashburton förblev tyst, hans grå ögon lämnade aldrig hennes ansikte, och han uppmuntrade henne att fortsätta enbart genom sin totala uppmärksamhet.

"Det jag har gjort här, tillsammans med dig", fortsatte hon och hennes röst blev stadigare, "det har fått mig att känna mig verkligt levande för första gången. Inte bara nyttig, utan... sedd." Hon tittade ner på sina handskbeklädda händer. "Jag vet att det inte kan vara för evigt. Jag vet att vi spelar roller i ett större spel. Men jag behövde att du fick veta att, oavsett vad som händer efter Wien, så har de här veckorna betytt mycket för mig."

När hon vågade se upp igen fick intensiteten i Ashburtons blick henne nästan att tappa andan. Hans ansiktsuttryck hade mjuknat till något hon aldrig sett förut, och den sista av hans masker föll bort för att avslöja ohöljda känslor därunder.

"Jag ser dig", sa han, och hans röst var intensiv trots att han talade lågt. "Jag har sett dig ända från början. Det är omöjligt att inte lägga märke till dig, Anna. Din intelligens, ditt mod, din *briljans*." Hans hand rörde sig för att kupas om hennes kind, och han låtsades inte längre att beröringen var en tillfällighet. "Andra kanske inte ser vem du är eftersom de inte vet vad de ska leta efter. De ser bara ytan och missar djupet helt och hållet."

Hon lutade sig mot hans hand, oförmögen att låta bli. "Och vad ser du?" frågade hon, nästan rädd för att få veta.

"Allt", viskade han. "Hur din blick skärps när du löser en gåta. Hur dina fingrar trummar i mönster när du tänker. Modet det krävs för att gå genom rum där du blir förbisedd, för att samla in hemligheter som andra är för blinda för att skydda. Jag ser dig, Anna Bell."

De stod nu så nära varandra att hon kunde känna värmen utstråla från honom, och deras andetag möttes i den kalla luften. Annas hjärta bultade mot revbenen när Ashburtons blick sänktes mot hennes läppar. Hans uttryck var en blandning av längtan och något som liknade förundran.

Han lutade sig framåt, nästan omärkligt, och Anna slöt ögonen i förväntan.

Men kyssen kom aldrig. Istället kände hon hur han stelnade till och hans hand föll bort från hennes ansikte som om han bränt sig. När hon öppnade ögonen hade han tagit ett steg tillbaka och hans uttryck var förvandlat. Den professionella masken gled på plats igen, om än inte helt perfekt. Något rått och smärtsamt fanns kvar i hans blick.

"Vi måste koncentrera oss på uppdraget", sa han, och hans röst lät ansträngd trots att han försökte låta samlad. "Det är kallt här ute. Du måste gå in innan du blir saknad."

Det plötsliga avståndstagandet kändes som ett fysiskt slag. Anna kämpade för att förstå den tvära vändningen och sökte i hans ansikte efter en förklaring. Hans hållning hade blivit formell igen, med sträckta axlar och lyft haka, men hon kunde fortfarande se ångern i hans sammanbitna mun och den längtan i hans ögon som motsade hans reträtt.

"Ashburton", började hon, men han skakade på huvudet och avbröt henne.

"Snälla, Anna. Vi kan inte..." Han tystnade och försökte synbart samla sig. "Den här informationen är för viktig. Jag måste tala med mina överordnade omedelbart. Vi kan inte låta... personliga hänsyn... komma i vägen."

Han tog ytterligare ett steg bort och pekade mot palatset. "Gå in först. Jag följer efter separat om några minuter."

Anna stod orörlig ett ögonblick medan förvirring och smärta virvlade inom henne. Den nyss så nära stämningen kändes plötsligt som en dröm, omöjlig med tanke på hans nuvarande kyla. Ändå hade hon inte inbillat sig ömheten i hans beröring eller den innerliga uppriktigheten i hans förklaring att han såg henne.

Utan annat val än att lyda situationens logik drog Anna sjalen tätare om axlarna och vände sig mot palatsets upplysta fönster. Varje steg bort från honom kändes fel, som om hon rörde sig mot en grundläggande kraft som drog dem samman. När hon kastade en blick bakåt från terrassens trappa stod Ashburton kvar precis där hon lämnat honom, en ensam mörk figur mot den månbelysta snön. Hans hållning uttryckte lika delar ånger och behärskning.

Sju dagar hade gått sedan mötet i trädgården på julafton, och för varje dag sattes Annas tålamod på hårt prov när Lord Ashburton vidhöll sitt nya, formella avstånd. Vid den preussiske ambassadörens middag hade han bekräftat hennes närvaro med en artig nick från andra sidan rummet, inget mer. Under ärkehertigens musikafton hade han suttit tre rader bakom henne och aldrig närmat sig ens under pausen. Nu, vid grevinnan von Zichys intima supé på nyårsafton, hade han bara kostat på sig ett "God kväll, fröken Bell" innan han inledde ett animerat samtal med den ryska diplomaten bredvid sig om hästuppfödning på stäppen. Den matematiska precisionen i hans undvikande var för perfekt för att vara en slump; han hade räknat ut exakt hur han skulle upprätthålla en respektabel bekantskap och samtidigt se till att de aldrig utbytte mer än artighetsfraser.

Anna skar i sin fasanstek med onödig kraft så att silverkniven skrapade mot Meissen-porslinet. Clara, som satt bredvid henne, höjde på ögonbrynet åt den ovanliga känsloyttringen.

"Är det något fel på maten?" mumlade hennes syster.

"Inte alls", svarade Anna och anlade ett uttryck av intetsägande vänlighet. "Mina tankar var någon annanstans. En beräkning gällande fodermängder som ska införas när vi kommer hem, baserat på vad jag lärde mig vid Spanska ridskolan."

Lögnen var lätt att uttala, även om den lämnade en bitter eftersmak. En gång i tiden hade sådana tankar verkligen upptagit henne under långtråkiga sociala tillställningar. Nu kretsade hennes tankar oavbrutet kring mannen som satt diagonalt mittemot henne och skrattade lite för högt åt något som den ryske diplomatens fru hade sagt.

Hon iakttog honom under sänkta ögonlock och noterade de subtila tecken som var osynliga för andra. Spänningen i hans axlar under den perfekt skräddarsydda fracken. Hur hans fingrar trummade mot vinglaset i ett mönster som hon visste signalerade rastlöshet snarare än glädje. Hans leenden nådde aldrig ögonen, som då och då sneglade mot henne när han trodde att hon inte såg.

Detta ytliga skådespel stod i skarp kontrast till deras tidigare samarbete. Inga fler viskade observationer medan de dansade i balsalarna, inga kodade blickar som förmedlade gemensamma hemligheter. Inga fler sena nätter böjda över chiffer, med huvudena tätt ihop medan de nystade upp komplexa trådar. Inga fler ögonblick då hans mask föll och avslöjade den sanna mannen bakom den noggrant uppbyggda personan.

Förlusten kändes fysisk, som en värk under revbenen som matematiken inte kunde lindra. Hon hade vant sig vid att bli sedd, verkligen sedd, av honom. Att återgå till att vara osynlig efter ett sådant erkännande var smärtsammare än hon hade kunnat ana.

När betjänterna dukade av huvudrätten lade Anna sin servett bredvid tallriken och ursäktade sig. Claras bekymrade blick följde henne när hon gick mot en angränsande salong där flera gäster redan dragit sig tillbaka för kaffe och likör. Hon stannade till vid de öppna dörrarna och såg Ashburton avsluta sitt samtal och resa sig från bordet.

Deras blickar möttes kort tvärs över rummet. Hans ögon vidgades något i vad som kunde ha varit oro, innan han böjde på huvudet i en artig hälsning och vände sig mot en annan dörröppning. Det medvetna undvikandet sved mer än vad ren oartighet skulle ha gjort.

Efter en snabb kalkyl gick Anna genom salongen och in i en korridor som hon visste, från tidigare besök hos grevinnan, ledde till ett litet bibliotek som ofta användes av herrar som sökte tysta samtal på avstånd från damerna. Som hon förutsett kom Ashburton gående från motsatt håll, tydligt i avsikt att göra sällskap med de andra männen som redan syntes genom den halvöppna biblioteksdörren.

Innan han hann nå sitt mål steg Anna fram i hans väg.

"Får jag be om ett ögonblick, Lord Ashburton", sa hon med låg men bestämd röst. "Om ni skulle vilja vara så vänlig."

Han stannade och kastade en snabb blick mot biblioteket innan han åter vände uppmärksamheten mot henne. Hans uttryck var vaksamt, hans hållning stel. "Fröken Bell. Jag hoppas att ni har en trevlig kväll?"

"Har jag gjort något fel?" frågade hon och ignorerade hans försök till kallprat. Rakryggad ärlighet hade alltid varit hennes metod; hon såg ingen anledning att överge den nu.

Frågan gjorde honom synbart förvånad. För ett ögonblick fladdrade en genuin känsla förbi i hans ansikte. Ånger, kanske, eller frustration? Sedan återvände masken. "Naturligtvis inte. Vad skulle kunna ge er ett sådant intryck?"

"Ditt kalkylerade undvikande under den senaste veckan", svarade Anna lugnt. "Efter det som hände i kanslerns trädgård på julafton finner jag ditt beteende... inkonsekvent."

Han bet ihop. "Det finns faktorer som ni inte har tagit med i beräkningen."

"Upplys mig då", svarade hon.

Ashburton såg nerför korridoren för att försäkra sig om att de för tillfället var ensamma. När han talade hade hans röst sänkts till knappt mer än en viskning. "Jag försöker skydda dig. Wrexford anar oråd. Han ställde specifika frågor till mig om dig, om mitt intresse för dig."

Hans svar var stelt och formellt, som om han radade upp fakta utan känslomässigt engagemang. Men Anna kunde se spänningen i hans kropp och den lilla rynkan mellan hans bryn som avslöjade hans oro.

”Jag behöver inte skydd”, svarade hon och rätade på ryggen. ”Jag behöver partnerskap. Arbetet vi har gjort är för viktigt för att överges på grund av Wrexfords misstankar. De italienska fartygen...”

”Det här handlar inte om de italienska fartygen”, avbröt Ashburton, och frustrationen bröt igenom hans behärskning. ”Det här handlar om att hålla dig säker. Wrexford misstänker inte bara vårt samarbete; han ifrågasatte din lojalitet enbart baserat på ditt ursprung. Om han visste omfattningen av din inblandning...”

”Så er lösning är att skjuta mig åt sidan?” krävde Anna att få veta, och höll rösten låg trots sin växande ilska. ”Efter allt vi har åstadkommit tillsammans? Efter det ni sa i trädgården om att ni ser mig?”

”Just för att jag ser dig”, genmälde han och lutade sig närmare tills de nästan stod ansikte mot ansikte. ”Jag står inte ut med tanken på att Wrexford vänder sin uppmärksamhet mot dig. Du förstår inte vad han är kapabel till.”

”Vad jag förstår”, sa Anna, ”är att vi har byggt upp något värdefullt tillsammans. Inte bara genom den information vi har samlat in, utan genom hur vi kompletterar varandras metoder. Ni kan inte bara kasta bort det för att det har blivit obekvämt eller riskabelt.”

En liten grupp gäster passerade i slutet av korridoren, och deras skratt svävade mot Anna och Ashburton som ljud från en annan värld. Inga av dem tog notis om de andra, låsta som de var i sin tysta konfrontation.

”Jag kastar inte bort någonting”, insisterade Ashburton, och hans röst var sträv av känslor han tydligt kämpade för att behärska. ”Jag försöker bevara det som betyder mest.”

”Genom att stänga mig ute? Genom att dra er tillbaka bakom er mask av lättsamhet och låtsas att vi inte är mer än ytliga bekanta?” Smärtan hon tryckt ner i flera dagar smög sig in i rösten trots hennes ansträngningar. ”Ni stöter bort mig.”

”För att jag måste!” Orden brast ur honom med oväntad kraft, även om han fortfarande bara viskade. Frustrationen utstrålade från hans spända käke och hans strama hållning. ”Förstår du inte? Det här är inte ett val jag gör lättvindigt. Det handlar om att hålla dig säker från en man som inte skulle tveka att krossa dig om han trodde att det tjänade hans syften.”

Den ohöljda känslan i hans svar fick Anna att tystna för ett ögonblick. Hon sökte i hans ansikte och fann uppriktig rädsla under hans ilska; inte rädsla för hans egen del, insåg hon, utan för hennes. Den insikten borde ha mjukat upp henne, men istället gav den bara näring åt hennes beslutsamhet.

”Jag är ingen bräcklig blomma som behöver skyddas”, sa hon med stadig röst trots det inre kaoset. ”Jag gick in i det här samarbetet med öppna ögon, väl medveten om riskerna. Jag väljer att fortsätta, oavsett Wrexfords misstankar.”

”Det beslutet ligger inte hos dig”, svarade Ashburton, och hans ansikte hårdnade på nytt.

Beslutsamheten i hans ton träffade Anna som ett fysiskt slag. Under ett ögonblick sa ingen av dem något, och klyftan mellan dem tycktes vidgas för varje andetag. Runtomkring dem fortsatte festens ljud; röster som sorlade, artiga skratt och de mjuka tonerna från ett piano i salongen. Kontrasten mellan det vardagliga sociala umgänget och den känslomässiga avgrunden som skilde dem åt kändes nästan outhärdlig.

"Jag förstår", sa Anna till slut, och hennes röst var sval trots hettan som brände bakom ögonlocken. "Ni har gjort era beräkningar och kommit fram till att jag är umbärlig för operationen. Särdeles effektivt av er."

Hon vände sig bort innan han hann svara, ovillig att låta honom se hur djupt hans avvisande hade sårat henne. Hur kunde han stänga henne ute så fullständigt efter allt de hade delat?

När hon gick därifrån, med rak rygg och högt buret huvud trots smärtan i bröstet, hörde hon honom ropa hennes namn en gång, mjukt. Hon vände sig inte om. Låt honom känna hur det var att bli ignorerad, att få sina ord avfärdade som ovidkommande. Låt honom uppleva ens en bråkdel av den smärta hans tillbakadragande hade orsakat henne.

Från bibliotekets dörröppning hördes röster höjas i en munter debatt om jaktlyckan i Wienerwald, helt ovetande om den känslomässiga urladdning som just ägt rum bara några meter bort. Anna svepte förbi dem utan en blick och drog sig tillbaka mot tryggheten i salongen där Clara väntade, bekymrad men tack och lov ovetande om den verkliga orsaken till sin systers plötsliga blekhet och alltför blanka ögon.

Kapitel femton

ASHBURTONS STÖVLAR SLOG MOT gatstenarna med större kraft än nödvändigt, och varje steg var ett uttryck för den frustration som växte inom honom. Wienkvällens luft hade blivit kall, och en bitande vind slingrade sig fram genom de trånga gatorna som tycktes hånle åt honom med sina vindlande stigar som inte ledde någonstans. Precis som den operation som hade kollapsat så spektakulärt några timmar tidigare. Tre franska sympatisörer, män vars namn han och Anna mödosamt hade vaskat fram ur kodade dokument – män som borde ha suttit i förvar vid det här laget – hade gått upp i rök. De var försvunna innan Wrexfords team anlände, som om de hade blivit varnade.

"För tusan", muttrade han och svängde in i ytterligare en gränd utan varken riktning eller mål. Hans andedräkt bildade moln i den iskalla luften och skingrades likt de noggrant utarbetade planer han och Wrexford hade gått igenom så sent som igår. Tidpunkten hade varit exakt, platserna verifierade, underrättelserna tillförlitliga. Det fanns ingen logisk förklaring till misslyckandet såvida inte...

Han stannade tvärt, vilket fick ett passerande par att väja för honom med irriterade blickar. *Såvida inte någon medvetet hade saboterat operationen.* Tanken hade grott i bakhuvudet på honom i flera timmar, men han hade skjutit den ifrån sig, ovillig att överväga konsekvenserna. Om någon inom deras egna led hade förrått dem...

Ashburton fortsatte att gå, och hans steg blev snabbare av den obehagliga riktning hans tankar tog. Han hade tillbringat eftermiddagen med att skriva ett utkast till en rapport åt Wrexford, där han valt sina ord noggrant för att dokumentera misslyckandet utan att väcka misstankar. Nu undrade han om dessa timmar varit bortkastade. Om hans instinkter stämde visste Wrexford redan precis varför operationen hade misslyckats.

Förlorad i tankar fann han sig plötsligt i en smal gränd han inte kände igen, kantad av anspråkslösa butiker som nu var stängda för kvällen. Vid slutet av gränden kastade en liten taverna ut ett varmt ljus över gatstenarna genom immiga fönster. En målad träskylt föreställande ett vildsvinshuvud gungade sakta i vinden. Stället såg alldagligt ut, en sådan där plats som besöks av lokala hantverkare snarare än diplomater eller aristokrati. Precis den anonymitet Ashburton plötsligt längtade efter. Inte en själ skulle känna igen honom här.

Plötsligt tacksam över att han tagit på sig sin mest enkla och kraftiga svarta ytterrock, drog han den tätare omkring sig för att dölja de dyra kostymtygerna undertill och sköt upp den tunga ekdörren. Han klev rakt in i en vägg av värme, rök och buller. Doften mötte honom omedelbart: rostade kastanjer, spillt öl som sugits upp av golvtiljorna, tobak och den jordiga lukten av arbetande män som samlats efter en lång dag. Samtal på tyska och ungerska flödade runt honom, emellanåt avbrutna av skratt eller klirret från glasen. En eld sprakade i en stenhärd längst in i rummet och kastade dansande skuggor över det låga bjälktaket, som svärtats av årtionden av rök.

Ingen ägnade honom någon särskild uppmärksamhet när han närmade sig baren. "Brandy", sade han på tyska till krogvärden, en bredaxlad man med enorma morrhår. Mannen nickade och hällde upp ett generöst mått i ett förvånansvärt rent glas. Ashburton lade mynt på disken, vände sig sedan om för att överblicka rummet och letade efter ett lugnt hörn där han kunde sitta och observera medan han samlade sina tankar.

Han hittade ett litet bord som halvvägs doldes av en pelare, vilket gav honom sikt över större delen av rummet utan att han hamnade i blickfånget. Stolen knarrade under honom när han satte sig, det slitna träet var polerat och slätt efter otaliga gäster före honom. Han smuttade på brandyn, fann den bättre än han förväntat sig, och lät värmen sprida sig i bröstet medan han övervägde sina nästa steg.

Misslyckandet med dagens operation innebar att nätverket av franska sympatisörer fortfarande var intakt. Ännu värre var att de nu visste att de var jagade, vilket skulle göra dem mer försiktiga. De dokument han och Anna hade dechiffrerat, mönstren de identifierat – allt det arbetet skulle troligen vara förgäves eftersom någon hade tipsat måltavlorna.

Anna. Tanken på henne skickade en ny våg av frustration genom honom. Deras gräl vid grevinnan von Zichys nyårssupé brände fortfarande i minnet. Han hade stött bort henne, övertygad om att han skyddade henne från Wrexfords misstankar, och hon hade svarat med en isande vrede som han förtjänat. Nu, med operationen i spillror, undrade han om hans ansträngningar att skydda henne inte bara varit sårande utan också meningslösa.

Tavernadörren svängde upp och släppte in en pust av kall luft och en ny gäst. Ashburton tittade reflexmässigt upp och stelnade sedan till med glaset halvvägs till läpparna. Sir Edmund Wrexford stod i dörröppningen och drog av sig handskarna medan hans kalla blick svepte över rummet. Han var klädd i full högtidsdräkt, och den formella klädseln kändes malplacerad i den enkla tavernan. Han kom tydligen direkt från något diplomatiskt evenemang, eller var på väg till ett, med tanke på den relativt tidiga timmen. Ashburton försökte komma på vilken tillställning han själv borde ha varit på den kvällen. Eftersom han inte var på humör för det efter uppdragets misslyckande, hade han snäst åt sin betjänt att framföra hans ursäkter redan innan han gick ut genom dörren. Wrexford kände uppenbarligen inte samma behov av att dra sig undan.

Ashburton satt helt stilla, tacksam för pelaren som delvis skymde hans bord. Wrexford hade inte sett honom; hans uppmärksamhet var riktad på något, eller någon, längst bak i rummet. Ashburton följde Wrexfords blick och fick syn på en bekant figur som satt ensam i ett skuggigt bås: Jakob, den österrikiske bookmakern som ofta rörde sig på de galoppbanor där Ashburton upprätthöll sin täckmantel. En man med kopplingar till både den brittiska och franska underrättelsetjänsten, som sålde information till den som betalade bäst, men som skenbart arbetade för Wrexford.

Wrexford rörde sig målmedvetet genom tavernan, nickade mot krogvärden som uppenbarligen kände honom, och gled sedan ner i båset mittemot Jakob. Deras förtroliga sätt att hälsa på varandra antydde en relation som var betydligt djupare än den professionella distans Wrexford upprätthöll vid officiella möten med informanter.

Ashburtons tankar jagade varandra. Vilka affärer kunde Wrexford ha med Jakob som krävde att de träffades på denna undanskymda taverna istället för genom officiella kanaler? Han var noga med att inte dra till sig uppmärksamhet när han flyttade sin stol en aning för att bättre kunna höra deras samtal utan att synas. Det allmänna sorlet på tavernan gjorde det svårt att uppfatta varje ord, men fragment drev i hans riktning.

”...helt oacceptabelt”, sa Wrexford, och hans röst var spänd av återhållen vrede. ”Österrikarna ställer frågor nu. Alldeles för många lösa trådar.”

Jakobs svar var för lågt för att höras, men Ashburton uppfattade hans ursäktande gest med utbredda händer.

”Den senaste tidens problem beror på kodknäckaren”, fortsatte Wrexford, tydligare nu när han lutade sig framåt. ”Jag räknade inte med att en flicka med sådana ovanliga färdigheter skulle hjälpa Ashburton. Deras framsteg har varit för snabba.”

Ashburtons grepp om glaset hårdnade, och brandyn var glömd. Wrexford talade om Anna, det rådde inget tvivel om saken. Han *hade* alltså bevakat Ashburtons rum innan Ashburton satte stopp för deras möten. Det fanns inget annat sätt för Wrexford att vara så säker på hennes förmågor.

”Hon knäckte chiffret för fort”, muttrade Wrexford irriterat. ”Vi blev tvungna att flytta männen innan vi var redo. Slarvigt.”

Jakob talade igen, och hans röst bar precis tillräckligt för att Ashburton skulle kunna uppfatta hans oro rörande betalning och framtida arrangemang.

”Oroa dig inte, jag ska ta hand om det”, försäkrade Wrexford honom, och hans tonfall gled smidigt över från irritation till självsäkerhet. ”Flickan är den svaga länken. Ta bort henne ur ekvationen, så återgår Ashburton till sina vanliga metoder, effektiva men tillräckligt långsamma för att vi ska kunna ligga steget före.”

Resten av deras samtal försvann under dånet i Ashburtons öron. Han satt helt stilla, medveten om att minsta rörelse kunde röja hans närvaro. Brandyn brände glömd i hans hand, och hans knogar var vita mot glaset när den fruktansvärda sanningen klarnade för honom.

Wrexford. Dubbelagenten de sökt efter hela tiden hade styrt deras sökande och sett till att de aldrig granskade honom för noga, aldrig kopplade ihop de rätta punkterna. Och nu visste han om Annas inblandning, han såg henne som ett hot som måste *"tas bort ur ekvationen"*.

Blodet i Ashburtons ådror blev till is, sedan eld, och sedan is igen. Hans träning, hans år av att bevara fattningen inför fara, var det enda som hindrade honom från att hoppa upp eller sträcka sig efter pistolen som var dold under hans rock. Wrexford. *Självklart* var det Wrexford. Bitarna föll på plats med en hemsk tydlighet och belyste ett mönster han borde ha sett för flera veckor sedan. De misslyckade operationerna, sympatisörerna som alltid tycktes försvinna precis innan de greps, underrättelserna som på något sätt läckte till fransmännen trots de strängaste säkerhetsåtgärder – allt pekade mot en förrädare på högsta nivå inom deras organisation.

Wrexfords röst fortsatte, låg och samlad, medan han diskuterade betalningsarrangemang med Jakob. Ashburton hörde orden utan att de egentligen sjönk in, hans sinne rusade bakåt genom månader av uppdrag och möten, och omtolkade varje interaktion genom detta nya, förödande perspektiv.

Uppdraget i Bryssel förra sommaren, som avslöjades i sista stund. Wrexford hade insisterat på att personligen briefa evakueringsteamet. Marinens underrättelser som nådde Napoleons amiraler bara några dagar efter att de passerat Wrexfords skrivbord. De franska sympatisörerna i Baden som försvann kvällen före deras planerade arrestering – *efter* att Ashburton hade gett Wrexford deras namn och gömställen.

Så många misslyckanden, så många motgångar, som alla tillskrivits otur eller skickliga fiender. Aldrig en enda gång hade Ashburton övervägt att arkitekten bakom dessa misslyckanden satt mittemot honom vid briefingbordet, tog emot hans rapporter med allvarliga nickar och gav faderliga råd om att bibehålla objektivitet i fält.

Hans fingrar slöt sig hårdare om glaset, det enda yttre tecknet på den vrede som byggdes upp inom honom. Hur många agenter hade dött på grund av Wrexfords svek? Hur många brittiska soldater och sjömän hade omkommit i bakhåll eller sjöslag som aldrig borde ha ägt rum?

Och nu var Anna i fara, eftersom hon visat sig vara för effektiv, för briljant i sitt kodknäckande arbete. Hennes matematiska sinne hade påskyndat deras framsteg och på några dagar nystat upp chiffer som annars skulle ha tagit veckor att knäcka med konventionella metoder, eller månader om de hade tvingats skicka dokumenten tillbaka till England. Hon hade sett mönster som ingen annan känt igen, kopplingar som avslöjade strukturen i hela det franska sympatisörnätverket. Inklusive, insåg han nu, kopplingar som i slutändan skulle ha kunnat leda dem till Wrexford själv.

Anna. Tanken på henne fick något att skälva i hans bröst, en känsla av tryck som inte hade något med faran att göra och allt med kvinnan själv. Bilder virvlade genom hans inre: Anna böjd över chifferpapper, hennes mörka ögon smala av koncentration; Anna som rättade till blommor vid den österrikiska utrikesministeriets reception, hennes rörelser exakta när hon placerade sig för att tjuvlyssna på diplomatiska samtal, Anna i lampskenet på hans kontor, en fläck bläck på kinden som han inte hade kunnat låta bli att stryka bort.

Minnet av den beröringen brände plötsligt starkare än de andra; mjukheten i hennes hud under hans tumme, den överraskade blicken i hennes ögon, strömmen av samhörighet som hade passerat mellan dem. Han hade dragit sig tillbaka då, flytt in bakom sin yrkesmässiga distans, men ögonblicket hade etsat sig fast i hans minne.

Sen var det deras vals på Palais Schwarzenberg, hennes gyllene klänning som fångade ljuset, hennes kropp som rörde sig i perfekt synk med hans, precis som deras sinnen hade arbetat i harmoni över chiffren. Och senare, i kanslerns trädgård på julafton, när snöflingor fastnade i hennes hår medan hon berättade vad det betydde att verkligen bli sedd av honom. Han hade nästan kysst henne då, han hade velat det med en intensitet som chockade honom, innan pliktkänslan återigen tog över.

Plikt. Ordet kändes ihåligt nu, förgiftat av Wrexfords förräderi. Han hade stött bort Anna i pliktens namn, hade hållit distansen för att skydda henne från Wrexfords misstankar. Men hela tiden var det Wrexford själv som utgjorde det verkliga hotet.

Insikten träffade honom med fysisk kraft och tycktes slå luften ur hans lungor: han älskade henne. Inte bara värdesatte hennes intelligens eller beundrade hennes mod, utan älskade Anna Bell med ett djup och en visshet som förändrade allt. När hade det hänt? Kanske från det första ögonblicket hon hade sett på honom med de där klara, bedömande ögonen som såg bortom hans noggrant uppbyggda fasad. Eller gradvis, genom timmar av arbete sida vid sida, där deras sinnen samverkade mot ett gemensamt mål och de upptäckte något hos varandra som var mer än bara ett partnerskap.

Tidpunkten spelade ingen roll. Sanningen föll på plats med samma oundviklighet som en nyckel som vrids om i ett lås: Anna Bell hade blivit den viktigaste personen i hans värld, och nu var hon i fara på grund av det.

På andra sidan värdshuset lutade sig Wrexford framåt och sänkte rösten ytterligare medan han och Jakob avslutade sina affärer. Det omedelbara hotet mot Anna lät Ashburtons tankar klarna; förvirringen försvann och lämnade efter sig en iskall skärpa. Han var tvungen att nå henne före Wrexford, han var tvungen att varna henne och skydda henne, till och med innan han larmade dem som skulle kunna stoppa Wrexford, med början hos Whitmore. Men först var han tvungen att höra allt annat som kunde utbytas mellan de här två männen, varje liten detalj som kunde hjälpa honom att förstå vidden av Wrexfords förräderi.

Han tvingade sin andning att förbli stadig och sin kropp att slappna av trots spänningen som pyrde inom honom. En enda misstänkt rörelse skulle kunna fånga Wrexfords blick, och spionmästarens instinkter var alltför välslipade för att missa ens den minsta antydan till bevakning. Ashburton höll huvudet sänkt medan han drack av sin brandy och såg för en tillfällig betraktare ut som en man som tog ett lugnt glas medan han var försjunken i alldagliga tankar.

Jakob nickade åt något Wrexford sa och sköt sedan ett litet hopvikt papper över bordet. Wrexford stoppade det i fickan utan att titta på innehållet, hans rörelser var smidiga. Pengar bytte ägare under bordet, en transaktion som var nästan osynlig utom för tränade ögon som Ashburtons.

Deras möte led mot sitt slut. Ashburton behöll sin lediga ställning och vände bort ansiktet när Wrexford reste sig och rättade till sin fläckfria frack. Spionmästaren sa något sista till Jakob, för lågt för att höras, och gick sedan mot dörren med den lugna självsäkerheten hos en man som tror sig vara iakttagen av ingen och misstänkt av ingen.

Jakob satt kvar och räknade sin betalning under bordet. Ashburtons instinkt var att konfrontera mannen, att tvinga ur honom all information han kunde om Wrexfords planer. Men det skulle slösa värdefull tid och varna Wrexford om att hans täckmantel var röjd. Nej, hans prioritet måste vara Annas säkerhet. Allt annat – rättvisa, vedergällning, avslöjandet av Wrexfords förräderi för deras överordnade – fick vänta.

Hon hade anklagat honom för att knuffa bort henne. Nu skulle han flytta berg för att nå henne, i hopp om att det inte redan var för sent.

Ashburton väntade tills Jakob hade druckit ur sitt glas och lunkat ut genom sidodörren innan han slängde några mynt på bordet. Brandyn lämnades halvfull, bortglömd i hans hast. Han rörde sig med behärskning trots den brådska som bultade i honom och behöll sin täckmantel in i det sista. Först när han nådde värdshusets dörr tillät han sitt tempo att öka och skyndade ut i den bitande nattluften. Gatan låg tom i båda riktningarna, inga spår syntes av Wrexford eller Jakob. De hade försvunnit in i mörkret och tagit olika vägar, precis som män i deras yrke var tränade att göra.

I samma ögonblick som han bekräftat att han var ensam övergav Ashburton alla försök till alldaglighet. Han vände sig mot det fashionabla distriktet där familjen Whitmore hade tagit in, och satte av i löpning.

Wien efter mörkrets inbrott förvandlades till en labyrint av skuggor och halvt upplysta hörn; den eleganta kejsarstaden visade sitt farligare ansikte. Gaslyktor skapade pölar av gult ljus med ojämna mellanrum och lämnade stora sträckor av mörker mellan dem. Ashburton navigerade efter minne och instinkt, genade genom gränder och snöfyllda innergårdar som erbjöd genvägar kända endast för dem som studerat staden med en spions öga för flyktvägar.

En droska rullade slamrande förbi och kusken svor när Ashburton rusade tvärs över dess väg. Han ignorerade mannen, hans sinne var helt inriktat på att nå Anna innan Wrexford kunde sätta de planer han hade i verket. Orden ekade i hans huvud för varje tungt fotsteg: ”Avlägsna henne ur ekvationen.” Det kliniska ordvalet skrämde honom mer än vad rena hot skulle ha gjort. Wrexford agerade aldrig i affekt eller hast; hans beslut var kalkylerade, hans metoder precisa. Om han hade bestämt att Anna utgjorde ett hot mot hans operation, skulle han eliminera det hotet med samma känslokalla effektivitet som han använde i allt sitt arbete.

Ashburtons andedräkt kom som vita moln när han pressade sig att springa snabbare och ignorerade hållbiten som började kännas i sidan. Hur mycket tid hade han? Wrexford hade varit klädd för en kvällstillställning; kanske var han väntad på någon diplomatisk sammankomst och skulle närvara vid den innan han vidtog åtgärder mot Anna. Eller så hade han agenter som skulle handla på hans order medan han behöll sin offentliga närvaro som ett alibi.

Ett par stadsvakter iakttog honom misstänksamt när han skyndade förbi, eftersom en gentleman som sprang genom gatorna nattetid var en ovanlig syn. Ashburton ignorerade dem och svängde in på den bredare avenyn som ledde till det distrikt där Wiens förmögna besökare hade tagit in under kongressen. Whitmores residens stod halvvägs ner på en trädkantad gata, fönstren lyste med varmt ljus mot vintermörkret.

Han tog trappstegen två i taget och bultade på dörren med mer kraft än vad god ton tillät. Hjärtat hamrade mot hans revben medan han väntade, och sekunderna kändes oändliga innan han hörde fotsteg närma sig inifrån. Dörren svängdes upp och avslöjade en ung tjänsteflicka, vars uttryck skiftade från irritation till förskräckelse när hon insåg både vem han var och hans ovårdade utseende.

"Lord Ashburton!" utbrast hon och neg automatiskt trots sin förvåning.

"Jag måste träffa miss Bell omedelbart", sa han utan att bry sig om hälsningar eller förklaringar. Han klev redan in i hallen och sneglande uppför trappan som ledde till familjens privata rum.

Tjänsteflickans tvekan berättade allt för honom innan hon ens hann tala. "Fröken Bell är inte hemma, mylord. Hon har gått ut för kvällen."

Iskall fasa spred sig i hans mage. "Vart?" krävde han att få veta, rösten var skarpare än han hade tänkt.

Flickan ryggade tillbaka något inför hans intensitet men svarade snabbt. "Den brittiska ambassadens bal, mylord. Lady Whitmore tog med henne tillsammans med hans lordskap. De gav sig av för kanske en timme sedan."

"En timme", upprepade han, och tidsramen blev tydlig i hans huvud. En timme sedan Anna hade lämnat tryggheten i Whitmores residens. En timme under vilken Wrexford redan kunde ha satt sina planer i verket.

"Är något på tok, mylord?" frågade flickan med tydlig oro i rösten. "Ska jag låta skicka ett meddelande till lady Whitmore?"

"Nej", svarade Ashburton snabbt och vände sig redan mot dörren. "Inget meddelande. Tack."

Han var nere för trappan och ute på gatan igen innan dörren stängdes bakom honom, och hans tankar rusade snabbare än hans fötter. Han kom ihåg det nu: det var meningen att han skulle ha varit på den balen, och som en del av den brittiska aristokratin i Wien skulle hans frånvaro väcka uppmärksamhet. Varje diplomat, minister och underrättelseagent i Wien skulle vara där, cirkulera bland de dansande och champagneprickarna och utbyta information maskerad som skvaller. Inklusive, utan tvivel, sir Edmund Wrexford.

Ashburton mumlade en dov svordom för sig själv medan han räknade ut den snabbaste vägen till ambassaden. Den låg på andra sidan staden, nära det kejserliga palatset. Minst tjugo minuter i fullt lopp, längre om han behövde undvika att dra till sig uppmärksamhet. För lång tid. Alldeles för lång tid om Wrexford redan var där och redan sökte efter Anna bland gästerna.

En förbipasserande hyrdroska fångade hans blick och han visslade gällt och viftade med armen för att fånga kuskens uppmärksamhet. Droskan stannade till bredvid honom.

"Brittiska ambassaden", beordrade Ashburton och kastade mynt på kuskbocken utan att räkna dem. "Så fort ni kan köra. Ni får mer om ni tar mig dit på tio minuter." Han var inte ens ordentligt klädd för en bal, men han tänkte sannerligen inte åka hem och byta om. Han skulle nog behöva prata snabbt för att komma in, men det problemet fick han lösa när det blev dags.

Kuskens ögon spärrades upp vid åsynen av beloppet och han nickade ivrigt och lät piskan snärta över hästens rygg. Droskan krängde framåt och hjulen skramlade mot gatstenarna när de satte av i en farlig hastighet genom kvällstrafiken i Wien.

Ashburton grep tag i det slitna lädersätet, hans kropp var spänd av återhållen energi. Droskan rörde sig inte tillnärmelsevis tillräckligt snabbt trots kuskens ansträngningar. Varje korsning, varje svängande vagn eller korsande fotgängare som saktade ner deras framfart skickade en ny våg av rädsla genom honom.

Hans inre fylldes av bilder på hur Anna rörde sig genom den eleganta balsalen, omedveten om hotet som cirklade kring henne. Skulle Wrexford agera själv? Nej, det var inte hans stil. Han skulle använda en agent, någon alldaglig person som kunde närma sig Anna utan att väcka misstankar. Kanske erbjuda henne ett glas champagne spetsat med något; det skulle åtminstone till en början inte verka vara något värre än att en ung dam blev hastigt sjuk under en bal.

Ashburton knöt näven mot sitt lår medan olika scenarier utspelade sig i hans fantasi, det ena värre än det andra. Han hade tränats av Wrexford och kände till mannens metodiska inställning till elimineringar. Inget iögonfallande, inget som kunde spåras tillbaka till honom. Bara en tragisk olycka som drabbade en ung kvinna utan någon särskild betydelse för det större politiska landskapet.

Förutom att Anna var av enorm betydelse – för uppdraget, för Englands säkerhet och mest av allt, för Ashburton själv. Insikten att han kunde förlora henne innan han ens på allvar hade erkänt vad hon betydde för honom skärpte hans skräck till en nästan outhärdlig punkt.

"Snabbare", manade han på kusken, trots att den stackars mannen redan drev sin häst till dess yttersta gräns. Djurets flanker glänste av svett trots den kalla natten, och dess andedräkt bildade stora moln i luften när det slet i selen.

De svängde in på den breda avenyn som ledde till diplomatkvarteren, där eleganta palats inhyste representanterna för Europas stormakter. Ljus strålade från varje fönster på ambassaden, droskor stod på rad längs gatan utanför och livréklädda betjänter stod i givakt vid ingången. Ljudet från en orkester drev ut i natten, tillsammans med sorlet från hundratals röster.

Droskan hade knappt stannat förrän Ashburton hoppade ur och kastade fler mynt till den förvånade kusken. Han tog marmortrappan två steg i taget, rättade till sin jacka och drog snabbt handen genom sitt vindrufsiga hår. Betjänten vid dörren kände igen honom och bockade lätt när han klev in utan att visa upp någon inbjudan. Fördelarna med hans rykte; ingen ifrågasatte lord Ashburtons närvaro vid en social tillställning, ens när han anlände i oordning och oanmäld.

Entréhallen öppnade sig mot en vidsträckt balsal där par snurrade runt i en vals, deras juveler och ordnar fångade ljuset från kristallkronorna. Ashburtons ögon svepte över rummet, han noterade utgångar, identifierade viktiga diplomater och sökte särskilt efter två ansikten i mängden.

Anna skulle troligen bära sin gröna klänning, den hon föredrog för dess förmåga att smälta in i skuggorna. Wrexford skulle vara klädd i full aftonklädsel, hans grå hår bakåtkammat och hans hållning militäriskt rak trots hans ålder. Ashburton rörde sig längs dansgolvets ytterkant med varje sinne på helspänn medan han sökte igenom havet av ansikten efter kvinnan han älskade och mannen som ämnade skada henne.

Hjärtat bultade mot hans revben; rädsla och beslutsamhet drev honom framåt in i den glittrande folksamlingen. Ashburton var tvungen att nå henne först. Han var tvungen.

Allt berodde på det.

Kapitel sexton

Anna stod i utkanten av den brittiska ambassadens balsal, med ryggen pressad mot en kannelerad pelare som matchade den gröna färgen på hennes klänning nästan perfekt. Från denna utsiktspunkt kunde hon observera hela sällskapet utan att dra uppmärksamhet till sig själv. Det var en färdighet som förfinats genom år av övning. Kristallkronorna kastade sitt briljanta ljus över de församlade diplomaterna och adeln, och förvandlade juveler till stjärnbilder och guldgaloner till floder av solljus, men belysningen nådde knappt hennes skuggiga hörn. Precis som hon föredrog det.

Hennes blick svepte metodiskt över rummet och katalogiserade allt hon såg. Den österrikiske utrikesministern, djupt försjunken i samtal med den preussiske ambassadören, lutade sig något framåt, ett tecken hon lagt märke till som tydde på att han delade med sig av något han ansåg vara viktigt. Tre ryska attachéer flockades nära bålskålen, deras röster var för låga för att höras över orkestern men deras gester tydde på oenighet. Clara och Matthew dansade tillsammans nära mitten av golvet, hennes systers ansikte var blossande av lycka trots den lätta stelheten i rörelserna som följde med hennes fortskridande graviditet. Det började synas på Clara nu, och hon och Matthew hade börjat diskutera om de skulle återvända till England. För ögonblicket var frågan oavgjord, men Anna kände tidspressen. Hur mycket längre skulle de stanna i Wien?

Och Lord Ashburton lyste med sin frånvaro. Anna kände en bekant stramhet i bröstet vid tanken på honom. Deras gräl vid nyårssupén brände fortfarande i hennes minne; hans ihärdiga försök att stöta bort henne för hennes eget skydds skull kändes mer som ett avfärdande av hennes förmågor än en omsorgsfull handling. Sedan dess hade hon bara sett honom på avstånd, och de upprätthöll den artiga fiktionen att de bara var bekanta som då och då delade en dans eller ett samtal vid sociala sammankomster.

Hon rätade på ryggen och tvingade bort tankarna från Ashburton. Hon hade kommit till Wien som Claras sällskapsdam, hade oväntat funnit ett syfte i det arbete hon delat med Ashburton, och nu var det samarbetet slut. Hon skulle tids nog återgå till sina beräkningar och register över hästuppfödning. Kongressen skulle inte vara för evigt.

"Fröken Bell."

Den djupa rösten fick henne att rycka till ur sina tankar. Anna vände sig om och fann Sir Edmund Wrexford stående bredvid henne, med hans grå hår perfekt kammat och hans aftonkläder oklanderliga. Något med hans plötsliga uppenbarelse gjorde henne osäker; hade han närmat sig bakifrån pelaren med avsikt för att överraska henne?

"Sir Edmund", svarade hon med en artig nigning, och undrade vad den högt uppsatta underrättelsetjänstemannen kunde tänkas ha för ärende till henne. Vid alla deras tidigare möten under diplomatiska tillställningar hade han aldrig en enda gång tilltalat henne direkt, även om de naturligtvis hade blivit presenterade för varandra.

"Jag hoppas att allt är väl med er i kväll", sade han. Hans leende verkade uppriktigt, till och med varmt, även om det inte riktigt nådde ögonen. "Jag har hoppats på ett tillfälle att få tala med er i enskildhet."

Anna rynkade pannan lätt. "Med mig, Sir Edmund? Jag erkänner att jag är förvånad."

"Det borde ni inte vara." Han kastade en blick runt balsalen innan han åter vände sin uppmärksamhet mot henne. "Lord Ashburton har talat mycket väl om era speciella färdigheter, fröken Bell. Era matematiska gåvor och er insiktsfullhet. Er fallenhet för mönster och chiffer."

Anna kände hur kinderna hettade. Hade Ashburton talat om henne med sin överordnade? Till och med efter att han hade stött bort henne och hävdat att han ville skydda henne från Wrexfords uppmärksamhet? Motsägelsen var märklig, men berömmet fick hennes hjärta att slå snabbare av förvirring och en förrädisk gnutta glädje.

”Jag är smickrad över att Lord Ashburton har så höga tankar om mina anspråkslösa förmågor”, sade hon försiktigt, osäker på hur mycket Wrexford egentligen visste om deras samarbete.

”Anspråkslösa?” Wrexford skrattade till, ett ljud som lät förvånansvärt äkta. ”Kära fröken Bell, det finns ingen anledning till sådan underdrift. Ashburton har berättat för mig att ni avkodade komplexa franska chiffer som hade gäckat våra bästa kryptografer i månader. Att ni identifierade mönster i den operativa säkerheten som hade undgått erfarna underrättelseofficerare. Det är knappast anspråkslösa bedrifter.”

Att få sina förmågor bekräftade av någon av Wrexfords rang sände en oväntad ström av stolthet genom henne. I hela sitt liv hade Annas matematiska sinne behandlats som en märklig nyck, användbar för Belle Havens räkenskaper men knappast något att fira. Till och med Ashburton hade, trots sin uppenbara uppskattning av hennes färdigheter, i slutändan avskedat henne från deras gemensamma arbete. Men här stod nu en av Englands högsta underrättelsetjänstemän och erkände hennes insatser direkt.

”Ni är för vänlig, Sir Edmund”, mumlade hon, även om hon sträckte lite extra på sig under hans gillande blick.

”Inte vänlig, fröken Bell. Bara korrekt.” Wrexfords ansiktsuttryck blev mer allvarligt. ”Det är faktiskt precis på grund av dessa exceptionella förmågor som jag har sökt upp er i kväll. En angelägenhet av stor vikt har uppstått.”

Anna kände hur hennes intresse väcktes trots hennes försiktighet. ”Vad för slags angelägenhet?”

Wrexford lutade sig närmare och sänkte rösten. "Vi har snappat upp dokument av avgörande betydelse för kronan och fäderneslandet. Ett chiffer av särskild komplexitet som kräver omedelbar uppmärksamhet. Tiden är knapp, och jag finner mig i behov av ert unika perspektiv."

"Ni vill att jag ska hjälpa till att avkoda dessa dokument?" förtydligade Anna, och kunde inte dölja förvåningen i rösten.

"Precis." Wrexford nickade. "Ashburton skulle ha varit det naturliga valet för ett sådant arbete, men han är upptagen på annat håll i kväll. När jag nämnde problemet för honom i går föreslog han att ni kanske skulle kunna bistå. Han sade att ni har en förmåga att se igenom matematiska pussel som de flesta saknar."

Att höra att Ashburton hade rekommenderat henne sände en förvirrande blandning av känslor genom Anna. Stolthet över hans erkännande av hennes förmågor, sårad över att han föreslog hennes medverkan för Wrexford efter att uttryckligen ha stött bort henne för hennes "skydd", och en kvardröjande misstänksamhet kring tidpunkten för denna begäran.

Men möjligheten att få vara till nytta, att få använda sitt sinne för ett problem som betydde något, var för frestande för att tacka nej till. Särskilt när det kom med ett så direkt erkännande av hennes värde. Efter veckor av att ha blivit sidosatt, av att ha sett det livsviktiga arbete hon och Ashburton påbörjat tillsammans ligga ogjort, fanns här nu en chans att bidra igen.

"Jag skulle vara hedrad att få hjälpa till, Sir Edmund", sade hon, efter att ha fattat sitt beslut. "Fast jag borde kanske informera min syster..."

"Lady Whitmore verkar vara helt upptagen med sin make", konstaterade Wrexford och pekade mot dansgolvet där Clara och Matthew fortsatte att valsa, med ögon bara för varandra. "Och detta ärende kräver diskretion såväl som skyndsamhet. Dokumenten förvaras säkert i ett privat kontor. Vi kan vara tillbaka innan er frånvaro ens blir märkbar."

Anna tvekade och mindes Ashburtons varningar om Wrexford. Men om Ashburton hade föreslagit henne för Wrexford måste väl dessa bekymmer vara lösta? Och vilken skada skulle kunna ske om man undersökte dokument i själva den brittiska ambassaden under en bal där hundratals av Europas elit deltog?

"Gärna", gick hon med på och lade sina betänkligheter åt sidan. "Visa vägen, Sir Edmund."

Wrexford erbjöd henne armen med hövisk elegans, och Anna lade lätt sina fingrar på den och lät honom leda henne mot en diskret sidodörr. När de rörde sig genom balsalen lade hon märke till hur annorlunda människor reagerade på henne med Wrexford vid sin sida. Diplomater som tidigare sett rakt igenom henne nickade nu respektfullt; damer som hade avfärdat henne som en tjänare log nu igenkännande. Kopplingens makt, tänkte hon.

De passerade genom sidodörren in i en lång korridor prydd med porträtt av stränga brittiska generaler och sedan länge döda kungligheter. Deras fotsteg ekade mjukt mot marmorgolven när Wrexford ledde henne djupare in i ambassaden, bort från balens ljus och musik. För varje steg tonade ljuden från sammankomsten bort och ersattes av den dämpade tystnaden i ambassadens privata flygel.

"Ambassadören har välvilligt tillhandahållit en arbetsplats", förklarade Wrexford när de svängde in i ännu en korridor. "Säkerheten är av största vikt med dokument av denna känslighet."

Anna nickade, och hennes sinne började redan skifta mot den intellektuella utmaningen som väntade. Men när de sista ekona från orkestern försvann bakom dem och ersattes av det ihåliga ljudet av deras fotsteg i tomma korridorer, for en ilning av obehag genom henne. Hon sköt den åt sidan och inriktade sig i stället på möjligheten att återigen bevisa sitt värde, att tjäna England med de unika förmågor som för en gångs skull hade blivit ordentligt erkända och värdesatta.

Kontoret var mindre än Anna hade förväntat sig, med träpaneler på väggarna som sög upp det magra ljuset från en enda oljelampa placerad på skrivbordet. Tunga sammetsgardiner täckte det hon antog var ett fönster, och ett porträtt av kungen blickade strängt ner från väggen ovanför den tomma eldstaden. Wrexford stängde dörren bakom dem med ett mjukt klick, och Anna hörde det omisskännliga ljudet av en nyckel som vreds om i låset.

Hon kastade en blick bakåt på honom, tillfälligt överraskad.

"Förlåt mig", sade han smidigt och stoppade nyckeln i fickan. "Statens säkerhet kräver absolut integritet. Ambassadens personal har instruerats att inte störa oss, men man kan inte vara nog försiktig."

Anna nickade; förklaringen var rimlig nog. När allt kom omkring hade hon och Ashburton vidtagit liknande försiktighetsåtgärder under sitt eget arbete. Tanken på Ashburton sände ett styng genom bröstet, men hon sköt det åt sidan när Wrexford pekade mot skrivbordet.

"Dokumenten är ordnade i vad vi tror är deras rätta ordningsföljd", förklarade han och ställde sig bredvid henne när hon närmade sig skrivbordet. "Franska diplomatiska meddelanden som konfiskerades från en kurir för två dagar sedan. Vi misstänker att de innehåller information om marina utplaceringar som kan bryta mot de villkor som förhandlas fram vid kongressen."

Anna satte sig i stolen han erbjöd och drogs omedelbart till papperen som låg utspridda framför henne. Chiffret verkade komplext vid en första anblick, en substitionsmetod kombinerad med numeriska förskjutningar, om hon inte misstog sig. Hon lyfte det första bladet och granskade det under lampans gyllene ljuskrets.

"Ta all tid ni behöver", sade Wrexford och gick för att ställa sig vid eldstaden. "Även om det förstås vore bättre ju förr det är klart."

"Jag förstår", svarade Anna och sträckte sig redan efter fjäderpennan och bläckhornet som stod bredvid dokumenten. Hon doppade spetsen i bläcket och testade den mot hörnet av ett blankt ark som var framlagt för hennes beräkningar. Det bekanta skrapandet av fjäderpennan mot papperet var trösterikt och förankrade henne i den välkända världen av matematik och mönster.

Hon började som hon alltid brukade, med att identifiera upprepningar, spåra frekvenser och söka efter kodens underliggande struktur. Inom några minuter hade hon fallit in i den bekanta rytmen av chifferarbete; hennes sinne rörde sig genom möjligheter med samma precision som en mästarmakare som granskar kugghjul och fjädrar. Världen utanför skrivbordet bleknade bort; det dunkelt upplysta kontoret, Wrexfords vakande närvaro, till och med hennes tidigare obehag var alla sekundära i förhållande till pusslet framför henne.

Pennans skrapande markerade de passerande minuterna medan hon fyllde ark efter ark med beräkningar, testade teorier och förkastade dem när de inte gav sammanhängande resultat. Hon var vagt medveten om att Wrexford rörde sig i rummet, ibland stod han bakom henne för att observera hennes arbete och ställde någon enstaka fråga, andra gånger stegade han långsamt mellan skrivbordet och eldstaden.

"Ni tar er an detta annorlunda än våra kryptografer", kommenterade han under en sådan vända. "Mer.. . matematiskt. Det är fascinerande att se på."

Anna såg inte upp, alltför uppslukad av ett särskilt lovande mönster hon hade identifierat. "Matematik ligger till grund för allt", mumlade hon, utan att pennan någonsin stannade. "Chiffer är bara en specifik tillämpning av dessa mönster."

Att arbeta ensam kändes konstigt efter veckorna av samarbete med Ashburton. Inget utbyte av teorier, inga ögonblick av delad spänning när ett mönster framträdde, ingen varm närvaro vid hennes sida när de lutade sig över samma dokument. Frånvaron lämnade en tomhetskänsla i hennes bröst som hon inte fullt ut hade erkänt förrän nu.

En timme gick, kanske mer; Anna hade tappat tidsuppfattningen medan chiffret gradvis gav vika för hennes metodiska tillvägagångssätt. Hon hade brutit sig igenom det första lagret av kryptering och förvandlat de till synes slumpmässiga tecknen till en sekundär kod som fortfarande krävde avkodning. Men när hon arbetade med detta andra lager började något gnaga i henne. En känsla av att något inte stod helt rätt till.

Mönstret var bekant på något sätt. Det var inte ett franskt diplomatiskt chiffer som hon hade förväntat sig, utan något hon hade sett förut. Var? Hon pausade, med fjäderpennan svävande över sidan medan hon sökte i sitt minne efter kopplingen.

"Är det något som är på tok?" frågade Wrexford, som plötsligt befann sig närmare än hon insett.

"Nej", sade hon snabbt och återupptog sitt arbete. "Jag överväger bara ett alternativt tillvägagångssätt."

Hon fortsatte och tvingade sig själv att koncentrera sig, att följa de numeriska sekvenserna dit de ledde. Allt eftersom tecknen förvandlades till igenkännbara ord växte hennes obehag. Det här rörde inte franska utplaceringar. Terminologin, platserna, de specifika referenserna till försörjningskedjor och befästningar – de var *brittiska*. Brittisk militär underrättelsetjänst.

Hennes hand stannade på sidan när den fulla innebörden sköljde över henne. Det här var inte alls uppsnappade franska dokument. Det var brittiska hemligheter som översattes till en form som franska agenter skulle kunna läsa. Och om Wrexford hade fört henne hit för att avkoda dem...

En kall tyngd lade sig i hennes mage. Hon försökte hålla ansiktsuttrycket neutralt och andningen jämn medan hennes tankar rusade mot den fasansfulla slutsatsen. Wrexford arbetade inte för att skydda brittiska intressen. Han var förrädaren de hade letat efter hela tiden. Dubbelagenten som lämnade ut känslig information till fransmännen. Och nu använde han henne för att översätta den informationen.

Hennes hjärta bultade mot revbenen medan hon tvingade handen att fortsätta röra sig, i ett försök att låtsas arbeta medan hon försökte lista ut sitt nästa drag. Kunde hon fabulera ihop felaktiga översättningar? Nej, Wrexford skulle nästan helt säkert kontrollera hennes arbete. Kunde hon hävda att hon var oförmögen att lösa chiffret? Han hade redan sett hennes framsteg och visste att hon var nära att bli klar.

Det enda alternativet var flykt. Återvända till balen, hitta Matthew, varna någon om Wrexfords förräderi.

Anna lade ner pennan med medveten nonchalans och anlade en min som hon hoppades såg ut som mild trötthet. ”Jag behöver vila ögonen ett ögonblick”, sade hon och sköt ifrån sig stolen från skrivbordet. ”Och kanske lite frisk luft? Rummet känns ganska kvavt.”

Hon reste sig från stolen och rörde sig mot det hon antog var fönstret bakom de tunga draperierna. Wrexford steg in i hennes väg, hans rörelse snabb och förvånansvärt smidig för en man i hans ålder.

"Jag är rädd att det inte är möjligt", sade han, rösten fortfarande artig även om hans blick hade hårdnat. "Fönstren i den här delen av ambassaden vetter mot gatan. Att öppna dem skulle riskera att dra till sig uppmärksamhet."

"Då kanske jag kan återvända till balsalen en kort stund", föreslog Anna och kämpade för att hålla rösten stadig. "Min syster kommer att undra vart jag har tagit vägen."

"Ert arbete är inte färdigt, fröken Bell." Hövligheten i Wrexfords ton hade mattats av och avslöjade något kallt undertill. Han tittade ner på papperen på skrivbordet och nickade när han såg orden hon senast hade skrivit. *Portsmouth. Dover.*

"Och jag tror att vi båda vet vad ni har upptäckt om de här dokumenten."

Låtsasleken mellan dem försvann. Anna tog ett steg tillbaka och stötte emot ett bord. "Ni lämnar ut brittiska underrättelser till fransmännen."

"Mycket bra", svarade Wrexford, och hans läppar formades till ett leende som aldrig nådde ögonen. "Ert rykte om att vara snabbtänkt är välförtjänt. Ja, vissa parter i Paris finner våra militära dispositioner mycket intressanta. Precis som jag finner deras guld mycket intressant."

"Ni är en förrädare", sade Anna, och ordet kom ut som knappt mer än en viskning.

Wrexford ryckte på axlarna, till synes oberörd av anklagelsen. "Jag föredrar att se mig själv som en affärsman med skilda investeringar. England, Frankrike; länder är helt enkelt pjäser på ett schackbräde, fröken Bell. Jag har valt att spela för båda sidor. På så sätt kan jag vara helt säker på att vinna."

Anna rörde sig i sidled och försökte gå runt honom mot dörren, men Wrexford följde hennes rörelse och spärrade vägen. "Lord Ashburton kommer att..."

"Ashburton kommer att vadå?" Wrexfords skratt var lågt och obehagligt. "Ila till er undsättning? Det tror jag inte. När han inser vad som hänt kommer det att vara för sent. Sätt er nu ner och slutför ert arbete."

"Jag vägrar", sade Anna och höjde hakan trots rädslan som rusade genom henne. "Jag tänker inte hjälpa er att förråda England."

Wrexfords ansikte hårdnade, och den sista resten av hans charmiga mask föll bort. "Ni kommer att hjälpa mig, fröken Bell, annars kommer ni att hamna i en ytterst obehaglig situation. Hur tror ni att det skulle se ut om en ung, ogift kvinna av blandad härkomst upptäcktes i ett låst kontor med hemligstämplade brittiska underrättelsedokument?"

Blodet lämnade Annas ansikte när hon förstod vad han menade. "Ni skulle anklaga mig för att vara förrädare."

"Och vem skulle tro något annat?" Wrexford tog ett steg närmare, och rösten sjönk till ett hotfullt mumlande. "Ert ord mot mitt? En respekterad underrättelseofficer med årtionden i tjänst mot en adopterad flicka med tvivelaktigt ursprung? Och tänk på vad en sådan skandal skulle göra med er familj. Med Belle Haven. Med era systrar."

Anna kände sig fångad, trängd som en räv inför jakthundar. Hotet mot hennes familj träffade djupare än någon oro för hennes egen säkerhet. Belle Haven var allt för hennes far, för hennes systrar. Om hennes handlingar drog skam över dem...

"Slutför chiffret, fröken Bell", sade Wrexford, hans ton återigen behärskad, nästan resonlig. "Gör den här lilla tjänsten, så kan ni återvända till balen utan att någon märker något. Vägra, och jag lovar att ni kommer att ångra det djupt."

Annas tankar rusade medan hon sökte efter en utväg ur det omöjliga valet hon stod inför. Hon tänkte desperat på Ashburton, önskade att han var här och undrade om hon någonsin skulle få träffa honom igen. Om hon någonsin skulle få chansen att berätta för honom att hon, trots allt, trots deras gräl och hans avståndstagande, hade blivit kär i honom.

När Wrexford otåligt gestikulerade mot skrivbordet insåg Anna med iskall klarhet att hon bara hade ett alternativ. Hon måste hitta ett sätt att varna Ashburton, att avslöja Wrexfords förräderi innan det var för sent. Men först måste hon överleva det här rummet, det här ögonblicket.

Hon tog ett djupt andetag och fattade sitt beslut.

"Nej." Anna sköt undan papperen, rösten var stadigare än hon kände sig när hon lyfte blicken för att möta Wrexfords. "Jag tänker inte göra det här. Jag tänker inte hjälpa er att förråda England." Hennes hjärta hamrade mot revbenen, varje slag var smärtsamt högt i hennes öron, men hennes beslut var fattat. Vilka konsekvenser som än följde, skulle hon inte använda sina förmågor för att skada sitt land eller de människor hon älskade.

Wrexfords uttryck hårdnade och de sista resterna av hans diplomatiska mask föll bort. "Ni gör mig besviken, fröken Bell. Jag hade trott att ni var mer pragmatisk." Han steg närmare skrivbordet och hans skugga föll över hennes ansikte. "Överväg er ställning noga. Er vägran förändrar ingenting förutom ert öde."

"Jag har övervägt det", svarade hon och reste sig från stolen för att möta honom. Trots att han tornade upp sig över henne vägrade Anna att låta sig kuvas. "Jag möter hellre falska anklagelser än att veta att jag hjälpte er att offra brittiska liv."

"Vilken patriotisk känsla", hånlog Wrexford. "Lärde ni er det av Ashburton? Mannen som kastade bort er när ni blev en olägenhet för honom?"

Orden var beräknade för att såra, och trots att hon försökte låta bli kände Anna hur de sved. Men att tänka på Ashburton nu – hans grå ögon varma av beundran när de arbetade tillsammans, hans fingrar mjuka mot hennes kind när han borstade bort en bläckfläck, hans röst som mjuknade när han sade att han såg henne – gav henne styrka snarare än smärta.

Kanske skulle hon aldrig få se honom igen. Kanske aldrig få chansen att berätta för honom att hon, trots allt, trots hans avståndstagande och deras gräl, hade blivit kär i honom. Inte i hans täckmantel som den lättsinnige kapplöpningsentusiasten, inte ens i den hängivne underrättelseagenten, utan i mannen som fanns i ögonblicken mellan dessa roller. Mannen som kom ihåg hur hon ville ha sitt te, som respekterade hennes matematiska sinne, som såg henne när resten av världen tittade förbi henne.

"Lord Ashburton försökte skydda mig", sade hon, och insikten klarnade i samma stund som hon uttalade orden. "Från er. Han visste instinktivt vad ni var, även om han inte riktigt hade lagt pusslet än. Det kommer han att göra. Och han kommer att döda er för det." Hon talade med absolut säkerhet.

Slaget kom utan förvarning; Wrexfords hand träffade hennes kind med tillräcklig kraft för att rycka hennes huvud åt sidan. Smärta exploderade i ansiktet, skarp och chockerande. Anna snubblade bakåt och tog emot sig mot skrivbordskanten medan stjärnor dansade framför ögonen.

"Nog", fräste Wrexford, hans samlade yttre var slutligen krossat. "Jag har haft överseende med er oförskämdhet länge nog."

Annas kind brände där han hade slagit henne; huden kändes het och spänd. Hon kände smaken av blod där tänderna hade skurit in i insidan av kinden. Den fysiska smärtan var mindre chockerande än insikten om hennes situation, ensam med en man som just visat sig kapabel till våld såväl som förräderi.

Medan Wrexford vände sig åter mot skrivbordet och samlade ihop de återstående papperen med skarpa, arga rörelser, föll Annas blick på en brevöppnare i silver som låg bredvid bläckhornet. Dess handtag var prytt och bladet smalnade av till en spets som glimmade i lampskenet.

Utan medveten eftertanke slöt hon handen om den. Metallen kändes sval mot hennes handflata, dess tyngd var obetydlig men ändå på något sätt betryggande. Hon hade aldrig betraktat sig själv som modig i fysisk mening; hennes mod hade alltid varit av den tystare sorten, uttryckt genom uthållighet snarare än konfrontation. Men nu, med inga andra alternativ kvar, kände hon ett annat slags mod växa inom sig.

Wrexford vände sig om mot henne igen med dokumenten i ena handen. "Nu ska ni slu..."

Anna lät honom inte tala till punkt. Hon gjorde ett utfall framåt och drev brevöppnaren mot hans bröst med all kraft hon kunde uppbringa. Hennes rörelse saknade precision eller träning; den var sprungen ur desperation snarare än skicklighet.

Wrexford ryckte åt sidan, hans reflexer var snabbare än hon hade räknat med. Silverbladet missade sitt avsedda mål och skar istället en skåra längs hans revben. Inte djupt nog för att vara livshotande, men tillräckligt för att riva upp väst och skjorta och dra en linje av karmosinrött som omedelbart började sippra genom det fina tyget.

Han vacklade bakåt med den fria handen mot sidan, och hans ansikte förvreds av chock och raseri. "Er lilla huggorm", väste han mellan sammanbitna tänder. Blod sipprade mellan hans fingrar och fläckade hans fläckfria vita handske.

Under ett stillastående ögonblick stirrade de på varandra tvärs över det lilla kontoret; Anna höll fortfarande i den blodiga brevöppnaren, Wrexford pressade handen mot såret. Något skiftade då i hans ansiktsuttryck; beräkning ersatte det rena raseriet när han bedömde sin situation.

”Ett dårskapens drag, miss Bell”, sade han, rösten var sträv av smärta men han återfick kontrollen. ”Och ett som inte förändrar någonting, förutom att lägga till mordförsök till era brott.”

Han backade mot dörren med blicken fäst på henne och vapnet hon fortfarande höll. Hans andra hand förblev knuten kring de dechiffrerade dokumenten, knogarna var vita av ansträngning.

”Ingen kommer att tro er”, fortsatte han, nådde dörren och famlade efter nyckeln i fickan. ”En respekterad underrättelseofficer som attackeras av en hysterisk utländsk flicka? Historien skriver sig själv.”

Anna tog ett steg framåt, osäker på om hon skulle utnyttja sitt övertag. ”Folk kommer att tro på bevisen. De där dokumenten...”

”... kommer aldrig att ses”, avslutade Wrexford och stack nyckeln i låset utan att vända blicken ifrån henne. ”När någon väl hittar er kommer de här papperen att vara säkert levererade och alla bevis på min inblandning förstörda.”

Dörren öppnades bakom honom och han backade ut genom den. ”Överväg er ställning noga, fröken Bell. Om ni berättar om det här för någon, kommer jag att se till att hela er familj får lida för det ni gjort idag.”

Innan Anna hann svara drog han igen dörren. Låset vreds om med ett bestämt klick och hon var fångad där inne.

Anna stod orörlig mitt i rummet med brevöppnaren fortfarande i sin darrande hand. Silverbladet fångade lampskenet; dess polerade yta var nu nedsmetad med en strimma av Wrexfords blod. Hon stirrade på den en lång stund innan hennes fingrar släppte greppet och lät redskapet falla i golvet med ett metalliskt skrammel som ekade i den plötsliga tystnaden.

Hennes kind bultade där Wrexford hade slagit henne, en dov hetta som pulserade i takt med hennes bultande hjärta. Hon förde upp en hand för att röra vid den ömma huden och vek undan vid beröringen. Det skulle bli ett blåmärke, ett synligt bevis på hans våld som skulle kräva en förklaring.

Om hon någonsin lämnade det här rummet. Om inte polisen kom för henne först, tillkallad av Wrexford med historier om hennes attack. Skulle de tro på hennes berättelse framför hans? En adopterad flicka av kinesisk härkomst mot en av rikets adelsmän? Utgången verkade dystert förutsägbar, trots vetskapen om att Whitmore skulle stå upp för henne.

Anna gick fram till dörren och prövade handtaget fast hon visste att den var låst. Det solida träet rörde sig inte det minsta i sin karm. Fönstret, då. Hon gick bort till de tunga draperierna och drog dem åt sidan, vilket avslöjade fönsterluckor säkrade från utsidan. De vette mot en bar vägg istället för mot gatan som Wrexford hade påstått, varifrån hon kanske hade kunnat kalla på hjälp. Ingen flyktväg där heller.

Hon var instängd, ensam med efterdyningarna av våldet och den skrämmande ovissheten om vad som skulle hända härnäst. Hade Wrexford gått för att hämta vakter? Skulle han skicka någon för att tysta henne för gott? Eller var han redan nu på väg till den franska kontakt som väntade på underrättelserna hon delvis hade dechiffrerat åt honom?

Anna pressade pannan mot fönstrets svala glas och försökte lugna sina rusande tankar. Hon behövde tänka klart, planera sitt nästa drag när, *om*, hon lyckades lämna rummet. Hon skulle hitta Ashburton eller Matthew, berätta allt för dem och be att de trodde på henne mer än på Wrexford.

För tillfället kunde hon dock inte göra annat än att vänta, med smaken av blod i munnen och ekot av Wrexfords hot hängande i luften omkring sig. Det lilla kontoret, som nyss bara hade känts trångt, kändes nu som en fängelsecell vars väggar tryckte närmare för varje minut som gick. Porträttet av kungen stirrade ner på henne med målade ögon som tycktes döma henne för att hon misslyckats med att förhindra Wrexfords flykt med dokumenten.

Hur länge skulle det dröja innan någon kom? Hur länge tills hennes öde avgjordes av krafter som nu låg bortom hennes kontroll?

Brevöppnaren låg på golvet där den hade fallit; dess silveryta glänste matt i lampskenet som det enda vittnet till det som utspelat sig mellan henne och Wrexford. Anna stirrade på den, detta lilla vapen som hade spillt blod men ingenting förändrat, och undrade med en tom känsla vilket pris hon skulle få betala för sin desperata trotsakt.

Kapitel sjutton

ASHBURTON STORMADE IN GENOM den brittiska ambassadens ståtliga entré, och hans noggrant upprätthållna mask av aristokratisk likgiltighet var nu totalt krossad. Han såg sig febrilt omkring i balsalen och sökte efter en enda dämpat grön klänning i det hav av färgstarkt silke och satin som virvlade under kristallkronorna. Anna. Varje sekund som gick utan att han fann henne sände nya stick av skräck genom hans bröst. Wrexford hade ett försprång, och den mannen agerade aldrig utan syfte eller plan. Vetskapen om att Anna till och med i detta nu kunde vara i händerna på en förrädare som såg henne som ett hot som måste *"avlägsnas ur ekvationen"* drev honom framåt med hänsynslös beslutsamhet.

"Lord Ashburton!" En korpulent diplomat vars namn han inte alls kunde påminna sig lade en hand på hans axel. "Just rätt man! Vi diskuterade utsikterna inför Derbyt och behöver ert expertutlåtande om ..."

"Ursäkta mig", avbröt Ashburton honom, något han aldrig skulle ha gjort i sin roll som hästkapplöpningsentusiast. Han stannade inte ens för att se mannens förvånade ansiktsuttryck när han trängde sig förbi och granskade ansiktena med tilltagande desperation.

Balsalen strålade i ljuset från hundratals ljus, och värmen från så många människor gjorde luften kvav trots vinterkylan utanför. Musikerna spelade en livlig kadrilj i hörnet, och melodin kändes stötande munter mot den fasa som bultade i hans ådror. Dansarna vände och tog sina steg i perfekt takt, omedvetna om hans rädsla, om faran Anna svävade i, eller om Wrexfords förräderi som legat dolt mitt framför ögonen på dem i åratal.

"Har ni sett miss Bell?" frågade han en betjänt som stod vid ett buffébord. "En ung dam med kinesiska drag, bär troligen en grön klänning?"

Mannen skakade på huvudet, men tvekade sedan. "Vänta, ers nåd. Lady Whitmore frågade efter henne för inte ens tio minuter sedan. Hon sa att hennes syster hade försvunnit."

Så Clara hade märkt att Anna var borta. Det betydde att Anna varit borta tillräckligt länge för att väcka oro. Det knöt sig allt hårdare i Ashburtons mage.

"Och sir Edmund Wrexford?" pressade Ashburton på.

”Ja, ers nåd. Han kom förbi tidigare och verkade ha mycket bråttom. Han bad om ett privat rum för att gå igenom några papper, det gjorde han.”

”Vilket rum?” krävde Ashburton, med en röst som var skarpare än han avsett. Betjänten blinkade, tagen av intensiteten i hans blick.

”Jag är inte helt säker, ers nåd. Hovmästaren vet nog.”

Ashburton fick syn på hovmästaren på andra sidan rummet, där han dirigerade ett par tjänare som bar på brickor med champagne. Han skar rakt genom folkmassan, strök förbi damer i samtal och klev emellan par som gjorde sig redo att dansa. Hans brådska drog till sig förvånade blickar, särskilt från dem som kände honom som den lättsamme kapplöpningsentusiasten som aldrig skyndade på något annat än sina hästar.

”Hör på, Ashburton!” ropade någon när Ashburton passerade. ”Varför sådan brådska? Du ser ju, rent ut sagt, dyster ut!”

Ashburton saktade inte ens ner farten. Den ropande mannens förvånade ansikte sällade sig till den växande skaran av förbryllade blickar som följde i hans spår. Hans rykte om avslappnad gemytlighet, som han noggrant odlat under åratal, höll på att nystas upp med varje brådskande steg, och han förmådde inte bry sig.

”Herrn”, sa han när han nådde fram till hovmästaren, ”jag behöver veta vilket rum sir Edmund Wrexford använder. Det är av yttersta vikt.”

Hovmästaren rätade på sig med den värdighet som var unik för hans yrke. ”Jag är rädd att jag inte kan uppge...”

"Var han tillsammans med en ung dam?" avbröt Ashburton och lutade sig närmare. "Det här är inte en sällskapsfråga. Det rör kronans säkerhet."

Något i Ashburtons ansiktsuttryck måste ha förmedlat hans desperation, för hovmästarens professionella behärskning krackelerade något.

"Östra flygeln", sa han tyst. "Andra våningen, tredje dörren till vänster. Sir Edmund bad om att få vara ifred för att gå igenom diplomatiska papper med sin assistent."

Hans *assistent*. Den kalkylerade lögnen fick Ashburtons blod att koka. Han var redan i rörelse innan hovmästaren talat till punkt och styrde stegen mot östra flygeln med långa kliv som nästan övergick i språng så snart han lämnat den stora balsalen.

Korridoren sträckte sig framför honom, upplyst av vägglampetter som kastade fladdrande skuggor över de dekorerade tapeterna. Hans fotsteg ekade mot marmorgolvet och markerade sekunderna som tickade förbi, där var och en potentiellt förde Anna längre utom räckhåll för honom. Han tog trappstegen två och två, medan tankarna rusade i förväg. Om Wrexford redan hade gett sig av med henne... om han hade fört henne någon annanstans...

Nej. Han fick inte tänka så. Han måste hitta henne.

Korridoren på andra våningen var ödslig, och ljuden från balen var dämpade till ett fjärran sorl av musik och samtal. Ashburton räknade dörrarna – första, andra, tredje på vänster sida. Han pressade örat mot träet och lyssnade efter röster, efter något tecken på att Anna fortfarande var därinne. Han hörde ingenting förutom det svaga tickandet från ett ur. Försiktigt provade han handtaget för att inte varna Wrexford om han fortfarande var kvar, men dörren rörde sig inte. Låst.

Wrexford kunde ha fört henne någon annanstans. Eller så kunde han fortfarande vara därinne med henne.

Han kunde inte tillåta sig att tänka på några andra möjligheter.

Ashburton tvekade inte. Han satte sig snabbt på knä och drog fram ett smalt metallverktyg ur en dold ficka i sin stövel – en dyrk, ett av många små redskap som hade tjänat honom väl under hans år som spion. Låset var rejält men okomplicerat och gav vika för hans tränade händer efter bara några sekunders försiktig manövrering. Klicket när mekanismen släppte kändes onaturligt högt i den tysta korridoren.

Han rätade på sig, stoppade undan dyrken och tog ett djupt andetag innan han sköt upp dörren med kontrollerad kraft, beredd på vad som än kunde vänta på andra sidan.

Rummet var mindre än han förväntat sig, panelklätt och dunkelt upplyst av en enda lampa på skrivbordet. Papper låg utspridda över ytan, och fjäderpennan var lämnad i en pöl av bläck. Och där, vid fönstret med stel rygg och blekt ansikte, stod Anna.

Lättnaden sköljde över honom med sådan styrka att hans knän nästan vek sig. Hon var ensam. Vid liv. Men lättnaden förbyttes omedelbart i fasa när han noterade detaljerna: det rodnande märket på hennes kind som kontrasterade skarpt mot hennes bleka hy; det annars så välkammade håret som var i oordning, och den blodiga papperskniven på golvet som fångade lampljuset med sitt rödfärgade blad.

Deras blickar möttes tvärs över rummet, och Ashburton såg en komplex blandning av känslor i hennes ögon – lättnad över att han kommit, skam över att ha blivit lurad och en hemsk medvetenhet om vad hennes delvisa dechiffrering kunde betyda för de brittiska styrkorna om Wrexford överlämnade den till sina franska kontakter.

"Wrexford var dubbelagenten", sa hon med en röst som var stadigare än han förväntat sig, även om den bar på en svag darrning. "Han är borta. Med dokumenten. Jag försökte stoppa honom." Hennes hand lyftes omedvetet mot hennes mörbultade kind.

Ashburton korsade rummet med tre snabba steg och stannade precis innan han rörde vid henne, plötsligt osäker trots sitt desperata sökande. "Anna", andades han, och hennes namn föll från hans läppar som en bön. "Är du skadad?"

Hon skakade lätt på huvudet, trots att märket i hennes ansikte vittnade om motsatsen. "Inte allvarligt. Men Wrexford – han lät mig dechiffrera brittiska underrättelserapporter. Åt fransmännen." Hennes röst brast på det sista ordet, och Ashburton såg i hennes ögon vidden av hennes förtvivlan.

"Berätta allt", sa Ashburton varsamt och tog hennes händer i sina. De var kalla, alldeles för kalla, och darrade lätt under hans fingrar. Den militära disciplin som hade styrt hans liv i åratal manade honom att genast springa efter Wrexford, men han visste att Anna behövde den här stunden. Hon behövde att han lyssnade, att han förstod, innan de kunde agera. Och han behövde få höra allt om de skulle ha någon chans att stoppa Wrexford innan brittiska liv gick till spillo.

Annas mörka ögon mötte hans, fyllda av en blandning av lättnad och plåga. "Han sa att det var du som hade föreslagit mig", började hon med en röst som knappt var hörbar över de fjärran tonerna från orkestern som trängde genom väggarna. "Han sa att du rekommenderat min förmåga när han nämnt att han kommit över viktiga franska dokument som behövde dechiffreras omgående."

Ashburton spände käkarna. "En lögn. Jag skulle aldrig ..."

"Jag vet det nu", avbröt hon och sänkte blicken mot deras sammanflätade händer. "Men det verkade rimligt då. Du hade ju trots allt stött bort mig och sagt att du skyddade mig från Wrexfords uppmärksamhet. Jag tänkte att du kanske hade ändrat dig, att du kommit fram till att min förmåga ändå var värd risken."

Den bittra klangen i hennes röst sved djupt i honom. Han hade sannerligen stött bort henne, i övertygelsen om att han skyddade henne från just denna fara, men hans handlingar hade bara gjort henne mer sårbar för Wrexfords manipulation.

"Han tog hit mig och låste dörren", fortsatte Anna, och orden kom nu snabbare, som om hon behövde få ur sig dem innan de förgiftade henne. "Dokumenten såg äkta ut, en komplex chiffer, tydligt diplomatiska till sin natur. Jag började arbeta, och till en början verkade allt logiskt. Men sedan började jag märka mönster som jag kände igen ... terminologi som inte passade i en fransk kommuniké."

Hon drog sina händer ur hans och gick bort till skrivbordet, där hon pekade mot de utspridda papperen. "När jag insåg vad jag faktiskt höll på att dechiffrera – en förteckning över fartyg som ska tas ur bruk i Portsmouth och Dover – konfronterade jag honom. Han erkände allt, ganska stolt." Hennes fingrar vidrörde kinden där blåmärket mörknade. "När jag vägrade fortsätta, slog han mig. Han sa att han skulle utmåla mig som förrädaren om jag sa någonting."

Ashburton såg ner på skrivbordet. Han noterade bläckfläckarna på hennes fingrar, fjäderpennan som lämnats mitt i ett drag när hon upptäckt sanningen, det tomma glaset på sidobordet där Wrexford troligen suttit och druckit medan hon arbetade.

Vägguret tickade högt i tystnaden efter hennes ord, och varje metalliskt klick markerade sekunder som rann iväg, sekunder under vilka Wrexford rörde sig längre utom räckhåll för dem.

"Han tog det jag hunnit få färdigt", sa hon och stirrade ner på sidorna. "Det var inte allt, men kanske tillräckligt för att äventyra vårt kustförsvar om fransmännen agerar snabbt." Hennes röst darrade till en aning. "Jag försökte stoppa honom. Jag använde den där." Hon nickade mot den blodiga papperskniven på golvet.

Ashburton följde hennes blick mot silverföremålet. "Skadade du honom?"

"Knappt. En skråma längs revbenen." Hennes röst rymde lika delar besvikelse och stolthet. "Han var för snabb. Låste in mig här när han gick. Sa att ingen skulle tro mig framför honom."

Vidden av det hon utstått – Wrexfords manipulation, insikten om sitt oavsiktliga förräderi, det fysiska angreppet, hennes modiga motstånd – drabbade Ashburton med kraft. Denna märkvärdiga kvinna hade mött en av Englands farligaste agenter ensam, beväpnad med inget annat än en papperskniv och sitt orubbliga mod.

”Det är inte ditt fel”, sa han med brinnande visshet. ”Wrexford har lurat män som är dubbelt så gamla som du med årtionden av erfarenhet. Han har fört hela den brittiska underrättelsetjänsten bakom ljuset i åratal. Mig inkluderad.”

Hennes ögon, glansiga av tårar som hon höll tillbaka, lyftes mot hans ansikte. ”Jag borde ha förstått det tidigare. Mönstren fanns där om jag bara hade varit tillräckligt uppmärksam.”

”Nej.” Ashburton tog ett steg närmare, oförmögen att uthärda de självanklagelser han hörde i hennes röst. Utan att tänka sträckte han sig efter henne och drog in henne i sin famn. Hon stelnade till för ett ögonblick, men mjuknade sedan mot honom och lät huvudet vila mot hans bröst. ”Ingen såg det. Inte hans överordnade, inte hans kollegor. Inte jag, trots att jag arbetat nära honom i åratal.”

Han höll henne varsamt, medveten om hennes mindre kropp mot sin egen, om hennes mjuka hår under hans haka. Hennes andning blev gradvis lugnare och synkroniserades med hans hjärtas starka, jämna slag. Den välbekanta doften av henne – papper, bläck och jasmin – fyllde hans sinnen och distraherade honom för ett ögonblick från deras trängda läge.

”Jag trodde att jag hjälpte England”, mumlade hon mot hans väst. ”Istället har jag utsatt landet för fara.”

”Det har du inte”, insisterade han, och lät ena handen stryka henne över håret i en gest som kändes på samma gång ny och smärtsamt välbekant. ”Du slutade när du insåg sanningen. Du kämpade emot honom. Och nu ska du hjälpa mig att stoppa honom innan de där dokumenten når sitt mål.”

De utspridda papperen på skrivbordet fångade hans blick. Ett fragment av en karta stack fram under arken och visade vad som föreföll vara floden Donau med dess biflöden. Varje detalj kunde visa sig avgörande för att fastställa vart Wrexford var på väg och vem han planerade att träffa.

”Vi måste skynda oss”, sa han och lossade ogärna sitt grepp tillräckligt för att kunna se ner i hennes ansikte. Blåmärket på hennes kind hade mörknat till en ilsken lila färg, och han motstod impulsen att vidröra det varsamt för att på något sätt lindra den smärta hon utstått. ”Om vi kan hinna ifatt honom innan han lämnar över dokumenten...”

”Han kommer att ha reservplaner”, avbröt Anna, vars praktiska sinne redan ställde om till problemet de stod inför, trots hennes chock. ”Flera möjliga mötesplatser, signaler för att visa om han är förföljd.”

”Utan tvekan”, instämde Ashburton. ”Men varje spion har mönster, vanor de inte själva lägger märke till. Och du, Anna Bell, är den skickligaste person på att se mönster som jag någonsin mött.”

En aning färg återvände till hennes bleka kinder vid hans ord. Hon tog ett steg tillbaka ur hans famn, och Ashburton kände förlusten av kontakten som en fysisk smärta.

Men den analytiska skärpa som återvände till hennes blick talade om för honom att hennes extraordinära intellekt redan var i arbete med att bearbeta allt hon lärt sig om Wrexford under deras ödesdigra möte.

”Vi måste varna Whitmore också”, fortsatte Ashburton och kastade en blick på klockan. Knappa femton minuter hade förflutit sedan han kommit in i rummet, fastän det kändes som timmar. ”Hans ställning ger honom befogenhet att mobilisera de resurser vi kommer att behöva. Men först måste vi fastställa vart Wrexford är på väg.”

Den avlägsna musiken från balsalen hade övergått i en vals, samma komposition som de hade dansat till på Palais Schwarzenberg. Minnet av Anna i hans famn då, hur det gyllene silket fångade ljuset och hur hennes kropp rörde sig i perfekt harmoni med hans, slog honom med smärtsam tydlighet. Hur mycket som hade förändrats sedan den kvällen. Hur mycket som förblev osagt mellan dem.

”Vi ska stoppa honom”, sa Ashburton med absolut övertygelse i rösten. ”Tillsammans.”

Han såg hur Anna rätade på axlarna och hur de sista darrningarna lämnade hennes händer när beslutsamhet ersatte plågan. Förvandlingen var anmärkningsvärd; sårbarhet som gav vika för styrka, rädsla för beslutsamhet. I det ögonblicket visste Ashburton med orubblig visshet att han skulle följa denna märkvärdiga kvinna till världens ände om hon bad honom om det.

Anna drog sig plötsligt ur hans famn, och hennes ögon vidgades av en plötslig insikt. Ashburton kände igen den blicken; han hade sett den förut, i hans rum när de dechiffrerade franska chiffer tillsammans – det ögonblicket då hennes briljanta sinne fann ett mönster som var osynligt för alla andra. Den sårbara unga kvinnan som darrat i hans armar bara för en stund sedan genomgick en förvandling framför hans ögon; hon rätade på ryggen och blicken skärptes av ett nytt syfte.

”Efter att jag hade skadat honom sa han något märkligt: 'När någon väl hittar dig kommer de här papperen vara säkert levererade.' Inte 'överförda' eller 'skickade', utan 'levererade'. Som om han personligen ämnade lämna över dem.”

Ashburton tog ett steg tillbaka och tog in innebörden av hennes analys. Det som verkat vara ett förödande bakslag – att Wrexford kommit undan med delar av underrättelseinformationen – förvandlades framför hans ögon till en möjlighet. Om de kunde hinna ifatt honom innan han lämnade över papperen...

Men mer än den taktiska fördel hon erbjöd, slogs Ashburton av den anmärkningsvärda motståndskraften hos kvinnan framför honom. För mindre än trettio minuter sedan hade hon varit inlåst ensam i det här rummet, efter att ha blivit bedragen, utnyttjad, hotad och fysiskt angripen. Nu stod hon och analyserade just det svek som hade snärjt henne, medan hennes briljanta förnuft återigen tog kontroll över omständigheter som skulle ha lämnat de flesta paralyserade av chock eller självförebråelser.

"Helt fantastiskt", andades han, och ordet innefattade inte bara hennes slutsats utan allt hos henne – hennes intelligens, hennes mod, hennes oböjliga anda. I det ögonblicket kristalliserades den känsla han gradvis hade erkänt för sig själv under veckornas gång till en absolut visshet. Han älskade henne. Inte bara hennes intellekt, även om dess glans bländade honom. Inte bara hennes mod, även om det fyllde honom med vördnad. Utan hela henne, varje komplex, motsägelsefull och extraordinär sida.

"Jag vet vart han är på väg", sa Ashburton, då han plötsligt insåg hur tursamt det varit att han sett Wrexford och Jakob tillsammans på det där värdshuset. "Jag såg honom träffa Jakob, en av mina informanter", lade han till när Anna gav honom en frågande blick. "Det var så jag insåg att han var förrädaren. En av de saker han sa verkade märklig. Det är namnet på ett tävlingsstall strax utanför Wien. Det finns inga hästar där under smällkalla vintern, vilket var anledningen till att det inte var logiskt för mig då, men nu förstår jag vad han menade. Jag tror att Frontenac gömmer sig där."

"Då måste vi ge oss av!" Hon tog ett steg mot dörren, och han skrattade till hälften och sträckte ut handen för att hejda henne.

"Vänta på mig. Jag tänker inte släppa dig ur sikte igen."

Anna såg upp på honom, och hennes ögon vidgades en aning vid påståendet. "Du ... vill att jag ska följa med? Är du inte orolig för min säkerhet längre?"

"Jag är alltid orolig för din säkerhet", svarade han och tog ett steg närmare henne. "Men jag har lärt mig min läxa när det gäller att underskatta dig. Och jag har ingen avsikt att göra om det misstaget."

Innan han hann ifrågasätta sin egen djärvhet, lyfte Ashburton händerna och kupade hennes ansikte. Hans tummar följde varsamt linjen längs hennes kindben, noga med att undvika det mörbultade området. Hennes hud kändes varm mot hans beröring, och hennes ögon vidgades av förvåning, men hon drog sig inte undan.

"Anna Bell", sa han mjukt, "du är den mest extraordinära kvinna jag någonsin har mött."

Sedan sänkte han huvudet och kysste henne. Kyssen var varsam, nästan vördnadsfull; hans läppar snuddade vid hennes med en ömhet som stod i strid med deras akuta situation. Under ett hjärtslag förblev hon helt stilla under hans beröring, och sedan mjuknade hennes läppar och besvarade hans med en tveksam sötma som fick hans hjärta att krampa smärtsamt i bröstet.

Han drog sig tillbaka efter bara några ögonblick, även om det kändes som en evighet komprimerad till ett enda andetag. Hennes ögon förblev slutna ett hjärtslag till innan de öppnades för att stirra på honom i förbluffad tystnad.

"När det här är över", sa han med en röst som var sträv av känslor han inte längre försökte dölja, "när Wrexford är gripen och dokumenten säkrade, har jag vissa saker jag behöver säga dig."

Annas fingrar vidrörde sina läppar en kort stund med ett uttryck av både förundran och förvirring. "Vilka saker?"

Klockan på spiselkransen slog kvart, och det skarpa ljudet bröt förtrollningen mellan dem. Ashburton tog motvilligt ett steg tillbaka, trots att allt i honom ville dra henne nära igen, avsluta det han börjat säga och bekänna djupet av sina känslor.

"Senare", lovade han och tog istället hennes hand. "Först har vi en förrädare att fånga."

Hennes fingrar flätades samman med hans, varma och stadiga nu, och darrningarna var helt borta. Det lätta trycket från hennes hand i hans kändes som ett tyst löfte; om partnerskap, om framtida samtal, om möjligheter som ännu inte utforskats.

Tillsammans vände de sig mot dörren och klev ut från det trånga rummet där svek och våld ägt rum till korridoren utanför, där deras sammanflätade händer var en förklaring starkare än ord.

Kapitel arton

Annas läppar pirrade fortfarande efter Ashburtons kyss när de skyndade genom ambassadens korridorer. Hennes sinne var knivskarpt delat mellan den omedelbara faran med Wrexfords förräderi och den överraskande intimitet de nyss hade delat. Hennes hjärta slog i takt med deras snabba fotsteg, och varje slag var en påminnelse om att liv stod på spel – brittiska soldater och sjömän vars positioner skulle äventyras om de misslyckades med att lägga beslag på dokumenten. Värmen från Ashburtons hand, som höll hennes i ett stadigt grepp, förankrade henne i nuet medan de sicksackade mellan klungor av ovetande gäster. Hennes ögon sökte av folkmassan efter Matthews resliga figur.

"Där", sade hon och fick syn på sin svåger på andra sidan balsalen. Matthew stod tillsammans med en grupp österrikiska diplomater. Hans ansiktsuttryck var artigt uppmärksamt, även om Anna kunde uppfatta de subtila tecknen på tristess i sättet han flyttade tyngden från den ena foten till den andra.

Ashburton släppte hennes hand när de närmade sig, och den plötsliga avsaknaden av hans beröring gjorde hennes fingrar märkligt kalla. Nödvändigheten av diskretion, till och med nu, till och med efter allt som hänt mellan dem. En liten besvikelse mitt i betydligt större bekymmer.

"Whitmore", sade Ashburton med låg men angelägen röst när han smidigt anslöt sig till samtalet. "Kan jag få låna Er ett ögonblick? Det gäller en ganska viktig sak angående de där hästavelsjournalerna vi diskuterade tidigare."

Matthew drog ihop ögonbrynen en aning vid avbrottet, men något i Ashburtons blick måste ha förmedlat situationens allvar. Han bad österrikarna om ursäkt och följde efter när Ashburton ledde dem mot ett lugnare hörn av rummet.

"Vad har hänt?" frågade han, och hans blick skärptes när han såg Annas ansikte. "Men snälla nån, Anna, din kind..."

"Inte här", mumlade Ashburton och lät blicken svepa över rummet med samma vaksamhet som en man van vid att röra sig i farliga trakter. "Finns det någonstans där vi kan tala ostört?"

Matthew nickade bestämt en gång. "Följ mig."

Han ledde dem genom en sidodörr och nerför en korridor. Ljuden från balen avtog för varje steg och ersattes av det ihåliga ekot av deras fotsteg mot den polerade marmorn. Matthew öppnade dörren till vad som verkade vara ett litet arbetsrum och visade in dem innan han stängde den ordentligt efter sig.

”Nåväl”, sade han och vände sig mot dem med en blick som inte tillät några undanflykter, ”förklara er. Clara insisterade på att något pågick mellan er två, men jag har inte lagt mig i eftersom jag litar på att Anna känner sitt eget sinne. Men märket på hennes kind och uttrycket i båda era ansikten säger mig att vad som än pågår, så är det inte vad jag trodde.”

Anna rodnade när hon insåg att Matthew hade misstänkt att de hade en *affaire*. Hennes svåger gav henne ett ursäktande leende.

Ashburton började gå fram och tillbaka, hans vanligtvis avslappnade hållning var helt bortblåst till förmån för kontrollerade rörelser. Anna iakttog honom när han samlade sina tankar, med axlarna rakryggade under rocken och händerna knäppta bakom ryggen. Masken som sorglös aristokrat hade fallit helt och hållet och avslöjade stålet därunder.

”Wrexford är en förrädare”, sade han utan omsvep. ”Han har sålt brittiska underrättelser till fransmännen i åratal. I kväll lurade han Anna att hjälpa till att avkoda känslig information om våra flottplaceringar i Portsmouth och Dover.”

Matthews ögon vidgades och hans blick for mellan Ashburton och Anna. "Wrexford? Det är... omöjligt. Han är en av våra mest betrodda..."

"Det är sant", avbröt Anna, med en röst som var stadigare än hon förväntat sig. "Han lockade bort mig från balen och hävdade att lord Ashburton hade rekommenderat mig för att hjälpa till med brådskande avkodningsarbete. Jag insåg inte vad det var jag faktiskt översatte förrän det var för sent."

Hon rörde vid sin blåslagna kind utan att tänka på det. "När jag konfronterade honom erkände han allt. Sedan tog han det jag hunnit avkoda och låste in mig på det där kontoret. Om lord Ashburton inte hade hittat mig..."

Ashburton stannade tvärt och vände sig mot Matthew med en intensitet som verkade ladda luften mellan dem. "Det finns mer Ni behöver förstå, Whitmore. Om min verkliga roll här i Wien."

Anna lyssnade när Ashburton förklarade sin position som spion, sina år i brittisk underrättelsetjänsts tjänst under den perfekta täckmanteln som en galoppentusiast som var alltför upptagen med stamtavlor och vadslagning för att lägga märke till politiska intriger. Han beskrev hur Anna av en slump blivit inblandad, även om han tonade ner hennes roll i att stjäla dokumenten från Frontenac vid jaktstugan, vilket hon var tacksam för. Han fortsatte med att berätta hur de hade börjat samarbeta, hur Annas matematiska sinne visat sig ovärderligt för att knäcka franska chiffer, och hur han till slut försökt distansera sig från henne när Wrexford började ställa frågor.

"Jag trodde att jag skyddade henne", sade han med en röst sträv av ånger medan han sneglade på Anna. "I stället gjorde jag henne mer sårbar."

Matthews ansikte hade blivit alltmer allvarligt medan Ashburton talade, och insikterna tycktes tynga hans axlar. Hans käke spändes och ådern vid tinningen bultade synligt.

"Och nu har Wrexford dessa avkodade dokument", sade han med farligt lugn röst. "Dokument som kan äventyra våra positioner."

"Inte helt avkodade", rättade Anna snabbt. "Jag slutade så fort jag förstod vad det var. Men även den ofullständiga informationen kan vara skadlig om fransmännen agerar snabbt."

"Vi vet vart han är på väg", tillade Ashburton med brådska i rösten. "Ett galoppstall utanför Wien. Han ska träffa en fransk agent där i natt för att lämna över dokumenten."

"Vi kan fortfarande hinna ifatt honom", sade Anna och tog ett steg framåt. "Om vi ger oss av nu."

Matthew gick fram till klocksträngen vid öppna spisen och drog i den med sådan kraft att snöret svängde vilt. "Jag ska låta göra i ordning hästar omedelbart och kalla på kapten Richards och hans män. Man kan lita på dem villkorslöst."

En tjänare dök upp nästan genast i dörröppningen, som om han materialiserats ur tomma intet. Matthew gav en rad snabba order; hästar skulle sadlas, specifika officerare skulle kallas till platsen diskret, inte ett ord till någon annan om deras avfärd.

När dörren stängdes efter tjänaren vände sig Matthew tillbaka till dem, med ett bistert men beslutsamt uttryck. "Du åker naturligtvis hem med Clara, Anna."

"Nej." Ordet kom med oväntad kraft och överraskade till och med Anna själv. Båda männen vände sig om och tittade på henne; Matthew med höjda ögonbryn av förvåning, Ashburton med ett outgrundligt uttryck.

"Vad sade du?" frågade Matthew i en ton som pendlade mellan förvirring och en äldre brors naturliga auktoritet.

"Jag sade nej", upprepade Anna med stadigare röst medan hon rätade på ryggen. "Jag följer med er."

Matthew skakade på huvudet och formulerade redan sina invändningar. "Absolut inte. Det här är alldeles för farligt. Vi kommer att rida hårt genom natten och poten- tiellt konfrontera beväpnade förrädare!"

"Det var jag som skapade den här röran", avbröt Anna och vägrade ge vika. "Det var jag som avkodade doku- menten. Jag ska hjälpa till att avsluta det här." Hennes händer darrade en aning vid sidorna, men hon knäppte dem samman och tvingade dem till stillhet genom ren viljekraft. "Jag har ridit sedan innan jag kunde gå. Jag kom- mer inte att sinka er."

"Anna", började Matthew igen med en röst som mjuk- nade av oro, "du har redan varit med om tillräckligt i kväll. Wrexford slog dig, hotade dig..."

"Vilket är precis varför jag måste se det här till slutet", framhärdade hon. "Tror ni att jag på något vis skulle kunna stanna kvar här, väntande och undrande, medan ni och lord Ashburton riskerar livet för att rätta till mina mis- stag?"

”Det var inte dina misstag”, sade Ashburton lågmält. Det var första gången han talade sedan diskussionen började. Hans grå ögon rymde en blandning av respekt och oro när de mötte hennes, vilket fick det att knyta sig smärtsamt i hennes bröst. ”Du blev lurad av en mästare på manipulation.”

”Icke desto mindre”, sade hon och höll kvar hans blick, ”så följer jag med.”

Matthew tittade på dem båda och lade tydligt märke till något i deras ordväxling som fick honom att hejda sig. Han kisade en aning och omvärderade situationen framför sig med samma noggranna uppmärksamhet som han använde vid diplomatiska förhandlingar.

”Stöder Ni den här galenskapen?” frågade han Ashburton direkt.

Ashburton släppte aldrig Anna med blicken. ”Jag anser att Anna har visat ett mod och en klarhet i tanken som skulle vara värdefull för vårt förehavande”, sade han eftertänksamt. ”Och jag misstänker att varje försök att hindra henne från att delta skulle slösa bort dyrbar tid som vi inte har råd att förlora.”

Det ryckte i Matthews mungipa, nästan som ett leende trots situationens allvar. ”Jag förstår.” Han suckade och gav efter med ett motvilligt medgivande. ”Jag ska låta lägga en damsadel på en av hästarna”, gick han med på. ”Men du stannar i bakgrunden när vi når stallet, Anna. Den punkten förhandlar jag inte om.”

”Tack”, sade Anna. Lättnad och beslutsamhet blandades i hennes röst.

När Matthew gick mot dörren för att se efter hur det gick med förberedelserna tog Ashburton ett steg närmare Anna och sänkte rösten så att bara hon hörde. "Är du säker?"

Hon mötte hans blick och fann där inte tvekan utan uppriktig omsorg. "Helt säker", svarade hon. "Vissa ekvationer måste lösas ända till sitt slut."

Hans läppar kröktes i ett antytt leende, och för ett kort, andlöst ögonblick trodde Anna att han skulle kyssa henne igen. I stället sträckte han ut handen och rörde lätt vid hennes handrygg, en gest som var både intim och behärskad.

"Då bör vi göra oss redo för ritten", sade han mjukt. "Vi har en förrädare att fånga."

De frostnupna fälten glänste i silver under vintermånen när de galopperade över landsbygden. Hästarnas hovar rev upp små moln av kristaller vid varje nedslag. Anna lutade sig framåt i sin damsadel och hennes andedräkt bildade vita plymer i den iskalla nattluften. Kylan bet genom hennes galaklänning, som var helt olämplig för en ridtur mitt i natten trots den lånade rocken hon dragit på sig, men hon vägrade att låtsas om sitt obehag. Framför henne ledde Ashburton och Matthew vägen, deras mörka rockar smälte samman med skuggorna, medan de fyra soldaterna som Matthew kallat på bildade eftertrupp, en betryggande närvaro i natten.

Annas häst var hennes egen fuxfärgade jakthäst Perseus, som snabbt hämtats från Whitmores stall med hennes egen damsadel. Valacken rörde sig med graciöst självförtroende över den ojämna terrängen och svarade på minsta tryck från Annas knän. Trots omständigheterna kände Anna en gnutta glädje över att få rida igen. Inte ens en damsadels aviga begränsningar kunde helt förtas känslan av frihet som kom med att sitta till häst med vinden i ansiktet.

Hon beräknade nästan omedvetet deras framsteg medan de red: den tillryggalagda sträckan, tiden som gått, Wrexfords troliga ankomsttid till målet. Skulle de nå galoppstallen före honom? Eller skulle de finna honom redan där, med hans franska kontakt försvunnen med de fällande dokumenten och skadan på den brittiska flottans positioner redan oåterkallelig?

Ashburton tittade då och då bakåt, och hans ögon fann hennes i mörkret som för att försäkra sig om att hon fortfarande var med. Varje gång deras blickar möttes kände Anna ekot av hans kyss på sina läppar, en spöklik förnimmelse som dröjde kvar trots kylan och deras desperata uppdrag.

När de slutligen nådde krönet av en liten höjd kom galoppstallen i sikte, en lång och låg träbyggnad som avtecknade sig mot den stjärnbeströdda himlen. Inga ljus brann i fönstren; platsen verkade öde, ett tomt skal i väntan på de invånare som inte skulle återvända förrän våren förde galoppsäsongen tillbaka till Wien.

Matthew höjde handen och gav tecken åt dem att stanna. Han satt av i en enda smidig rörelse och vinkade åt soldaterna att göra detsamma. Två av dem slank in i stallet för att rekognoscera och återvände några minuter senare med en huvudskakning.

"Inga spår av Wrexford än", mumlade Matthew, så lågt att det knappt hördes. "Kapten Richards, placera ut era män längs ytterkanten. Bevaka alla infartsvägar, men håll er dolda. Ingen aktion förrän jag ger signal."

Kaptenen nickade och gav tysta order till sina män, som försvann in i skuggorna.

Ashburton närmade sig Annas häst och räckte upp händerna för att hjälpa henne sitta av. Hans händer slöt sig om hennes midja, varma till och med genom hennes kappa, och för ett ögonblick när han lyfte ner henne på marken stod de så nära att hon kunde känna värmen som strålade från hans kropp. En skarp kontrast till den bitande kylan som omgav dem.

"Den här vägen", viskade han, och hans andedräkt var varm mot hennes öra. "Vi ska hitta en plats där vi kan observera utan att bli sedda."

Matthew tog tag i Ashburtons arm. "Håll henne säker", sade han med en röst spänd av oro. "Jag håller vakt på den östra sidan. Om Wrexford anländer med fler män än vi förutsett..."

"Då anpassar vi oss efter det", avslutade Ashburton i en ton som inte lämnade utrymme för tvivel. "Anna är säker hos mig."

Anna skulle ha kunnat invända mot att de diskuterade henne som om hon inte vore där, men det allvarliga i deras situation dämpade hennes vanliga bestämdhet. Dessutom förstod hon att omsorgen i hennes svågers ögon var vad den var; inte tvivel på hennes förmåga, utan uppriktig rädsla för hennes välbefinnande efter allt hon redan utstått den kvällen.

Ashburton ledde henne över den frusna marken mot stallets bakre ingång, med handen mot hennes ländrygg som ett lätt tryck som styrde hennes steg. Inuti var byggnaden beckmörk och doftade starkt av hö, läder och den dröjande doften av hästar som för länge sedan flyttats till sina vinterkvarter. Anna andades djupt och kände tröst i de välbekanta dofterna som starkt påminde henne om Belle Haven.

De rörde sig försiktigt genom mörkret medan Annas ögon gradvis vänjde sig vid det svaga ljuset som silade in genom springorna i träväggarna. Ashburton ledde henne till en spilta nära mitten av byggnaden, vars dörr stod på glänt.

"Här inne", viskade han och visade in henne. "Här kommer vi att kunna höra allt, men de kommer inte att se oss om de inte går in i just den här spiltan."

Spiltan var liten, avsedd för en enda häst, med halm som fortfarande täckte golvet. Anna pressade ryggen mot den bakre väggen med Ashburton bredvid sig, deras axlar vidrörde varandra i det trånga utrymmet. Hon kunde känna spänningen i hans kropp, den samlade beredskapen hos ett rovdjur som väntar på rätt ögonblick att slå till.

Tiden tycktes stanna av mellan dem, mätt endast av de mjuka ljuden från deras andetag och enstaka avlägsna rop från en nattfågel. Kylan trängde igenom Annas kläder och fick henne att darra trots att hon var fast besluten att förbli lugn.

"Här", mumlade Ashburton, tog av sig sin ytterrock och lade den över hennes axlar innan hon hann protestera. Tyngden av den lade sig runt henne som en famn, fortfarande varm från hans kropp, med en svag doft av sandelträ och något som var unikt för honom.

"Ni kommer att frysa ihjäl", invände hon, även om hon svepte rocken tätare om sig, oförmögen att motstå dess tröstrika värme.

"Jag är van vid betydligt värre förhållanden", svarade han med ett stänk av ironisk munterhet i rösten. "Wien på vintern är praktiskt taget milt jämfört med ett spaningsuppdrag i Moskva i januari."

Denna lättsamma hänvisning till hans verkliga yrke, ett liv som hon bara skymtat som hastigast under deras gemensamma arbete med chiffren, påminde Anna om hur lite hon egentligen visste om mannen bredvid henne. Tanken gav upphov till ett märkligt sting i bröstet.

"Berätta om Belle Haven", sa Ashburton plötsligt och bröt den tunga tystnaden mellan dem. "Du nämnde en gång att du har beräknat härstamning för din fars hästar. Hur började det?"

Den oväntade frågan kom helt oförberett för Anna, men hon förstod hans avsikt: att lätta på spänningen i väntan och distrahera henne från kylan och rädslan. Hon kom på sig själv med att le en smula i mörkret.

"Jag var sex år när far första gången visade mig avelsböckerna", svarade hon, och hennes röst var en mjuk viskning i stillheten. "Jag hade redan visat prov på talang för matematik, och han trodde att jag skulle uppskatta att se dess praktiska tillämpning. Jag blev fascinerad av mönstren – hur vissa egenskaper kunde spåras genom generationer, hur man kunde förutse sannolikheten för snabbhet eller uthållighet eller specifika kroppsbyggnader."

När hon talade sköljde minnen från Belle Haven över henne; solljuset som silade in genom stallfönstren, hästarnas varma andedräkt mot hennes händer, hennes fars tålmodiga röst som förklarade stamträd och blodslinjer.

"När jag var tio år förde jag böckerna själv", fortsatte hon. "Vid fjorton hade jag utvecklat mitt eget system för att förutse vilka parningar som skulle ge de bästa fölen. Far säger att jag har en sällsynt fallenhet för det."

"Inte sällsynt", invände Ashburton mjukt. "Matematisk. Precis. Du ser mönster som andra missar."

Den enkla förståelsen i hans röst rörde vid något djupt inne i Anna. Hur många gånger hade hennes familj inte berömt hennes förmågor utan att egentligen förstå dem? Men Ashburton tycktes se rakt in i kärnan av hur hennes sinne fungerade.

"Och du då?" frågade hon och styrde bort samtalet från sig själv. "Du nämnde din fars galoppstall. Var det där din täckmantel tog sin början?"

Ashburtons axel pressades hårdare mot hennes när han ändrade ställning något. "På sätt och vis", medgav han. "Även om det inte helt var ett påhitt. Min far är genuint besatt av galoppsport. Han födde upp några av de finaste fullbloden i England och tillbringade mer tid med sina hästar än med sin familj."

Det fanns ingen bitterhet i hans ton, bara ett konstaterande av fakta, men Anna anade det ensamma barnet bakom orden.

”Jag hade en ponny som hette Sentinel”, fortsatte han, och rösten mjuknade vid minnet. ”Ett litet, rufsigt djur, inte alls lik min fars prisbelönta fullblod. Men klok. Han listade ut hur man öppnade regeln till spiltan genom att titta på stallknektarna.”

Anna log i mörkret och föreställde sig en yngre Ashburton som fann tröst i sällskapet av en klok ponny när mänsklig kontakt var svår att nå.

”Min far blev besviken när jag visade mer intresse för min utbildning än för att ta över hans tävlingsverksamhet”, tillade Ashburton. ”Ironiskt, med tanke på att jag har tillbringat flera år med att låtsas vara precis den sorts hästtokiga aristokrat han ville att jag skulle bli.”

Bekännelsen, som gavs så enkelt i mörkret i deras gömställe, kändes för Anna som en gåva, en liten, dyrbar inblick bakom de noggrant konstruerade personligheter han visade upp för världen.

Minuterna sträckte ut sig till en timme, kanske längre. Kylan intensifierades och trängde igenom till och med Ashburtons tunga rock. Anna kom på sig själv med att nästan omedvetet luta sig mot hans värme, och han lade armen om hennes axlar och drog henne närmare. Intimiteten i deras ställning, tätt intill varandra i mörkret medan de delade viskade förtroenden, skapade en märklig bubbla av gemenskap trots faran som väntade dem.

"Om det här går fel..." viskade Anna plötsligt, och rösten svek henne när hela tyngden av deras situation återigen pressade ner henne.

"Det kommer det inte att göra", lovade Ashburton, och hans hand fann hennes i mörkret och flätade sina fingrar med hennes med trygg styrka. "Vi ska stoppa Wrexford, återfå dokumenten och vara tillbaka i Wien innan Clara ens märker att du är försvunnen."

Anna vände ansiktet mot hans, som knappt var synligt i det svaga månskenet som silade in genom springorna i stallväggen. "Andrew", sa hon och använde hans förnamn för första gången; de två stavelserna kändes intima och betydelsefulla på hennes tunga. "Jag vill att du ska veta..."

Men innan hon hann tala till punkt skar det karakteristiska ljudet av annalkande hovslag genom natten. Ashburtons kropp spändes bredvid hennes, hans hand kramade kort hennes fingrar innan han släppte dem och intog en vaksam ställning.

"De är här", viskade han, och all ömhet försvann ur rösten när han återigen förvandlades till spionen, jägaren, beskyddaren. "Inte ett ljud nu."

Stunden för bekännelser var förbi. Vad Anna än hade varit på väg att avslöja fick vänta, underordnat deras uppdrags omedelbara krav. Hon pressade sig hårdare mot spiltans vägg, och hjärtat bultade mot revbenen när hon förberedde sig på att möta förrädaren som så hänsynslöst utnyttjat henne bara några timmar tidigare.

Anna höll andan när stövlar knastrade mot den frusna marken utanför stallets huvudentré. Bredvid henne hade Ashburton blivit alldeles stilla, hans kropp var spänd som en hårt hoprullad fjäder. Stalldörren gnisslade upp och släppte in blekt lyktsken över det stampade jordgolvet. Två gestalter kom in; Wrexfords långa silhuett var omisskännlig även i det dunkla ljuset, hans följeslagare var kortare och kraftigare och rörde sig med de försiktiga stegen hos en man på obekant mark. Jakob, hade Ashburton kallat honom. Informatören som spelade på båda sidor.

"Tänd en lykta till", befallde Wrexford, och hans kultiverade röst sände en ofrivillig kåre längs Annas ryggrad. Minnet av hans hand som slog henne i ansiktet fladdrade förbi i hennes inre; svedan från slaget tycktes eka mot hennes kind än i dag. Hon tvingade sig själv att förbli orörlig, att kontrollera sin andning trots att hjärtat plötsligt rusade.

Jakob fumlade med en andra lykta; en tändstickas ritsch följdes av ett mjukt väsande när lågan tog sig i veken. Ljuset spred sig, och det gyllene skenet drev undan skuggorna men nådde inte ända fram till deras gömställe.

"Han är sen", mumlade Jakob och tittade på sitt fickur.

"Han kommer", svarade Wrexford med den absoluta visshet som kännetecknar en man som inte är van vid att bli ifrågasatt. Han gick fram till ett grovt träbord nära mitten av stallet och borstade bort damm från dess yta med nogräknad avsmak innan han placerade sin läderväska på det. Väskan som utan tvivel innehöll de dokument som Anna delvis hade avkodat, informationen som skulle kunna äventyra brittiska flottans positioner om den nådde franska händer.

Ashburtons andning hade blivit ytlig och kontrollerad. Anna kunde känna spänningen stråla ut från honom i vågor. Hans hand vilade på pistolkolven, och fingrarna spändes och slappnade av i en rytm som matchade hans noggrant reglerade andetag.

Utanför bröt ljudet av ännu en häst tystnaden. Wrexford rätade på sig med den instinktiva gesten hos en man som förbereder sig på att möta en like. Jakob rörde sig mot dörren, med handen svävande nära rocken där Anna antog att han bar ett vapen.

Nykomlingen steg in utan att knacka, en lång gestalt i en elegant reskappa vars ansikte lystes upp kortfattat när han klev in i lyktskenets cirkel. Han var ståtlig på ett kallt, aristokratiskt sätt, med skarpa kindkotor och ögon som bedömde allt med kalkylerande precision. Han förde sig med en adelsmans omisskännliga hållning, även om hans kläder, trots att de var fina, var medvetet diskreta.

"Comte de Frontenac", hälsade Wrexford honom och sträckte fram handen. "Jag hoppas att Er resa var händelselös?"

Fransmannen skakade kort den framsträckta handen. "Som utlovat, även om Era anvisningar lämnade en del övrigt att önska. Det här stället är anmärkningsvärt svårt att hitta i mörkret."

"Precis därför valdes det ut", svarade Wrexford smidigt. "Isolering har sina fördelar."

Anna förblev helt stilla och vågade knappt andas när hon iakttog de tre männen genom en springa i spiltdörren. Bredvid henne var Ashburtons värme en trygg närvaro; hans axel var pressad mot hennes medan de betraktade mötet som utspelade sig.

"Har Ni informationen?" frågade Frontenac och hoppade över artigheterna.

Wrexford klappade på väskan. "Allt vi diskuterade, och mer därtill. Portsmouth, Dover, patrullscheman för de kommande tre månaderna, fartyg som tas ur bruk eller omplaceras. En ganska omfattande bild av Storbritanniens södra sjöförsvar."

Det vände sig i magen på Anna över det vårdslösa sättet han beskrev förräderiet mot sitt land på. De liv hans handlingar skulle utsätta för fara – sjömän och soldater som lita på att deras positioner var säkra, som inte skulle få någon varning om det övertag deras fiender nu hade.

"Krypteringen var komplex", fortsatte Wrexford, öppnade väskan och tog fram flera vikta papper. "Lyckligtvis fann jag en ganska oväntad resurs som kunde hjälpa till med avkodningen."

"Jaha?" Frontenac höjde ett elegant ögonbryn, tog emot papperen och ögnade igenom dem med uppenbar tillfredsställelse.

"Flickan var användbar, det får jag tillstå", sa Wrexford avfärdande. "Hennes matematiska sinne tog sig igenom krypteringar som mina bästa män inte kunde knäcka.

Ganska förvånansvärt, egentligen, särskilt med tanke på hennes härkomst."

Anna kände en märklig blandning av känslor över att diskuteras så lättvindigt av mannen som bedragit och slagit henne; vrede över hans nedlåtenhet, men också en trotsig stolthet över att hennes förmågor hade imponerat på honom trots allt.

"Den här unga kvinnan", sa Frontenac och tittade upp från papperen, "visste hon vad det var hon avkodade?"

"Till slut", medgav Wrexford med en lätt axelryckning. "Hon insåg dokumentens natur när ungefär tre fjärdedelar av arbetet var gjort. Blev ganska tjatigt moralisk inför det hela, men det Ni har där borde göra det enkelt för Era kodknäckare att slutföra uppgiften."

"Och Ni lät henne leva?" Frontenacs ton skärptes av ogillande.

"Tillfälligt", svarade Wrexford, med en röst som kylde Anna ända in i märgen. "Jag låste in henne i ett tomt kontor på ambassaden. Vid det här laget har hon troligen blivit upptäckt, men det spelar knappast någon roll. Vem skulle tro på hennes anklagelser? En adopterad flicka, till hälften kinesiska, som påstår att en respekterad underrättelseofficer är en förrädare?" Han skrattade lågmält. "Även om hon på något sätt skulle lyckas övertyga någon att lyssna så har hon inga bevis. Jag har originaldokumenten och hennes ofullständiga översättningar."

Frontenac delade inte Wrexfords roade inställning. "Lösa trådar har en tendens att nysta upp även de mest noggrant uttänkta planer, Sir Edmund."

"Jag sågs i hennes sällskap när vi lämnade balsalen", svarade Wrexford, och rösten hårdnade. "I kväll var en olämplig tidpunkt att ta hand om det, men oroa Er inte, jag ska personligen se till henne inom kort. Hon är alldeles för påhittig för sitt eget bästa."

Anna kände hur hela Ashburtons kropp spändes bredvid henne; en nästan omärklig darrning gick genom honom när Wrexfords hot registrerades. Hans arm drogs åt beskyddande runt hennes midja, och hans lediga hand rörde sig mot pistolen. Hon kunde känna den beskyddande ilskan stråla från honom, kunde läsa hans våldsamma avsikt i hans spända käke och smala ögon.

Utan att tänka lade Anna sin hand över hans och hejdade hans rörelse mot vapnet. "Inte än", viskade hon, med läpparna så nära hans öra att det nästan nuddade det, och hennes röst var så svag att den knappt var ett andetag. "Whitmore och soldaterna behöver höra allt."

Ashburtons ögon mötte hennes i mörkret, och en tyst kamp utspelade sig mellan dem. Raseriet i hans blick var omisskännligt, en brinnande önskan att skydda henne, att omedelbart eliminera hotet från Wrexford. Men Anna höll stadigt kvar hans blick och vägrade titta bort, medan hon under tystnad insisterade på tålamod.

Slutligen gav han en enda kort nick, även om hans kropp förblev spänd inför handling. Hans hand mjuknade något under hennes och rörde sig bort från pistolen, även om hon kunde se att det kostade honom mycket att hålla sig tillbaka.

"Betalningen?" frågade Wrexford, vars uppmärksamhet återvände till affärerna nu när frågan om Anna i hans ögon var avgjord.

Frontenac tog fram en liten läderpung, vars innehåll klirrade mjukt när han lade den på bordet. "Hälften nu, som överenskommet. Resten när informationen visar sig vara korrekt."

"Det kommer den att vara", försäkrade Wrexford honom och stoppade pungen i fickan utan att räkna dess innehåll. Gesten sade allt om deras inarbetade förhållande; detta var tydligtvis inte deras första transaktion.

"Det kommer att bli mer, givetvis", fortsatte Wrexford. "Kongressen fortsätter, och med den möjligheter att förvärva information av värde för Er regering. Jag har odlat en särskilt användbar kontakt i den preussiska delegationen som tror sig arbeta för ryssarna." Hans leende rymde ingen värme. "Förvirring kring lojaliteter kan vara mycket lönsamt."

Anna lyssnade med växande avsmak när Wrexford skisserade framtida förräderier, framtida komprometteringar av brittiska intressen, allt levererat med samma kultiverade, sakliga röst som hon en gång hade förknippat med auktoritet och patriotism. Varje ny avslöjande tycktes vidga vidden av hans förräderi och målade upp en bild av en man som under åratal systematiskt undergrävt just det land han svurit att tjäna.

Hon sneglade på Ashburton och fann hans ögon fästa vid hennes ansikte. Raseriet fanns kvar, men något annat hade tillkommit: en kall, analytisk beräkning som speglade hennes egen. De samlade bevis, byggde upp ett fall som skulle säkerställa Wrexfords fällande dom. Det handlade inte längre bara om att återfå de dokument hon hade hjälpt till att avkoda; det handlade om att exponera år av förräderi, om att förhindra framtida illdåd.

"Den österrikiske utrikesministern är fortfarande övertygad om att Storbritannien stöder deras ståndpunkt i Sachsenfrågan", sa Wrexford och tycktes bli varm i kläderna när han i detalj redogjorde för den diplomatiska desinformation han spridit. "Medan Lord Castlereagh tror att österrikarna har intagit en hårdare hållning. Mycket roande att se dem cirkla kring varandra som misstänksamma katter, medan de båda tror att den andre har ändrat ståndpunkt."

Frontenac skrattade uppskattande, ett ljud från en man som kände igen skicklighet i bedrägeri. "Ni har sannerligen varit flitig, Sir Edmund. Paris kommer att bli nöjda med denna senaste utveckling."

"Apropå utveckling", sa Wrexford, och rösten sänktes något när han lutade sig närmare fransmannen, "så finns det en annan sak av viss känslig natur. Lord Liverpools senaste sändebud innehåller ganska specifika instruktioner angående Napoleons fångenskap. Ökade säkerhetsåtgärder som tyder på att de fruktar att ett flyktförsök är nära förestående."

Anna kände Ashburtons häftiga inandning bredvid sig. Detta var ny underrättelseinformation, något ännu mer skadligt än flottans placeringar; information som potentiellt skulle kunna påverka hela den europeiska maktbalansen om Napoleon skulle lyckas fly från sin exil på Elba.

”Säger ni det?” svarade Frontenac, vars intresse tydligt väckts. ”Mina uppdragsgivare skulle finna sådan information synnerligen värdefull.”

”Jag anade det”, instämde Wrexford smidigt. ”Vi bör ordna ett nytt möte, kanske nästa vecka, när jag har hunnit sammanställa de fullständiga detaljerna.”

Ashburton vinklade huvudet en aning mot stallets bakre ingång där Matthew var placerad. En fråga i hans ögon: Hur mycket längre ska de vänta? Hur mycket mer bevis behövde de innan de agerade?

Anna nickade en gång, beslutsamt. De hade hört nog. Mer än nog för att döma Wrexford tre gånger om. Och varje ögonblick de dröjde ökade risken för upptäckt, eller för att förrädarna på något sätt skulle slinka ur deras noggrant utlagda fälla.

Kapitel nitton

Anna såg upp på Ashburton i stallets svaga ljus och gav
en enda, beslutsam nick. De hade hört mer än tillräckligt.
Wrexfords förräderi hade blottats framför dem med hans
egna ord, och varje likgiltigt svek var mer fördömande än
det förra. Hon kände hur Ashburton rörde sig bredvid
henne, hur hans muskler spändes i beredskap. Ögonblick-
et var inne.

Ashburtons vissling skar genom nattluften, gäll och
genomträngande. Under ett hjärtslag hängde tystnaden
kvar i stallet, som om världen själv hade pausat i insikt om
vad som var på väg att ske.

Sedan utbröt kaos.

Soldater störtade fram ur skuggorna och materialiserades från spiltorna och skullarna där de hade gömt sig under hela Wrexfords möte. Deras stövlar dundrade mot det hårda jordgolvet när de närmade sig de tre männen, med pistoler och svärd som glimtade i lyktans sken.

"Rör er inte!" Matthews röst ljöd med befallande auktoritet. "Ni är omringade!"

Anna såg hur Wrexfords ansikte förvandlades när den världsvana masken föll och avslöjade en chockad vantro. Hans hand ryckte mot rocken, men en soldat var redan över honom och vred hans arm bakom ryggen med brutal effektivitet. En annan soldat slog pistolen ur Jakobs fumliga grepp innan han hann rikta den.

Frontenac stod helt stilla, och hans aristokratiska drag lade sig i en uttryckslös beräkning. Till skillnad från sina följeslagare verkade han omedelbart inse att motstånd var lönlöst. Hans blick svepte över stallet och granskade varje soldat och varje möjlig utgång, innan den stannade på Matthew med en blick av motvillig respekt.

"Säkra dem", beordrade Matthew. "Sök efter dolda vapen."

Soldaterna rörde sig snabbt och band männens händer bakom ryggarna med rep. En av dem visiterade Wrexford grundligt och drog fram en liten pistol ur hans rock och en smal kniv ur hans stövel. Jakob gav inte ifrån sig något annat än en plunta konjak, som soldaten beslagtog med ett bistert leende.

"Väskan", viskade Anna till Ashburton, med ögonen fästa på läderväskan som fortfarande låg på det grova träbordet. "Dokumenten."

Ashburton nickade. Han klev fram från deras gömställe och gick fram till bordet med tre snabba steg för att säkra den livsviktiga informationen. Anna följde efter och klev ut ur skuggorna i lyktans sken, med ett hjärta som bultade så kraftfullt att hon kände varje slag i halsen.

Anna steg ut ur spiltan bakom Ashburton, trygg i förvissningen om att faran nu var över. Wrexfords huvud ryckte till och hans blick låste sig vid henne. Igenkännandet flammade upp i ett raseri som förvandlade hans värdiga drag till något vilt och farligt. Repet som band hans handleder knarrade när han spjärnade emot.

"Ni", väste han, och den enda stavelsen var fylld av gift. "Hur kom ni undan? Vem släppte ut er?"

Anna ryggade ofrivilligt tillbaka för hans röst; hennes kropp mindes svedan från hans hand mot hennes kind och hotet i hans ord när han hade låst in henne i ambassadkontoret. Men hon tvingade sig själv att möta hans blick stadigt och vägrade visa den rädsla som fortfarande fanns inom henne.

"Ert misstag", svarade hon, och hennes röst var förvånansvärt stadig, "var att underskatta Lord Ashburton. Och mig."

Wrexfords blick flyttades till Ashburton och insikten dök upp i hans ögon. "Jag borde ha gjort mig av med er båda när jag hade chansen."

"Ni hade många chanser", svarade Ashburton i samtalston, även om Anna kände spänningen som strålade från honom. "Flera år av dem. Och ni valde att förråda allt ni påstod er stå för."

Matthew steg fram och placerade sig medvetet mellan Anna och Wrexford. "Ni kommer att få gott om tid att begrunda era val, Sir Edmund, medan ni väntar på rättegång för högförräderi."

Wrexfords ansikte förvreds vid orden, och den fulla verkligheten av hans situation verkade slå ner i honom. Hans noggrant odlade personlighet – den respekterade spionmästaren, patrioten, gentlemannen – hade skalats bort och avslöjat förrädaren därunder. Avslöjandet verkade smärta honom mer än soldaternas bryska hantering eller de strama repen som skar in i hans handleder.

"Det här förändrar ingenting", sade han, trots att hans röst hade förlorat sitt tidigare självförtroende. "Mina kontakter i London kommer att se till att det här ärendet hanteras diskret. Alltför många hemligheter skulle annars avslöjas."

"Det skulle jag inte räkna med", svarade Matthew. "Förste amiralitetslorden ser med särskilt oblida ögon på dem som äventyrar flottans säkerhet. Det gör även prinsregenten."

När soldaterna började föra fångarna mot stalldörrarna kände Anna en märklig lätthet sprida sig i kroppen. Faran som hade hängt över dem höll äntligen på att lätta. Det franska spionnätverk de hade jagat i veckor var avslöjat, dess nyckelpersoner satt nu i förvar, och dubbelagenten som hade äventyrat deras planer samtidigt som de smiddes var äntligen fast.

Hennes hand for omedvetet upp till kinden där Wrexford hade slagit henne. Blåmärket hade bleknat något, men huden var fortfarande öm vid beröring, en fysisk påminnelse om våld som utståtts och överlevts. Minnet av slaget hade fortfarande kraften att få det att knyta sig i magen på henne, men nu fanns där även något nytt – en känsla av hennes egen styrka och hennes motståndskraft inför fara.

”Anna.” Ashburtons röst var mjuk bredvid henne. Hans fingrar nuddade vid hennes, en flyktig beröring som skickade värme genom henne trots stallets kyla. ”Är du oskadd?”

Hon vände sig om och fann hans grå ögon som rannsakade hennes ansikte med oro, hans panna rynkad som om han kunde läsa den storm av känslor som rasade i henne.

”Ja”, sade hon, och blev förvånad över att det var sant. ”Ja, jag tror det.”

En soldat närmade sig Matthew och höll upp en liten läderpung som klirrade mjukt vid minsta rörelse. ”Betalningen från fransmannen, sir. Guldnapoleoner.”

Matthew nickade bistert. ”Bevis som ska protokollföras. Tillsammans med varje dokument i den där väskan.” Han vände sig till Anna och Ashburton. ”Det här är en seger värd att fira, men vårt arbete är inte slutfört. Vi måste återvända till Wien omedelbart för att informera ambassadören. Den franska ambassaden måste underrättas om Frontenacs arrestering, och himlen vet vilken diplomatisk storm det kommer att röra upp.”

När Matthew gick iväg för att leda soldaterna i arbetet med att säkra fångarna för transport fann sig Anna stående ensam med Ashburton mitt i stallet. Runt dem utspelade sig efterspelet av deras framgångsrika fälla i ett kontrollerat kaos med soldater som ledde ut de bundna fångarna, andra som genomsökte stallet efter ytterligare bevis, och enstaka korta order som skar genom natten.

Mitt i all denna aktivitet kände sig Anna märkligt distanserad, som om hon och Ashburton stod i en bubbla av stillhet. Faran var över. Wrexford var fångad. Dokumenten var säkrade. De hade vunnit.

Lättnaden sköljde över henne i en så kraftfull våg att hennes knän nästan vek sig. Hon hade gjort det; *de* hade gjort det. Tillsammans. Tanken framkallade ett darrande leende på hennes läppar när hon såg upp på Ashburton och i hans ögon fann samma intensiva glädje som fyllde hennes egna.

Stalldörrarna svängde igen bakom den sista soldaten och lämnade bara dämpade röster och trampet av hästhovar kvar i den plötsliga tystnaden. Utanför dirigerade Matthew posteringen av en ordentlig vakt runt fångarna. Anna stod orörlig mitt i stallet, och hennes kropp vibrerade fortfarande av efterdyningarna av fara och triumf. Lyktan kastade långa skuggor över jordgolvet och förvandlade den välbekanta platsen till något drömlikt och overkligt. Hon levde. De hade lyckats. Dokumenten var i säkerhet.

Hon vände sig mot Ashburton med ord av delad lättnad på läpparna, men fick aldrig chansen att uttala dem.

Med två snabba steg överbryggade han avståndet mellan dem och drog henne i sina armar med en sådan plötslig intensitet att hon tappade andan. Hans omfamning omslöt henne helt, med ena armen hårt om hennes midja och den andra handen som mjukt höll om hennes bakhuvud, medan hans fingrar trasslades in i hennes hår. Hon kände hans hjärtas snabba bultande mot sin kind, och darrningen i hans händer avslöjade känslor som hans behärskade yttre sällan visade.

"Skräm mig aldrig så där igen", sade han mot hennes hår, med en röst som var sträv av rörelse, knappt högre än en viskning. "När jag hörde vad han planerade att göra med dig..."

Orden bröts av, alltför smärtsamma för honom att avsluta. Anna kände rysningen som gick genom honom, hur han för ett ögonblick drog åt armarna som om han behövde försäkra sig om att hon verkligen var där, trygg i hans famn.

Hennes egna armar hade instinktivt höjts för att sluta sig om hans midja, och hennes fingrar grep tag i hans rock av fin ylle. Hans fasta värme under hennes händer kändes som ett ankare i en värld som hade tippat farligt på sin axel. För några timmar sedan hade hon varit inlåst i det där ambassadkontoret, övertygad om att hon aldrig skulle få se honom igen. Nu höll han henne som om hon vore något dyrbart och livsviktigt, något han inte stod ut med att förlora.

Anna drog sig tillbaka precis tillräckligt för att se upp på honom, med ögon som glittrade av ovälkomna tårar. Sårbarheten i hans ansiktsuttryck fick henne att tappa andan;

borta var spionens noggranna mask, aristokratens beräknande charm. Detta var Andrew, oskyddad och naken, med grå ögon som mörknat av känslor hon tidigare bara sett skymtar och fragment av.

"Jag är här", viskade hon, med rösten som sviktade en aning. "Det är vi båda."

Han lyfte en hand mot hennes ansikte, och hans fingrar var fjäderlätta när de följde hennes käklinje och strök över det bleknande blåmärket på hennes kind med oändlig ömhet. Beröringen sände värme genom henne och löste upp den sista frusna rädsla som dröjt sig kvar sedan hon slutligen insett vad Wrexford var.

Deras pannor vilade mot varandra, en kontaktpunkt som var både intim och lugnande. Anna slöt ögonen och andades in hans doft av sandelträ, ylle och kall nattluft. Hon kände de fina darrningarna som löpte genom båda deras kroppar, efterskalven av fara och rädsla som gav vika för en djup lättnad. Hans andetag blandades med hennes, varma i den kyliga stalluften.

Tiden tycktes både sträckas ut och dras samman, och världen utanför deras gemensamma utrymme bleknade till obetydlighet. Triumfen i att ha fångat Wrexford, dokumenten de hade återfått, den förestående diplomatiska stormen – allt vek undan för den enkla verkligheten att de stod här tillsammans, levande och välbehållna.

"Anna", mumlade han, och hennes namn var som en smekning på hans läppar. Hans hand kupades om hennes kind, och tummen strök över hennes hud med varsam vördnad.

En hög, avsiktlig harkling krossade stunden.

De for isär, och Anna snubblade till en aning när hon försökte skapa ett anständigt avstånd mellan dem. Matthew stod i dörröppningen med ett uppdraget ögonbryn och ett ansiktsuttryck som svävade mellan roat och irriterat.

"Om ni två är helt klara", sade han torrt, "så har vi tre förrädare att transportera tillbaka till Wien före gryningen. Om ni inte föredrar att jag lämnar er här för att fortsätta... diskutera fallet?"

Hettan rusade upp i Annas kinder och rodnaden spred sig ner på halsen medan hon slätade ut sina kjolar med onödig iver. Ashburton hade återfått fattningen snabbare, och hans ansikte lade sig åter i sina bekanta linjer av aristokratisk kontroll, även om en svag rodnad fortfarande färgade hans kindknotor.

"Vi kommer", svarade han, och hans röst lät nästan normal trots den dröjande strävheten i klangen.

Men även när de rörde sig för att följa efter Matthew sökte Ashburtons hand hennes, och fingrarna flätades samman med stilla beslutsamhet. Han må ha återfått sin yttre behärskning, men hans vägran att helt bryta kontakten sade allt om vad som passerat mellan dem. Anna krökte sina fingrar om hans och hämtade styrka ur närheten när de steg ut i den iskalla natten.

De tre fångarna hade placerats på hästar, med händerna bundna framför sig och rep som säkrade dem vid sadlarna. Soldaterna placerade sig strategiskt runt dem med vapnen redo. Månen hade stigit högre och kastade ett silverljus över det snötäckta landskapet som förvandlade det vanliga kapplöpningsstallet till något ur en vintersaga.

Matthew närmade sig dem, och hans andedräkt bildade moln i den kalla luften. "Kapten Richards rider i förväg med Wrexford", förklarade han, helt affärsmässig trots den menande blick han gav deras sammanflätade händer. "Vi andra följer efter med de andra två fångarna. Vi bör nå Wien vid gryningen om vi håller jämn fart."

Anna nickade, och hon bävade redan för den långa, kalla ritten som väntade. Nattens emotionella intensitet, i kombination med de fysiska påfrestningarna i deras uppdrag, hade börjat kräva sin tribut. Utmattningen slet i hennes lemmar och gjorde dem tunga som bly. Endast värmen från Ashburtons hand i hennes höll henne helt vaken.

"Här", sade Ashburton, som tycktes läsa hennes tankar. Han sträckte sig efter sin stora ytterrock, som hon hade återlämnat till honom före gripandet, och lade den återigen över hennes axlar. "Ritten tillbaka kommer att bli kallare än resan hit."

Rockens tyngd lade sig runt henne som en omfamning, och den bar fortfarande kvar hans värme och doft. Anna mumlade sitt tack, rörd av gesten och den tysta omsorg den representerade.

Matthew bevittnade utbytet med ett ansiktsuttryck som Anna inte riktigt kunde tyda. När han talade var rösten dock fylld av rent professionell koncentration. "Är dokumenten säkrade?" frågade han och kastade en blick på väskan som nu var säkert instoppad under Ashburtons kavaj.

"Ja", bekräftade Ashburton. "Allt som Wrexford tog från ambassadens kontor, plus det ytterligare material han planerade att tillhandahålla om Napoleons säkerhetsarrangemang."

"Bra." Matthew nickade bryskt. "Ambassadören kommer att vilja ha dem omedelbart. Det här kommer att orsaka en rejäl diplomatisk eldstorm. En fransk agent fångad i Wien, i konspiration med en brittisk underrättelseofficer... Castlereagh kommer att bli rasande."

Annas blick drogs mot där Wrexford satt stel, med profilen upplyst av facklorna som soldaterna bar. Mannen som hade bedragit henne, slagit henne, hotat hennes familj, var nu bunden och stod inför konsekvenserna av sitt förräderi. Hon borde ha känt enbart tillfredsställelse, ändå rörde sig en komplex blandning av känslor inom henne: lättnad, upprättelse, men också en märklig tomhetskänsla, som om något oåterkalleligt hade gått förlorat.

"Anna." Ashburtons röst drog hennes uppmärksamhet tillbaka. Han hade gått fram för att ställa sig bredvid Perseus, som stampade otåligt i snön. "Är du redo?"

Hon nickade och tog emot hans hjälp när hon satt upp och fann sig till rätta i sin damsadels bekanta konturer. När hon samlade ihop tyglarna dröjde Ashburtons hand kvar vid hennes ett ögonblick längre än nödvändigt, ett tyst löfte i trycket från hans fingrar.

"Håll dig nära", sa han lågt. "Resan tillbaka har just börjat."

Den dubbla innebörden i hans ord gick henne inte förbi. Vad som än hade börjat mellan dem i farans hetta skulle behöva finna fotfäste i dagens kalla ljus, i den komplexa värld av diplomatiskt Wien som väntade vid deras återkomst. Men för nu, när det lilla sällskapet ställde upp för att påbörja resan tillbaka till staden, fann Anna tröst i hans närvaro vid sin sida, en orubblig följeslagare när de red in i den ovissa gryningen.

Fem dagar. Anna stod i utkanten av den österrikiska kanslerns reception, med ett glas knappt rörd champagne i handen, och räknade återigen i huvudet. Fem dagar sedan de triumferande hade återvänt till staden med tre förrädare i förvar. Fem dagar sedan Ashburton hade hållit henne som om hon vore dyrbar bortom alla mått, med pannan pressad mot hennes, deras delade andetag ett löfte outtalat men kännbart. Fem dagar av tystnad som fick den natten att alltmer framstå som en feberdröm, något hon hade frammanat ur önskan och skräck snarare än upplevt.

Balsalen glittrade av kristallkronor och diplomatiska juveler, och samtal flöt på flera språk runt henne. Anna brukar i vanliga fall finna tröst i en sådan anonymitet, förmågan att observera obemärkt från periferin. I kväll kändes dock isoleringen krossande snarare än bekväm.

Hon hade skickat tre meddelanden till Ashburtons logi sedan de återvänt till Wien. Det första, en enkel förfrågan om hans välmående efter att han omedelbart hade svepts iväg till slutna möten med brittiska tjänstemän. Det andra, en mer direkt fråga om hur förhören fortskred. Det tredje, som skickats så sent som igår, hade helt övergett alla förevändningar: "Jag behöver tala med dig. Snälla."

Hans svar hade anlänt snabbt, det ena mer distanserat än det förra. Det första hade varit rent ut sagt kortfattat: "Allt är väl. Debriefingarna fortsätter." Det andra, rent faktiskt: "Fångarna förblir i förvar. Dokumenten är säkrade." Det tredje hade svedit mest: "Brådskande ärenden kräver min uppmärksamhet. A."

Inte *Andrew*. Inte ens *Ashburton*. Bara en formell initial som kunde ha varit skriven till en ytlig bekant snarare än till en kvinna han hade hållit med en sådan desperat ömhet bara några dagar tidigare.

Annas fingrar stramade runt champagneglasets späda kristallstjälk. Kanske hade hon missförstått, hade läst in för mycket i det ögonblicket av delad sårbarhet. Efterdyningarna av fara kunde skapa falsk intimitet, känslor förstärkta av lättnad och överlevnad som bleknade i de vanliga dagarnas kalla ljus. Ändå kunde hon inte förena den förklaringen med känslan av hans hand i hennes hår, det hesa i hans röst när han hade viskat mot hennes hud.

En krusning i folkmassan drog till sig hennes uppmärksamhet. Lord Ashburton hade anlänt, praktfull i formell aftonklädsel, hans gyllene hår glittrande under ljuskronorna. Han rörde sig med den lediga elegans som var en så integrerad del av hans offentliga persona, leende och nickande åt bekanta medan han tog sig fram genom receptionen. Anna iakttog honom, med hjärtat bultande smärtsamt mot revbenen, när han stannade för att tala med den ryska ambassadören, och hans skratt hördes över rummet med kalkylerad charm.

Skulle han söka upp henne? Skulle han erbjuda någon förklaring till sin tystnad, sin distans? Hon rätade på ryggen, slätade ut kjolarna på sin blå sidenklänning och tog ett djupt andetag. Tålamod. Han skulle komma till henne när han kunde lösgöra sig från sina diplomatiska förpliktelser. Säkert.

En timme gick. Sedan en till. Anna minglade som förväntat, utbytte artigheter, diskuterade det ovanligt kalla vädret med en bayersk grevinna. Hela tiden förblev hon pinsamt medveten om var i rummet Ashburton befann sig, likt en kompassnål oförmögen att peka i någon annan riktning. Han talade med diplomater, skrattade med societetsdamer, dansade till och med en kadrilj med den franska ambassadörens dotter.

Inte en enda gång såg han åt hennes håll.

Smärtan byggdes upp långsamt, ett tryck bakom revbenen som gjorde det svårt att andas normalt. När Clara rörde vid hennes arm, bekymrad, framkallade Anna ett leende så sprött att hon fruktade att det skulle splittras över hennes ansikte.

"Mår du riktigt bra?" frågade Clara, med låg röst för att inte bli hörd. "Du ser blek ut."

"Bara lite huvudvärk", ljög Anna, och orden smakade bittert på tungan. "Värmen, kanske."

Claras blick följde Annas till där Ashburton stod och samtalade med en grupp österrikiska tjänstemän. Hennes ansiktsuttryck mjuknade av förståelse. "Han har varit ganska upptagen sedan ni kom tillbaka från den där mystiska nattliga ridturen", konstaterade hon mjukt. "Matthew säger att de diplomatiska efterdyningarna av arresteringarna har varit betydande."

De hade berättat allt för Clara. Eller nästan allt; Anna ansåg inte att hennes syster behövde veta att Anna hade tillbringat timmar ensam med Lord Ashburton sent på natten i hans logi. Hon hade skarvat lite kring exakt hur det kom sig att hon hjälpte till med kodknäckandet, och sagt bara att Ashburton bett om hennes hjälp efter att ha kommit över dokumenten efter jaktutflykten. Clara hade varit förfärad över hur mycket fara Anna hade utsatts för som det var; Anna bedömde det som en barmhärtighet att hennes milda syster inte kände till hela historien.

"Självklart", svarade Anna och strävade efter att låta obekymrad. "Jag föreställer mig att han har mycket att göra."

Clara kramade hennes hand. "Han kommer att hitta tillbaka till dig, Anna. Ge honom bara tid."

Innan Anna hann protestera och säga att det inte fanns något att hitta tillbaka till, ingen överenskommelse eller förståelse mellan dem, blev Clara bortkallad av en vän, vilket lämnade Anna återigen ensam med sina tankar och sin orörda champagne.

Det var då, i det ögonblicket av förnyad isolering, som Ashburton slutligen närmade sig. Anna såg honom komma, hans väg var målmedveten när han navigerade genom folkmassan mot hennes hörn. Hennes hjärta tog ett ovärdigt skutt i bröstet, och hoppet flammade upp trots hennes rationella sinnes försök att dämpa det.

”Fröken Bell”, sa han när han nådde henne och bockade med fullständig formalitet. ”Jag utgår från att ni roar er under kanslerns gästfrihet?”

Fröken Bell. Inte Anna. Hoppet vissnade lika snabbt som det hade blommat ut. Hon studerade hans ansikte och letade efter någon antydan till den man som hade hållit henne, som nästan hade kysst henne två gånger, vars röst hade blivit hes av rörelse när han hade pressat sin panna mot hennes. Ingenting. Hans grå ögon var artigt distanserade, hans leende detsamma som han skänkte alla från serveringsflickor till hertiginnor.

”Lord Ashburton”, svarade hon och matchade hans formalitet med en ansträngning som kändes fysisk. ”Ja, receptionen är förtjusande. Och ni? Jag har förstått att ni har varit ganska upptagen med efterspelet av vårt... äventyr.”

Något fladdrade till i hans ansikte, så snabbt att hon kunde ha inbillat sig det. ”Sannerligen. Sådana angelägenheter kräver varsam hantering. Diplomatiska hänsyn och allt sådant.”

Det banala i ordväxlingen fick det att värka i Annas bröst. Det här var värre än hans tystnad, denna låtsaslek som om ingenting av betydelse hade passerat mellan dem.

”Jag skickade flera meddelanden till er”, sa hon, och orden kom ut mer direkt än hon hade avsett.

”Ah, ja.” Han rättade till sin perfekt knutna kravatt, en gest hon nu kände igen som obehag snarare än fåfänga. ”Förlåt mina korta svar. Debriefingarna har varit ganska tidskrävande.”

"Jag förstår." Hon förstod inte, inte alls. Hur hade mannen som hade viskat hennes namn likt en bön förvandlats till denna artiga främling?

En pinsam tystnad sträckte ut sig mellan dem, fylld av allt hon längtade efter att säga men inte kunde, inte här bland Wiens elit, inte när han hade rest så tydliga barriärer mellan dem.

"Jag bör informera er", fortsatte han efter ett ögonblick, hans röst noggrant modulerad för att inte förmedla något annat än professionell hövlighet, "att Wrexford och hans kumpaner har överlämnats till brittiskt förvar. De kommer att föras tillbaka till London för rättegång. Er vittnesbörd kan komma att krävas, även om ansträngningar kommer att göras för att minimera er inblandning offentligt."

"Tack för informationen, Lord Ashburton." Det formella i hennes svar smakade som aska. Hon ville gripa tag i hans axlar, kräva att få veta vad som hade förändrats, fråga varför han såg rakt igenom henne snarare än på henne.

"Jag får be om ursäkt", sa han och tittade mot en grupp diplomater tvärs över rummet. "Den preussiske ambassadören har bett om ett ord. Om ni ursäktar mig?"

Efter fem dagar av tystnad, efter ett samtal så intetsägande att det kunde ha förts mellan totala främlingar, gick han därifrån utan ett enda meningsfullt ord.

"Självklart", sa Anna och frammanade värdighet ur någon reserv hon inte visste att hon besatt. "Låt mig inte uppehålla er."

Ashburton bockade igen, vände sig om och gick bort. Anna såg honom gå, hans raka rygg och hans lediga axlar avslöjade inget av den spänning hon hade känt stråla från honom under deras korta ordväxling. Han gled sömlöst tillbaka in i sin roll, den tävlingslystne entusiasten med ett charmigt leende och en snabb kommentar om hästar, den persona hon en gång trott bara var en täckmantel för hans sanna jag.

Nu undrade hon vilken som var förklädnaden; spionen som hade hållit henne med en sådan öm desperation, eller denne polerade aristokrat som kunde se igenom henne som om hon vore gjord av glas.

Runt henne fortsatte receptionen, opåverkad av hennes privata förödelse. Damer skrattade bakom målade solfjädrar, herrar diskuterade politik och jakt, tjänare cirkulerade med brickor med champagne och delikatesser. Det normala i alltihop kändes obscent mot hennes hjärtas splittring.

Hon gick till ett tystare hörn, behövde utrymme för att samla sig. Tvärs över rummet var Ashburton nu djupt upptagen i ett livligt samtal med den preussiske ambassadören, gestikulerande uttrycksfullt medan han beskrev vad som verkade vara ett hästlopp. Framträdandet var felfritt, inte en enda spricka var synlig i fasaden hos den sorglöse adelsmannen vars enda seriösa intresse var fullblod och vadslagning.

Anna visste bättre. Hon hade sett stålet under silket, hade bevittnat hans mod, hans intelligens, hans hängivelse till plikten. Mer än så hade hon känt skälvningen i hans händer när han hade hållit henne, hade hört rösten brista när han hade viskat hennes namn.

Vad hade hänt under dessa fem dagar som förändrat allt? Hade hans överordnade förbjudit ytterligare kontakt? Hade den känslomässiga intimitet de delat skrämt honom när faran väl var över? Eller hade det verkligen inte betytt någonting för honom mer än en utlösning av spänning efter delad livsfara?

Frågorna cirklade i hennes huvud, den ena smärtsammare än den förra, ingen gav några svar. Hennes analytiska sinne, så skickligt på att lösa chiffer och beräkna härstamningar, fann sig fullständigt blockerat av gåtan Andrew, Lord Ashburton, och den avgrund som hade öppnat sig mellan dem.

Där hon stod ensam i det fyllda receptionsrummet och iakttog mannen hon hade kommit att älska bete sig som om deras partnerskap, deras förbindelse, inte hade varit något annat än en tillfällig bekvämlighet, kände Anna en kall visshet lägga sig i bröstet. Vad som än hade börjat mellan dem i den månbelysta trädgården, vad som än hade blommat ut i stallets spända instängdhet, hade vissnat i Wiens diplomatiska och hårda verklighet.

Kunskapen satt som is i hennes mage och spred en domnande kyla genom hennes ådror. Hon ställde sin orörda champagne på en förbipasserande tjänares bricka och rätade på axlarna. Om Lord Ashburton kunde spela teater så fullständigt, så kunde hon också det. Hon var Anna Bell från Belle Haven, dotter till Sir Richard Bell. Hon skulle inte brytas ner av ett outtalat löfte, en beröring som hade betytt allt för henne och uppenbarligen ingenting för honom.

Men även när hon rörde sig för att återansluta till säll-skapet, för att le och konversera som om hennes värld inte hade rubbats ur sitt läge, kunde Anna inte låta bli att kasta en sista blick mot Ashburton. Under ett kort ögonblick möttes deras blickar tvärs över det fyllda rummet, och hon tyckte sig skymta en glimt av samma smärta som vred sig i hennes eget hjärta.

Sedan vände han sig bort, och ögonblicket var borta, vilket lämnade Anna att undra om hon hade inbillat sig det också.

Kapitel tjugo

ASHBURTON SATT RAK SOM en fura i den hårda stolen och stod öga mot öga med de tre högt uppsatta ämbetsmännen på andra sidan ett imponerande ekbord. Kontoret luktade lampolja, läderinbundna liggare och den svaga doften av tobak som dröjde sig kvar i Sir William Hartwells rock. Det svaga vinterljuset silades genom de höga fönstren men värmde knappt det strama rummet. Sex dagar hade gått sedan Wrexford tillfångatogs, sex dagar av ändlösa utfrågningar och rapporter, sex dagar av att medvetet undvika Anna Bell medan hennes ansikte hemsökte hans drömmar varje natt. Han hade blivit beordrad att hålla sig borta från henne medan hans överordnade överlade, och han hade lytt... ända tills han såg henne betrakta honom kvällen innan.

"Hrm." Den ljudliga harklingen ryckte Ashburton ur hans dystra tankar. Han hade inte vågat säga något mer än artiga artighetsfraser till Anna igår, och den sårade blick hon gett honom hade nästan fått honom att bryta samman och falla för hennes fötter där i balsalen. Nu stod han i begrepp att få veta sitt öde – och om det var ett öde där det överhuvudtaget fanns plats för henne.

"Lord Ashburton", började Sir William, och hans kinder darrade lätt när han talade. "Inrikesministeriet lovordar ert föredömliga arbete med att avslöja Sir Edmund Wrexfords förräderi. Er hängivenhet mot kronan och fäderneslandet är höjd över varje misstanke."

"Sannerligen", tillade Bartholomew Price, en mager, senig man med glasögonen vilande på nästippen. "De underrättelser ni återfann kommer att visa sig ovärderliga för att säkra våra marina operationer. Prinsregenten själv har informerats om er insats."

Ashburton nickade och tog emot deras beröm med den passande ödmjukhet som förväntades av honom. "Jag gjorde bara min plikt, mina herrar."

"Och ni gjorde det väl", avslutade den tredje mannen, överste James Thornhill. "Det finns dock vissa... aspekter av operationen som kräver ytterligare diskussion."

Ashburton kände sina muskler spännas ofrivilligt. Han hade väntat på detta, hade anat att det skulle komma. Orsaken till att han blivit kallad till detta panelprydda kontor medan Wrexford transporterades tillbaka till London i bojor.

”Vi accepterar att ni var tvungen att söka efter hjälp på annat håll för att gripa Wrexford när ni väl fick kännedom om hans trolöshet, och vi accepterar att Whitmore var ett logiskt och rimligt val”, sade Sir William och satte samman fingertopparna framför ansiktet. ”Men så var det frågan om miss Bell. Hennes inblandning försätter oss i en ganska delikat situation.”

”En civilperson med kännedom om våra operationer utgör en risk”, utvecklade Price, hans röst var klinisk och saklig. ”Särskilt en med ett så pass ovanligt ursprung.”

Det hettade till i nacken på Ashburton. ”Fröken Bell var avgörande för att avkoda Wrexfords dokument”, sade han och höll rösten jämn med viss ansträngning. ”Hennes matematiska förmåga är anmärkningsvärd. Utan hennes hjälp hade vi kanske aldrig upptäckt den fulla vidden av Wrexfords förräderi.”

”Ja, ja.” Sir William viftade avfärdande med handen. ”Hennes färdigheter ifrågasätts inte. Men faktum kvarstår att hon numera besitter känslig information om våra metoder, våra agenter, våra operationer. Sådan kunskap i händerna på en ung, ogift kvinna med tvivelaktig bakgrund är... problematisk.”

Ashburton bet ihop så hårt att han fruktade att tänderna skulle spricka. ”Fröken Bells lojalitet kan inte ifrågasättas”, sade han, och varje ord var noggrant vägt. ”Hon riskerade sitt liv för att förhindra att dokumenten nådde franska händer. Hon mötte Wrexford ensam och försökte stoppa honom, trots avsevärd personlig fara.”

Överste Thornhill lutade sig framåt, hans väderbitna ansikte var allvarligt. ”Hedervärda handlingar, visst.

Men situationen måste hanteras, lord Ashburton. Flickan måste tas om hand på rätt sätt."

"Hon är ingen *flicka*", invände Ashburton, kanske skarpare än vad som var vist. "Hon är en högt begåvad ung kvinna som vid upprepade tillfällen har bevisat sitt värde och sitt goda omdöme. Om hon vore en man skulle ni ge henne en medalj och rekrytera henne till att arbeta för er på stående fot, och ni kan inte påstå något annat!"

De tre ämbetsmännen utväxlade blickar, en tyst kommunikation som fick det att krypa i huden på Ashburton. De hade diskuterat detta innan han kom hit, hade redan bestämt Annas öde mellan sig.

"Vi anser att den lämpligaste lösningen", sade Price och rättade till glasögonen, "vore att miss Bell gifter sig snarast. Med någon pålitlig, någon som förstår den känsliga naturen hos den information hon besitter. Någon som kan garantera hennes fortsatta... diskretion."

"Ni talar om henne som vore hon ett problem som ska lösas", sade Ashburton och kunde inte dölja skärpan i rösten. "Snarare än en person som har utfört en enastående tjänst åt sitt land."

Sir Williams ögonbryn höjdes något vid Ashburtons tonfall. "Vi talar om henne som det hon är: en säkerhetsrisk som måste åtgärdas. Ni förstår väl vikten av att begränsa spridningen av känslig information, lord Ashburton? Det är själva fundamentet i vårt arbete."

Ashburton stirrade på de tre männen framför sig, dessa imperiets grindväktare som diskuterade Annas framtid lika lättvindigt som de skulle diskutera vädret. Samma män som nyss hade prisat hans hängivenhet avslöjade nu den kalla beräkning som styrde deras värld. En värld han hade tjänat troget i åratal.

"Greven av Bandelwoods yngre bror skulle kunna vara lämplig", funderade Sir William högt, som om Ashburton inte hade talat. "En avlägsen kusin till mig; han återvänder snart från sin bildningsresa, tror jag. Något ung kanske, men hans familjeförbindelser är oklanderliga, och han skulle kunna fås att förstå nödvändigheten av diskretion."

"Eller kanske Sir Jonathan Frampton", föreslog Price. "Änkling, men fortfarande någorlunda ung. Innehar en lägre post vid utrikesministeriet. Han skulle förstå situationens känslighet."

"Jag är säker på att jag kan finna en officer i mitt regemente", sköt överste Thornhill in. "Kapten Mitchell, kanske. Han är ogift."

De schackrade med Annas framtid inför hans ögon, dessa män som aldrig sett den glödande intelligensen i hennes mörka ögon, aldrig bevittnat hennes mod, aldrig hört den subtila humorn i hennes röst när hon löst ett särskilt svårt chiffer. De visste ingenting om kvinnan som hade mött faran med så orubblig beslutsamhet, som hade pusslat ihop mönstren i Wrexfords förräderi med briljant precision.

"Jag tar ansvar för miss Bell", sade Ashburton tvärt, och orden slank ur honom innan han till fullo hunnit överväga deras innebörd.

De tre ämbetsmännen tystnade och vände sig mot honom med ansiktsuttryck som växlade mellan förvåning och menande tillfredsställelse.

"Ni tänker gifta er med flickan?" förtydligade Sir William på ett sätt som antydde att han mer eller mindre hade väntat sig detta hela tiden.

Ashburton öppnade munnen för att korrigera missförståndet, för att förklara att han bara hade menat att gå i god för hennes diskretion, att garantera hennes beskydd utan behov av äktenskap. Men när orden formades på tungan förtvinade de. Vad exakt *hade* han menat med att ta ansvar? Vad var det han erbjöd?

Bilden av Anna i stallet efter Wrexfords tillfångatagande fladdrade förbi i hans inre: hennes ansikte vänt upp mot hans, hennes mörka ögon glittrande av osynliga tårar, känslan av henne i hans famn som om hon hörde hemma där. Sedan minnet av hennes ansiktsuttryck vid mottagningen kvällen innan, smärtan och förvirringen i hennes blick när han hade bemött henne med kall formalitet, för att följa de instruktioner som just dessa män hade skickat med kurir några dagar tidigare: *"Håll distans till flickan Bell tills hennes situation är löst."*

"Ja", hörde Ashburton sig själv säga, som om rösten kom långt ifrån. "Om hon vill ha mig."

Överste Thornhill nickade, uppenbarligen nöjd. "En utmärkt lösning. Er ställning och ert rykte är oklanderliga, och ni är unikt kvalificerad för att se till att hon förstår behovet av absolut tystnad rörande sina senaste... äventyr. Och sannerligen även rörande er egen sanna karriär."

"Inrikesministeriet godkänner detta parti", tillade Sir William, som om hans välsignelse krävdes för att Ashburton skulle kunna fria till kvinnan han... till Anna.

”Vi förväntar oss ett tillkännagivande inom veckan”, avslutade Price och gjorde en anteckning i den läderinbundna liggaren framför sig. ”Det är bäst att agera snabbt, innan skvallret sprider sig. Den diplomatiska societeten i Wien lever på skandaler, och vi kan inte låta miss Bells inblandning i det här ärendet bli allmän kännedom.”

Ashburton reste sig från stolen, plötsligt i desperat behov av frisk luft, av utrymme att tänka utanför detta kvävande rum med dess doft av lampolja och auktoritet.

”God dag, mina herrar”, lyckades han få ur sig, och rösten lät främmande i hans egna öron. ”Jag ska ordna med saken omedelbart.”

När han klev ut i korridoren och stängde den tunga ekdörren bakom sig, virvlade Ashburtons tankar i förvirring. Hade han just friat till Anna Bell via tre ämbetsmän från ministeriet? Och om han hade det, var det av pliktkänsla för att skydda henne från deras ränksmideri? Eller var det något annat, något han vägrat att erkänna ens för sig själv?

Frågan följde honom medan han gick genom korridorerna på högkvarteret i Wien, och hans fotsteg ekade mot marmorgolven. Plikt eller begär? Beskydd eller ägande? Han visste inte, och den osäkerheten skakade honom djupare än vad Wrexfords förräderi någonsin gjort.

Ashburton ryckte i sin kravatt, lossade den perfekt knutna silkesslipsen tills den hängde slappt runt halsen. Väggarna i hans privata sällskapsrum verkade sluta sig kring honom medan han stegade fram och tillbaka över den turkiska mattan – åtta steg framåt, vändning, åtta steg tillbaka. Vinterljuset som verkat så svagt på ministeriet kändes nu gällt och anklagande där det strömmade in genom de höga fönstren i hans bostad i Wien. Han hade just erbjudit sig att gifta sig med Anna Bell, inte inför henne personligen, utan inför tre stenansiktade ämbetsmän som betraktade henne som inget annat än en säkerhetsrisk som måste hanteras.

”För hennes beskydd”, mumlade han och upprepade Sir Williams kalla fras. Orden smakade bittert på tungan. Som om Anna vore någon bräcklig varelse som inte kunde beskydda sig själv, snarare än den kvinna som mött Wrexfords hot med orubbligt mod, som dragit blod från en tränad mördare med inget annat än en brevkniv.

Han grep en kristallkaraff från skänken och hällde upp ett glas brandy men ställde ner det orört. Alkohol skulle inte klarna hans tankar, och han behövde absolut klarhet nu.

”Fröken Bell, de senaste händelserna har gjort det nödvändigt...” Nej. Det lät som om hon stod inför rätta.

”Anna, inrikesministeriet anser...” Nej, ännu värre. Hon lydde inte under hans överordnade.

"Jag befinner mig i en situation där jag måste..." Ashburton gjorde en grimas. Hade han alltid varit så här hopplös på att uttrycka sig inför kvinnor? Eller var det bara Anna som gav honom tunghäfta?

Han fortsatte vandra fram och tillbaka och försökte ignorera den växande tomheten i bröstet. Sex dagar av att hålla distansen på officiella order, sex dagar av att se smärta och förvirring spira i hennes ögon varje gång han bemött henne med kylig artighet. Och nu förväntades han fria som om det bara vore ännu ett uppdrag, ännu en plikt som skulle utföras.

Minnet av Anna i stallet efter att de tagit Wrexford dök upp objudet: värmen från henne i hans famn, hennes mjuka hår mot hans fingrar, sättet hon sett på honom med sådan tillit och lättnad. Han hade nästan kysst henne igen då, skulle ha gjort det om inte Whitmore avbrutit. Skulle ha sagt henne det han själv nyss börjat inse.

Sedan hade det varit mottagningen igår kväll. Hon bar blått silke, en klänning han aldrig sett henne i förut, en färg som förvandlade hennes ögon till midnattsblå tjärnar. Han hade inte kunnat hålla avståndet när han märkte att hon betraktade honom, men då han visste att andra skulle iaktta *honom*, hade han tvingat sig själv att tala till henne med den distanserade artighet som tillhör en ytlig bekant. Han hade sett smärtan sprida sig över hennes ansikte, sett ögonblicket då hon pansrat sig mot den, sträckt på sig och mött hans kyla med värdighet. Minnet fick honom att rygga tillbaka än i dag.

Ashburton stannade framför marmorspisen och tog spjärn med ena handen mot spishyllan medan han stirrade in i de dansande lågorna. Friade han till Anna av plikt? För att skydda henne från ränksmiderier hos män som Price och Thornhill, som skulle gifta bort henne med någon tråkig tjänsteman som de litade på skulle hålla henne tyst? Eller var det något annat, något som växt ända sedan det ögonblick han först såg henne böjd över chifferpapper i hans rum, med mörka ögon som lyste av intelligens när hon fann mönster som var osynliga för andra?

Sanningen, när han till slut tillät sig att möta den, var både enklare och mer skrämmande än han hade föreställt sig. Han ville gifta sig med Anna Bell. Inte för att inrikesministeriet krävde det, inte som en lösning på ett säkerhetsproblem, utan för att tanken på henne gift med någon annan var fysiskt smärtsam. För att hon mitt i all fara och alla bedrägerier hade blivit den fasta punkt som hans värld kretsade kring. För att han på något sätt, utan att märka det förrän det var för sent att skydda sig mot det, hade förälskat sig i henne.

Insikten borde ha varit en lättnad. Istället komplicerade den bara saken ytterligare. Hur skulle han kunna fria nu, med inrikesministeriets ultimatum hängande över dem båda? Hur skulle hon någonsin kunna tro på hans uppriktighet när han hade tillbringat de senaste sex dagarna med att behandla henne som en främling?

"Hantera situationen", hade Thornhill sagt, som om Anna vore ett problem snarare än en person. Minnet av överstens avfärdande tonfall väckte åter Ashburtons vrede. Han tänkte inte låta Anna hanteras, han tänkte inte låta henne fösas in i ett resonemangsparti för kronans säkerhets skull. Om hon skulle gifta sig med honom, skulle det vara

för att hon själv valde det, inte för att inrikesministeriet fann det lämpligt.

Han hämtade sin kravatt där han hade kastat den över en stol och kallade på sin betjänt för att få hjälp att knyta om den. Vad han än sa till Anna, skulle det inte vara som en agent som utförde order. Han skulle tala till henne som Andrew, som mannen som hade hållit om henne i det där stallet, som nästan hade bekänt sina känslor innan plikten återigen kommit i vägen.

Spegeln ovanför eldstaden reflekterade ett ansikte som var mer osäkert än Ashburton var van vid att se. Den vanliga masken av aristokratiskt självförtroende hade halkat på sned och avslöjade sårbarheten därunder. Bra, tänkte han. Låt Anna se det, se mannen snarare än agenten eller kapplöpningsentusiasten eller någon av de andra personligheter han hade skapat genom åren.

"Ditt ansvar", hade Sir William sagt, en fras laddad med antaganden om vad det innebar. Men Anna var inte ett ansvar; hon var en briljant, modig kvinna som förtjänade bättre än att diskuteras som om hon vore en säkerhetsrisk.

Ashburton gick fram till skrivbordet vid fönstret och drog fram ett ark papper ur lådan. Kanske borde han skriva till henne först, förklara allt i ett brev där han kunde välja sina ord med omsorg. Men nej, det kändes fegt. Efter att ha behandlat henne med en sådan kylig formalitet under mottagningen var han skyldig henne respekten av ett samtal ansikte mot ansikte.

Han skulle berätta allt för henne: inrikesministeriets krav, hans egen förvirrade reaktion och framför allt de känslor han varit för försiktig och för plikttrogen för att erkänna förrän nu.

Om hon skulle lyssna, om hon skulle kunna förlåta hans kyla de senaste fem dagarna, om hon skulle kunna tänka sig att gifta sig med honom av andra skäl än politisk lämplighet, det visste han inte. Men för första gången på åratal var lord Ashburton, mästare på kalkylerade risker och noggrann planering, villig att agera utan att veta resultatet.

Stallet bakom familjen Whitmores hyrda residens var en välbyggd byggnad som huserade åtta hästar, däribland Annas fuxvalack Perseus. Ashburton närmade sig med en för honom ovanlig tvekan. De välbekanta dofterna av hö, häst och läder nådde honom innan han ens hunnit in, trösterika i sin beständighet. Han stannade vid de breda dörrarna och tog ett djupt andetag för att samla sig. Anna var här; han kunde höra det mjuka mumlet av hennes röst inifrån, hur hon småpratade med en häst på det sätt som folk gör när de tror att de är ensamma. Hennes syster Clara, lady Whitmore, hade betraktat honom med vetande ögon när han stått i hennes salong och kramat sin hatt allt för hårt medan han stapplande sagt att han ville tala med Anna i enskildhet.

”Du hittar henne i stallet, tror jag, lord Ashburton”, sa Clara efter en lång tystnad. Hon sänkte blicken mot det hon höll i knät; en barnmössa hon sydde på, trodde han. "Anna tycker om att vara hos hästarna när hennes tankar är oroliga."

Oroliga. Han kunde gissa varför.

Han steg in och lät ögonen vänja sig vid det svagare ljuset. Stallet var varmt, skyddat från vinterkylan, och den sena eftermiddagssolen silade in genom höga fönster i dammiga strålar. Och där, i den tredje spiltan, stod Anna med ryggen mot honom och ryktade Perseus med långa, jämna tag. Hennes mörka hår var enkelt uppsatt, praktiskt för stallet snarare än friserat för sällskapslivet. Hon bar en enkel riddräkt i skogsgrönt, och hon såg betydligt mer bekväm och till freds ut här än han någonsin sett henne i Wiens glittrande balsalar.

"Du är den mest vettiga varelse av manligt kön jag känner", sa hon till valacken, som gnäggade lågt till svar. "Inga diplomatiska spel, inget låtsas vara något du inte är."

Orden träffade Ashburton med oväntad kraft. Han måste ha gett ifrån sig något ljud, för Annas axlar stelnade plötsligt och hon vände sig om med borsten kvar i handen.

"Lord Ashburton", sa hon, med rösten omsorgsfullt neutral även om han kunde se misstänksamheten i hennes ögon. "Vilket oväntat nöje."

Hennes formella tilltal och den väl valda distansen i tonen kändes som fysiska slag. Hade det bara gått några dagar sedan hon viskat hans förnamn i mörkret i ett stall inte helt olikt detta?

"Fröken Bell." Han tog ett steg framåt, men stannade sedan, plötsligt osäker på hur han skulle överbrygga klyftan mellan dem. Alla ord han övat på i sina rum var som bortblåsta och lämnade honom strandsatt i en pinsam tystnad.

Perseus rörde på sig och puffade Anna på axeln som för att uppmuntra henne att fortsätta rykta honom. Hon lydde och vände sig halvvägs bort från Ashburton för att återgå till hästens skötsel.

"Jag hoppas att allt är väl med er?" frågade hon, och den artiga frågan hängde mellan dem som en sköld. "Du verkade mycket upptagen på mottagningen i går kväll. Den preussiske ambassadören verkade särdeles underhållen av ditt sällskap."

Antydan till smärta under hennes artighet fick Ashburton att rycka till inombords. "Politik och hästkapplöpning", sa han och försökte låta lättsammare än han kände sig. "De enda två ämnen som garanterat fångar en diplomats uppmärksamhet."

Anna gav ifrån sig ett obestämbart ljud och fortsatte borsta valacken med metodiska drag. Tystnaden sträckte ut sig mellan dem, tung av allt som förblev osagt.

"Jag har just kommit från ett möte med mina överordnade", började Ashburton och föll tillbaka på fakta när känslorna blev för komplexa att hantera. "Återrapporteringen kring Wrexfords fall är nästan klar."

"Det gläder mig att höra." Annas röst förblev stadig och behärskad. "Kommer du att återvända till England snart då?"

Frågan kom oväntat. "Jag... Det beror på flera faktorer."

"Naturligtvis." Hon nickade som om detta bekräftade något hon redan misstänkt. "Dina plikter måste gå i första hand."

Ashburton tog ännu ett steg framåt, nu tillräckligt nära för att se spänningen i hennes axlar och hur hon medvetet undvek att möta hans blick. "Anna – miss Bell – det finns en angelägenhet av viss känslighet som jag behöver diskutera med dig."

Hon hejdade sig i ryktningen och vände sig slutligen helt mot honom. "Jaså?"

"Det gäller din säkerhet", fortsatte han och föll in i den formella rytm han använde för genomgångar och rapporter. "Inrikesministeriet har uttryckt oro över din inblandning i Wrexford-affären. Över dina kryptografiska förmågor och den kännedom du nu besitter angående våra operationer."

Annas ansiktsuttryck blev ännu kyligare. "Jag förstår. Och vad föreslår inrikesministeriet att man ska göra åt den här... oron?"

"De anser att det vore tillrådligt för dig att gifta dig snart", sa Ashburton, och orden lät stela och inövade. "För din säkerhets skull, för ditt rykte. För att säkerställa att den känsliga information du besitter förblir skyddad."

Borsten i Annas hand stannade helt. En rodnad spred sig uppför hennes hals, inte av glädje utan snarare av harm. "De vill se mig bortgift med någon som kan hålla mig tyst? Som ett besvärligt barn som skickas i säng utan kvällsmat?"

"Det är inte..." började Ashburton, men hon avbröt honom med en tvär gest.

"Är det därför du har undvikit mig de här senaste dagarna? För att era överordnade betraktade mig som en säkerhetsrisk som måste hanteras?"

Den raka frågan träffade för nära sanningen. Ashburton skruvade besvärat på sig. ”Det fanns protokoll som måste följas. Tills återrapporteringen var klar hade jag instruktioner om att hålla distans.”

”Protokoll.” Annas röst var uttryckslös. ”Javisst. Det skulle aldrig falla lord Ashburton in att trotsa ett protokoll, ens för ett ögonblick.”

Hon lade ifrån sig borsten på en närliggande hylla med behärskad omsorg och mötte sedan hans blick stadigt. ”Och har dina överordnade valt ut en lämplig make åt mig också? Någon lojal agent eller tråkig diplomat som man kan lita på håller sin besvärliga hustru i schack?”

Bitterheten i hennes ton fick Ashburton att grimasera. Allt blev fel, det utspelade sig precis så som han hade fruktat att det skulle göra. ”Anna, snälla. Nej. Jag sa till dem att jag skulle...”

”Erbjuder ni er att gifta er med mig av plikt, lord Ashburton?” avbröt hon, med rösten spröd av sårad stolthet.

Frågans direkthet fick honom att stelna. Här var hans öppning, det perfekta ögonblicket att berätta för henne att plikten inte hade någonting att göra med krampen i hans bröst när han tänkte på henne, att inrikesministeriets krav bara hade gett honom den knuff han behövde för att erkänna vad han känt i veckor. Att han ville gifta sig med henne inte för att hålla henne tyst, utan för att tanken på att inte ha henne i sitt liv plötsligt var skrämmande outsäglig.

Men orden ville inte komma. Åratal av träning, av att dölja sina sanna tankar och känslor bakom den roll som ögonblicket krävde, svek honom nu när uppriktighet var som viktigast.

”Mina överordnade anser att det är bäst”, hörde han sig själv säga, och orden kom ut i den plikttrogne agentens välavvägda tonfall snarare än hos mannen som hade hållit om henne med sådan förtvivlad ömhet några dagar tidigare. Han kunde inte möta hennes blick när han talade, utan fäste blicken på en punkt strax bortom hennes axel.

Tystnaden som följde på hans svar var total. När han till slut tvingade sig att se på henne, var smärtan där så naken, så blottad, att han nästan vacklade under dess tyngd.

”Jag förstår”, sa hon till sist, med varje ord precist och kallt. Hon rätade på ryggen och svepte sin värdighet omkring sig som en rustning. ”Tack för att ni klargjorde situationen så tydligt, lord Ashburton. Jag ska inte besvära era överordnade ytterligare. Jag återvänder hem, till England och Belle Haven, med Clara och Matthew i slutet av veckan.”

”Lämnar du Wien?” Frågan slapp ur honom innan han hann hejda den, och paniken flammade upp i hans bröst.

”Ja.” Anna steg ut ur spiltan och lät den öppna dörren bli en barriär mellan dem. ”Clara väntar barn och vill föda hemma. Och på Belle Haven är jag åtminstone uppskattad för den jag är, inte som ett problem som ska lösas eller en säkerhetsrisk som ska begränsas.”

”Anna, det är inte...” Ashburton sträckte sig efter hennes arm, men hon tog ett steg tillbaka och undvek hans beröring.

"Adjö, lord Ashburton." Hennes röst var formell och slutgiltig när hon vände sig bort. "Jag önskar er framgång i ert framtida uppdrag för kronan."

Hon gick därifrån med rak rygg och uppmätta steg, och lämnade honom ensam kvar i stallet med doften av hö och häst och den förkrossande tyngden av sitt eget misslyckande.

Insikten träffade honom som ett fysiskt slag: han hade förstört allt. När han fick chansen att tala från hjärtat, hade han gömt sig bakom plikt och protokoll och burit sin spionmask i just det ögonblick då endast absolut uppriktighet hade räckt. Han hade skjutit henne ifrån sig av lojalitet mot sina överordnade och sedan erbjudit äktenskap som vore det ännu ett uppdrag som skulle slutföras, snarare än hans hjärtas djupaste önskan.

Och nu lämnade hon Wien för att återvända till Belle Haven, och tog med sig den framtid han precis hade börjat föreställa sig. En framtid han aldrig ordentligt bett om, aldrig ärligt förklarat att han ville ha.

Ashburton stod orörlig i stallet medan Perseus puffade på den halvöppna dörren till spiltan och gnäggade lågt som i förebråelse. Hästen tycktes fråga vad han tänkte göra åt denna katastrof han själv orsakat.

Han hade inget svar, inte än. Men när han såg Annas rygg försvinna ut genom stalldörrarna, visste Ashburton med kylig visshet att han inte kunde låta henne lämna Wien i tron att han hade friat enbart av plikt. På något sätt måste han finna modet att lägga undan de roller och masker han gömt sig bakom så länge, för att visa henne den sanning han knappt erkänt för sig själv.

Innan det var för sent, om det inte redan var det.

Kapitel tjugoett

ANNA SATT MITTEMOT CLARA i paret Whitmores privata sällskapsrum och vred händerna i knäet medan hennes syster hällde upp te. Doften av bergamott steg mellan dem, men den gjorde ingenting för att lindra den kyla som hade lagt sig i Annas bröst ända sedan samtalet med Ashburton i stallet. Utanför tryckte Wiens vinter mot fönstren och frosten bildade skira virvlar på glaset, men brasan i öppna spisen höll rummet varmt.

"Du är väldigt tyst", konstaterade Clara och räckte Anna en nätt porslinskopp innan hon lutade sig tillbaka i sin stol med ena handen vilande beskyddande över sin svagt rundade mage. ”Någonting hände med lord Ashburton, eller hur?”

Annas händer darrade när hon tog emot koppen, och porslinet klirrade svagt mot fatet. ”Är det så uppenbart?”

”Bara för någon som känner dig så väl som jag gör.” Clara log mjukt. ”Han såg oerhört besvärad ut när jag skickade ner honom för att leta reda på dig, och du har haft samma uppsyn ända sedan du kom tillbaka från stallet. Jag har inte sett dig så tagen sedan en av unghästarna kastade av dig i den där lerpölen när du var nio.”

Trots allt kände Anna hur läpparna kröktes en aning vid minnet. ”Det här känns avsevärt värre än lera.”

”Berätta.” Clara satte sig bekvämare tillrätta mot kuddarna. Trots att graviditeten hade börjat göra henne trött, förblev hennes blick skarp och uppmärksam.

Anna tog ett djupt andetag för att samla sig. ”Jag har blivit kär i honom. I Ashburton. I Andrew.” Hennes röst mjuknade vid hans förnamn. ”Inte i hans mask som den lättsinnige kapplöpningsentusiasten, och inte heller i spionen, utan i mannen bakom alltihop.”

Clara nickade, inte det minsta förvånad. ”Jag misstänkte det. Det var något i sättet ni hade börjat se på varandra efter det där jaktsällskapet.”

”Märkte du det?”

”Både Matthew och jag märkte det. Han slog vad om att ni skulle tillkännage er förlovning innan kongressen var slut.”

Annas leende bleknade. ”Han friade faktiskt, på sätt och vis. Men inte som du kanske hoppas.”

Anna ställde undan sin tekopp och återberättade hela samtalet från stallet. Hennes röst stockade sig när hon beskrev Ashburtons kalla formalitet och hur han hade framställt äktenskapet som en lösning på ett säkerhetsproblem snarare än något sprunget ur tillgivenhet eller uppskattning.

"Han sade att hans överordnade tyckte att det var bäst. Som om jag vore en besvärlig bokföringspost som behövde redas ut. En säkerhetsrisk som måste hanteras."

Clara drog ihop ögonbrynen. "Så fullkomligt oromantiskt. Och efter allt du gjorde för att hjälpa till att fånga den där vedervärdige förrädaren."

"Jag tror att det är precis det som är problemet", sade Anna bittert. "Jag vet för mycket. Jag har sett bakom kulisserna i den brittiska underrättelsetjänstens verksamhet. Jag är en belastning om jag inte kan kontrolleras genom äktenskap med någon de litar på."

"Med honom", förtydligade Clara.

"Ja, med honom. Fast jag misstänker att de erbjöd alternativ om han skulle visa sig ovillig." Tanken fick det att knyta sig smärtsamt i Annas mage. "Någon namnlös diplomat eller officer som skulle förstå nödvändigheten i att hålla mig tyst."

Clara sträckte sig över det lilla bordet för att ta Annas händer. "Min kära syster. Du begick misstag, ja, men du hjälpte också till att fånga en förrädare. Du är briljant, Anna."

"Min briljans verkar vara själva problemet." Anna kramade tacksamt Claras händer.

”Kanske friade lord Ashburton så klumpigt för att han inte vet hur man gör på något annat sätt. Män som gömmer sig bakom masker vet inte hur man tar av dem. Han har varit spion i flera år, älskling. Han vet förmodligen inte hur man är ärlig med sina känslor.”

Anna övervägde denna möjlighet. Hon mindes de stunder då Ashburton hade verkat mest äkta: i lugnet i hans rum när de lutade sig över kodade papper tillsammans, på ambassadens kontor när han räddade henne, i stallet efter Wrexfords tillfångatagande när han hade hållit om henne så förtvivlat. Varje gång hade de varit ensamma, långt borta från vaksamma ögon.

”Även om det vore sant, så kan jag inte acceptera ett frieri som har sitt ursprung i plikt snarare än tillgivenhet. Jag är hellre ensam än gift med en man som ser mig som en förpliktelse.”

”Givetvis inte”, höll Clara med om. ”Ingen kvinna i familjen Bell skulle acceptera sådana villkor.”

Anna lyfte blicken för att möta sin systers. ”Clara, jag skulle vilja återvända till Belle Haven med dig och Matthew.” Hon svalde hårt. ”Jag var inte helt sanningsenlig mot Ashburton; jag sade att beslutet var fattat och att vi skulle resa nästa vecka. Men jag kan inte stanna i Wien nu. Inte i närheten av honom.”

Clara granskade henne under en lång stund och hennes ansiktsuttryck mjuknade. ”Jag ska tala med Matthew om det i kväll. Kongressen är inte slut; han behöver bli löst från sina plikter, och även om jag väldigt gärna vill föda hemma, så kanske jag inte kan resa om vi inte ger oss av snart. Jag ska be honom ligga på sina överordnade.”

”Tack.” En känsla av lättnad sköljde genom Anna. Tanken på Belle Haven, dess bekanta rutiner, hästarna och räkenskaperna som behövde skötas, erbjöd en tröst hon desperat behövde. Borta från Wien, borta från den ständiga påminnelsen om Ashburtons närvaro, kunde hon kanske börja läka sitt brustna hjärta.

”Fast jag undrar om du inte är lite för hastig. Den här historien mellan dig och lord Ashburton känns inte avslutad i mina ögon.”

Anna skakade bestämt på huvudet. ”Den är slut. Eller, om den inte är det, så vill jag inte veta slutet.”

”Är du säker? Eller fumlade han helt enkelt med orden, som män så ofta gör? Du har alltid varit briljant på att se mönster, Anna. Kanske finns det ett här som du är för nära för att upptäcka.”

”Vilket mönster skulle möjligtvis kunna förklara att man föreslår äktenskap som en säkerhetslösning?”

Claras leende fördjupades. ”Mönstret hos en man som har tillbringat sitt liv med att dölja sitt sanna jag, och som plötsligt ställs inför känslor han varken kan maskera eller kontrollera. Mönstret av rädsla, Anna. Inte för fara, utan för att bli avvisad.”

Anna tystnade och vände på systerns ord i tankarna. Kunde det vara sant? Hade Ashburton dragit sig tillbaka bakom plikt och protokoll för att han fruktade vad som skulle hända om han blottade sina sanna känslor? Möjligheten sände ett litet hopp genom hennes bröst, men hon tryckte snabbt ner det.

”Även om det vore sant, förtjänar jag något bättre än halvsanningar och pliktskyldiga frierier. Jag förtjänar någon som ser mig för den jag är och värdesätter mig därefter."

"Ja", instämde Clara. "Det gör du absolut. Och när lord Ashburton ställs inför utsikten att förlora dig helt och hållet, kanske han upptäcker att han trots allt är kapabel till att vara den mannen."

Anna log sorgset, ovillig att nära ett falskt hopp. "Kanske. Men jag tänker inte vänta på att han ska lära sig det som borde komma instinktivt. Jag har tillbringat hela mitt liv med att bli förbisedd, Clara. Jag tänker inte bygga en framtid med någon som fortsätter i det mönstret."

Clara nickade tankfullt och vilade återigen handen på magen. "Nåväl. Jag ska tala med Matthew i kväll om våra planer." Hon sträckte ut handen för att stryka bort en hårling från Annas ansikte. "Men jag lovar ingenting om vår avresa ännu. Vissa historier kräver tid för att finna sitt rätta slut."

Det menande leendet som åtföljde dessa ord tydde på att Clara, i alla fall, trodde att kapitlet mellan Anna och lord Ashburton var långt ifrån avslutat.

"Är du helt säker på att du inte vill följa med oss?" frågade Clara och rättade till sin aftonsjal medan Matthew väntade vid dörren med vagnsnycklarna i handen. "Lady Esterhazys musikkvällar brukar vara riktigt trevliga."

Anna skakade på huvudet och tvingade fram ett leende som inte nådde ögonen. "Jag har lite huvudvärk. Jag tror att jag mår bäst av en lugn kväll. Men hälsa lady Esterhazy så gott från mig."

Clara utbytte en menande blick med Matthew innan hon kramade Annas hand. "Gärna det. Vi blir inte sena."

Ytterdörren stängdes bakom dem och Anna drog en lättad suck. Residenset Whitmore föll i en välsignad tystnad. Inga artiga samtal att upprätthålla, inga masker att bära, inget behov av att låtsas som om hennes hjärta inte var krossat.

Hon väntade bara tills ljudet av vagnshjulen hade tonat bort innan hon drog på sig sina slitna stallstövlar och en tung yllesjal. Den iskalla luften bet i hennes ansikte när hon gick över gårdsplanen, men hon välkomnade den skarpa kylan. Det var åtminstone en känsla hon kunde sätta namn på, till skillnad från det komplicerade virrvarr av känslor som knutit sig i hennes bröst sedan Ashburtons frieri.

Stallporten gnisslade bekant när hon sköt upp den. Inuti hängde lyktor med jämna mellanrum längs mittgången och kastade pölar av gyllene ljus som motade bort det tilltagande mörkret. Doften omslöt henne omedelbart: sött hö, läder, häst och den karakteristiska doften av havre. *Hem.* Inte Belle Haven, men nära nog. Stall var likadana över hela världen och erbjöd samma ärliga tröst.

Hästarna gnäggade välkomnande när hon gick nerför gången. Det fanns åtta spiltor, varav sex var upptagna eftersom två vagnshästar var ute för tillfället, och hon kände varje häst väl efter veckor av omsorgsfull tillsyn.

Hon hade insisterat på att själv sköta om dem, till stalldrängarnas förvåning. Det förväntades inte av en dam att hon skulle bry sig om fodergivor och hovvård, men Anna fann tröst i beräkningarna, de mått som varierade beroende på ålder, storlek och arbetsbelastning.

Hon samlade ihop det hon behövde från foderkammaren: havre, kli och melass till Perseus, som var kräsen med maten; extra hackelse till Lady, Claras sto som hade svårt att hålla hullet, och exakta mängder mineraltillskott till var och en, uppmätta med den uppsättning måttskedar och den lilla mässingsvåg hon hade tagit med sig från Belle Haven.

Det välbekanta arbetet med att blanda fodret gav henne ro; det fanns en trygghet i det förutsägbara. Siffror ljög inte och förvirrade inte; de bara fanns där. Hon önskade att människor kunde vara lika okomplicerade.

Anna arbetade stadigt och förberedde åtta olika foderhinkar, var och en anpassad efter dess mottagare. Hon gick till den första spiltan där Dante, Matthews bruna jakthäst, ivrigt körde fram mulen över halvdörren. Hans mjuka mule kittlade hennes handflata när hon gav honom en morot innan hon hängde upp hans foderhink.

"Tålamod", mumlade hon och strök honom över pannluggen. "Den som väntar på något gott väntar aldrig för länge, eller hur det nu brukar sägas."

Hon fortsatte nerför raden, lämnade hinkar i de tomma spiltorna till vagnshästarna tills de kom tillbaka och hälsade på varje häst i tur och ordning. Hon fann tröst i deras okonstlade välkomnande. De bryde sig inte om hennes härkomst eller hennes sociala ställning. De tyckte inte att hennes intellekt var ofeminint eller att hennes rättframma sätt var opassande. De svarade helt enkelt på hennes stillsamma självsäkerhet och mjuka händer.

När hon nådde Perseus i den sista spiltan hade det trånga bandet runt hennes bröst lossnat något. Hennes fuxfärgade valack gnäggade mjukt när hon närmade sig och hans kloka ögon följde hennes rörelser. Hon hade fött upp honom från en gänglig ettåring och tränat honom själv, och behållit honom som sin egen ridhäst när han bedömdes ha för lätt byggnad för kavalleriet. Han kände henne bättre än de flesta människor gjorde.

"Hej, gamle vän", viskade hon och lutade pannan mot hans varma hals medan han dök ner i sin hink. Den bekanta hästdoften omslöt henne, och något i hans trygga närvaro fick slutligen dammen som hon byggt upp mot sina känslor att brista.

Tårar rann nerför hennes kinder, först tysta, sedan åtföljda av ett snyftande andetag som tycktes komma djupt inifrån henne. Perseus stod tålmodigt kvar och vände sig emellanåt om för att puffa mjukt på henne när han hade ätit klart, som för att erbjuda den tröst han förmådde.

"Jag har ställt till det så för mig." Hennes röst var knappt hörbar ens i det tysta stallet. "Jag trodde att han såg mig, verkligen såg mig. Inte bara som ett verktyg för att lösa sina koder, utan som en person. Som kvinna."

Perseus blåste mjukt mot hennes hår; hans andedräkt var varm och doftade havre.

"Och kanske gjorde han det, för en tid. När vi arbetade tillsammans, när han höll om mig efter Wrexford... Jag trodde att jag kände något äkta. Något utöver plikt." Hon trasslade in fingrarna i Perseus man och gav ifrån sig ett ljud som vid fysisk smärta.

"Jag vill inte bli beskyddad eller hanterad. Jag vill ha ett partnerskap. Jag vill ha någon som värdesätter mitt förstånd utan att avfärda mitt hjärta. Någon som ser hela mig och inte tittar bort."

Nya tårar vällde upp i hennes ögon när hon mindes Ashburtons frieri. Hans försiktiga ordval, hans vägran att möta hennes blick direkt, sättet han hade dragit sig tillbaka bakom protokoll och plikt när hon rakt ut hade frågat honom om han friade av förpliktelse. Efter allt de hade delat, förtroligheten i deras gemensamma arbete och den fara de stått inför sida vid sida, hade han fortfarande inte kunnat tala klarspråk.

"Jag trodde att det kunde vara han", viskade hon till Perseus, som hade gjort en paus i ätandet för att betrakta henne med sina milda ögon. "Jag trodde verkligen... Jag hoppades..."

Stallporten gnisslade plötsligt till och en vindpust av kall luft virvlade in i det varma utrymmet och förde med sig frost och vedrök. Anna stelnade till och torkade snabbt sitt tårfyllda ansikte med kanten av sjalen. Det var förmodligen en av drängarna som kommit för att se till hästarna innan kvällen. Hon förblev vänd bortåt, ovillig att bli sedd i ett sådant tillstånd.

"Jag höll just på att avsluta kvällsfodringen", sade hon.

Inget svar kom, bara det mjuka ljudet av fotsteg mot det stampade jordgolvet som kom allt närmare. Något i deras takt, deras medvetna rytm, sände en våg av igenkänning genom Anna innan hon ens hunnit höra hans röst.

”Anna.”

Hennes namn, bara det, uttalat med en röst som var sträv av rörelse, en röst hon skulle känna igen överallt. En röst som hade hemsökt hennes drömmar och plågat hennes vakna timmar i flera dagar.

Anna vände sig långsamt om med händerna fortfarande hårt knutna om kanten på sin fuktiga sjal. Ashburton stod bara några fot bort, hans gestalt till hälften dold i skugga och till hälften upplyst av det gyllene skenet från den närmaste lyktan. Hans vanligtvis oklanderliga kläder var skrynkliga, som om han hade klätt sig i hast eller tillbringat timmar i rastlös rörelse. Hans hår, som annars var omsorgsfullt friserat, föll ostyrigt ner i pannan. Men det var hans ansikte som fångade och höll kvar hennes uppmärksamhet: tärat, desperat, och med grå ögon som brann.

”Andrew”, viskade hon, och namnet slapp ur henne innan hon hann hejda sig.

Ashburton stod helt stilla ett ögonblick, som för att ge henne tid att ta in hans närvaro. Lyktans sken fångade ansiktets vinklar, framhävde skuggorna under hans ögon och spänningen i hans käke. Han såg ut som en man som inte hade sovit, som hade utkämpat någon inre strid. Anna drog sjalen tätare om axlarna, plötsligt medveten om sina tårdränkta kinder, sin skrynkliga klänning och sitt hår som börjat lossna från sina nålar.

Han närmade sig henne långsamt, som om hon vore ett skyggt föl som skulle kunna rusa iväg vid minsta hastiga gest. Trots sitt bultande hjärta vek Anna inte undan, utan lyfte hakan en aning, ovillig att visa ytterligare sårbarhet.

Ashburton stannade en armlängd bort och respekterade den osynliga gräns hon dragit mellan dem. Hans ögon lämnade aldrig hennes ansikte, och han studerade henne så intensivt att hennes puls ökade trots hennes föresats att förbli oberörd.

"Jag har gjort ett fruktansvärt misstag." Hans röst var låg och uppriktig, befriad från den slipade diplomatton han vanligtvis använde. Det här var hans verkliga röst, insåg Anna, den hon bara hade hört i stunder av äkta känsla eller fara. "Flera misstag, faktiskt, vart och ett värre än det förra."

Anna förblev tyst och väntade. Vad som än hade fört honom hit i natt, tänkte hon inte göra det lättare för honom. Han skulle bli tvungen att finna sina egna ord, tala sin egen sanning.

"Jag har gjort karriär av att bära masker." Ashburton drog en hand genom sitt redan rufsiga hår. "Kapplöpningsentusiasten, den sorglöse aristokraten, den hängivne agenten. Jag har levt bakom dem så länge att jag glömde bort hur man tar av dem. Även när jag borde ha gjort det." Hans blick intensifierades, de grå ögonen fixerade vid hennes. "Särskilt när jag borde ha gjort det – inför dig."

Ett litet, förrädiskt hopp rörde sig i Annas bröst, men hon tryckte snabbt ner det. Hon hade tolkat hans handlingar fel tidigare, hade sett betydelse där det bara fanns plikt. Hon tänkte inte göra om det misstaget.

"Tidigare i dag, i just det här stallet, tog jag på mig en mask när jag borde ha blottat mitt hjärta för dig. Jag gömde mig bakom plikt och protokoll när jag borde ha talat ärligt. Det var ovärdigt dig, och ovärdigt vad jag känner."

”Och vad känner du, Lord Ashburton?”

En skugga av smärta drog över hans ansikte vid hennes formella tilltal. ”Andrew. Snälla. Åtminstone mellan oss, när vi är ensamma, vill jag bara vara Andrew för dig.”

Bönen rymde en sådan sårbarhet att Anna kände sin beslutsamhet vackla. Ändå behöll hon sitt avstånd, ovillig att låta sig bevekas av enbart ord efter den smärta han hade orsakat.

”Jag kom för att be om ursäkt, inte för att jag friade, utan för *hur* jag friade. För att jag fick det att verka som en pliktfråga snarare än mitt hjärtas innersta önskan.”

Trots att hon försökte behärska sig, tappade Anna andan. Hans hjärtas innersta önskan? Hon studerade hans ansikte och letade efter minsta tecken på oärlighet, minsta antydan till de masker han så lättvindigt bar offentligt. Hon fann inga. Hans uttryck var öppet, nästan smärtsamt så, och varje känsla var synlig på ett sätt som hon aldrig sett förut.

”Du ser sanningen hos hästar för att du ser efter.” Han gestaltade mot Perseus, som iakttog dem med vaket intresse. ”Du ser bortom härstamning och träning till djurets sanna natur, dess karaktär. Du såg på mig och såg den jag verkligen var, även när jag gömde mig. Jag var en fegis som inte gjorde detsamma för dig.”

Anna svalde hårt och kämpade mot rörelsen som steg i halsen. ”Vad såg du när du till slut såg efter?”

Ashburton tog ett halvt steg närmare, fortfarande på ett respektfullt avstånd, men tillräckligt nära nu för att hon skulle kunna se den lätta darrningen i hans händer och känna hans välbekanta doft av sandelträ.

"Allt." Hans röst brast en aning på ordet. "Jag såg allt jag har sökt efter utan att veta om det. Ditt briljanta förstånd som finner mönster som är osynliga för andra. Ditt mod inför faran, inte den vårdslösa tapperheten hos någon som inte förstår riskerna, utan det sanna modet i att se rädslan i vitögat och ändå fortsätta."

Medan han talade förvandlades något i hans ansikte; den kontrollerade behärskning han vanligtvis upprätthöll gav vika för rå känsla. Anna fann att hon inte kunde se bort, fängslad av denna unika inblick i mannen bakom alla de noggrant konstruerade personligheterna.

"Jag älskar din brinnande lojalitet mot din familj, din beslutsamhet att bevisa ditt värde genom egna meriter snarare än att förlita dig på kontakter eller omständigheter. Jag älskar att du gör misstag och rättar till dem, att du är villig att erkänna när du har fel." Hans röst blev strävare, mer angelägen. "Jag älskar att du ser mönster som ingen annan kan se. Att du är briljant med både hästar och chiffer. Att du står på dig även när alla runt omkring dig tvivlar."

Älskar. Ordet hängde i luften mellan dem, kraftfullt och förvandlande. Anna kände sitt hjärta hamra mot revbenen och hennes omsorgsfullt uppbyggda murar började rasa samman.

"Jag älskar dig." Förklaringen kom oförställd och uppriktig. "Inte som en plikt, inte för bekvämlighet eller trygghet eller av någon annan anledning. Jag älskar dig, och jag kan inte föreställa mig mitt liv utan dig. Tanken på att du skulle återvända till Belle Haven, att jag aldrig skulle se dig mer, har varit outhärdlig."

En ensam tår slapp ut och rann nerför Annas kind. Ashburtons hand lyftes instinktivt som för att torka bort den, men tvekade sedan, som om han var osäker på om hans beröring var välkommen.

”Mina överordnade beordrade mig faktiskt att gifta mig med dig.” Hans ärlighet fortsatte, även när den inte gynnade honom. ”Men det var först efter att jag redan hade sagt till dem att jag skulle ta ansvar för dig. De missförstod vad jag menade, och jag lät dem tro vad de ville eftersom det gav mig en ursäkt att göra det jag redan ville, men inte hade funnit modet att genomföra på egen hand.”

Han tog ännu ett litet steg närmare, så nära nu att Anna kunde se de svaga skrattrynkorna vid hans ögonvrår och den lätta skuggan av skäggstubb längs hans käke.

”Anna Bell, jag frågar dig nu, på riktigt, utan några masker mellan oss: Vill du gifta dig med mig? Inte för att inrikesministeriet kräver det, inte för att lösa ett problem eller uppfylla en plikt, utan för att jag älskar dig och vill bygga ett liv med dig. Ett sant partnerskap.”

Hans ögon mötte hennes, sårbara men beslutsamma. ”Vi skulle kunna arbeta tillsammans, om du önskade det. Ditt sinne, din förmåga med chiffer... vi skulle kunna skapa något anmärkningsvärt tillsammans. Eller så kan du återvända till Belle Haven, sköta stamtavlorna och räkenskaperna som du alltid har gjort, och jag skulle stolt stå vid din sida och stödja vilken väg du än väljer. Jag vill inte skydda dig från världen, Anna. Jag vill möta den tillsammans med dig.”

Orden hon hade längtat efter att få höra, uttalade med ärlighet. Borta var den noggrant kontrollerade agenten, den slipade aristokraten, mannen som gömde sig bakom protokoll och plikt. I deras ställe stod helt enkelt Andrew och erbjöd sitt hjärta utan förbehåll eller villkor.

"Allt jag ber om är chansen att få älska dig så som du förtjänar att bli älskad. Öppet, ärligt, fullständigt."

Anna kände något skifta i sitt bröst, en lossning av det strama band av smärta som hade snört åt hennes hjärta sedan deras senaste möte i just detta stall. Hans ord erbjöd exakt det hon hade längtat efter men aldrig vågat förvänta sig: ett erkännande av hennes sanna värde, inte som ett användbart intellekt eller en säkerhetsrisk som måste hanteras, utan som en kvinna att bli älskad fullt ut, en partner att värderas.

Tystnaden mellan dem drog ut på tiden, fylld av de mjuka ljuden från hästar som rörde sig i sina spiltor, det avlägsna sprakandet från den lilla elden som hölls brinnande i stallets sällskapsrum, och det nästan omärkliga darrningen i Ashburtons andning medan han väntade på hennes svar. Anna studerade hans ansikte i det gyllene lyktskenet och såg rädslan bakom hans hopp, sårbarheten under hans mod.

"Det här är vad jag ville ha", sade hon till slut med mjuk men stadig röst. "Inte att bli skyddad eller hanterad. Inte att bli värderad enbart för min förmåga att lösa gåtor eller räkna ut stamtavlor. Jag ville bli sedd. På riktigt."

Lättnad fladdrade över Ashburtons ansikte, även om han förblev helt stilla, som om han var rädd att minsta rörelse skulle krossa detta sköra ögonblick mellan dem.

"Jag blev kär i den verkliga du. Inte masken som kapplöpningsentusiast eller den kalkylerade personan som spion. Jag blev kär i mannen som kom ihåg hur jag ville ha mitt te, som respekterade mitt förstånd, som såg mig när resten av världen tittade förbi. Jag visste alltid att du fanns där, under de lager du visade för andra."

Hon tog ett litet steg mot honom och överbryggade det avstånd som känts så oöverstigligt bara några ögonblick tidigare. "Jag älskar dig också. Jag tror att jag har gjort det sedan du berättade sanningen för mig om vad du är. Inte trots dina förställningar, utan för att du litade på mig tillräckligt för att lägga dem åt sidan."

Ashburton drog efter andan så att det hördes. Hans hand lyftes och svävade nära hennes kind, fortfarande tveksam till att röra vid henne utan uttryckligt tillstånd. "Anna", andades han, och hennes namn lät som en välsignelse på hans läppar.

Hon nickade nästan omärkligt och gav honom det tillstånd han sökte. Hans fingrar följde hennes kinds linje så vördnadsfullt att nya tårar vällde upp i hennes ögon. Hans beröring var varm mot hennes hud, något valkig efter år av hantering av hästar och vapen, men oändligt varsam när han kupade hennes ansikte mellan sina händer.

"Får jag?" viskade han och sänkte blicken mot hennes läppar.

Ännu en liten nick, och hennes hjärta bultade som en skrämd fågels i bröstet.

Han lutade sig långsamt framåt och gav henne varje chans att dra sig undan, att tänka om. Men Anna hade ingen önskan att backa. Hon lutade sig framåt och lät sig omslutas av hans famn.

Hans läppar mötte hennes ömt, i en kyss som talade om ursäkt, vördnad och löfte. Mjuk och varm och smärtsamt ljuv skickade den vågor av förnimmelser genom hela hennes kropp. Hans tummar strök över hennes kindknotor medan han höll hennes ansikte som om det vore något omåttligt dyrbart.

När han började dra sig tillbaka överraskade Anna honom genom att följa efter, ovillig att bryta kontakten så snart. Hennes hand lyftes för att sluta sig om hans nacke, och hennes fingrar trasslade in sig i det mjuka håret vid hans krage. Denna gest av tyst begär verkade få något att lossna hos Ashburton.

Deras andra kyss var annorlunda, djupare, och en outtalad hunger gav liv åt trycket från hans läppar mot hennes. Längtan, rädsla och lättnad strömmade in i utbytet, fortfarande kyskt men vibrerande av knappt tyglad passion. Anna fann att hon darrade, inte av rädsla utan av den överväldigande intensiteten i de känslor som flödade genom henne. Hans armar slöt sig om hennes midja och drog henne närmare tills hon kunde känna hans hjärtas snabba slag mot sitt eget.

När de till slut bröt kyssen, båda med ostadig andning, vilade Ashburton sin panna mot hennes. Intimiteten i gesten, så enkel men ändå så djup, fick Annas hjärta att svälla. Han höll ögonen slutna, som om han höll på att etsa fast detta ögonblick i minnet och bevara varje förnimmelse, varje andetag, varje hjärtslag.

"Säg det igen", viskade han med hes röst. "Snälla."

"Jag älskar dig."

”Jag älskar *dig*.” Hans ögon öppnades för att möta hennes. ”Hjälpe mig, jag älskar dig mer än jag trodde var möjligt.”

De stod kvar i sin omfamning och lät resten av världen blekna bort omkring dem tills Perseus gnäggade lågt och puffade på Annas rygg, vilket bröt förtrollningen. Anna skrattade mjukt, ett ljud som bubblade upp från en nyss upptäckt källa av glädje inom henne.

”Jag tror att vi har en publik.”

Ashburton log, ett uttryck som förvandlade hans ansikte till något pojkaktigt och bekymmerslöst som Anna aldrig sett förut. ”Jag skäms inte för att älska dig inför hela världen.”

Hans armar var kvar runt hennes midja, som om han inte stod ut med att släppa henne nu när han äntligen fick hålla om henne. ”Vi borde gifta oss omedelbart. Här i Wien, om du är villig. Min ställning ger oss tillgång till vissa privilegier, diplomatiska kontakter som kan påskynda saker och ting.”

Anna nickade, även om en liten skugga drog över hennes ansikte. ”Jag önskar att mina föräldrar kunde vara med. Min far skulle vara så stolt över att få föra mig till altaret. Och mina yngre systrar kommer att bli förtvivlade över att missa att vara brudtärnor.”

”Vi ska ha en andra ceremoni på Belle Haven”, lovade Ashburton omedelbart. ”Ett ordentligt familjefirande när vi väl återvänt till England. Men med tanke på omständigheterna, med tanke på Wrexfords arrestering och den uppmärksamhet det kan dra till sig...”

”Jag förstår.” Anna uppskattade hans hänsyn till hennes rykte. ”Det är bäst att gifta sig snabbt.” Hon tvekade och tillade sedan: ”Dessutom, Clara... även om jag sa att vi skulle lämna Wien nästa vecka, är jag inte säker på att det vore klokt. Hennes graviditet är ganska långt gången nu. Jag tror att vi måste stanna här tills efter att barnet är fött.”

Ashburtons uttryck mjuknade. ”Din omtanke om din syster länder dig till heder. Fast jag misstänker att Lady Whitmore skulle vara den första att insistera på att din lycka går i första hand.”

”Kanske det, men en stillsam ceremoni här, följt av ett familjefirande senare, verkar vara den perfekta kompromissen.”

”Jag vill ta dig till Belle Haven.” Ashburtons ögon lyste. ”Jag vill träffa din familj ordentligt, se var du växte upp, se dig bland hästarna som din far föder upp. Jag vill veta allt om dig, Anna, och komma att älska alla och allt som betyder något för dig. Alltihop.”

Den uppriktiga ivern i hans röst förde med sig nya tårar i Annas ögon, glada tårar den här gången. ”Vi har tid. Vi har all tid i världen nu.”

Ashburtons leende var strålande i det gyllene skenet. ”En livstid. En livstid av partnerskap, av sanning mellan oss. Inga fler masker, Anna. Det lovar jag dig.”

När hans läppar fann hennes igen och beseglade det löftet, kände Anna hur de sista av hennes tvivel löstes upp likt morgondimma för solen. Vilka utmaningar som än låg framför dem, vilka komplikationer deras ovanliga partnerskap än kunde möta, skulle de möta dem tillsammans, jämlika i kärlek, jämlika i tillit, jämlika i den sällsynta ärlighet de kämpat så hårt för att uppnå.

I stallets varma fristad, omgiven av hästarnas ärliga närvaro och lyktljusets stadiga sken, fann Anna Bell sig vara precis där hon hörde hemma: i armarna på en man som såg henne helt och hållet och älskade henne utan förbehåll, med maskerna äntligen lagda åt sidan till förmån för deras hjärtans enkla, förvandlande sanning.

Epilog

Mars, 1815

Eliza Bell stod orörlig mitt i det kaos – det totala kaos – som rådde på den stora stallplanen vid Belle Haven. Hon såg hur hästskötare och stallpojkar pilade mellan spiltorna som uppjagade bin; de ledde ut hästar, samlade ihop seldon och säkrade förnödenheter för resor av okänd längd. Klappret av hovar mot gatstenen, männens rop och de förvirrade hästarnas gnäggningar bildade en symfoni av oreda som tärde på hennes nerver. Ändå höll hon ansiktet omsorgsfullt samlat och hakan lyft, i en perfekt imitation av sin fars ståndaktiga uppsyn. Bara arton år gammal hade hon inte väntat sig att plötsligt stå med ansvaret för en av

Englands främsta hästuppfödningar. Men å andra sidan hade ingen väntat sig att Napoleon skulle fly från Elba heller.

Gårdagens eftermiddagsrutiner hade slagits i spillror när en kurir anlände. Hans häst var löddrig och flämtande, och djurets sidor var randiga av svett och damm. Eliza hade befunnit sig i den lilla hagen med ett ungt sto och höll på att lägga sadel på henne för första gången när hon hörde uppståndelsen. När hon nådde huvudbyggnaden höll hennes far redan på att läsa meddelandet, och hans ansikte blev allt mörkare för varje rad.

"Han har flytt", sade Sir Richard med en röst som var spänd av behärskad oro. "Bonaparte har lämnat Elba och återvänt till Frankrike. Han samlar redan en armé omkring sig och tågar mot Paris. Prinsregenten har beordrat att varje tillgänglig häst ska rekvireras till kavalleriet. Jag ska infinna mig i London omedelbart med så många vi kan avvara."

Minnet av de orden gav fortfarande Eliza kalla kårar. Kriget hade varit något avlägset de senaste månaderna, en skugga som lyft efter år av mörker. Nu tornade det upp sig igen och hotade allt hon älskade.

Hennes fars röst drog henne tillbaka till nuet. "Eliza! Var är listan?"

Hon skyndade till hans sida och drog upp den noggrant förberedda inventarielistan ur fickan. "Här, far. Jag har markerat de tolv bäst tränade hästarna, de som lämpar sig för officerare, med rött så som du bad om."

Sir Richard ögnade igenom listan och nickade godkännande. "Bra flicka." Hans blick mjuknade ett ögonblick när han såg på henne. "Jag vet att det är en tung börda att lägga på dig, när din mor är hos Molly inför förlossningen och Clara och Anna fortfarande är i Wien. Men det finns ingen annan."

"Jag klarar det", svarade Eliza och tvingade sin röst att förbli stadig. "Du har lärt mig väl."

Och det hade han. Ända sedan hon lärde sig gå hade Eliza följt sin far genom stallen på Belle Haven. Hon hade lärt sig stamtavlan för varje häst, rätt foder för varje årstid och hur man upptäcker tecken på sjukdom eller lidande innan det blir allvarligt. Hon var visserligen ung, men hästar talade ett språk som hon förstod flytande.

"Herr Pearson hjälper till med räkenskaperna", fortsatte hennes far, "och gamle James kan avelsschemat bättre än någon annan. Fru Fallon flyttar hit från prästgården idag för att sköta hushållet tills din mor kan komma tillbaka. Men besluten om hästarna ..."

"... kommer att vara mina", avslutade hon åt honom. "Jag förstår."

Han lade handen på hennes axel ett kort ögonblick, och hon såg konflikten i hans ögon – hur plikten stred mot ansvaret för familj och hem. Hon tvingade sig själv att le, att se säkrare ut än hon kände sig. "Vi kommer att klara oss alldeles utmärkt, far. Oroa dig inte för någonting."

Hon såg honom sitta upp på en av deras ståtligaste hingstar, en häst som egentligen borde ha släppts ihop med ett sto just den eftermiddagen för att avla nästa generation, men som nu mötte en oviss framtid. Bakom honom väntade en rad på fyrtio hästar, ridna eller ledda av män som hade återvänt hem bara några månader tidigare och nu var på väg tillbaka till kriget.

Hon svalde klumpen i halsen. "Må lyckan följa dig, far."

Sir Richard lät blicken svepa över ägorna en sista gång innan han gav tecken åt den väntande raden av män och hästar. "Framåt!"

Processionen drog ut genom grindarna med hennes far rakryggad i spetsen. Eliza stod kvar och tittade tills den sista hästen försvunnit ur sikte. Hennes framtvingade leende bleknade först när hon var säker på att ingen såg henne.

"Fröken Eliza."

Hon vände sig om och fann herr Thornton, stallmästaren, vid sin sida. Hans väderbitna ansikte var fårat av oro och han vred sin keps i de knöliga händerna. Han var sextiofyra år och hade varit på Belle Haven sedan hennes farfars tid, men han hade aldrig sett en ung flicka lämnas med det ensamma ansvaret.

"Ja, herr Thornton?"

"Ursäkta mig, fröken, men det finns saker som behöver ses över. Med så många män borta ..." Han tvekade, uppenbart obekväm med att lägga bekymmer på någon så ung.

"Tala ur skägget", sade Eliza och rätade på ryggen. "Jag behöver veta allt."

Thornton nickade, till synes lugnad av hennes raka sätt. "Jo, fröken, avelsschemat – er far hade planerat trettiosex betäckningar den här månaden, men vi har just förlorat mer än hälften av våra hingstar och alla unghingstarna. Ni behöver titta på lämpliga parningar för stona utifrån det vi har kvar."

”Vad mer?” uppmanade Eliza när han tystnade.

”Sextio föl väntas under de kommande tre månaderna, fröken. Vi brukar ha fyra man bara för fölningsstallet, och ett dussin till för att mocka och rida in de unga. Han pekade mot de återstående arbetarna på gården, mestadels pojkar i tolv- eller trettonårsåldern, samt några män som var för gamla för att återinträda i militärtjänst. ”Vi har åtta totalt, och bara tre med någon verklig erfarenhet.”

Eliza kände en tillfällig panik stiga likt en flodvåg. Sextio föl. Varje föl ovärderligt, och vart och ett i behov av skickliga händer för en säker förlossning. Avelsschemat, minutiöst planerat under åratal för att få fram de perfekta korsningarna. Den dagliga vården av de nästan tvåhundra hästar som var kvar på Belle Haven; dräktiga ston, ston som väntade på att bli betäckta, ett- och tvååringar som behövde hanteras och sedan ridas in för att kunna levereras till kavalleriet när de fyllde tre. Allt var nu *hennes* ansvar.

Hon kastade en blick på huvudboken i Thorntons hand, och sedan på de oroliga ansiktena på personalen som gradvis hade samlats och väntade på instruktioner. De såg på henne, inte på Thornton eller gamle James, utan på henne. De väntade på att hon skulle staka ut vägen.

Hennes fars ord från många år tidigare dök upp i minnet: ”Hästar känner av rädsla, Eliza. Om du är rädd kommer de att vara rädda. Visa dem lugn auktoritet, så följer de dig vart som helst.”

Människor, beslöt hon, var inte så annorlunda.

Eliza rätade på sig, lyfte hakan och talade med en klar röst som hördes över hela gårdsplanen. ”Herr Thornton, jag vill ha en fullständig förteckning över vårt foderförråd före middagstid, så att vi kan beställa det vi behöver för att ersätta det min far var tvungen att ta med sig. James, börja revidera avelsschemat utifrån de hingstar vi har kvar; prioritera de ston som redan är i brunst. Min syster Charlotte har utmärkt koll på våra blodslinjer och vilka korsningar som är lämpliga, jag ska be henne komma och hjälpa dig."

Hon vände sig till stallpojkarna. "Phillip, Adam, ni två ska omedelbart börja träna för fölningslaget. Ni har visat handlag med ettåringarna, och det är dags att ni lär er mer."

Elizas röst blev fastare när hon såg respekten börja spira i ansiktena omkring henne. "Det gamla rullande schemat fungerar inte med så få personer. Vi skapar nya lag; varje man och pojke ska lära sig uppgifter utanför sina vanliga sysslor. Vi ska rekrytera. Alla ni känner som vill ha jobb, pojkar eller flickor, det spelar ingen roll, skicka dem till mig. Vi behöver mer folk och vi *måste* få tag på dem. Hästarna på Belle Haven ska skötas lika väl som de alltid har gjort."

Herr Thorntons väderbitna ansikte sprack upp i ett motvilligt leende. "Mycket bra, fröken Eliza. Var ska vi börja?"

"Med frukost", svarade hon och besvarade hans leende med en glimt av sin vanliga, lite pilska självsäkerhet. "Ett bra beslut fattas sällan på tom mage. Sedan sätter vi igång."

När personalen skingrades tillät Eliza sig att kasta en enda blick mot vägen där hennes far hade försvunnit. Ansvarets tyngd vilade mer bekvämt på hennes axlar nu. Belle Haven skulle bestå, och hon skulle se till att det blomstrade när hennes far kom tillbaka, oavsett hur lång tid det tog.

Sen eftermiddagssol föll snett in genom arbetsrummets fönster och kastade gyllene rektanglar över avelsboken som låg uppslagen framför Eliza. Hon tuggade tanklöst på änden av sin penna, en vana som hennes mor ständigt förebrådde henne för, medan hon räknade om vårens avelsprogram. Med tre av deras finaste hingstar på väg till London med hennes far krävde dussintals noggrant planerade korsningar en översyn. Hon lät fingret löpa nerför kolumnen med avelsston och parade mentalt ihop varje sto med de återstående hingstarna innan hon skickade över dem till sin yngsta syster Charlotte, som skulle kontrollera att korsningarna inte var för nära besläktade. Blodslinjer dansade genom hennes huvud; bedömningar av exteriör, temperament och snabbhet – varje faktor vägdes och balanserades. Detta var välbekant mark, ett pussel av ärftlighet som hon hade lagt ända sedan hon var gammal nog att läsa.

”Lady Daphne”, mumlade hon och knackade på sidan där det grå stoets namn var skrivet med hennes fars noggranna handstil. ”Ursprungligen planerad för Poseidon, men han är borta nu.” Hon övervägde alternativen. ”Hephaestus har snabbheten men inte benstommen ... Mercury ... nej, han är hennes morbror ...”

Dörren flög upp med sådan kraft att Elizas penna slintade över sidan och efterlämnade ett fult streck över tre omsorgsfullt skrivna rader. Hon tittade upp, redo att tillrättavisa inkräktaren, men fann den unge Tommy, en av stallpojkarna. Han kramade sin keps mellan händerna och var röd i ansiktet av upphetsning.

”Fröken Eliza! Fröken Eliza!” flämtade han, uppenbarligen efter att ha sprungit hela vägen. ”Det är en soldat vid grinden! En officer, fröken, som leder en häst!”

”Lugna ner dig, Tommy”, sade hon och reste sig från skrivbordet. ”Vad för slags officer? Vilket regemente?”

”Kavalleri, fröken, det ser ut som major Blair-Fortescues uniform. Helt reglementsenlig med mässingsknappar och allt. Men han ser trött ut, fröken, hemskt trött. Och häst en...” Pojkens ögon vidgades. ”Det är en ståtlig stor hingst, men det är något fel på hans ögon.”

Eliza var redan på väg och slätade till sin enkla grå klänning medan hon skyndade ut ur arbetsrummet. ”Hitta herr Thornton och be honom möta mig vid huvudgrinden omedelbart”, instruerade hon och ökade stegen när hon gick genom hallen. En militärofficer med en skadad hingst kunde innebära bekymmer eller en möjlighet, och hon behövde ta reda på vilket.

”Nej!” Hon tog tag i halsbandet på Caesar, en av hennes fars mastiffer, när denne försökte springa ut före henne. Hundarna var tränade att försvara Belle Haven och skulle kunna skälla och skrämma officerens hästar. ”Stanna inne!” Hon smet ut genom ytterdörren och stängde den framför Caesars besvikna gnällande.

Eftermiddagssolen bländade henne ett ögonblick när hon klev ut, och hon blev tvungen att skugga ögonen. När synen vant sig såg hon scenen vid grinden: en lång gestalt i dammig uniform stod mellan två hästar. Den ena var en alldaglig brun häst, tydligt utmattad efter en lång resa. Den andra ...

Eliza drog efter andan. Redan på håll krävde den andra hästen uppmärksamhet: en kraftfull, ljust apelkastad hingst med de omisskännliga linjerna hos förnäm avel. Den stolta nackbågen, det djupa bröstet, de perfekt balanserade proportionerna – allt talade om exceptionell kvalitet. En Belle Haven-häst utan tvekan, även om hon inte kände igen honom. Men när hon kom närmare lade hon märke till det som Tommy hade försökt beskriva: hingstens ögon var grumliga, de en gång så klara blickarna var nu mjölkvita av blindhet. Hackiga ärr täckte hans ansikte, svarta linjer mot den ljusgrå pälsen.

Officeren rätade på sig när hon närmade sig och tog av sig hatten i en gest av respekt. Trots fläckarna från resan på uniformen och det tydliga trötthetstecknet i hans hållning behöll han en militärisk värdighet, med axlarna rätade mot tröttheten.

"Fröken Bell?" frågade han.

"Jag är Eliza Bell", bekräftade hon, stannade några steg ifrån honom och mönstrade hans uniform för att snabbt fastställa hans grad. "Hur kan jag hjälpa er, löjtnant...?"

"Llewellyn, fröken. Löjtnant David Llewellyn, sextonde lätta dragonregementet." Hans röst hade ett oväntat tonfall. Inte den korthuggna London-dialekten eller det släpiga språket hos den aristokratiska officersklassen, utan något mjukare, nästan musikaliskt. Walisisk, insåg hon. Han bockade lätt. "Jag har fört hem honom."

Hennes blick flyttades till den magnifika hingsten, som stod blickstilla. Hans blinda ögon tycktes stirra ut i intet och hans öron vändes fram och tillbaka efter ljudet av deras röster. Något i sättet Llewellyn hade sagt "hem" på gjorde henne säker på att detta inte var någon vanlig militärhäst.

"Får jag?" frågade hon och pekade mot hingsten.

Llewellyn nickade. "Han är mild nog, fröken, fastän han är försiktig nu när han inte kan se."

Eliza närmade sig långsamt, inte av rädsla utan av respekt. Hon höll sina rörelser behärskade och talade mjukt medan hon sträckte ut handen. "Hej, vackra pojke. Du har haft en ordentlig resa bakom dig, inte sant?"

Hingstens näsborrar vidgades när han kände hennes doft. Hans huvud vändes precis mot ljudet av hennes röst, med öronen spetsade av intelligent intresse. När hennes hand vidrörde hans hals förblev han stilla och accepterade hennes närvaro med den värdighet som en kung visar mot en undersåte.

"Han är en av våra, inte sant?" frågade hon. "Men jag kan inte påminna mig just honom."

"Han är tio år, att döma av tänderna", förklarade Llewellyn.

Vilket kanske förklarade saken. Hingsten skulle ha varit en ofärdig treåring när han lämnade Belle Haven, och Eliza skulle bara ha varit elva då.

"Vi möttes ganska... oväntat." Löjtnantens blick blev fjärrskådande, som om han såg bortom det fridfulla landskapet i Hampshire till någon plats betydligt dystrare. "Min häst, Osiris, blev skjuten under mig i min första drabbning. Skyttar hade skurit av vår reträttväg. Jag var omringad av fientliga soldater, säker på att jag skulle bli dödad eller tillfångatagen."

Han lyfte handen för att smeka hingstens ärriga ansikte med varsamma fingrar som dolde deras styrka. "Då kom jag ihåg något som fröken Molly visade oss på Sandhurst. Hon sade att alla Belle Haven-hästar är tränade att lystra till en speciell vissling."

Llewellyn satte fingrarna till läpparna och demonstrerade, varvid han frambringade en signal med tre toner som steg brant på slutet. Omedelbart spetsade hingsten öronen och vände sitt blinda huvud mot ljudet.

Eliza nickade förstående. Det var en del av den träning de gav varje häst, men bara en Belle Haven-häst skulle lystra till just den signalen.

"Precis så", fortsatte Llewellyn och log åt hästens reaktion. "Jag var desperat nog att prova vad som helst. Den här hingsten kom till mig genom rök och gevärseld, hans ryttare hade redan fallit. Jag vet inte vad hans ursprungliga namn var, men jag kallade honom Hermes, efter hans snabbhet." Hans röst mjuknade med uppenbar tillgivenhet. "Han bar mig i säkerhet den dagen, och genom otaliga strider efter det."

Eliza iakttog löjtnantens händer medan han talade och noterade en ryttares förhårdnader, den stadiga säkerheten i hans beröring när han smekte hingstens hals. Det här var inte de mjuka händerna hos en officer som bara satt till häst under parader; det här var händerna hos en man som ömmade för sin häst, som förstod partnerskapet mellan häst och ryttare.

”Vi stred tillsammans i två år”, fortsatte Llewellyn. ”Han verkade ... oövervinnerlig.” Hans röst stockade sig en aning. ”Tills en kanonad överraskade oss, alldeles för nära. Vi gick omkull båda två. Min arm bröts, hans ansikte ...” Han pekade mot ärrbildningen. ”Hästläkarna kunde inte rädda hans syn.”

”Ändå är han här”, konstaterade Eliza och såg hur hingsten lutade sig mot löjtnantens hand och sökte tryggheten i hans beröring.

”De tänkte avliva honom omedelbart”, medgav Llewellyn, och en glimt av trots drog över hans ansiktsdrag. ”Standardprocedur för ett blindat ridjur. Men jag vägrade tillåta det. Hingstarna från Belle Haven är inte arméns egendom att göra sig av med; de ska återlämnas när deras tjänstgöring är slut.” Han lyfte hakan en aning. ”Det är avtalet.”

Eliza nickade, imponerad av löjtnantens kännedom om villkoren som hennes far förhandlat fram med kavalleriregementena. De flesta officerare skulle inte ha bemödat sig om att komma ihåg sådana detaljer, än mindre hedra dem i krigets kaos. Få av Belle Havens hingstar fick någonsin komma hem; hon kunde bara komma på en annan, Apollo, som hennes syster Molly hade fört tillbaka från Sandhurst. Hon kunde önska att Apollo var här nu, men han fanns på Mollys hem i Oxfordshire, eftersom deras far hade gett honom till Molly och hennes make Tim som bröllopsgåva för att de skulle kunna starta sitt eget avelsprogram.

”Jag tänkte...” Llewellyn tvekade, och hans självsäkerhet vacklade för första gången. ”Han må vara blind, men ni skulle väl fortfarande kunna använda honom i avel?" Påståendet steg i slutet till en fråga, och hans tonfall var nästan bönfallande. "Hans mod, hans intelligens; visst är de egenskaperna värda att bevara i hans släktled?"

Eliza granskade hingsten med ett kunnigt öga, bedömde hans exteriör och hans rörelser när han bytte ställning. Trots sin blindhet rörde sig Hermes fortfarande med medfödd balans och elegans. Hans kraftfulla bakparti, benens rena linjer, hans djupa bål; allt talade om exceptionell kvalitet. Hennes far hade alltid betonat att avel handlade om mer än utseende, det handlade om hjärta, om de ogripbara egenskaper som skiljde en bra häst från en storslagen. Det fanns goda skäl till att den här hästen inte hade kastrerats som ung. Skäl som kunde tjäna hennes syften mycket väl nu.

"Ja", sade hon bestämt, medan hennes sinne redan kalkylerade potentiella korsningar, ston som skulle kunna komplettera den här hingstens särskilda styrkor, så snart hon hade slagit upp året då han skickades till kavalleriet och tagit reda på exakt vad hans härstamning var. "Hermes har mer än väl förtjänat sin plats på Belle Haven. Tack för att ni förde honom hem."

Lättnaden som sköljde över löjtnant Llewellyns ansikte var så påtaglig att Eliza insåg hur mycket hingstens öde hade tyngt honom. Det var inte bara en pliktkänsla som hade fört honom till Belle Haven med en blind häst; det var en hedersskuld, ett band smitt i krigets eld.

"Tack, miss Bell", sade han enkelt, och den walesiska melodin i hans röst blev mer uttalad av rörelse. "Tack."

Hermes gnäggade lågt, som för att lägga till sitt eget tack, och hans blinda ögon fann på något sätt Eliza trots sitt handikapp. I det ögonblicket kände hon hur tyngden av hennes nya auktoritet lade sig stadigare över hennes axlar. Det var detta det innebar att vara ansvarig för Belle Haven: att fatta beslut inte bara om räkenskaper och foderstater, utan om liv och framtider.

”Följ mig till hingststallet”, instruerade Eliza och vände på klacken. ”Vi behöver förbereda en särskild spilta åt Hermes.” Hon ledde vägen över gårdsplanen och ropade till en förbipasserande stallpojke utan att sakta ner på steget. ”Phillip! Säg till herr Thornton att jag ställer in den här hingsten i norra stallet. Och be kokerskan förbereda en varm klimäsk med melass, han är för mager.” Hon kastade en blick bakåt på löjtnant Llewellyn, som följde efter med Hermes grimskaft försiktigt i handen, medan den oansenliga bruna hästen lunkade bakom dem. ”Hingstarna får vara i norra stallet; det är lugnare där, på avstånd från stona.”

Hingststallet låg avskilt från huvudstallet, en lång, robust byggnad i väderbiten sten med höga fönster som släppte in ljus utan att skapa skarpa skuggor. När de närmade sig dök ytterligare två unga stallpojkar upp, tydligt förvarnade av Phillip. Eliza vände sig till dem med samma naturliga auktoritet.

”Robert, hämta den mjuka grimman från selkammaren, den vadderade i läder som vi använder till de känsliga ettåringarna. Adam, se till att det inte finns några hinder i spiltan eller i gången som leder till den, och ta sedan löjtnantens valack till en spilta i huvudstallet och se efter honom." Pojkarna skyndade sig att lyda, och Eliza fångade glimten av förvåning som drog över Llewellyns ansikte. Hans ögonbryn hade höjts en aning, och hans blick mönstrade henne på nytt med nyvunnen respekt.

"Jag måste erkänna, fröken Bell", sade han när de kom in i stallets svala dunkel, "att jag förväntade mig att ha att göra med Sir Richard eller hans förvaltare. Er fars rykte i kavallerikretsar är betydande."

"Min far kallades till London igår", svarade hon medan hon ledde dem nerför mittgången. "Napoleons flykt har vänt upp och ner på många hushåll, löjtnanten."

De nådde en spilta, som tömts bara några timmar tidigare, och Eliza inspekterade den med ett kritiskt öga. Pojkarna hade gjort ett bra jobb med att rengöra den och fylla den med nytt strö, utan tvekan på instruktion av herr Thornton. Rymlig och med ett djupt lager färsk halm var den precis vad hon behövde.

"Och finns det ingen man kvar som har ansvaret?" frågade Llewellyn med omsorgsfullt neutral röst, även om Eliza anade en underton av oro. "En förvaltare, kanske?"

"Min mor är hos min syster Molly, som väntar sitt första barn vilken dag som helst", fortsatte Eliza utan att direkt svara på hans fråga medan hon lät handen löpa längs spiltans dörr för att känna efter vassa kanter som skulle kunna skada en blind häst. "Mina andra systrar, Clara och Anna, är i Wien; Anna gifte sig nyligen där och Clara väntar också barn. Så det är bara jag." Hon vände sig om för att se honom direkt i ögonen. "Som sköter allt det här."

Llewellyn såg sig omkring i det stora stallet, och sedan genom den öppna dörren ut mot gården där de unga stallpojkarna skyndade hit och dit med hinkar och seldon. Hans blick återvände till Eliza, och hans uttryck blandade respekt med tydlig oro.

"Så det är bara ni", upprepade han långsamt. "Som har ansvaret för allt detta? Under krigstid?"

Eliza kände hur hon sträckte på sig. Där kom det, tvivlet hon hade väntat på, ifrågasättandet av hennes förmåga på grund av hennes ungdom, hennes kön, eller bådadera. Hon hade sett det i stallpojkarnas ögon i morse, även om det hade försvunnit snabbt nog när hon hävdat sin auktoritet och visat prov på självsäkerhet.

Hur osäker hon än privat kände sig inför sin egen förmåga, skulle Eliza Bell aldrig låta någon se det.

"Jag är fullt kapabel, löjtnanten", svarade hon med en röst som var svalare än tidigare. "Belle Haven har varit mitt hem sedan födseln. Jag har biträtt min far i varje aspekt av dess skötsel."

Llewellyn höjde en avvärjande hand. "Jag menade inget illa, miss Bell. Det är bara det att tiderna är osäkra, och hästarna från Belle Haven är ovärderliga för kavalleriet. De bästa ridhästarna i Europa, säger många, jag själv inkluderad."

Komplimangen fick henne att mjukna en aning, även om hon behöll sin värdiga hållning. "Sannerligen. Vilket är anledningen till att de kommer att få den bästa omsorgen, oavsett vem som övervakar den."

Robert kom tillbaka med den vadderade grimman, och de ägnade sin uppmärksamhet åt att installera Hermes i hans nya hem. Eliza såg på när Llewellyn guidade hingsten in i spiltan och talade lågmält till honom hela tiden, lät honom upptäcka omgivningen genom beröring så att den blinda hästen inte skulle bli skrämd.

"Tre steg framåt, så ja", mumlade Llewellyn. "Halm under fötterna nu, lagom djupt. Vägg till vänster, vattenhink rakt fram."

Löjtnanten rörde sig med försiktighet, noterade Eliza, och positionerade sin kropp för att kompensera för någon skada. Han skonade sitt vänstra ben en aning och flyttade tyngdpunkten när han stod stilla. Och även om hans högra arm verkade fungera använde han den sparsamt och förlitade sig mer på den vänstra för vägledning och kontroll. Skuggorna under hans ögon skvallrade om långa resor och ännu längre strider.

När Hermes fann sig till rätta i spiltan och vände sig om en gång innan han hittade en bekväm ställning, slogs Eliza av likheten mellan häst och ryttare. Båda bar krigets märken: hingstens blindhet och ansiktsärr var uppenbara, löjtnantens skador bars mer diskret men var inte mindre verkliga. Två krigare, hemkomna sargade men med obrutet mod.

"Han behöver tid att lära sig hur utrymmet ser ut", sade Llewellyn och steg till sist ut ur spiltan och stängde dörren. "Blinda hästar skapar en mental bild av sin omgivning. När han väl har lärt sig spiltans mått, var hans foder och vatten finns, kommer han att röra sig med överraskande självförtroende."

"Ni har studerat detta", konstaterade Eliza.

Ett svagt leende spred sig över Llewellyns trötta ansikte. "Jag har varit tvungen att lära mig. Regementet tyckte att jag var tokig som insisterade på att föra honom hem istället för att acceptera standardlösningen." Något hårt kom över hans uttryck. "Men jag var skyldig honom åtminstone det; jag är skyldig honom mitt liv, många gånger om."

Eliza nickade i full förståelse. Hästarna från Belle Haven var inte bara verktyg eller vapen; de var partner som förtjänade heder i utbyte mot sin tjänst. Hennes far hade präglat henne med denna övertygelse sedan tidigaste barndom.

Llewellyn harklade sig. "Fröken Bell, jag undrar om jag får lämna ett förslag." Han tvekade och verkade välja sina ord med omsorg. "Jag är på förlängd permission medan mina skador läker. Regementet förväntar sig inte att jag ska vara tillbaka på minst två månader, trots vad som har hänt med Napoleon; jag kan inte avfyra ett gevär eller rida med min trupp förrän mina skador är helt läkta."

Han såg sig omkring i stallet, och sedan ut mot gården där den reducerade personalstyrkan skyndade för att slutföra kvällssysslorna. "Eftersom er far är borta och er personalstyrka är minskad, kanske jag kan stanna och hjälpa till? Jag har erfarenhet av kavallerihästar, och..." Hans blick återvände till Hermes. "Jag står i skuld till Belle Haven. Det minsta jag kan göra är att hjälpa till under denna svåra tid."

Den praktiska delen av Elizas sinne insåg omedelbart värdet i hans erbjudande. En erfaren kavalleriofficer, bekant med militärhästars behov och träning, skulle vara ovärderlig när hennes far var borta. Men hennes stolthet sved vid tanken på att hon behövde räddas, att hon inte kunde klara sig utan manlig hjälp.

"Jag försäkrar er, löjtnanten, att vi har full kontroll över situationen", svarade hon, skarpare än hon hade tänkt.

”Det tvivlar jag inte på”, sade han snabbt. ”Men det är osäkra tider. Bonapartes flykt kommer att orsaka ringar på vattnet som vi ännu inte kan förutse. Extra beskydd för hästarna kan visa sig vara klokt.”

Beskydd. Ordet hängde mellan dem och belyste en oro som Eliza hade skjutit undan till bakhuvudet. Hästarna på Belle Haven var sannerligen värdefulla, inte bara i pengar räknat utan potentiellt för vem som helst som ville störa Storbritanniens militära förberedelser. Med bara unga pojkar och gamla män kvar var egendomen mer sårbar än den hade varit på många år, kanske någonsin.

Ändå kändes det som att erkänna att hon inte klarade av det om hon tackade ja till hjälp, som att bekräfta tvivlen hon sett i andras ögon. Hon öppnade munnen för att avböja igen när Hermes vände sitt blinda ansikte mot henne och gnäggade mjukt. Ljudet var milt, nästan frågande, som om hingsten framförde sin egen åsikt i frågan.

I det ögonblicket såg Eliza bortom sin stolthet till verkligheten i sin situation. Sextio föl som väntades snart. Avgörande avelsbeslut som måste fattas. Säkerhetsaspekter hon inte ens fullt ut hade övervägt. Och här var en man som hade riskerat sina överordnades vrede för att rädda en av deras hästar, som förstod värdet av Belle Havens blodslinjer, som erbjöd hjälp inte för att han tvivlade på henne, utan för att han respekterade det hon beskyddade.

”Nåväl”, sade hon till slut och fattade sitt beslut. Hon sträckte formellt fram handen, som hon sett sin far göra när han avslutade affärsuppgörelser. ”Men förstå att detta är tillfälligt, löjtnant Llewellyn, och det är jag som bestämmer. Belle Haven står under min myndighet tills min far återvänder."

Llewellyn tog hennes hand i ett fast men respektfullt grepp. Hans handflata var förhårdnad av tyglar och vapen, varm trots den svala eftermiddagen. "Självklart, miss Bell. Jag skulle inte vilja ha det på något annat sätt."

Hermes gnäggade igen, mjukare den här gången, nästan som en suck av förnöjsamhet. Under ett kort ögonblick stod hästen och människorna som i en tavla; den blinda hingsten, den skadade löjtnanten och den unga kvinnan vars axlar bar tyngden av ett oväntat ansvar. Tre osannolika allierade, sammanförda av krig och omständigheter, inför en oviss framtid.

När Eliza drog tillbaka sin hand kände hon hur något förändrades i stämningen mellan dem. Inte vänskap direkt, inte än, men början på en förståelse. Ett partnerskap fött ur nödvändighet och beseglat med det ömsesidiga erkännandet av varandras värde. Vilka utmaningar Belle Haven än stod inför i dessa osäkra tider, skulle de möta dem tillsammans.

""Nåväl", sade hon, praktisk igen, "ni måste vara utsvulten efter er resa. Vi ser till att Hermes kommer till ro med sitt kvällsfoder, och sedan gör ni mig och mina systrar sällskap vid middagen. Vi har mycket att diskutera beträffande verksamheten på Belle Haven om ni ska vara till någon nytta för oss."

Skuggan av ett leende nuddade Llewellyns läppar. "Ja, miss Bell. Det som ni anser bäst."

Eliza nickade, nöjd med detta erkännande av hennes auktoritet. Kanske var det trots allt inte ett tecken på svaghet att ta emot hjälp, utan snarare kännetecknet för en verkligt kapabel ledare. Hennes far skulle förstå, kanske till och med ge sitt bifall. För stunden var det nog att Belle Haven hade vunnit en oväntad allierad i oroliga tider.

SLUT

Läs Elizas berättelse i *Fröken Eliza tar kommandot !*

Fler böcker av Catherine Bilson

Rodnande unga damer

En greve för Ellen

En markis för Marianne

En hertig för Diana

En kapten för Clarissa

Fröknarna från Belle Haven

En brud för Belle Haven(gratis förhistoria)
    Fröken Molly och kavallerimajoren
    Fröken Clara och markisen
    Fröken Annas misstag
    Fröken Eliza tar kommandot
    Fröken Charlotte ställer till det (kommer snart)
    Fröken Laura förälskar sig (kommer snart)
    Fröken Louise lägger sig i (kommer snart)

Kärlek på Gränsen

Lärarinnan och Cowboyen
    Ranchägarens Dotter och Bankägaren

Bokhandelns Skönheter (med Ebony Oaten)

Matthews Villiga Änka(gratis förhistoria)
    Estelles Eldiga Beundrare
    Maries Glada Herre
    Louises Julhjälte
    Bernadettes Stiliga Läkare

Exklusivt för nyhetsbrevsprenumeranter

St. George och Besten i Floden

Upptäck alla Shenanigans Press-utgivningar på vår webbplats(https://www.shenaniganspress .com/se) !

Eller följ oss på sociala medier – vi finns på Facebook och Instagram (@ShenanigansPressSvenska).

Och glöm inte att prenumerera på vårt nyhetsbrev för att få veta mer om nya släpp, erbjudanden, utlottningar och mycket mer!